U0537117

等你上钩

都市情感骗局深度调查

海剑 著

中国书籍出版社
China Book Press

图书在版编目（CIP）数据

等你上钩：都市情感骗局深度调查 / 海剑著. — 北京：中国书籍出版社，2018.12
ISBN 978-7-5068-7155-6

Ⅰ.①等… Ⅱ.①海… Ⅲ.①纪实文学—作品集—中国—当代 Ⅳ.①I25

中国版本图书馆CIP数据核字（2018）第274509号

等你上钩——都市情感骗局深度调查
海剑　著

图书策划	孟怡平
责任编辑	卢安然
责任印制	孙马飞　马　芝
封面设计	程　跃
出版发行	中国书籍出版社
地　　址	北京市丰台区三路居路 97 号（邮编：100073）
电　　话	（010）52257143（总编室）　（010）52257140（发行部）
电子邮箱	eo@chinabp.com.cn
经　　销	全国新华书店
印　　刷	河北省三河市顺兴印务有限公司
开　　本	787毫米×1092毫米　1/16
字　　数	318千字
印　　张	21.75
版　　次	2019 年 1 月第 1 版　2019 年 1 月第 1 次印刷
书　　号	ISBN 978-7-5068-7155-6
定　　价	58.00元

版权所有　翻印必究

目　录

序 ·· 1
前　言 ·· 5

蜕变的蝴蝶

第一感：那件宽大的囚服竟然套在一个美丽女子身上 ········ 11
心态："完美"的家里没有自己要的幸福 ····················· 13
如此爱：为一枚塑料瓶盖的戒指献出了第一次 ··············· 16
如此觉醒：我不想一辈子猪狗不如 ···························· 20
荒唐理论：美丽就是女孩子最大的资本！ ···················· 22
得意的实践：游戏男人，游戏人生 ···························· 26
迅速蜕变：名副其实的"商业间谍" ·························· 29
一个女警察眼里的同龄罪犯 ···································· 36
办案人如是说：智商越高，一旦犯罪，危害越大！ ·········· 42
可怕的"木桶效应"！ ·· 46

失火的"老房子"

偶遇招灾，她成了猎物 ·· 51
盲目轻信，上了不该上的床 ···································· 55
非常圈套，一次成功的骗局 ···································· 57
凄情泪眼，藏着一个祸心 ······································ 60
重重绞索，一个可怜的奴婢 ···································· 65

饮鸩止渴，泥潭里愈陷愈深 ········· 67
贷款平账，窟窿越捅越大 ·········· 69
梦醒时分，悲剧刚刚开始 ·········· 75
中年女性，哪堪畸恋之毒 ·········· 77
一次失节，遗恨终生 ············ 84

假与骗的荒诞人生

中年男人少年风流梦 ············ 87
从违背道德的泥潭到法律雷区 ········ 90
一纸判决，彻底粉碎了老男人的美梦 ····· 93
骗子、造假者：一个也不能少 ········ 96
胆大包天：连最高法的法律文书也敢伪造 ··· 99
"造假办证专业户"终究难逃法网 ······ 102

超级"忽悠"

苦孩子出身，我本善良 ··········· 107
摇身一变董事长，修炼"忽悠"靠个人 ···· 110
荒唐的招牌——"党和国家领导人都是我的顾问团" ··· 112
牛刀小试，"忽悠"成功 ·········· 115
一个"忽悠"接着一个"忽悠" ······· 119
走到哪"忽悠"到哪 ············ 122
"大忽悠"反被人"忽悠"了 ········ 124
婚介所——"忽悠"的好场所 ········ 128
"忽悠"女人的感情很容易 ········· 129
女人的钱最好"忽悠" ············ 133
"忽悠"的"最高境界"：游刃有余 ····· 137
"大忽悠"语录：你爱钱，所以我才能下手 ·· 139

检察官的惊诧：法庭上，他居然还"忽悠" ·················· 141
　　鲜花和微笑背后有陷阱——到那里寻找真正的爱情？！ ·········· 142

征婚陷阱：玩得就是心跳
　　初次得手，骗子又遭遇骗子 ···························· 148
　　都是追求浪漫惹的祸 ································ 157
　　精明再精明，还是掉进了骗子精心编织的圈套 ··············· 168
　　受害者：骗子，我一定要将你绳之以法 ···················· 174
　　胡忠义的师傅：职业婚骗张少元 ························ 175
　　胡忠义的徒弟：马宏凯和他的无数个美丽谎言 ··············· 184
　　长相龌龊不堪的骗子居然频频得手 ······················ 187
　　警惕呀，追求"幸福"的女性们！ ························ 198

你是我的爱情毒药
　　带着对未来生活的美好憧憬，她走进了婚介所 ··············· 205
　　当他第一次提出"借钱"时，她心里还是有些顾忌 ············· 206
　　一个月借给他的钱大出又大入，她觉得他挺守信用 ············ 209
　　疯狂骗局开始了，随口编造的谎言都能让她倾尽全力 ·········· 210
　　为痴爱百万家产化为乌有，等来的竟是一句"你认命吧" ········ 213
　　骗你没商量：美貌空姐也上当 ·························· 216
　　披着"警察"外衣的超级感情骗子 ······················· 218
　　感情骗子，将清纯女孩的初恋演绎成梦魇 ·················· 226
　　善良的人啊，你要有一点防人之心 ······················ 232

"恋爱高手"：骗的就是你
　　如此伪装："煞费苦心"的欲擒故纵 ······················ 237
　　制胜法宝：获得信任和放长线钓大鱼 ····················· 244

落入法网：最后的"约会" ……………………………… 250

爱上了安全部"特工"
网上情缘，女孩遭遇北京"神秘特工" …………………… 255
以身相许，痴情女为"特工"献贞操 ……………………… 260
财色兼得，"特工"骗子全面行动 ………………………… 263
事情败露，"特工"骗子终落马 …………………………… 265
警惕：有些骗术可能是为你"量身定做"的 ……………… 268

情诱之罪
17岁生日的那个晚上，她成了女人 ……………………… 273
上大学后，早开的爱情之花凋谢了 ……………………… 275
网恋，降临在她身上的一场厄运 ………………………… 277
在人生的障碍赛上，又一次被绊倒了 …………………… 281
放纵的沉沦，在罪恶的旋涡越滑越远 …………………… 284
温柔陷阱下，有多少青春梦碎？ ………………………… 287

网络鬼魅
网络，让人疯狂 …………………………………………… 301
相思，令人神往 …………………………………………… 302
关怀，无微不至 …………………………………………… 305
感情，升温越界 …………………………………………… 307
贪欲，让黑手现形 ………………………………………… 309
祸根，缘于两次偷渡 ……………………………………… 311
出路，原来是人生的误区 ………………………………… 313

因爱成了国家的敌人
  简单履历的背后是不懂得生活 …………………………………… 317
  渴望爱的欲望其实早已潜伏 ………………………………………… 320
  了解外部世界时,心理陷入了无言的纠结 ……………………… 324
  甜蜜的交往,蒙蔽了本该警惕的眼睛 …………………………… 329
  梦醒后,才发现早已饮下你藏好的毒 …………………………… 333

后　记 …………………………………………………………………… 335
致　谢 …………………………………………………………………… 339

序

楠客

1

老友海剑的这本新作,我是一口气读完的。吸引我不忍释手的,首先是这些故事的曲折离奇。那些骗子的骗术之精巧,想象之奇特,表演之逼真,令我这个老新闻记者也不得不可怜自己的孤陋寡闻。其次是这些故事的发人深省。有些骗子的智慧如果用在正道上,他们会成为成功人士,但是走了所谓的捷径,结果葬送了青春和才华,还沦为国家的罪人。然而这些人即便在牢狱里也不后悔当初的选择。最后是这本书的写作特色和审美价值。这本书用的是"白描"手法,从叙述的平实,人们可以感受到第一手资料的新鲜,可以感受到与作者的联动,仿佛身临其境。这种朴实,其实是一种功力,它穿透作者而产生的震撼力,不是那种声嘶力竭和好为人师的做法所能媲美的。

至于这本书的审美价值,我以为至少可以从三个方面去欣赏。

2

海剑的博士学位是从清华大学人文学院获得的,这本书里就饱含了人文学的知识,提出的是一个非常严肃的现实社会问题。

这本书里的故事主要有两大类:男人骗女人和女人骗男人。概括起来说,男人骗女人是为了钱,而被女人骗则是因为欲;女人骗男人是为了钱,而被男人骗则是因为情。当然这只是这本书里写到的两种模型,实际上,男人骗女人和女人骗男人是一个古老的题材,模型之多数不胜数。

那么,从劝世功能的角度看,这本书是写给谁看的呢?如果是写给骗子们看的,那是没用的。你听听那个女"商业间谍"的话:"钱是个好东西,没有钱你就不是东西。"你和这种人谈仁义道德，无异于对牛弹琴；如果是写给已经被骗过的人看的，也是没用的。那些人向往的是"天上掉馅饼"和"问世间，情为何物，直教生死相许"，他们已经被骗了，以后还会被骗的。

这本书是写给局外的善良的我们看的。于是，我们能看到非分的美色是"伐性之斧"，恐惧起"二八佳人体似酥，腰间仗剑斩愚夫。虽然不见人头落，暗里教君骨髓枯"；也能信服"不戚戚于贫贱，不汲汲于富贵"的古训。

3

海剑的本职工作是检察官，于是从这本书里，我们可以看到办案检察官和作者的法律智慧，并发现这些猖狂的智力型犯罪，对我们的法制建设提出了严峻的挑战。

刑法是最低限度的道德，或曰是人们必须遵守的最基本的道德规范，它规定的法条是维持社会正常秩序的行为底线。守护这个底线，是每一个希望社会和谐的人应有的神圣职责。遗憾的是，这并不是全社会的共识。许多人对暴力型犯罪恨之入骨，对智力型犯罪却心存宽宥，甚至欣赏和向往。比如那个女"商业间谍"，在局子里也没有觉得她做的事伤天害理。有些侵犯知识产权的犯罪，比如出盗版书、造盗版光盘、侵犯别人产品的专利权等，甚至有强大的"保护伞"。

在涉财产型犯罪方面，人们痛恨"豪夺"但欣赏"巧取"，因而这类犯罪成本很低，而收效甚巨。这本书里的骗子都是成功者。他们行骗的过程应该是惊心动魄、险象环生的，但事实上几乎是一帆风顺。他们的成功得益于人们对知识和儒雅的敬重，这种敬重在许多人那里已经夸张到了麻木。即便在他们受到了法律的惩罚之后，有些人谈起这类故事来，也不乏对骗术的钦佩和对受害者的嘲弄。人们对智力型犯罪的宽宥心理，使罪犯们减少了心理负担和舆论压力，而心理负担和舆论压力是一笔多么巨大的犯罪成本！

其实，智力型犯罪对受害人的损害和对社会的危害，丝毫不比暴力型犯罪小。有些女人被骗子弄得倾家荡产甚至走上犯罪的道路，有些男人被骗子弄得妻离子散、穷困潦倒。这给我们的社会增加了多少不和谐的因素！可是，这些受害人的救济和补偿渠道是很窄的，就像一个骗子在获刑后对受害的女人说："你认命吧！"

因此，这本书提出的法律问题是：我们如何加大对智力型犯罪的打击和对受害人的救济、补偿。

4

海剑是个多产作家，作品体裁庞杂，不过我以为他最拿手的还是报告文学，他的作品我最爱看的也是报告文学。他的报告文学作品看多了，我不免想起一个文学界争论不休的问题：报告文学是报告还是文学。

所谓报告，其实就是新闻，近似于通讯，这个属性要求报告文学遵守新闻的真实性原则，事实部分不能有半点的虚假；所谓文学，其实是指写作手法，作者可以调动文学手段加强作品的感染力，并非允许作者虚构。这说明报告文学是一种边缘的、特殊的文学。

我常常怀疑报告文学作家是新闻记者中的"叛徒"，他们或者不满意新闻作品多少带有格式的限制，或者认为新闻作品允许的篇幅不足以让他们的思想放缰，或者误以为新闻作品天生就不及文学作品的震撼力，于是带着新闻素材投奔了文学阵营。因为新闻作品距离报告文学只有一步之遥，新闻记者中的"叛逃者"，多数奔向报告文学，或者说报告文学作家多数曾经是新闻记者，剩下的则本来就应该是新闻记者。

海剑没有当过新闻记者，但他的报告文学作品中，有着强烈的新闻敏感性，可见他有一个很好的"新闻鼻"。但是这本书，分明又说明他用的是"文学眼"，关注的是最基本的民生问题，反映的是一群人的生活现状和生命状态。比如大学生就业难，而且学校没有教导他们树立正确的就业观和基本的就业行为规范，于是不择手段就成了他们必然的甚至是最聪明的选择；比如贫富严重分化已成为现实的深层次社会隐患，仇富者的社会报复心理趋于变态；再比如社会道德防线正经受拜金主义、享乐主义的猛烈冲击，不少人遵守起传统的道德规范来，已经开始计算成本。这就是我们今天这个正处于转型期的社会：它蒸蒸日上但时弊猛增，气象万千但诸多不便。

优秀的文学作品应该深刻揭示时代精神，读完这本书，我们可以看到海剑在这方面的不懈努力和顽强追求。

（作者本名杨传春，著名杂文家，中国法官协会原秘书长，中国作家协会会员，中国政法大学教授）

前　言

在你最美丽的时候遇见了谁？

这是"××胶囊"的一句广告词。我很佩服想出这句广告词的人。那天在电视屏幕上冷不丁地瞥见，我感觉到一种雷击的震撼，大脑里飞速闪回无数的青春往事。

我想，美丽是个积极、阳光的词汇，它不是女性特有的专利，男人也有最美丽的时刻。已故作家王小波有本很有影响的中篇小说《黄金时代》，讲述主人公插队知青王二与陈清扬最美丽时候的爱情。当中年王二与中年陈清扬在宾馆重温旧情之后，回望当年的岁月，不得不发出"美人迟暮"的感叹。所有的爱，都已经湮没在青春记忆里；随着时光的流逝，这些记忆也变得遥远和模糊，只是在偶尔间想起。

年轻是美丽的，因为年轻。美丽是不需要理由的，因为美丽。

那是一个人的黄金时代，是一个人不可复制、不可返回的时代。是一个让中年、老年的时候，回想起就有泪水和疼痛的时代。

你遇见了谁呢，在你最美丽的时候？

女人的一生，称得上美丽的时间非常短暂。18岁，20岁，22岁，就这么几年吧。再往后的年龄就需要修饰，纯真渐渐地从眉眼中褪去，取而代之的是另一种沧桑之美。笑容是淡淡的，眉毛是高挑的，目光含蓄着，左读右读能读出不同的答案。年轻的时候我曾经被这样的沧桑感迷恋，盼望有朝一日也能从心爱的人身上感悟那种沉沉的气韵。

那样的美丽你也许有过。那时候你遇见了谁？

回忆那段刻骨铭心的日子，也许是很久以前的事情了，久远得让记忆模糊氤氲，如同雾气中的玻璃一样，伸出手指，划一下，便会出现清晰的一道痕迹，只是沿着手指，会有大颗的水滴落下来。

那天独自驾车出去，汽车上高架，过隧道，我突然看见旁边擦身而过的一辆公车，在那辆车子的背后印着一句话：二十多年过去了，而青春从来没有消失过。

那一刻，我差点掉下了眼泪。

青春，如同爱丽斯梦游仙境。可是，长大了的爱丽斯丢失了钥匙，她是该难过地蹲下来哭泣还是继续勇敢地往前走？

如果让我选择，我愿意孤独地行走，没有牵挂，没有束缚，我会一个人快乐地活着。

可是为什么你在嘻嘻哈哈的人群中突然地就沉默？为什么在街头看见个熟悉的背影就难过？为什么看一本曾经看过的书一部曾经看过的电影就止不住地伤心？为什么还是习惯一个人仰望阴霾的天空？

渐渐地你开始明白，一个人总要走陌生的路，看陌生的风景，听陌生的歌，然后在某个不经意的瞬间，突然会发现，原本费尽心思想要忘记的事情真的就那么忘记了。

一个人总要忘记一些事情，那么他才能记住另外的一些事情。

如同有人要靠近自己的身边，必定会有人要离开。

如今我站在镜子前，看见自己脸上日复一日的沉默和寡淡，明白了美丽永远不会属于中年，它是十几、二十岁的女孩子的专利，它跟毛茸茸的皮肤和灿烂的笑容一起，让人乍一碰见，心里会有"轰"地一声轻响，如阳光炸开一样。可一天天挣扎在琐碎的事务和庸常的生活中，美丽逐渐远去，岁月把一个青春少年磨砺成一个沉默的中年人。

有时我们人的精神为什么会如此不堪一击呢？为什么就不能承受一点生命之重负呢？怎么就不理解一个人肉体或精神的痛楚是证明你还活着？要知道一个人的诞生是多么不容易啊！

回溯我们诞生的过程，两组生命基因的嵌合，真是充满了人所不能把握的偶然性。我们每一个个体，都是机遇的产物。

毕淑敏在她的《我很重要》一文中自述道：

常常遥想，如果是另一个男人和另一个女人，就绝不会有今天的我……

即使是这一个男人和这一个女人，如果换了一个时辰相爱，也不会有此刻的我……

即使是这一个男人和这一个女人在这一个时辰，由于一片小小落叶或是清脆鸟啼的打搅，依然可能不会有如此的我……

我们的生命，端坐于概率垒就的金字塔的顶端。面对大自然的鬼斧神工，我们还有权利和资格说我不重要吗？

你我都很重要。但是生活中充满了无穷的变数——我们难以掌控的变数。很遗憾，不幸的概率往往会光顾那些对各种潜在的灾难、危险缺乏警惕的人。回想这些年那些接受我采访的受害者的遭遇，几乎所有人都是往事不愿再提。望着他们追悔莫及的神情，我常常怀疑自己是不是过于残忍——为什么要揭开那些经过艰难自我修复才愈合的伤疤呢？

他（她）们也曾美丽过，他（她）们在自己最美丽的时刻遇到了谁？

很不幸，他们遇到了骗子。

其实，被骗子洗掠的何止钱财，更有感情！当噩梦醒来，我们不禁扪心自问：这个世界上，我们该相信谁？还能相信谁？还要不要相信谁？

圣经中有一段谈爱的文字：

爱是耐心的，爱是善良的。爱不嫉妒，不自吹自擂，不自高自大。爱不粗鲁，不自私自利，爱不是暴躁的，不记别人的过错。爱不喜欢邪恶，爱为真理而欢欣。爱包容一切，爱总是信任，爱总是希望着，爱一贯是坚强的。

恕我冒犯，即使你相信上帝，上帝儿子的这些教导仍然是一个凡人很难到达的境界。

王小波在一篇小说里说："人好像一本书，你要挑一本好的书来看。"所以看什么样的书，也可以看出你的品位和性情。自然地，不同的年纪，挑选的眼光也会有不同。至于究竟怎样才算一本好书，最后还是根据看书人自己的标准。这方面爱情有些盲目性，这与年龄、阅历没有关系。往往长辈、首长、同事认为是一本不够好甚至有点糟糕的书，当事人却觉得是看到了一本最美好、最有趣、最好看的书——这方面的例子不胜枚举。

我渴望，读者朋友，在你最美丽的时刻以及远离美丽的日子里，选对那本"书"，可以享受爱的温暖、情的真挚、开心的笑声，可以让自己的人生多一些快乐片段，少一些痛苦和烦恼。

正基于这些想法，你就有看这部作品的必要。或许，它能减少你遭遇不幸的概率。

你说呢？

蜕变的蝴蝶

年轻女子邱敏慧自诩唯一骄傲的资本就是青春和美貌，她的聪明才智却最终使她因行贿罪和窃取商业秘密罪被判处有期徒刑6年。

这个大学刚毕业没多久，就利用自己的肉体和色相去窃取商业秘密的女孩，为什么从审讯开始到结束，竟然一直那么咄咄逼人、强词夺理？是什么让一个本来前途无量的大学高材生变得如此愤世嫉俗？

也许是职业病的缘故，每当翻开一本尘封的案卷，我更加关注的是罪犯背后那条或明或暗的坠落轨迹，还有就是那或大或小促使他们走上犯罪道路的诱因。

当我的同事，女检察官李扬路过我的办公室时，我习惯性地问她近期又在忙什么案子。她扬了扬手中的卷宗，"我在回访一个自己办过的案子。太可惜了！这是一个高智商、高学历的犯罪者案件，你肯定感兴趣！"

自从进入司法机关以来，我采访过上千个犯罪个案，相当数量的是女性，其中也有在校大学生，但总体而言，这些案犯犯罪动因、手段都比较简单。在采访和调查过程中，我注意到，近年来在各类犯罪中，智能犯罪危害较大，而社会各界并没有引起充分重视。作为检察官、作家，我觉得自己有义务以采访写作报告文学的方式破解形形色色的智能犯罪，引起包括执法、司法界在内的社会各界的警惕，所以，李扬提及的这个案件很自然地引起了我的兴趣。

我有了去采访一下这个邱敏慧的冲动，因为我很想知道她的心路历程和堕落轨迹。经过与北京市监狱管理局有关部门协调，我获准去女子监狱采访这个让我感到困惑的个案。

一个初秋的上午，天气仍有些燥热，我翻开了笔记本静静地坐在北京市女子监狱的接待室里，眼前的椅子还空空荡荡，不知道将要坐在我面前接受采访的邱敏慧是一个什么样的人？

第一感：那件宽大的囚服竟然套在一个美丽女子身上

门一开，一位女狱警带着一个穿着肥大囚服的女孩子走了进来，那过于宽大的囚服罩住了她的美丽身姿。当她坐到我对面的椅子上，我看到了一张美丽而又憔悴的脸，就像秋天的天气一样干燥。

不得不承认，邱敏慧有骄傲的资本。她长得很有女人味儿，属于比较耐看的那种类型。她的五官搭配得很协调，一眼看去有种忧郁的气质，但是眉宇间却隐约透着一股高傲。

女狱警用命令的口气说道："邱敏慧，这是市检察院的检察官海剑，也是个作家，今天特意过来采访你，你要好好回答。"

邱敏慧看了我一眼，竟然开门见山地说："我已经判刑了，如果你要问案子的事，直接问法院、检察院就行。"

我朝女狱警示意了一下，给邱敏慧递过去一杯水，她看了一眼女狱警，在得到允许后，说了声"谢谢"就双手接了过去。看得出她很有教养，这更增强了我想要走进她内心世界的想法。

我对女狱警小声说："我想和邱敏慧单独聊聊，有事情我会叫你们的。"她明白了我的意图，走了出去。

望着邱敏慧还算明亮的眼睛，我首先作了自我介绍："我在检察院从事宣传工作，我这次来没有什么特别的目的，这只是一次非正式的采访。希望你不要有什么误会。我这次采访你不完全是案子的事儿，我主要是想听你讲个故事，故事的主人公，就是你自己！"

邱敏慧明显地一愣，她抬起头，长长地出了一口气："哎，我始终以为自己做的并非是什么十恶不赦的坏事,因为我觉得现在这个社会就是这个样子！"

"什么样子？我知道你是学经济的，不会是等价交换吧？！"我调侃道。

邱敏慧微微地耸了耸肩膀，有些轻蔑地笑了笑说："你只说对了一半！"

"一半？"我真的有些好奇了，这个女孩子好像比她实际年龄成熟许多。

"对！除了等价交换之外，还有金钱万能。没有钱是万万不能的，就算是亲兄弟也白搭！这就是当时我作案时的想法！梦想和现实之间是无法跨越的，现实就是现实，不管你愿不愿意，你必须承认：钱是个好东西！没有它，你就不是个东西！以前我就是这么想的。"

我看着她，微微一笑，那件宽大的囚服套在她的身上显得是那么的不合适。

邱敏慧叹了口气，"不过我还是没有把握住自己，就像红楼梦里面说王熙凤的那样：机关算尽太聪明，反误了卿卿性命！"

我觉得她已经没有初见面时的那种抗拒了，就直奔主题。

"我叫你小邱吧，你同意吗？你不想跟我说说你的故事吗？难道处于你这个年龄段的孩子都这么想吗？"

邱敏慧没有直接回答，她喝了一口水说："说实话，我父亲以前也这样叫我。我不认识你，对于案子该交代的我也交代完了，我就等着把6年的宝贵青春交给监狱了。不过人总要讲一点缘分的，你这个人看起来挺有眼缘的，我就叫你老徐吧。如果你愿意听，我也就当回忆一下我这二十几年是怎么活的吧！"

心态："完美"的家里没有自己要的幸福

说邱敏慧有一个令人羡慕的家庭一点也不为过。邱敏慧的家在天津市南开区，那是全国有名的高校、科研院所的聚集区，她的父母都是科研院所的科研人员，这种家庭模式在北京、上海这样的大城市并不少见。

一般地说，父母的素质直接影响孩子的成长，有这样一个非常"完美"的家庭，邱敏慧是幸运的，她的大学之路也比较顺利。1995年7月，她顺利地拿到了北京某著名财经大学的录取通知书。我总觉得，作为一个女孩子，父母肯定是把她当作珍珠宝贝一样地对待，捧在手里怕摔了，含在嘴里怕化了，但是邱敏慧却苦笑了一下。

"我不能说我的父母不好，因为他们的确为我付出了许多，而且也把他们能提供给我的都给了我。我的父母都是科研人员，担负着科研任务，所以平时都比较忙。"

"那么说，他们是疏于管你咯？"

"不是，恰恰相反！他们再忙也会很认真地管我。毛主席说：世界上的事就怕'认真'二字，我算是体会到了。"邱敏慧摇了摇头接着说。

"小时候父母都很忙，我那时候整天都在大院里跟男孩子们疯玩，我虽然是女孩子，但是非常喜欢成为他们的中心，因为我做事比较细，想事情比较全面，他们和我一起玩能玩到好多花样！爸爸妈妈也就任由我去，那时候的快乐是真实的。即便比较爱玩，直到小学毕业，我的成绩也是很出色的，我属于那种不怎么努力成绩却很好的类型。这也是父母的骄傲，他们都觉得我是搞科研的好苗子，也就有意在这方面培养我！在父母和老师眼里，我是一只美丽的蝴蝶。"

幸福的表情在邱敏慧的脸上荡漾了很久，"等我上初中以后，我发现爸爸妈妈开始认真了。不光是在学习上，也许是我发育得比较早的原因，尤其是妈妈开始特别留意我。每天一放学，她都会准时骑自行车过来接我。现在想来，即使我有个女儿也不一定能做到像她那样，但在当时我是很反感的，因为我希望和小伙伴们一起走，一起叽叽喳喳地聊天。这样我觉得同学们会耻笑我。我知道妈妈是担心我，我毕竟是女孩子。"

我打断了邱敏慧的话："小邱，不瞒你说，我也有一个马上要上初中的女儿，我的教育原则是：顺其自然，她喜欢什么就去做什么，不过一定要尽全力！她的妈妈也很关心她，每天都去接她、送她，但是反过来她好像跟我比较亲，有什么事都喜欢跟我说。"

邱敏慧的眼睛一亮，"我也是这样！弗洛伊德曾经说过：女孩子都有恋父情结。这只是一方面。因为谁管你管得多，你就对谁有逆反心理。不过我们家也不完全是这样。"

"我父亲的脾气比较好，他和我妈是在大学时候认识结婚的，当时我爸爸在农村，妈妈是天津人，我爸爸总觉得当时结婚时比较困难，给予我妈的并不多。虽然妈妈从来没抱怨过什么，但是爸爸总觉得欠她什么，所以比较听妈妈的话。当然管我的重任他也扔给了妈妈。有时候我跟爸爸抱怨，他总是说妈妈是为我好，长大了以后就会明白父母的苦心。"

邱敏慧向我诉说着，她的苦恼在于父母完全把她当成私有财产一样，而不是完全把她当作有独立人格的人。他们觉得生养她一回，作女儿的就应该感恩戴德，顺从乖巧。邱敏慧说她在整个初中阶段就是这么做的，但是她非常不情愿。每天妈妈都要求她早请示、晚报告，甚至还背着她偷偷跟老师交代要把她在学校的行为告诉她。这些邱敏慧都忍了。

等上了高中以后，随着年龄的增长，父母的"认真"也在增长。矛盾愈演愈烈。

这个年龄阶段的少男少女正是情窦初开的时候，难免会对男女之事感兴趣。同学们之间也有传言：谁喜欢上谁了，谁是谁的女朋友。

邱敏慧很骄傲地告诉我："不瞒您说，我在高中时候已经出落成了个大姑娘了，长得比较好看。学习成绩也还可以，虽然不是拔尖，但是一直在上游。尤其我对文科比较感兴趣，写的作文经常作为范文被老师念，我也想考文科。但是妈妈爸爸反对，他们觉得'学好数理化，走遍天下都不怕'，所以还是建议我学理科。妈妈经常以身作则地告诉我，学理科将来搞科研，是真正的人才。我却觉得每个人都有每个人的喜好，不应该把自己的喜好强加给别人。但是妈妈的唠叨和爸爸的劝告，我原来还反抗着解释，后来就干脆装听不见，我还是喜欢看我的小说，学我的文科。后来发生的一件事使我们表面和谐的关系僵化了。"

不知不觉，已经到了该吃午饭的时间了，我为邱敏慧倒了一杯水，"小邱，说累了吧？咱们也留个谜底怎么样？监狱规定的吃饭时间到了，在这里没法请你吃饭，我明天再来看你好吗？"

邱敏慧点了点头。

在回去的路上我都在想，邱敏慧应该说是一个好孩子，她的成长环境是比较好的，父母感情很好，家庭很完美，难道仅仅是孩子的逆反心理就使她的人生观发生了变化？这个女孩还有故事。

如此爱：为一枚塑料瓶盖的戒指献出了第一次

第二天天有些阴，我驱车赶往采访的路上。已经秋雨绵绵了，下车时一股寒气迎面袭来，我不禁打了个冷颤。

推开门时，狱警早已将邱敏慧带进接待室，她已经在等着了。我赶紧道歉："不好意思啊，让你久等了。我来晚了。"

她笑了笑说："没事，今天下雨，本来每当下雨时我的心情就不好，不过在这种地方能有个人陪我说说话，我就很知足了。"

说话时，她的眼睛一直望着窗外，玻璃窗上的雨滴一点一点滑落，邱敏慧的故事也从心底一点一点流出……

整个高中阶段，邱敏慧过得并不愉快，几个男孩子偷偷给她写信，朦朦胧胧地表达对她的爱慕之情，邱敏慧没怎么往心里去，倒是她的妈妈也不知道怎么知道的，反而非常重视起来，经常偷偷跑到学校打听。

我问她："你妈妈也像电视上报道的那样翻过你的日记吗？"

"这倒没有。但是她做过更出格的事儿。当她知道有男孩子给我写信这件事之后，那种对我一直不信任的眼神一直在我的后背上蔓延，包括同学给我打电话，约我出去玩儿，她都要仔细地过问。一天中午趁我不在，我妈妈竟然把给我写字条的那个男生叫到操场狠狠训了一顿，并且警告他再写纸条给我，就直接找他的父母。那个男孩子为这件事，好长时间没有从自卑中走出来。"

邱敏慧非常反感母亲这么做，她跟母亲大吵了一架，那次母亲很伤心，父亲也怪她没有把精力放到学习上。在此之后，邱敏慧倔强的性格使她不愿意再跟母亲沟通。

难怪！想想现在的孩子，都成熟得非常早，父母们过多的干预反而会起反作用。

邱敏慧接着说："后来一个考上大学的表姐告诉我，等我考上大学就完全自由了，那个时候父母想管也管不着了。我忽然一下子就想通了，只要我考上大学，我就会获得自由！"邱敏慧把"自由"两个字说得很重，让我感到她那个时候就像是已经被关在"监狱"里面了！

拥有迷人的身段，美丽的容颜，这是多少女孩子梦寐以求的心愿。邱敏慧说自己很幸运，上帝在给予了她令人妒忌的外表的同时，还给予了她智慧——1995年，她以高分考取了北京的一所重点财经类大学，成了一名金融专业的大学生。

邱敏慧形容当时的心情是：小鸟出笼了。当时她的想法是考到外地上大学，但是却遭到了父母的坚决反对。虽然也还没有完全脱离父母的监管，但是毕竟有了学校这样一个比较宽松的地方，有了相对自由的时间和空间，邱敏慧说："我得到了一定的自由。"说这句话时，邱敏慧的语气里面透着无奈。

我们的教育把注意力全部都放到了考大学这一条路上来了，父母们耳提面命，老师们谆谆教导，学生们呕心沥血，等到一考上大学，大家都松了一口气，仿佛大功告成一般：父母们完成了心愿，教师们完成了指标，孩子们完成了任务。至于上了大学以后，这四年怎么度过，大家都很茫然！

邱敏慧也说："真上了大学，刚开始觉得挺有意思，我的性格又比较活泼，这下可以充分发挥我的特长了。我一口气参加了好几个社团，忙得不亦乐乎，慢慢地在学校里有了名气！那个时候就有男孩子公然给我写求爱信了，我毫不掩饰地把信带回家给父母读，一边读我一边告诉他们，我已经成年了，不管干什么都是我的自由！"

"是为了向父母表示自己已经长大了吗？"我不解。

"我也不知道，但肯定不是为了报复父母。我知道他们为我好，就是觉得心里压抑得很，看着他们无奈地摇头，我心里有种释放了压力的快感。"邱敏慧解释道。

一切正如邱敏慧所言，她成了财经大学的"明星"。她的身边不乏追求者，她感觉到了一种久违了的自豪感。

邱敏慧向我坦言："现在的大学已经不再是什么象牙塔，也不再是理想国，大学生也不再和天之骄子划等号了。有钱的同学花钱如流水，没钱的同学每天吃不起食堂！物以类聚，人以群分，同学之间好像有条清楚的分界线一样。大家的目的都很现实，有能力的多学点东西，没能力的多找点关系，因为就业的压力已经从大一开始就压在了头上。我没有压力，因为好长时间不愿意回家，父母给了我充足的生活费，爸爸有时候还偷偷多给我一点零花钱，所以生活比较宽裕。当那些从农村考到北京的同学玩命似地学习挣奖学金的时候，我觉得我要过属于我的生活，大一时，我疯狂地迷上了跳舞，舞技在学校几乎无人能敌。"

一天，邱敏慧的一个女同学过生日，邀请她去舞厅跳舞。那时邱敏慧还是第一次到舞厅，色彩斑斓的灯光和激情四射的气氛令邱敏慧着迷。邱敏慧到了以后才发现，同去的还有女同学的男朋友及他的一帮哥们儿。那晚，邱敏慧把舞技发挥到了极致，但是她的目光被一直躲在角落里面那个叫谭大豪的男同学吸引着。据女同学介绍，谭大豪是北京一所著名理工院校的大三的学生，家里条件挺好。他穿着笔挺的西服，帅气的脸上有一双明亮的眼睛，他几乎没怎么说话，整晚坐在一旁喝饮料，他的目光也一直追逐着邱敏慧美丽的身姿，这一切都没有躲过邱敏慧的眼睛。

你有情我有意，邱敏慧被谭大豪的帅气吸引了。

几天后，那个过生日的同学带来口信儿，说谭大豪要约她见面。邱敏慧答应了。见面的地点在一个酒吧。

邱敏慧说到这里时，一脸的幸福。她告诉我，酒逢知己千杯少，那天晚上她知道了什么叫甜蜜的爱情！从此，由于两所学校离得并不太远，谭大豪经常来看她，每次来时都大包小包地给她买好多东西，这让同宿舍的姐妹羡慕不已！

相遇的时间很短暂，相爱的时间却很快，转眼邱敏慧到了大二下半学期，她一直被幸福包围着。那天是邱敏慧的生日，她故意没告诉谭大豪，她想看看自己在他心里到底有多重要！

那天下着小雨，谭大豪好像真的忘记了，一天都没有给她发来短信。邱敏慧很生气，一个人孤零零地在宿舍里生闷气。突然门外响起了敲门声，邱敏慧没好气地连问了几句"谁啊？"都没有人答应。

她生气地推开门刚要发火，天啊！门口外一大捧玫瑰花，谭大豪靠在墙上坏笑着。

999朵玫瑰！谭大豪花光了自己一个月的生活费。

谭大豪挽着她的手到了那个他们第一次见面的酒吧间，两个人一边喝酒一边幸福地畅所欲言。

当晚，谭大豪喝了不少酒，当他一口气喝完一整瓶饮料后，他用刀子切下了饮料瓶口的圆圈，并套在了邱敏慧的无名指上，他说："邱敏慧你记着，总有一天，我要把它变成钻石！"

那一瞬间，邱敏慧有些头晕目眩。她隐约听见他说："我是真的喜欢你，从在舞会上遇到你……"说到这儿，谭大豪停了一下，艰难地说完了下面的话，"邱敏慧，你现在就可以走，但是如果你选择留下，你就要永远地做我的女人。"

邱敏慧感动得热泪盈眶，外面小雨淅淅沥沥地下着，两个人迷迷糊糊走进了一个酒店……

第二天一早醒来，邱敏慧知道了昨晚意味着什么，谭大豪搂着她的肩膀，轻轻地说：爱你一万年。

大学里的爱情就像温室里娇嫩的花草一样经不起风吹雨打。邱敏慧告诉我，她和谭大豪的爱情之花仅仅开了半年就凋零了。失去爱情的那天她知道了什么叫心碎！

有一段时间，谭大豪说自己在准备托福、雅思考试想出国发展，邱敏慧也买了相关书目准备和谭大豪一起去参加考试。两个人见面的时间变少了，谭大豪对她的关心似乎也少了。一开始邱敏慧以为他是在准备考试，直到有一天同一个宿舍的女友晚上回来神秘地告诉她：谭大豪今天陪一个女孩子在逛街，看样子两个人很亲密。邱敏慧不以为然，她觉得自己把一切都给了他，谭大豪不会变心。

但是很快，传言便成了现实，当她忐忑不安地去谭大豪宿舍找他时，迎面碰见他搂着一个满身名牌的女孩子从宿舍里走出来。邱敏慧红着脸，知趣地走开了，就当什么也没看见。那一刻，她觉得自己是只丑小鸭，在两只天鹅面前扭来扭去。

说到这里，邱敏慧说不下去了，我示意她放松一下。

如此觉醒：我不想一辈子猪狗不如

我理解一个女孩子失去一份真挚的感情心里是多么的难受，尤其在大学里，感情是很真实的。我不好再追问，只是默默地看着眼前这个女孩子。

一丝悲伤掠过邱敏慧的脸，又转瞬即逝。她坦言："初恋的感觉总是美好和难忘的，到现在我也不后悔遇见谭大豪，只不过他挽着那个女孩子走过我身旁的那一刻永远地烙在了我的脑海里，烙在我的心里。那次失恋对我的打击非常大，好长一段时间我不知道如何打发日子，我只记住了谭大豪离开我时说的那句话：慧慧，别怪我，这个社会就是这么现实。说实话，她的性格没有你好，脾气挺大的。但是她能给我的你给不了我，我和她好，是因为她家里有背景，能把我直接送出国……"

邱敏慧告诉我，谭大豪后面的话她一句也没听到，就是觉得眼睛被一层雾气笼罩住了。她默默地走开，但是心里在滴血。

后来，她明白，谭大豪不过是吃软饭的主。从小城镇出来的他，家境一般，唯一值得骄傲的是父母给他的一副不错的皮囊，一入大学，他的眼睛就盯住那些长相还可以，家境比较优越的女孩子。往往是在榨取那些女孩子的可利用的价值之后，他便以各种借口将这些女孩子抛弃了。

明白了谭大豪是怎么一个人之后，邱敏慧颓废了好一阵子，那一段时间她患上了严重的失眠。当姐妹们都甜甜地进入梦乡的时候，她却辗转反侧。她不愿再回忆那些令人心碎的往事，她觉得自己很可怜，直到现在才终于明白：原来这个世界竟然是这么的现实！海誓山盟抵不住金钱的诱惑，我心依旧不过是自己骗自己。自己已经失去了最宝贵的东西，一定要用别的东西补偿回来。

有一刻，她忽然"嗤嗤"的笑出声来，那晚她彻底觉悟了：假的！都是假的！自己是那么傻！竟然被一个塑料戒指骗得那么惨！

那天晚上，邱敏慧告诉自己：要成为别人的中心，要让别人围着自己转，要让自己成为别人命运的主宰！

在大学里面流行一句话：考研活得像条狗，保研活得像头猪，找工作的活得猪狗不如！转眼到了大三下半学期，邱敏慧不想再待在校园里，她坚决奉行：60分万岁！"实用主义"万岁！她想赶紧离开学校这个伤心地，到社会上闯荡一番。有了一次刻骨铭心的感情挫折，此时的她早已经是一个八面玲珑的人了。

此时的邱敏慧已经出落得亭亭玉立了，不仅容貌艳丽而且体态匀称，灵气也是十足的，还带着一股清纯的气息，成了有名的"校花"之一。她觉得要充分享受自己最美丽的时光。

在一年一度的"欢送全校毕业生文艺晚会"上，邱敏慧作为主持人名冠全校。虽然已经到了大三，但是邱敏慧充分利用自己歌舞文艺的特长，积极活动于学校里的各种社交场合。邱敏慧的身后仍然有一大群追随者，几乎每星期她都能收到两三封或炽热火爆或情意绵绵的情书，每到周末往往会有若干人等请她去看电影、吃晚饭、去舞厅……

所有这些，并不能使她为之所动。邱敏慧知道，自己要的绝对不再是一份简简单单的爱情。她要成为优雅、时尚的白领丽人，好好活给自己看，也活给别人看。

她告诉自己的室友，一个女孩子，身体（贞操）失去了，还有心。她强调说，一个真正的女人一定要用上半身（大脑）生活，女人的下半身（肉体）是干什么的？是为上半身服务的！如果不明白这个道理，再漂亮的女人也是可悲的。

她发誓不再做那种花瓶式的清纯女孩子。她在日记中写道：女人不只是让别人欣赏的，她还有自己的头脑，还有自己的主见，还有自己的世界！要学会充分利用你拥有的东西！

一个女孩子"拥有的东西"是什么？显然是青春和美貌。"充分利用"是什么意思？青春易逝，红颜易老，要充分开掘现有的资源。

以前谨慎、低调的她现在能用异常平淡的态度应付别人火辣辣的眼光。情书她每一封都认认真真地读，但是读后决不会回信。她把那些信一封一封整整齐齐地叠好，这些就是自己出众的最好证明。当有追求者打来电话表达爱慕之心时，邱敏慧学会了圆滑和机敏，以前那个腼腆小心的女孩子变了，变成了一个胆大心细，能看透人心的女人。走在校园里，有许多眼睛盯着自己的一举一动，邱敏慧觉得很得意；出门办件小事，会跑过几个男孩子积极献殷勤，她觉得自己成了主宰；同性伙伴中有嫉妒的信息传过来，她感到了一种无比的快乐。

邱敏慧告诉我，那个时候她就下定决心了，一定要活得精彩！

荒唐理论：美丽就是女孩子最大的资本！

眼看就要毕业了，大四新开学才半个多月，邱敏慧就充分利用了一个以前追求她的男生的关系，轻轻松松地在学校勤工部找到一个去一家在中国的日本公司打工的机会。

这家日本公司的总经理叫井田，在打工期间，邱敏慧利用一切机会观察井田的喜好，仔细地记在心里。公司里的人都挺喜欢这个长相甜美，善解人意的女大学生。

"为了博得大家的好感，那时我可是下了不少功夫！"邱敏慧告诉我，"我当时的日语基础比较差，我就充分利用和公司里日本员工打交道的机会，狂练日语。因为我知道，要想有发展，我必须要接触那些处在高位的公司领导，而其中的大部分人都是男士。我就每天观察他们。"

我不得不佩服这个女孩子很有心计，我问她："你做的这些努力得到回报了吗？"

邱敏慧点了点头。

一次公司开大会，邱敏慧本来没有机会参加，但是由于人缘好，部门经理就让她留下了。原来，井田马上要过生日了，他想请公司员工开一个生日晚会，来庆祝他在中国过的第一个生日。他想请一位中文和日语都说得很好的女孩子当主持人。

没想到话音刚落，邱敏慧大大方方地站起来，用流利的日语毛遂自荐。当井田得知这位漂亮的女孩子竟然只是一个实习生时，大为高兴，他当众表扬了邱敏慧的勇敢，并让自己的秘书专门和她商量晚会主持的事宜。

接待邱敏慧的是一位看起来很精明的年轻人，姓赵。邱敏慧一眼就看出这个赵秘书也是刚来公司工作不久的新人。晚会的准备时间有足足10天，但是赵秘书却一直奇怪他的这位搭档既不打电话到公司，也不见她的人影，毕竟在晚会之前需要串一串台词呀！赵秘书哪里知道，邱敏慧充分利用了这次当主持人的机会，主动接触井田，已经把这位总经理的喜好摸得一清二楚，哪里还用得着和他商量。直到晚会开始前一个小时，邱敏慧才赶到，她与赵秘书的"演习"匆匆进行了半个钟头，就很自信地说"OK"了。

晚会开始了，邱敏慧身着一件拖地的白色连衣裙，像一只白天鹅出现在会场上；她举止庄重而又不拘束，一行一动似乎都带着舞蹈抒情的意味；她声音清脆悦耳，像一只百灵鸟在歌唱。霎时间几百双眼睛都被吸引过去……

晚会主持得很成功，邱敏慧独领风骚，而赵秘书能做的似乎只有偶尔附和两句，再就是陪着干笑了。

晚会的最后是交谊舞会。她走到一个咖啡桌旁刚坐下，赵秘书悄悄地走过来说，"邱小姐，我们总经理想请您说几句话。"

井田先生虽说今天就迈进40岁的大门了，看上去却正像一个30岁左右的地道的中国人。开始邱敏慧还怕语言不通彼此交流困难，然而一张嘴，她才知道自己的担心是多余的了，井田先生一口流利的普通话，其普通话水平甚至要胜过一般的语文教员。

"我自幼生活在北京这个城市里，我的母亲是新加坡人，他们很早就来北京做生意。我喜欢日本，更喜欢北京。"井田先生自我介绍后，发出邀请："我们一起跳个舞好吗？"

舞曲悠扬地响起了。井田老板挽着她徐徐步入场中，正在狂欢的职员们不约而同地都停下来注目观看，继而爆发出一阵掌声……

井田老板舞技很高，推、扛、带，舞步稳健有力，邱敏慧更是舞林高手，旋转、扭腰、灵活流畅。看得出井田先生非常兴奋，他仿佛又回到20多岁，跳得越发起劲了。

邱敏慧敏锐地觉察到这位日本老板有"亲近"自己的意思，于是她就顺势发挥出杨柳随风的本领。几支舞曲结束，井田经理的眼睛就离不开邱敏慧了。

舞终才10分钟，这次不是赵秘书，而是井田先生亲自走过来邀请她与他同台演唱一首中国歌曲《天仙配》——这可是晚会事先没有安排的节目！

不用说，他们的配合默契极了。

12点钟，晚会才宣告结束。井田老板亲自把她送上车，又热忱地把自己的手机号码和公寓号码都留给了她。

下车的时候，那位赵秘书，掏出一叠人民币给她："邱小姐，总经理很欣赏您，这是他给您的3000元报酬。请收下！"

邱敏慧很清楚井田老板对自己着迷了，她暗暗对自己说："一定要抓住这次机会！因为这可是自己命运的一个转折点。"

我问她："一个岁数比你大一半的男人，他想得到的也许只是你的身体而已，你难道不知道吗？"

邱敏慧狡黠地笑着说："嗨，这个社会就是这样，弱肉强食。我不如那个女孩子有实力，所以她可以活生生夺走我的男朋友！有的人不费吹灰之力就能挣大钱，有的读了一辈子书连个工作也找不到。差别就在于，有的人掌握资源，有的人掌握技术。掌握技术的人永远要给掌握资源的人打工。我不想一辈子成为打工者，我想掌握资源，而当时那个井田对我很好，他掌握着别人不掌握的资源。"

说这番话时，邱敏慧说得是那么自然，而我听到的是那么刺耳！她才20多岁的年纪，怎么变得这么"成熟"！这个世界在她的眼里已经被完全"经济"化了！

邱敏慧告诉我："我爸妈老说搞科研才是正路，他们看不惯我的一些做法，我就是要用行动告诉他们，这个社会不只有一条路才能成功。成功的路径有很多，我要走捷径！"

邱敏慧有意识地展示了自己，她以自己的魅力、活力完全征服了井田，也征服了当晚与会的所有人员。40岁的井田先生果然行动了，先是派赵秘书驾车来，继而索性自己亲自开车直接到财经大学的门口。他费尽心机变花样地讨她欢心：接她到市内的各大公园、市郊的各大名胜场景去游览，带她去许多有名的酒吧间、卡拉OK厅狂欢，带她进超豪华的酒店吃饭……

邱敏慧很懂男人的心思，她从不主动要求他干什么，但往往是有"请"必应，她明白日本老板是有所"图"的，但她很机智，总是把井田的胃口吊得高高的。尽管如此，邱敏慧知道，要想进入井田的公司，不给他点甜头他是不会帮她使劲儿的。所以井田的"追求"有了突破：周末的一次舞会上，怀里揽着她，他似乎都有些意乱情迷了，昏暗的灯光下耳边响着醉人的舞曲，最后两人竟然不觉中紧紧地拥抱在一起，邱敏慧轻轻地吻了吻井田的秃脑门。

一个月后，两人从新开发的风景区回来，车子进市区的时候，已经是晚上9点钟了。

"到舍下喝杯酒吧，邱小姐？"说话间车已停在一幢楼前。这里是井田先生的私人住处。楼共有三层，室内装饰豪华不用说，单是房间就有十几个。

井田自称是调酒师出身，到里屋呆了半天，才把两杯鸡尾酒端了出来。喝完酒，井田又和她聊了起来。过了一会儿，她忽然觉得浑身燥热起来，脸部也有些发烫，一股热流在胸中冲涌着，头脑也开始发昏，动一动四肢酥软，她看见井田笑吟吟地走了过来，她便顺势倒在他的怀里……

第二天一觉醒来，她用手轻轻推开井田那并不庞大的身躯，出去洗了个澡，回来身穿睡衣坐在床边。

井田醒来的时候，她正对着梳妆镜梳理秀美的长发……

"我想买一条铂金项链。"她提出了第一个要求。

从此公司里职员们都知道老板有了一个年轻漂亮的情人，学校里的几个同室好友，都向她恭贺"傍"上了一个大款。靓女傍大款，谁说不是现代城市生活里的一个普通景观呢？当然也有一些人在背后说闲话，但她不在乎。

邱敏慧告诉我："当时我的想法很实际。时代发展了，伦理观也得改变，不能老固守那老一套。现在这个社会还有什么是不可能的？中国传统'三纲五常'那些封建流毒到今天应该完全剔除了，人们都讲求爱情要忠贞不二，因此男女之间就要保持'性'专一。其实,'爱情专一'难道就与'性专一'有着必然的联系吗?做大款的情人并不等于自己以后就没有爱情,也不等于自己对爱情就不专一。再说现代市场经济社会人追求的是什么?说得高雅一点,叫'人的自我价值的实现',说得俗一点就是'我有资本'。年轻美貌善于社交,所以才能傍上大款,现在伸手就来钱,难道不是实现了自身价值吗?至少在当时,我的价值观在一定程度上实现了。"

身边很少再有献殷勤的"奴隶"了,但是井田那辆白色轿车可是随叫随到。大四的功课没多少,哪一天闷得慌了,她就拉着她那一帮"姐妹儿",坐上轿车到某个豪华酒店暴撮一顿。吃完了饭再去买衣服,到大商场的衣帽专柜,让大家帮着挑,看得上眼的,带走,后边自然有人付账。看着女伴们羡慕的神色,她心里甭提有多美了。

40多岁的井田并不是亿万富翁,但是供养一个像她这样的大学生情人,他还是有能力的,也是心甘情愿的。之所以这样做,也是他精神上的需要:长期以来繁忙的商业事务使他有家难归,在异地他乡找一个情人以寄托无聊的情绪又有什么不可呢?邱敏慧也明白这一点,于是一方面她拿出少女脉脉的温情和青春的魅力在一定程度上迎合对方;另一方面她又在花钱上注意节制,争取不超过井田的能力范围,又能恰倒好处达到极限。没有多久,聪明的她就有了一笔不小的存款。

得意的实践:游戏男人,游戏人生

1999年7月,邱敏慧从财经大学毕业的时候,也正是井田先生离任的时候,他被总公司调回日本国内另有他任。井田当然忘不了自己的"小情人",经他推荐,邱敏慧进入另外一家日本在华企业——松羚公司,在公关部效力,月薪7000元。

井田走了以后,邱敏慧算是真正投身到了商界,她开始感觉到了事业的压力。她利用自己出色的社交能力迅速地熟悉了松羚公司的各种业务内容,积极联系业务，为树立企业良好形象献计献策，终于取得了良好效果。公司总裁绝大多数时间在日本，主理公司的执行总裁李凯是位中国人，他也开始注意到邱敏慧的才华。

一天下班后，李凯把邱敏慧叫到了办公室。李凯把送茶水的秘书也打发走了，并特意嘱咐：没有我的允许，谁都不能进来。邱敏慧知道，老板有大事交待。

果然，李凯开门见山地提出：公司有一个重大的任务需要她去完成。原来，松羚公司是做媒体服务技术的一个公司，现在某区有一笔数目不菲的政府采购项目，好多公司竞标，竞争非常激烈，而据公司打探到的可靠消息，区外贸局的副局长李振平掌握着这些公司的竞标底价和各种详细的竞标书。李振平是财经大学的"老三届"，所以公司想请邱敏慧出马，靠近李振平，争取从他的口中得到更多的商业秘密。

邱敏慧说："当时我听到这个消息时，就感觉自己像一个间谍一样。而且李凯说得很明白：利用你的美貌，利用你的魅力，更要用你的智慧。公司除了给你提供一切你必须的车辆、资金等保障之外，一切都要靠你自己想办法。事成之后，直接奖励50万元人民币，升任公关部经理。"

我问她："你知道这件事对你意味着什么吗？"

"当然！"邱敏慧回答得很干脆，"我知道自己会牺牲许多，可人生能有几回搏？美貌青春都是有时限的，一旦人老珠黄就再也没有人会在意你了。所以必须抓紧一切机会，把自身的优势充分地开掘出最大的价值。"

邱敏慧是这么说的，也是这么做的。

她通过各种方式迅速地找到了李振平的联系方式和家庭住址，甚至包括李振平的生日、喜好她都弄得一清二楚。更厉害的是，邱敏慧竟然通过多方打探，得知李振平由于和妻子感情不合，正在闹离婚。邱敏慧利用大学校庆的机会，顺利地与李振平结识。

邱敏慧对我说："结识李振平以后，刚开始时我总有种负罪感。为什么呢？他和井田不一样，我和井田是等价交换，各取所需。但是李振平怎么说也是我的校友，而且他过得并不如意，也混到了正处级，但是家庭并不幸福。为了能离婚，他什么都不要，每天晚上睡招待所。"

我问："那你怎么办？临阵脱逃？"

邱敏慧又给了我一个超出她年龄段的答案：绝对不！人还是要讲信用，既然答应干一件事就一定要干到底！我不会让李振平吃亏，我给他在其它方面补偿！

邱敏慧不愧是一个高智商的大学生，也不愧是学经济出身，她很轻松地就用经济学的原理厘清了自己和李振平的关系——交换！当然这种交换的含义很广泛，也包括良知！

邱敏慧牢牢地把李振平的生日记到了脑子里，李振平在生日那天收到了邱敏慧发来的祝福短信："剪不断的是校友情，流不尽的是同窗泪。恕我冒昧这样叫你，李师兄，衷心地祝福你生日快乐！今天让我来给你过这个生日好吗？"

李振平被感动了。他很爽快地赴约了。酒桌上，只有邱敏慧和李振平两个人，邱敏慧殷勤地给这位正处级老校友斟酒、夹菜。李振平很高兴，他没想到自己面前的这位小朋友竟然这么细心，他知道邱敏慧肯定有所求，心里也猜了个八九不离十，但是就冲她这份热心，他觉得很知足。

那天晚上，两个人聊得非常开心，邱敏慧第一次喝了那么多的酒！她觉得和李振平聊天非常亲切，虽然李振平要比她足足大了20岁！那天吃完晚饭已经快12点了，邱敏慧扶着李振平走进了早已经开好的房间。

邱敏慧脑子还挺清醒，她向李振平要各个公司投标的底价和投标书。李振平半开玩笑地说：那要看你这个小校友有什么样的公关本事！

没想到，话刚说完一个光溜溜的身子就抱住了他！两个人顺势倒了下去！

第二天，邱敏慧醒来后已经是中午12点多了，李振平早就离开了，床头柜上放着整齐的投标书！

邱敏慧告诉我："我得到了我想要的东西，也没有亏待这个老校友，我给了他20万元安家费，当然钱是公司出的。"

我听完后，不知道怎么忽然想到了邱敏慧的男朋友，当我随口问起他的现状时，又后悔不已。干吗又提她的伤心事呢！没想到邱敏慧却爽快地笑了，"我见过他一次。在美国混了几年，又跑回来了，现在还在一个小公司打工呢！我忽然觉得他那么可怜。男人真是有意思，也真好玩儿。当你需要他时，他说我要离开。当你已经把他忘记时，他又落魄地出现在你面前。不过我已经对他没有兴趣了。此一时彼一时，我已经不再相信什么唯美的爱情了！"

采访必须结束了，因为整整一个上午，邱敏慧一直没休息，她说得很兴奋，我只能打断她。

"小邱，你累了，也该歇歇了。我明天来好吗？"

没想到邱敏慧谈兴正浓，"你要是不饿，就直接听我说完得了。我想，自己的故事快要结尾了。"

迅速蜕变：名副其实的"商业间谍"

邱敏慧出色地完成了任务，给公司成功中标立下汗马功劳！很快，李凯兑现了承诺，邱敏慧顺利地当上了公关部经理，公司奖励给她50万元，月薪提升到12000元。

邱敏慧告诉我，那个时候，她真的觉得自己是成功人士。当她开着丰田汽车回家看父母时，明显地感觉到了邻居们那羡慕的眼神。

邱敏慧说："我们这代人虽然是独生子女，但是我们还是讲情义的。我又给了李振平10万元，这是从我奖金里面提的，我想让他经济上富裕一些。老实话，现在官员的级别只有他们自己才感兴趣，有权却没有钱。我给李振平钱，是想让这位师兄找个好一点的老婆。"

邱敏慧所说的"快要结尾了"是指她真的成了名副其实的"商业间谍"！

随着经济的发展，竞争无处不在，愈演愈烈！商战，犹如没有炮火硝烟的战场。而作为商业秘密，作为企业拥有的一种无形资产，在激烈的市场竞争中起着举足轻重的作用。国家工商行政管理局《关于禁止侵犯商业秘密行为的若干规定》第二条规定："本规定所称商业秘密，是指不为公众所知悉、能为权利人带来经济利益、具有实用性并经权利人采取保密措施的技术信息和经营信息。"

　　生产经营者为了占据竞争中的优势地位，一方面总是积极制造并维系着自己的商业秘密，另一方面却又想方设法去探听并获取别人的商业秘密。商业秘密是现代企业重要的无形资产，它内涵极高的市场价值和潜在利润，维持着企业的竞争优势；失密往往会使企业在商战中遭受巨大经济损失，丧失竞争优势，甚至一蹶不振。

　　由于媒体服务行业的竞争越来越激烈，对松羚公司构成最大威胁的是一家叫信田的私人公司。这家公司的老板叫刘巨，是位名副其实的"海归"。两年前，刘巨从美国学成归国创业起家，他的研发团队掌握着媒体服务的核心技术。

　　这次，李凯又交给邱敏慧一个艰巨的任务——打入信田内部，获得关键的数据库。之所以让邱敏慧再次"出山"，一是因为邱敏慧刚当上公关部经理不久，许多公司对她还是一无所知，身份不容易暴露；二是上一次接触李振平并获取重要经济情报的事充分反映出邱敏慧的高智商和高情商。

　　邱敏慧知道，这次任务非比寻常，因为刘巨也是高智商的人才，要想得到他的关键数据库材料谈何容易！

　　我问邱敏慧："那你是怎么做的？"

　　邱敏慧的回答很干脆："你知道吗？一般高智商的男人都很自负，他们对自己很自信，觉得万无一失。我知道从正面出击根本不可能成功！一我不是学电脑出身，不可能从技术上突破。二我不是刘巨的熟人或者朋友什么的，他不可能相信我这样一个外人。"

　　我不得不佩服这个年龄不大的女孩了，她竟然对男人洞察秋毫。我很好奇："你的这些感受是从哪里来的？"

　　邱敏慧苦笑："哪里来的？逼出来的！我经历了痛彻心扉的初恋，为了心爱的人付出那么多，但是我什么都没有得到！后来我通过认识井田，学会了如何抓住一个男人的心；通过认识李振平，学会了如何去打动一个男人的心。这次的刘巨，别看他有高学历、高智能，但是我的情商比他要高！而且我有一个最大的优势：我是女人！人们都说：英雄难过美人关！他一样也过不了美人关！"

我立时觉得眼前的女孩子很可怕：像长了三只眼！那第三只眼能看透男人的心！

邱敏慧知道，电脑技术不可能在短期内通过培训得到提升，而且通过破译密码得到重要数据库的可能性微乎其微，因为刘巨是学电脑出身，要想破译他的电脑，简直就是"关公门前耍大刀！"

邱敏慧在原有的计算机水平上，特意跟着一个公司请来的行家进行了一个多月的高级培训。她还学会了公司特意给她买的微型照相机照相技术和破解文件加密技术。她知道刘巨是美国名牌大学毕业，英语水平相当高。她特意上了老外举行的英语口语、听力高级培训课，凭着出色的语言天赋，在很短的时间内把自己的英语水平提高了一大截！

机会来了！

刘巨的信田公司由于业务发展很快，需要招聘能力很高的客户服务人员，这些客户服务人员要有高学历、英语口语非常流利。邱敏慧设计了一份非常新颖的求职简历，为了不被熟人发现，她还特意留起了长发，学历上的毕业学校也改成了外国语学院，研究生，有过工作经历。凭着甜美的长相和出色的口语，邱敏慧入选了复试的名单。

在复试的当天，主考官只有三位：一个是刘巨自己，另一个是客服部经理，另一位是一个年轻的少妇。邱敏慧一眼看出：这个少妇是刘巨的夫人。

邱敏慧凭借出色的表现得到了这份工作。她知道时间紧迫，每耽误一天，自己的公司就会面临着信田激烈地竞争，效益就会受到很大的影响，李凯给自己的"升任公司的副总，年薪30万美金"的承诺就会晚一天实现！所以从进入信田的第一天起，邱敏慧就把自己的特长发挥得淋漓尽致，她凭借着出色的口语和甜美的笑容赢得了信田公司上至刘巨，下至普通职工的认可。尤其是在客服部这样一个关系公司形象的部门，邱敏慧的细致周到的服务得到了客户们的认可。不少客户因为邱敏慧的热情服务，又给信田拉来了新的客户。邱敏慧来到信田短短3个月，信田的客户数量就增加了，业务额也增长了。

刘巨很高兴，在公司季度总结会上，当着全体员工的面表扬了邱敏慧，并直接把客户部经理的位置给了邱敏慧。看着原来那个男的客户部经理成了自己的手下，邱敏慧很有成就感！她知道，自己的第一步计划"暗渡陈仓"已经圆满完成，因为在这段时间里，她已经把能掌握的客户详细名单和详细情况都源源不断地给了李凯，这些已经是非常难得的商业信息了。就好像两军交战一样，李凯的部队已经发现了刘巨部队的补给线了，只要一点一点拉拢蚕食掉这些客户，刘巨的信田就有麻烦了。

但是邱敏慧真正的目标在于搞到信田公司的核心数据库，这是信田的真正的"七寸"！

刘巨的妻子李萌是刘巨在中国读大学时的同学，她先是在中国工作供刘巨在国外读书，后来又跟随刘巨去了美国。两个人的感情很深。刘巨公司的一些关键部门如：财务、人事、技术，李萌都掌握着相当多的信息。邱敏慧利用客服部跟各个部门联系比较广泛的关系，很容易就和李萌打成了一片。

刘巨和李萌因为事业都还没有要孩子，邱敏慧利用这一点做起了文章。

邱敏慧对我说："女人最大的弱点在于太感性！有时候不会用理性思维思考问题。她们真的能为了自己深爱的人付出一切！我吃过亏，不过那时候不懂事。后来我发现，李萌和刘巨不一样，她对公司的事情不是特别上心，她非常想要个孩子！"

邱敏慧很快就和李萌成了无话不谈的朋友，李萌还热心地想给邱敏慧介绍男朋友！一次，刘巨因为忙，没法陪李萌去医院检查身体，李萌就拉着邱敏慧去了妇幼保健院。

在等待检查的空闲，邱敏慧羡慕地问李萌："李姐，你多幸福！不久也要当妈妈了，你嫁了个好男人！刘总当时是怎么向你求的婚？他都对你说了些什么呀？"

李萌幸福地微笑着："他说：爱我一万年！"

邱敏慧听了以后浑身一激灵，李萌着急地问她是不是感冒了。

多么耳熟的一句话，谭大豪当时也曾信誓旦旦地对自己说过！时过境迁，没想到男人们对女人说的山盟海誓也这么相似！

李萌进去检查了，邱敏慧忽然想到了什么。

她对我说："有时候女人的感觉真的很准！你猜我当时想到了什么？"

我微笑着调侃："难道是达芬奇密码？"

"看来你应该做女人。你的智商也挺高的。我当时就意识到，可能这就是核心数据库的密码！"

"那你下手了？"我问。

"我当然不会那么傻！我才进公司这么几天，不可能接触到这些重要的东西。我还需要让刘巨更加信任我。我要让他觉得我是信田不可获缺的人才！"

这个邱敏慧真是高智商，她很懂得"欲擒故纵"的道理，在一次国际产品展示会上，她把前来参加开幕仪式的李振平介绍给了刘巨！

当刘巨得知眼前的这个中年人竟然是堂堂的外贸局李局长时，那种欣喜的表情溢于言表！他当然知道，结识了这位大局长意味着什么。更令他没想到的是，竟然是这个年纪不大的邱敏慧搭的桥！从此，刘巨把邱敏慧当成了自己人。李萌也经常把她叫到家里做伴！

邱敏慧已经完全获得了刘巨的信任，并且成为了公司的骨干。信田公司的各种商业机密都源源不断地送到了李凯的眼前。

李萌怀孕了，邱敏慧更是经常往刘巨家里跑，陪着李萌做各种各样的检查。

一天晚上，李萌给邱敏慧打电话，她在电脑里存了一些育儿的资料，可是怀孕以后不能再接触电脑、打印机等电子设备，因为这些东西都有辐射，对肚子里的孩子不好，她想让邱敏慧帮忙打印一份。

邱敏慧觉得：千载难逢下手的机会终于来了！

公司里的员工都已经下班了。打开李萌的电脑，邱敏慧的目标可不光是什么育儿指南，她要找信田公司的商业机密——核心数据库。

果然电脑桌面上一个隐藏、加密的文件夹被邱敏慧发现了，她觉得心"怦怦"地跳得厉害！

她试着把"ainiyiwannian"几个英文字母输入进去，一敲回车键，电脑的显示器显示：密码错误！

邱敏慧头上冒汗了，因为不能在公司耽误太多时间，李萌都清清楚楚地告诉她育儿资料在哪里，如果时间长了，她肯定会怀疑！邱敏慧的脑子飞快地旋转，她突然想到是不是要输入刘巨和李萌的名字才行。

邱敏慧觉得自己的手有些颤抖，她屏住呼吸，又试着把"liujuailimengyiwannian"几个英文字母输入进去，一敲回车键——成功了！

一个个信田重要部门的资料都出现在电脑屏幕上，还有一些邱敏慧根本看不懂的数据！管它三七二十一，她用自己的微型照相机和U盘来了个"一勺烩"！

第二天，当李凯在自己的电子信箱发现邱敏慧连夜给他发的这些附件时，他差点乐疯了，这些照片、数据活脱脱就是一把把匕首，它们就是能将信田公司置于死地的核心数据！

几天后，邱敏慧以去国外"探亲"——大概需要半年的时间，这个堂而皇之的理由从信田公司辞职了。

临走时，刘巨还特意嘱咐她：从国外回来后，信田公司的大门随时向她敞开！

邱敏慧告诉我："当时我听到刘巨这么说时，我第一次真正感到自己很无耻！与我在的几家外企公司不同，刘巨是真正想做民族品牌的人，他和现在很多'海归'不同。刘巨有句名言：中国的，世界的。我欺骗他，欺骗了一个无辜的人！我真的变成了一个臭名昭著的间谍了！而且还是利用别人善良和信任！果不其然，没过几天刘巨的公司就遭到了重创，因为李凯已经抢先一步把一款先进的机型推向市场了，刘巨的公司业务量直线下降！刘巨自然怀疑是'内鬼'做的，很快就向公安局报了案！"

看着邱敏慧有些愧疚的表情，我问她："真的后悔这么做吗？"

她犹豫了一会儿说："怎么说呢？我觉得我早晚会受到报应！我觉得我得到了许多，又失去了许多。我得到了虚荣和满足，得到了别人的仰视，却失去了宝贵的人身自由！"

采访结束时，我送给邱敏慧几本我写的书，她在得到狱警的同意后接过来，开心地说："我从别人的口里知道您写过好多书，都是关于形形色色犯罪的书。这几本也是吧？"

我有些心酸地告诉她："这几本都是一些像你这个年龄段的孩子犯罪的真实案件，希望对你有所启示。小邱，打起精神来好好接受改造，列宁说得好，年轻人犯错误，上帝也会原谅的。"

邱敏慧苦笑了一下："我现在才知道自由的可贵和家对一个人的重要性。但是对于一个女孩子来说，这样的错误也许是不可原谅的。我的父母是不会原谅我的，我给他们丢了脸。"

那个问题还是一直在我脑海里盘旋，我禁不住一张嘴就把它说了出来："小邱，我有个问题始终弄不明白。你能说说你的心里话吗？"

邱敏慧调侃道："你一个大作家，最能看穿一个人的心思，我还能瞒住你什么？"

"看你在公安、检察院阶段的讯问笔录，你的口气一直很强硬，好像你自认为自己做的很对！这到底是为什么？"

邱敏慧也许没想到我会突然这么问她，她低下头沉默了一会儿说："你不知道，我是故意这么说的。"

我大惑不解："人家都争取有个好态度，这样也许能争取宽大处理，你怎么会……"

邱敏慧，这个从采访一开始就没有表现出一丝丝难过的女孩子，头慢慢地低了下去，眼泪像昨天的雨珠一样滴落下来，突然她"哇"的一下哭出了声："我不傻，我也知道老老实实交待可能会少判我几年刑，但是我真的很想多坐几年牢！！自从我出事以来，我父母没有来看过我一次，我听来看我的朋友们说，我妈妈已经被我气得病倒了，她见着熟人就说，我不是她亲生的孩子，她要跟我断绝母女关系。刘巨的公司破产了，李萌生了个女孩子，但是为了支付拖欠员工的工资，他们卖掉了自己的房子！现在住在租来的房子里。我绝对忘不了在法庭上，刘巨骂我的话：白眼狼！你是中国人吗？！李萌见到我后竟然气得昏了过去。我毁了一个好端端的家庭！父亲也没有心思上班了，头发一夜之间白了好多。我没有脸再见他们了，我真的想多坐几年牢赎我犯下的罪孽，等出去后找个远一点的地方找个工作，我要给刘巨他们一家寄点钱，就当是我对刚出生的小孩子的补偿，永远也不再进北京城，我没脸再见他们，这里已经没有我的立足之地了……"

也许是我真的触动了这个女孩子心里面最柔软的地方，她哭得竟然是那么的伤心，我的心也疼了起来。我不知道怎么开导她，人毕竟要为自己的行为负责！

我嘱咐她振作起来，好好改造，就算是为了赎罪也要好好活着。

邱敏慧含泪点了点头！

一个女警察眼里的同龄罪犯

几天后的一个下午，在女子监狱工作人员办公室，我见到了休假回来负责邱敏慧的管教陈静。陈静也是一位美丽女子，性格比较直爽。

"王科长已经告诉我了，我一直在休假。"陈静说。原来监狱新闻科的王科长已经把我来过的事情跟她说了。

把采访邱敏慧的情况作了简单介绍后，我说道："我想更多地了解这个人，特别是了解她现在的情况。"

"邱敏慧算得上和我是同龄人。我们处在这个社会的转折时期，上大学开始要收费，毕业了不包分配，就业形势越来越严峻……"陈静分析说，"这个时期整个社会都很浮躁，你说现在的年轻人信什么，无非是金钱！在他们看来，你讲大道理，那纯粹是扯淡！说别的都没有用！"

我笑了："那你为什么要选择做警察，而且还是一个监狱的女警察？！"我知道，作为整个中国公务员体系的一分子，司法部系统管教警察的收入与社会上很多行业差距很大。作为监狱管教警察，他们不仅收入不高，而且职业风险很大。最为重要的是生活枯燥，如果说犯人是有期徒刑，他们则是"无期徒刑"。

"我想，可能是喜欢吧。"陈静说，"我父亲是位刑警，抓了一辈子坏人。我有时与父亲顶嘴，我说，坏人是抓不完的，为什么？因为社会会不断制造新的坏人出来。面对坏人怎么办？最关键的是改造人心，让这些'坏人'选择去做好人。"

她的眼神里有一种与她年龄不相符合的忧虑。她说："为什么现在的年轻人的想法与他们的父辈不一样？整个时代，年轻人生活的整个工作、生活环境变了，他们选择的余地大了，他们的想法也丰富了，他们父母的人生经验指导不了他们了，他们有权利做出他们的选择了……当他们面对资源有限的情况下，让他们去争夺，不让他们动歪脑筋的想法只是一厢情愿。"

我听得出，她对邱敏慧等同龄人的同情。联系到目前的社会环境，应该说，她的观点有一定道理。

"我不是说邱敏慧这么做是对的，我是说，要想到，他们所处的特定的环境。"陈静继续说道，"问题是，面对同样的问题，你作怎么样的选择？有的人可以不择手段，有的人遵纪守法，当然，他们自然有不同的结局。有一位大师说过，'态度决定一切！'我觉得，是'选择决定结果！'很多时候，面对具体问题，态度不是很重要的。看到别人有钱，你怎么办？想来钱快，抢劫银行啊！但是，很多人会说，成本太高。我注意到，最近几年，抢劫银行的案件，没有破不了的，为什么？现在侦破技术、手段、效率都大大提高了，中国警察的素质也不是上个世纪的水平了。靠这条路（抢劫银行）是行不通的。但是，一些高智商的、高学历的人他不用这样啊。一条电话线，一台笔记本电脑就解决问题了，通过入侵银行的网络就可以盗走成千上万的人民币。当你在银行办理存取款手续时，可曾想过：你的银行账号、储户密码、身份证号等个人信息有可能已被站在你身边的某个人盗走，从而使你的个人信息安全、财产安全面临重大威胁呢？而且，这类犯罪发现也很难。"

陈静说："我和邱敏慧走不同的路，是基于不同的价值观，不同的选择，我们来到世界上，除了享受人生外，还有改造社会的责任。邱敏慧现在的认识、态度、选择与没有被判刑之前有本质的不同,她意识到自己错了,而且是根本性的错了。但是,还有多少像她这样的人,今天仍旧徘徊在违法、犯罪边缘,他们意识到自己错了吗?"

最后,她说:"我觉得,你选择的这个课题非常有意义,随着社会的进步,各类犯罪也在升级,出现一种智能化的趋势。在这表象背后,是人性的沉沦,是我们这一时代的价值观需要重新调整。"

告别陈静回来的路上,我想到我的一位学生,时年28岁的孙超群,他也算得上陈静、邱敏慧的同龄人。他曾是某大学的高材生,在软件编程技术上的才华本可以使他在工作领域大有作为,可他却步入了人生歧途。孙超群只在银行存过10元钱,但他却能随时随地从银行取出大把大把的钱。在短短半年多的时间里,他就从银行取走了33.8万余元。他利用精湛的电脑软件技术,演出的这一幕令人愕然的事件,最终将他引入了高墙内。

孙超群萌生利用计算机修改储蓄业务软件贪污公款的念头,始于他在1999年9月担任某银行江苏省徐州市分行电脑科技部软件维护员期间。同年9月的一天,他到该行下属一分理处花10元钱开户办理了一张储蓄信用卡,户名用的是他名字汉语拼音的头三个字"SCQ"。晚上,银行的人都下班了,他又像往常一样走进了中心机房,打开电源,登录到储蓄业务网上。很快活期储蓄帐上出现了"SCQ"户名,他轻轻地滑动着鼠标,将"10"元改成了50010元。为了防止系统内合法校验程序发现他这非法修改数据的情况,他又将校检程序进行了修改,使得该程序绕开了市行的核算中心,轻易发现不了他的非法操作。

第二天上午,他急匆匆来到一个储蓄分理处的柜员机前,屏住呼吸按下了"1000"元的按键,柜员机立刻吐出了10张百元大钞,他颤抖着把钱收起来,迅速离开了。

一个星期过去了,行里行外没有任何异常的动静,他知道自己得逞了。也就是从这一天开始,成功的喜悦和害怕被查出来的恐惧便像魔鬼一样,始终交替着在他心里翻腾。后来他又分10余次在自动柜员机和柜台把钱取了出来。2000年3至4月份,他又相继虚增了一次10万元、一次13万元,后陆续在全国各地联网储蓄点取了出来。

2000年5月,邳州支行向市行申请安装一套库存现金查询系统,领导把这一任务交给了孙超群。在编制这一程序期间,孙超群一直在想如何能做到离开银行后,永远地利用这棵摇钱树。于是他费了几天时间设计了一套自动增加"SCQ"存款余额的程序,即当"SCQ"余额低于5万元时,系统将会自动增加6万元。为了不留后患,他同时又编制了一套自动删除"SCQ"业务明细的程序。当看上去不显眼的几串字符运行到网络系统上后,一个超级银行黑客便诞生了。

试验成功后,孙超群交给市行电脑部领导一份辞职报告,放心地离开了银行,去了北京。在北京他将虚增的13万元提出后,他的自动生成程序立刻启动了,于是余额增到了6万余元。2000年8月5日,他将这6万元提了出来,之后系统又将余额增到了6万余元。

这年中秋节,孙超群回徐州与家人团聚。当与哥哥闲聊中听说行里正在查帐时,他的脸一下子变得煞白。他哥哥看了一愣,感到有种不祥之兆,于是追问他缘由。经过耐心的劝导,孙超群讲出了实情。他的哥哥听后狠狠地打了他一巴掌,随后他哥哥立即筹款带着孙超群去投案自首。9月25日,徐州市云龙区人民检察院以涉嫌贪污罪对孙超群立案侦查,随后向人民法院提起了公诉。

2002年12月,主动自首的他被江苏省徐州市云龙区人民法院以贪污罪减轻处罚判处其有期徒刑五年。

孙超群就这样走进了大墙,一个电脑软件新星陨落了。

当时听到孙超群出事的消息,作为他高中政治课的老师,除了心痛外,我想了很多:社会已进入了知识经济时代,我们的观念跟上时代的步伐了吗?电脑已经走进了社会经济生活的方方面面,而我们各行各业的领导者、管理者对电脑掌握了多少?孙超群的案件能否给我们一个警醒,为什么30多万元的非正常提取,银行丝毫没有知晓,是技术上防范不了还是观念上存在问题?

而同样毕业于计算机应用专业的战玉,同样做梦都没想到,已设置的网络陷阱,竟把自己栽了进去。2001年2月,他因犯伪造公司印章罪,被北京市海淀区人民法院依法判处有期徒刑6个月。

2000年6月下旬，全国几百家集团、企业、机构的电子信箱中陆续收到一封发自北京四通利方信息技术有限公司新浪网的E-mail，声称为了提高企业、机构自己站点的访问量，新浪网将建立一个新的实行有偿服务的分类检索的搜索引擎，名称叫"超级站点搜索"，条件是"登录网站每月收取维护费20元，申请时间不得少于6个月"，同时邮件中还承诺"新建引擎收录网站不超过2000个，并且登录网站必须具备一定规模和资质"。最诱人的是，邮件中还告知登录后可享受特殊服务，即"将增加快速浏览功能，使浏览者可在5秒钟内查看站点内容；凡是浏览站点内容的用户，都会接收一封由贵站点拟写的邮件"。此外邮件中还声明已经将网站的登录维护权转让给北京金古东科贸有限公司，而且可以发布有偿的广告信息，在8月1日正式开通前将免费提供给获准的用户；在申请获准后，用户须将邮件发至新浪网的两个电子信箱中，并将费用汇到金古东公司在丰台区农村信用联社的账户。

诱人的条件，优惠的价格，加上广告上鲜红的椭圆形北京四通利方信息技术有限责任公司的公章，而且又是在中国IT界享有良好声誉的新浪网站发布的广告，一下子吸引了网上不少商家的注意力，全国有不少企业、集团的老总们对这个信息产生了浓厚的兴趣，也有一些单位在接到电子邮件后向新浪网站询问详细情况。

纷至沓来的电子邮件、询问电话和信函，使得位于北京万泉河畔的新浪网站创办公司北京四通利方信息技术有限公司有点"丈二和尚摸不着头脑"，公司内部员工也议论纷纷，大家都不知道这个超级新浪搜索从何而来，新浪网站一时"迷雾重重"。

此时，制造这个消息的"电子幽灵"如同蜘蛛一般悄悄地躲在角落里，正静静等待着"撞网"的企业、集团、机构。

这个"电子幽灵"真名叫战玉，曾在某学院学习计算机应用专业，毕业后先后在好几家公司里打工，最近才经过朋友的介绍到北京金古东科贸有限公司做业务员，负责销售业务。由于战玉学的是技术，对销售并不熟悉，因而在工作上没有取得太大的进展。挣的钱不多，工作又不顺心，他经常陷入一种迷茫而烦躁不安的情绪中，百无聊赖之际便经常到网上浏览、聊天。

这天，战玉照例到网上"瞎转"，看着网上新闻中大大小小关于网络淘金的消息、评论，他萌生了通过网络赚钱的想法，这么大的互联网，又可以不用真名，客串一回网络"老千"骗些钱岂不很容易？想到这儿，他立刻开始考虑用什么方法来布局骗钱。这时，他看到打开一些网站主页后随之弹出的广告条，茅塞顿开，这不是很好的"生财之道"吗？商家都愿意在网络上做广告，通过电子邮件发虚假广告招商，再假借建新站点名义"说事儿"，就更好骗到钱。

战玉一下子就瞄住了名气很大的新浪网，因为上新浪的网民多，声誉又好，打着新浪的旗号比较容易让人相信。此前他分别以"洪润泽"和"李平民"的名字在新浪网免费电子信箱注册了地址 jgdkm@sina.com 和 ad-sccn@sina.com，并且通过新浪网搜索引擎查到已经在互联网上建立网站的商业性质的公司、企业、集团、机构等，从而得到公司的网上地址。同时他为了增加邮件的可信度，还在其中加上了自己凭空画出来的新浪网所在公司——北京四通利方信息技术有限公司的公章。随后，他为了不让别人发现，悄悄地在夜里利用公司的电脑在网上发邮件，先后发给500余家公司、企业等。为了使受骗单位不轻易识破，他选择的大多是外地的企业。

发完邮件，战玉美滋滋地等着上钩的鱼儿。

让战玉没有想到的是，虽然网络上大家使用的大多是假名，谁也不知道对方真实身份，但是也有不少网民警惕性很高，他的邮件发出后没几天，就陆续有网民向新浪网询问事情真伪，并被明确告知这是个骗局。

北京四通利方信息技术有限公司在接到用户的反映之后，在网上见到了这封广告邮件，随后在公司内部进行调查，查明并不是自己单位职工所为。同时在新浪网新闻中心发布声明，向广大网民澄清事实，并声明该广告不是新浪所为，系他人冒充所致。并且公司立即向海淀公安分局报案。

海淀分局刑警队接到报警后，迅速出动，通过一番调查，嫌疑对象——北京金古东科贸有限公司逐渐"浮出水面"。在了解到接受汇款的银行账号确实是该公司的情况下，刑警队果断出击，将金古东公司内部人员带到派出所分别进行了讯问。此时，战玉见形势不妙，只好向侦查员主动交代了自己在网上骗钱的事情。

2001年1月中旬，北京市海淀区人民法院对这一案件进行了公开审理，认为被告人战玉为牟取不法利益以北京四通利方信息技术有限公司的名义发出虚假广告，假称新浪网将为登录网站提供有偿服务并推出小型广告服务项目，为增强该广告的可信度，还用电脑合成了北京四通利方信息技术有限公司公章，并将虚拟的印章"加盖"在向外发送的电子邮件上，其行为直接损害了该公司的信誉，扰乱了社会管理秩序，已经构成了伪造公司印章罪。鉴于被告人战玉在公安机关还未确定作案人的情况下，主动坦白作案事实，以自首论处，故对他从轻判处有期徒刑六个月。

虚拟世界中的"老千"在现实中最终并没有等来源源不断的金钱，等来的却是一对锃亮的"手镯"和一段铁窗生涯。

陈静与邱敏慧、孙超群、战玉们的不同选择，自然有不同的结局。我们这个时代的年轻人真的明白，当你的脑筋转歪时，你知道后果么？

办案人如是说：智商越高，一旦犯罪，危害越大！

女检察官孙扬与她的同事们近年办理了多起智能犯罪案件。她告诉我："智能化犯罪已经代表了21世纪犯罪的新的趋势。犯罪主体高学历化、手段智能化的趋势已经出现。与传统的犯罪形态不同，越是像邱敏慧这样的高智商的人犯罪，危害也就会越大！"

的确，这些罪犯的犯罪方式、手段、社会危害性都有其突出的特点。

由江苏省镇江郝氏同胞兄弟一手策划的通过侵入银行电脑系统非法获取26万元的犯罪，曾被列为1998年中国十大罪案之一。此案甫一发生，即引起法学界、犯罪学界、金融界和计算机界的高度重视。与专家们的智慧开玩笑的是，利用高科技智能犯罪的手段仍旧不断演变翻新，不断给金融业造成重大损失。比较突出的表现为：利用电脑扫描"克隆"大额汇票或利用作废的汇票，以给"好处"为诱饵，通过关系人到银行承兑贴现，牟取巨额资金；巧钻"联行"空隙，骗取联行资金，以高息集资为幌子，非法吸收群众资金；采取伪造假身份证申办信用卡，大肆购物消费，恶意透支进行诈骗；利用高息揽储等手段，拉来存款，再伪造担保书、承诺函等，将其它单位的资金占为己有，等等。

信息窃取、盗用、欺诈是信息犯罪中最为常见的类型。如利用伪造信用卡、制作假票据、篡改电脑程序等手段来欺诈钱财，是智能犯罪的常见特征。国外有媒体报道，全球使用假信用卡的非法所得金额在1991年就已经超过了1亿美元。发生在匈亚利境内的信用卡诈骗案，案犯在一个月内仅靠一张复制的信用卡，取款就达1583次，而且每次都得以成功。国内信用卡诈骗的常见手段是，趁取款人不注意时，窃取取款人的密码，然后盗用密码进行取款。在一些地方，一些犯罪分子甚至动用了摄像设备，每每总能成功作案。当你用远远低于面额的价钱买到电话磁卡时，你有否想过：你手上拿着的是经罪犯做过手脚的"假"卡？这些人利用信息时代的先进技术，以低价收购作废的旧磁卡，经技术处理，变造、复制，秘密投入市场流通使用，从中牟取暴利，严重扰乱了电信市场管理，破坏了国家通信设施。他们一般从集邮市场便可以购买到打完的磁卡。面值在100元以上的磁卡，每张3～4元；百元以下的每张1～2元。买来后，他们对旧磁卡进行了"精心"的技术处理，让已使用完毕的磁卡恢复原面值，并可以重新使用。

据有关资料统计显示，从已公开报道的中国新刑法实施以来所发生的具有代表性的计算机犯罪案件来看，所造成的经济损失都在万元以上。多数计算机犯罪造成的经济损失在10万元以上，有些达到100万元甚至上千万元上亿元。

让人遗憾的是，那些有着高智商、高情商人并没有将这些资本用于正途，由此产生人生的悲剧自然就不难理解了。

类似的高智能犯罪的大要案件屡屡披露于报端——据报载，全国涉案金额最大的倒卖、虚开增值税发票案被告破。一名疑犯年仅20多岁，是税务所干部，他利用工作之便，非法获得密码，进入税务所电脑系统疯狂作案，涉案金额高达200多亿元。有一位26岁的研究生，利用电脑非法窃取股民的交易资料，进行股票买卖，从中获利，事发后被判刑7年。还有一位26岁的经理，用自制微型摄像机偷看别人的信用卡密码，然后非法提取他人存款，结果被捉拿归案……

在全国打假联合行动中，国家质量监督检验检疫总局获悉，出现了利用高科技造假等一些新问题——一些高学历人员利用高科技进行造假，手段更加隐蔽，为"打假"提出了新的课题。比如湖南省郴州市质量技监局在对宣章107国道黄沙堡路段的4个加油站进行执法检查时发现，有3个加油点都有利用电子技术作弊的计量违法行为，其作案手段是利用电子遥控器遥控涡轮流量传感器信号模拟装置。

在接受采访时，北京市海淀区检察院副检察长李玲告诉我："从检察机关近三年起诉的案件来看，高学历人才犯罪占案件总数的20%，但是这1/5比例的犯罪行为造成的经济损失、社会危害性远远大于其余4/5比例大专学历以下的低学历犯罪。以海淀区人民检察院为例，据统计，该院批捕、起诉部门所办案件中，2001至2005年五年间，高学历犯罪嫌疑人数占总起诉人数的23.4%，而其中带有智能犯罪性质的案件约计占到7%。可别小看这个比例，每一起案件造成的危害远远大于普通刑事犯罪。如下中贪污挪用案，涉案金额竟然高达2.27亿元！"

李玲也是检察系统知名的一名女作家，她的作品《女检察官手记》2003年由作家出版社出版。在这本书中，她也分析了几个她参与办理的带有智能犯罪特点的案件。她的感受是，这些案犯与抢劫、强奸、杀人等普通刑事犯罪不同，他们虽然没有使用暴力，却使社会付出了惨重的代价。

北京市海淀区检察院公诉二处资深检察官、全国"十佳公诉人"之一的金轶告诉我，因为工作的原因，他们曾经专门对2000至2004年办理的26件、29人智能化犯罪进行了调查显示，智能化犯罪与传统犯罪相比，具有以下几个明显的特点。

他说："首先是犯罪主体的智能性。犯罪分子一般具有较高的文化程度，受过某种专业技能训练，具有足够的专业知识和智能。从抓获的 29 名犯罪分子来看，大专以上学历的为 21 人，占 72%；有的还是博士研究生。又由于科技知识多为青少年掌握，所以近 80% 的犯罪分子的年龄在 35 岁以下。他们在作案前一般都经过周密的预谋和精心的准备，选择适当的犯罪时机，因而犯罪的成功率比较高。如北方交通大学博士研究生赵某利用网络盗窃案。赵在北京炎黄新星公司的 800buy 商务网站工作。其在网站负责对系统的维护，了解程序的功能。赵利用工作之便查询了 3 个客户的信息，修改了这些客户的密码后，将客户的 4781 个折扣点盗走并用这些折扣点为自己购买了手机、空调、照相机等物品，涉案价值近万元。

"其次是犯罪行为的隐蔽性。智能化犯罪由于大量运用技术含量高的现代化手段，如计算机技术等作案，使其更为隐蔽，犯罪后不留痕迹，瞬间作案，不易被发觉。有的罪犯甚至在相当长的时间内都难以被发现。即使被发现，侦查取证也异常困难。如北京邮电大学膳食中心计算机操作员贾某，利用管理计算机售饭卡的职务之便，采取虚报收款数额、修改计算机资料等手段，贪污该校学生购买饭卡款 69 万余元。贾某在贪污后，删除了其作案时的操作程序及数据，侦查人员在计算机中根本找不到其作案的任何痕迹。办案人员一致认为，如果不是其自首，主动供认犯罪，几乎没有证据证明这起贪污案。

"第三是犯罪后果的严重性。科学技术能够促进生产力的发展，造福人类，但如被犯罪分子掌握和利用，其造成的犯罪后果将十分严重。利用智能化手段进行贪污、盗窃、伪造等犯罪涉及的金额非常巨大。往往一次犯罪就给国家、集体或者个人造成几十万、上百万甚至上千万上亿的损失。其数额之大，是一般的贪污、盗窃根本无法与之相比的。如中国建设银行北京市海淀区齐园路储蓄所主任栾荣，以支付高息为诱饵，诱骗山东荷泽地区信用社将 2000 万元存入该储蓄所，利用计算机伪造存款单交给存款单位，后将该笔存款挪给一公司使用。又如中国电子技术进出口国际电子服务公司出纳员贺斐，在不到一年的时间，利用职务之便，进入公司财务计算机数据库，删除计算机内存档，篡改公司账目，并伪造有关凭证，侵吞公款高达 230 余万元。"

高学历、高智商……是否意味着给社会和这些人本身带来好的结果呢？

答案是否定的！

北京某研究所高材生林庆竟然利用网站为卖淫女发布信息、联系"业务"，赚取"介绍费"，而被抓的40名嫖客都有高等学历，其中有7名硕士研究生、一名博士。

我们曾经欢欣鼓舞，人类终于进入了信息社会，进入了全球化时代，而在充分享有物质技术成果便利的同时，我们却不无痛苦地发现：技术进步其实是双刃剑，给人类福祉的同时，也让人类真切感受到技术进步的痛苦——危害我们生命财产安全的更多智慧含量的犯罪也在急剧地增长，而且危害更巨。

对十余名办理过智能犯罪的检察官采访表明：诸如邱敏慧这样的高智能犯罪的后果相当严重，影响是巨大！这些犯罪现象应该引起社会各界的关注。

少女时代的邱敏慧像一只美丽的蝴蝶，向往自由地飞翔，可在社会这片天空下，完成的却是可悲的蜕变。在为之痛恨惋惜之后，我们是不是应该反思，这些曾经很有前途的年轻人是怎样走上邪路的，是不是可以引导他们的高智商、高智能用于正途？如何才能提防、遏制智能犯罪日益严重的趋势呢？

可怕的"木桶效应"！

邱敏慧的案件让我想起了那个著名的"木桶效应"！

盛水的木桶是由许多块木板箍成的，盛水量也是由这些木板共同决定的。若其中一块木板很短，则此木桶的盛水量就被短板所限制。这块短板就成了这个木桶盛水量的"限制因素"（或称"短板效应"）。若要使此木桶盛水量增加，只有换掉短板或将短板加长才成。比最低的木板高出的部分是没有意义的，高出越多，浪费越大；要想提高木桶的容量，就应该设法加高最短的那块木板的高度，这是最有效也是惟一的途径。

而错误的人生观和世界观恰恰就成了邱敏慧这样的"高智能"罪犯的"短板"！相当数量的高学历犯罪者和低学历犯罪者在犯罪行为本质以至表现形式

上大同小异，区别或许在于其犯罪的手段上有着某种"科技含量"、"智能含量"。这些高智能犯罪分子虽然有较高的学历，上过最好的学校，接受了高等教育，但是在品行上却得了低分。

天生赋予的厚爱以及后天的不懈努力，花样年华的邱敏慧原本该正朝着自己的锦绣前程迈进，而令我们遗憾的是，此刻她却已沦落成了一名高墙内的罪犯。邱敏慧悔恨的眼泪告诉我们：金钱不是万能的！贪欲是人生大敌！金钱换不回来自由，金钱买不回来友谊，金钱弥补不了受伤的心灵，金钱也无法挽回亲人的绝望！

劣势决定优势，劣势决定生死！

这则残酷的法则告诉我们要帮助那些有高智能，却有人生观、道德观"短板"的人在学校里就要赶快补齐那"最短的一块"！因为没有一个好的人生观和道德观，一个人的才能越大，智商越高，他对别人和社会的危害反而更严重！因为高智商会变成"双刃剑"，既割伤了社会，也割伤了自己！

邱敏慧等案件的发生，让人在痛恨之余又为之扼腕叹息！这些人当初都是家庭的希望所在，从小学到大学，老师们传课授业，他们自己也刻苦努力。经过数载寒窗，千百次考试测验，过了一道道难关，才混出个样儿来。如今，刚刚走向社会，正是为国家效力、为家庭增光的时候，却失足跌到铁窗里去了。这些曾被家庭视为荣耀、社会视为人才的人犯下如此严重的罪行，实在是可恶又可惜。可恶的是他们侵害了他人的合法权益和破坏了社会的安定秩序，可惜的是他们辜负了国家的培养、家庭的企盼和自己的奋斗，断送了自己的美好前程。

在我们的调查中，这些高智能犯罪分子虽然有较高的学历，上过最好的学校，接受了高等教育，但是在品行上却得了低分。近年来，有许多名牌大学的毕业生成为犯罪分子，并被指控犯有令人震惊的罪行。

毋庸置疑，此类犯罪的后果是严重的，影响是巨大的，已经引起社会学者、犯罪学者的关注，也理应引起社会各界的关注。在痛恨惋惜之余，我们更应该反思，这些高智能犯罪分子是怎样走上邪路的，如何才能提防、遏制智能犯罪日益严重的趋势。

智能犯罪分子悔恨的眼泪告诉我们，贪欲是人生大敌；智能犯罪被害人的眼泪告诉我们，加强打击与防范迫在眉睫！频频发生的智能犯罪案件敲响了信息社会的警钟：每一个生活在信息社会的人，都应该睁大警惕的眼睛——智能犯罪的时代已经来临，每一个人都可能成为受害者。

警钟为谁而鸣？

警钟为犯罪分子而鸣，警告他们莫作恶，作恶即被抓！

警钟为侦查机关、司法机关而鸣，警醒他们时时磨砺手中的达摩克里斯之剑，斩断一切罪恶的黑手！

警钟为我们每一个人而鸣，提醒我们对于种种圈套陷阱和危险保持足够的清醒和理智！

现在团中央青少年基金会正利用民间的力量，建设一个又一个希望小学，让那些穷困家庭的孩子可以读书识字，摆脱愚昧的状态；国家正积极推进教育改革，扩大受教育人群，越来越多的青少年可以接受高等教育。从上到下，从政府到民间，我们在为一代又一代中国人全面素质的提高作出努力。

应该看到，中国需要的是真正健康的现代人。他／她不仅要有高的学历，还应该有好的道德修养，能够担当起社会赋予的重任。在一个越来越注重知识和技能的时代，每个人都不能偏离社会基本的价值要求，都不能把智慧变成践踏法律牟取私利的工具。

"一个人越是有高尚的人生观，就越能造福社会！"但愿那些"高智能"的人才牢牢记住这句话！

失火的"老房子"

记不得哪本书里曾说：哪个女人要是相信男人的诺言，那么她的智商几乎等于零。这话有些绝对。但其合理之处在于，女人热恋起来很容易被假象蒙蔽双眼。钱钟书老先生说：热恋中的人，就好比老房子失火。熊熊烈火在彼此的心里已经燃起，谁也没办法扑救了。真的是这样么？

中年女人迟晴一次偶然的出轨，居然就陷入情网。为了那个让她体验无限浪漫的"骗子"，两年的时间里，她将罪恶的手一次次伸向单位公款，竟然先后挪用了500多万元！

"老房子失火"的代价是沉重的——多年从事财务工作，一辈子兢兢业业，规规矩矩，从来没有发生过任何差错，临近退休了，居然栽了这么大的跟头，而且还栽在一个农村骗子的身上……

难道不匪夷所思吗？

2007年3月初,"三八"妇女节前夕,借筹备建立北京市反腐倡廉警示教育基地更新素材之机,我们在北京市某监狱采访了这位可悲的受害者。

坐在我们面前的迟晴已经从迷梦中醒来。循着她的讲述,一个中年女人悲悔难抑的经历展现在我们面前。

偶遇招灾,她成了猎物

这是一趟从云南省会昆明开出的特快列车,它的终点站是首都北京。

火车车厢是一个流动的空间。这个空间里,临时聚集了来自四面八方、各形各色的人们,他们各自为了自己的目的来,又为了自己的目的去。在这个流动的空间里,人们来也匆匆,去也匆匆,只是一个有限的过程。

在一节硬卧车厢的一个下铺座席上,坐了一位女士。她便是本案主角迟晴。迟晴,女,时年50多岁,在北京一家很有名的国营杂志社担任财务科长。照理说,像她这岁数,应当快退休了,她之所以能还在位,就因为她工作上专业、敬业、负责。据说,她自从1964年会计中专毕业后从事财会工作以来,几十年如一日,一直是严守纪律、按章办事的典范,从未发生过任何违反财务制度的事,在别人的心目中,她管财务,同事一百个满意,领导一百个放心。

迟晴此次去昆明,是参加期刊界财务人员的一次短期培训班。她不是以学员的身份,而是以老师的角色为学员介绍经验去的,她以自己大半生从事财会工作的切身体会,现身说法,使与会的同行们受益匪浅。

迟晴有一个和睦美满的家庭。夫妇俩相亲相爱,携手走过了三十多年。三个儿女进取要强,完成学业后都谋到了不错的职业,并且成婚成家。迟晴既是奶奶,又是姥姥。同事们羡慕她,她也引以为傲。倘若不是杂志社的领导挽留,她已经在家安享天伦之乐了。

列车上连续十几个小时的旅途生活,迟晴感到有些劳累,但她也苦中有乐。因为再有几个小时,列车就要到达北京,她就可以与家人团聚,那一定非常的惬意。

这时候，她心里更加思念自己那个家——自己的老伴、孩子，还有单位的领导、同事们，她恨不得马上到家……

百无聊赖之际，她透过车窗看看车外，北方的秋末冬初，秋风落叶，泛黄的色调倒向后面，她有些头晕目眩。她脱了鞋，收回腿，躺在铺上，想安睡一会儿。

这时候，有一双眼睛一直在盯着她。这是一双男人的眼睛。此人肥头大耳，阔嘴厚唇，黝黑的面颊，胖墩墩的腰身，年龄在40岁的样子，头上留个板寸，又黑又密的头发直立着，一个典型的北方汉子，充其量是个农村的小干部，他便是这个悲情故事的又一个主角——丁大群。他坐在迟晴对面的铺位上。

躺在铺上想安心睡一会儿的迟晴没有睡着，她没有睡意。翻了几个身之后，又坐了起来。她垂下双脚开始摸鞋，她摸到了一只，可是另一只没有摸到，她伏下身去寻找。

这时候，丁大群急忙凑上来，弯下腰去，将手伸到铺位下很深的地方，从一个角落里将一只鞋拿出来，送到迟晴的脚下。

丁大群的动作很麻利，几乎容不得迟晴推辞，弄得她有些不好意思，连声道谢。

丁大群定定地看看迟晴，操着浓重的山东口音，问道："这大姐，听你口音，北京人？"

迟晴点点头。

丁大群道："北京可是好地方，北京人太福气了。全世界谁都想去北京。像我这经常出门在外的人，俺最想去的地方，就是北京。"

迟晴这才认真地看了看这位热心的男人："你也去北京？"

丁大群点点头，笑笑："跟大姐同路。"

迟晴："去北京……跑业务？"

丁大群："大姐猜对了一半，其实俺真正的身份，是现役军人。还有个少校军衔呢！"

迟晴这时才注意到了丁大群下身穿的是条军裤，一件佩戴少校军衔的上衣挂在了睡铺一头的衣帽钩上。迟晴来了兴致,问道:"听口音你是山东人?"

丁大群:"大姐说对了,俺是山东人,一个从农村出来的孩子。"

迟晴很欣赏对方的直率,忙说:"我也是山东人。"

丁大群:"是吗!俺跟大姐还是老乡呢!真是缘份哪!照这么说,这次到北京办事,说不定还会求到大姐呢!"

迟晴连忙推辞:"不不不,我跟你们军界没什么联系,估计我帮不了你什么忙。"

"俺不知该不该问,大姐你是做什么工作的?"

"我是搞期刊的。在一家杂志社工作。"

"看你这身份,俺猜你肯定是个领导,你是社长?对不?"

"哪里,我可不是什么领导,我只是负责一个部门。"

"那肯定也是一个相当重要的部门。能告诉俺是什么部门吗?"

"杂志社的财务科。"

丁大群一听,马上来了精神:"财务科!是不是管账、管钱?是不是全社的钱来钱往都归大姐你管?"

迟晴对着丁大群笑笑:"俺不过是过路财神。"

丁大群继续说:"俺说嘛。俺从第一眼看了大姐你,俺就发现大姐你不是一般人。这么说来,你干这一行也干了很长时间了吧?"

迟晴:"30多年了!"丁大群认真地看了看迟晴,伸出手掐指算了半天,惊奇地问:"怎么?大姐你几岁参加的工作?"

迟晴笑道:"我怎么可能几岁参加工作,我20岁财会中专毕业后参加的工作。"

"20岁，30多年……"丁大群又掐指算了一会儿，"大姐你今年有40？"

迟晴听了，不禁大笑起来，略显沧桑的脸上绽放出了欣慰的光泽。因为多少年来还没有哪一个人当着她的面如此夸赞过她。此刻听了这位来自家乡的军人的夸奖，她觉得心里有一种说不出来的舒服，尽管是萍水相逢。

迟晴如实解释说："再过两年，我就要退休了。"

"怎么可能？不会吧？"

"按说，我50多岁就应该退二线的，可是单位领导不让我退。"

丁大群继续恭维道："你工作一定干得很出色！可以说，就这一点，你大姐就让俺崇拜得五体投地。"

迟晴被对方说得有点不好意思了："我不过是按自己的职业要求做好本职工作而已。但我感觉，还是你们部队的官兵素质更高，这是有传统的。"

丁大群："可是俺是例外，虽然俺是军人，但俺近几年一直经商，在部队物资部门，搞经营，俺又是负责人，现在，这活越来越不好干了，所以，俺刚才说，俺今后到北京发展，少不了会求大姐帮忙的。"

迟晴没再推辞，因为，她仿佛发现这是一位不错的男人，直率、诚实，又是同乡，还是个军官。

所以，当丁大群向她索要联系电话的时候，她几乎没有半点儿犹豫，就把自己办公室的电话告诉了他。

丁大群也告诉她，他叫丁大群，36岁，此次来京办事，就住在丰台区一家部队招待所，如果方便，他会与大姐联系。

迟晴回到家，与老伴见面，孩子们也赶过来，全家共进晚餐，其乐融融。

但她没有跟家人谈与丁大群相遇的事。这天晚上，北京电视台第二频道，正在热播冯远征主演的《不要跟陌生人说话》。

盲目轻信，上了不该上的床

在迟晴看来，这个丁大群，在火车上不期而遇的跟自己孩子年龄相差无几的老乡，无疑是一个十分守信而诚实的男人。第二天将要下班的时候，丁大群打来电话："大姐你好，俺想请你吃饭。"

听了这话，迟晴心中的第一反应是振奋，是激动，但她一时又不知道该不该答应他："可是，不方便吧。据我知道，你在丰台。我在海淀，太远了呀！"

"不，一点儿不远。"丁大群告诉她，"俺现在就在你单位的门口，俺是专门来接大姐的。"

迟晴的心头又滚过一层热浪。盛情之下，她没再推辞，赶紧收拾了一下，就赶到门外与丁大群见面去了。

如果说火车上的一次偶遇使丁大群钻了空子，捞到了一个机会的话，那么这一次的再度相见，则是迟晴浑浑噩噩地走上了一个人生的十字路口，在需要她作出严肃选择的时候，她却放弃了这种选择，乖乖地拜倒在一个陌生男人的脚下，成了虎口之下的一只羔羊。

迟晴随丁大群坐上一辆出租车，他们来到一家四星级宾馆，在宾馆餐厅，丁大群把点菜的权力全都让给了迟晴："大姐喜欢吃什么，你尽情点，俺一定要好好请请大姐。"

迟晴推辞不过，点了自己爱吃的重庆辣子鸡和香酥鱼。丁大群又点了一个汤和两个凉菜。还要了一瓶长城干红。

迟晴是不喝酒的。丁大群说："俺也不喝酒。但喝红酒已经成了一种时尚，尤其对女同志，常喝红酒能防衰、驻颜、保健。为了大姐健康长寿，必须要喝，俺陪你喝。"

迟晴听了，感动之下没有拒绝的理由，只好听任丁大群安排。第一口红酒下肚，好像一个火团滚过腹腔，直烧得五脏发疼。之后又连灌几杯，她已经晕厥，至于她怎么样被丁大群弄到楼上，进了房间，她自己已经完全没有了意识。

这是一套豪华客房。在柔暗的色调里，她被安排在沙发上坐下。

丁大群进到里屋，不一会儿走出来，手里拿了两件东西，一件是一条铂金项链，装在一个精美的首饰盒里；另一件是一只华贵的锦盒，锦盒里装了一条色彩绚烂的披肩。

当丁大群将两样礼品摆到迟晴面前的时候，迟晴一下子清醒了许多。她意识到这东西肯定是送给她的。她首先想到的是不能接受，因为她明白，凭白无故地受人好处肯定不行。她决定力劝丁大群不要这样。但是丁大群不容她开口首先说话了：

"俺告诉你大姐，俺这可不是送礼。俺这是认你大姐。你能认俺这从老家来的弟弟，俺已经很知足了。更重要的，是刚刚认识了你这大姐，俺就做成了一笔生意。过几天，俺南方的这批服装一到，俺一下子就能赚30多万。"

丁大群说到这，走近迟晴，一屁股坐在迟晴身边："俺一下子就赚进30万，俺认为全是托你大姐的福啊！所以，俺不许你说不要！"说罢，他已经取出项链，展开，直接就往迟晴的脖子套，将项链戴好，又将披肩披到迟晴的肩上。

丁大群完成这些动作，竟是那样地连贯、娴熟，几乎让迟晴来不及拒绝。

就在丁大群将披肩的两个角拢到迟晴胸前的时候，两个大手"不小心"触到了这位中年女人那个敏感的部位……

也许50多岁的迟晴并没有受到什么强烈的刺激，甚至也不会有什么过分的感觉，但是丁大群的力量和热烈已经彻底把她征服了。

等丁大群紧紧地搂住并把她抱进里屋的席梦思床上的时候，她已经没有任何的反抗了。

就这样，一个50多岁的女人，与一个跟自己孩子年龄相差无几的男人，从火车走进宾馆，从饭桌又到床上……

究竟她是怎样迈出的这第一步，她不再去想，她只记得这是她一生中除了丈夫之外，第一次跟另外一个男人，而且是一个那么年轻、那么强壮的男人！

此时此刻的迟晴一股火花在心头点燃，她的确寻找到了一种久违了的快意，仿佛一下子找回了几十年前的那个曾经的"青春"。

非常圈套，一次成功的骗局

不该发生的故事，不该发生的闹剧，由两人一步步地演绎出来。

第二天一早，一辆出租车行至杂志社门前停下，从车上走下一位女人，她就是财务科长迟晴。出租车开走了，车里还坐了一位男人，他便是丁大群。

整整一天里，迟晴的心一直被一种莫名的亢奋笼罩着，她几乎没有办法静下神来做自己的工作。项链、披肩，那张黝黑的胖脸以及那个曾经的时刻……

她几次站在镜子面前，她看到的是一张绯红润泽、春光四溢的脸颊。她伸手掐掐自己的腮，她知道这不是在做梦，她浑身的热血愈发沸腾起来。

在后来的许多个日子里，丁大群照例是每当她下班的时候，就来单位门口接她，然后去宾馆餐厅吃饭，喝红酒，再然后就是上楼，走进那个带套间的豪华客房。

对于两个人，这是一个舒心惬意、充满了欢声笑语的快乐时光，他们希望这样的时光永远地持续下去，尤其是迟晴。

突然，这天迟晴见到丁大群的时候，丁大群满面愁容，只顾闷头抽烟，一言不发，迟晴反复问他究竟发生了什么事，他依然只字不讲。

"究竟出了什么事？不妨说出来！"迟晴劝道，"说给我听听，看有没有解决的办法。"

丁大群仰起脸，痴痴地看着她，好大一会儿，才说："大姐，俺，俺对不起你……"

"这是从何说起？怎么对不起我？"

"俺原想，这笔服装生意，可以赚到30万元，俺打算给你留10万的，可是——"丁大群话锋一转，骂道，"俺让王八蛋给耍了！"

"没做成？"

"单是没做成也就罢了，最坑人的，是那王八蛋把钱卷走跑了！"丁大群说，"那是俺个人的50万哪！"

丁大群拿出订货合同，说："俺把下家都联系好了，货一到，俺一下子就可以赚 30 万，谁成想这是个骗子！"

"你应该马上报警！"

"已经报了。可是这批货怎么办？就是把他抓住，把钱弄回来，这机会也错过了呀！"丁大群焦急难耐，他想了想，说，"哎，大姐，俺有个想法，看这样行不，如果你能临时给俺拆兑一笔款，俺亲自将那批服装弄回来，还来得及。"

"我拆兑？"迟晴为难了，"我是搞财务的。钱，是有，但我可不便于动用一分钱的公款。"

"能不能想个变通的办法呢？"

"有什么办法？"

"你们社里有公司吗？"

"我们没有公司，但是有一个三产。"

"能不能从……"

"你让我从三产帮你拆兑货款？这行吗？人家不听我的。"迟晴觉得难办。

丁大群想了想说："有了，俺可以跟他们合作，签一个合作合同。"

"我只能答应你，让我试一试，能成最好，不成就拉倒。"

"俺觉得，如果你努力办，肯定行。"

迟晴回到单位，找到杂志社三产的经理罗新，介绍他与丁大群认识，由丁大群直接与罗谈了合作服装生意的事。

罗新是杂志社的老人儿，与迟晴很熟，而且对这位德高望重的老大姐敬重有加。与丁大群洽谈之后，便找到迟晴："您是财务科长，跟丁经理（丁大群）合作的事如果您点头儿并且帮助垫款的话，我没任何意见。"这罗新显然是个老滑头，嘴里挺甜，实际是个圈套，但他坚持这么做并不是没有道理。

只是迟晴的心情过于急切了，她恨不得马上促成此事，目的是尽快为丁大群解困，于是她根据罗新的意见，亲自操办，从财务科开出一张 40 万元的支票以杂志社三产的名义交给丁大群，作为与丁合作服装生意的出资。

其实，丁大群所谓的服装生意，只是一个骗局，他将 40 万元的支票兑成现金，一大部分还了宾馆的房费和债务。

当然也包括给迟晴买的项链、披肩和多日以来的吃喝消费，留到手里的钱已经所剩无几，他带着仅有的钱去南方海边玩了一趟。等他玩够了回到迟晴身边的时候，已经是身无分文了。

他见到迟晴的第一句话："大姐，俺想承包一个食品厂，肯定能赚到大钱。"

"什么意思？"迟晴最关心的是40万元的事，"先别说食品厂，服装的事到底怎么样了？现在最紧要的是必须把那40万的服装款先还上！"

"俺现在最着急的是快一点把食品厂承包下来，只要一开工，大批的挂面就可以上市。"丁大群坚持地说。

"这么说，你暂时还不想还那40万？"迟晴有些急了，"如果这钱回不来，什么食品厂，卖挂面，没门儿！"

"如果你不继续支持俺，40万俺怎么还上！"

"你威胁我！"迟晴勃然大怒，"别忘了，我是债主！"

丁大群见势，马上软了下来。他默默地走到迟晴跟前，扑通跪下，带着哭腔连连赔罪："大姐，大姐，你错怪弟弟了，俺是一心一意想把生意做成，给大姐多赚些钱的，可谁料他是骗子呢！"

"怎么？这40万又被骗了？"

"可前边被骗的钱俺得还人家呀！"

"40万你全还债了？"

"反正俺手上没几个钱了。所以俺求大姐一定帮俺一把，渡过这难关。"丁大群解释说，"如果把食品厂承包下来做挂面，原料从山东老家买进，很便宜，加工出挂面在北京卖，俺很快就可以翻身，就帮帮俺吧大姐，俺实在也是为了大姐……"

迟晴意识到，眼下的事，自己已经被逼上了绝路，除了再一次冒险，没有别的选择。她狠狠心，问道："承包挂面厂需要多少钱？"

"至少13万。"

迟晴不得不再一次铤而走险……

凄情泪眼，藏着一个祸心

丁大群的下跪、眼泪，既有压倒一切的征服力，又是一道无情的绞索，逼迫迟晴以财务科长的职务便利乖乖地为他"捣钱"。在丁大群看来，此时的迟晴，与其说是杂志社的财务科长，不如说是自己手中的一个存折。他随时可以任意地把钱弄到手，只要他需要。

迟晴完全背着社里的领导和同事们，悄悄地从单位的账上挪出了13万元送到了丁大群的手里。

钱拿到手的第二天，丁大群却告诉迟晴："这点钱不够，还得追加流动资金！"

于是十天后，迟晴又悄悄地从单位的账上"捣"出20万元拱手送给了丁大群。

为丁大群承包挂面厂，迟晴涉险挪出了33万元公款。她哪里知道，丁大群并没有把钱全部投进挂面厂，而是将其中的大部分挥霍在吃喝嫖赌中了。

为了做样子，丁大群从山东买进了一些面粉，也雇了几个农民工做了一些挂面，但是根本没有买主。也仅仅如此，他就再也没有心思干下去了。

接下来的日子里，丁大群到处闲逛，吃喝玩乐，偶尔与迟晴幽会时，还要装出一副为了生意而忙得不可开交的样子。

此刻的迟晴，既是热锅上的蚂蚁，又完完全全地神经麻木了，她唯一的一点点希望就是丁大群的挂面厂能够赚到钱，快一点堵上被她挖开的那个33万元的黑洞。

杂志社三产经理罗新又一次次地来找迟晴，提醒她40万元服装生意的投资应该有一个结果了。如果生意做不成了，应该把钱收回来，否则，一旦社领导问起来，麻烦可就大了。

迟晴心里清楚，这钱已经血本无归了，可她又无法向对方实话实说。她都快被逼疯了。

她找到丁大群："杂志社三产那40万元服装的钱，你准备什么时候还？"

人家可一直催我呢！"

丁大群听了，一点也不急，他嘿嘿一笑："他催？他催也白催！俺要是有钱早还他了！俺不是没有吗！"

迟晴急了："照你的意思，这钱就不还了？"

丁大群："俺没钱，拿什么还？"

迟晴气不打一处来："你想赖账？"

丁大群不再说话。

迟晴又气又急又委屈，她哭了，哭得很惨，"为了你，我冒这么大的风险！我甚至把我的身家性命都搭进去了，你总得想个办法！这，到底该怎么办啊！呜！呜！呜！"

丁大群坐在一旁，看着，听着，想着，他无动于衷，他仿佛早就料到会是这样一个结果。

如果说，两个多月前，丁大群为了13万元的事向迟晴下跪、哭求是一个小奴拜求主子赐恩的话，那么此刻的丁大群，已经成了君王，他已经死死地卡住了迟晴的咽喉，她除了乖乖地受他指使，别无选择。

为了不把事态弄得太僵太绝，丁大群还是来了一点假慈悲，挤出了几滴鳄鱼泪，抱住迟晴的肩，劝道："俺理解大姐的难处，俺也深知大姐的一片好心，俺知道大姐为俺的事吃了太多的苦。可是为了我们的出头之日，只有冒险，相信总会有那么一天，俺会给大姐挣到很多很多的钱……"

对于这些甜言蜜语，迟晴已经没有什么兴趣了。她此刻唯一要做的，就是硬着头皮，豁上老命，也要解脱燃眉之急——想方设法把杂志社三产的40万元欠款的大洞补上，消除后患。

"不论如何，必须想办法先把三产罗新那40万元还上！"迟晴的话像是命令、警告，更像是祈求。

丁大群想了想："实在不行，就得去银行贷款了。"

迟晴问："怎么贷？你怎么打通银行这个环节？"

丁大群："俺马上去联系银行。"

说罢，二人分手。很快，丁大群给迟晴打来电话，说联系到一家银行，可以贷款，不过必须有一定的存款存进他们的银行。

迟晴立刻说："你说的这叫质押性贷款。"

丁大群："就是抵押性的，如果没有存款，又没有担保，想贷出款来，没门儿！究竟办不办，你掂量好了！"

丁大群通牒性的话，又让迟晴犯了难。

因为这意味着要想贷款她必须还要挪用公款。她考虑再三，最后还是下了决心：她私下里从杂志社的账上开出一个100万元支票，交给丁大群，存入了一家信用社，存期为六个月，于是这家信用社以这笔百万存款作质押，向丁发放贷款50万元。

迟晴从50万元中取出42万元还了杂志社三产的40万元欠款。算是堵上一个窟窿。可是她哪里知道，接踵而来的是一个更大的窟窿！

半年后，她去信用社提取那笔被质押的100万存款时，银行告诉她："如果不还上50万元贷款，100万不能提取。"

迟晴一听，马上傻了眼了。这可怎么办，原来欠杂志社三产的只是40万元，这么一捣腾，捅了一个100万的大洞！

她无计可施，走投无路，一咬牙，一狠心，又偷偷从杂志社账上挪出了55万元，还上了银行的50万元贷款，这才把100万存款提出。

就在迟晴正准备把提回的100万元存款拿回单位的时候，丁大群找了来："俺已经看好了，准备再承包一处房屋，需要钱……"

陷阱之内，她被死死套牢。

捣服装、做挂面，这不过是丁大群的幌子。他压根儿就没有经商赚钱的打算，他也根本不懂得经商，他的目的就是设一个骗局，让担任财务科长的迟晴"入瓮"，然后便借迟晴的作用将她经管的公款一笔一笔的捣出来。

不幸的是，迟晴是上贼船容易下贼船难，当局者迷，而且执迷不悟，当她真正发现丁大群的确是一个危险的骗子的时候，她已经深陷其中，无法自拔。于是，她不得不成了人家掌上的玩偶，明知是火坑，偏回不了头，这是不得已的事情。就像她开始轻信丁大群是部队少校军官，后来一问才知他根本属于游手好闲的盲流，却又无法一刀两断一样。

现在的迟晴，仿佛陷入了一场恶梦。也许，她明明知道丁大群什么事也做不成，凡是给他的钱很可能全是打狗的包子，有去无回，但恶梦中的她又无时无刻不在幻想，求天保佑，让他做成一笔，把自己的窟窿堵上……

迟晴就是怀着这种荒唐的幻想，一次又一次地陷入丁大群的圈套……

丁大群除了吃喝玩乐，什么也不会干，什么也不想干，所以，放弃挂面厂是迟早的事，为了装样子，为了继续从迟晴的身上敲骨吸髓，他必须设计出一个又一个圈套。

这次，他相中了一处座落在长安街边上的三层楼房。据别人分析，如果把这房全包下来，装修一下，然后作为写字楼，对外出租，可以稳赚，这使他产生了浓厚兴趣。也许，他最关心的并不是赚什么大钱，而是这个项目一旦做成，他就可以什么也不用去干便能坐收渔利，这是他梦寐以求的美差。更要紧的，是他可以以此为由头，从迟晴手里套出更多的钱来。

丁大群带着自己的如意算盘又与迟晴见了面。他请迟晴吃饭，帮她搓澡、按摩，献尽了殷勤。

当他与她一起躺到床上的时候，他说话了："亲爱的（他不再叫她大姐，因为他认为现在眼前这个老女人已经不需要尊重了，她已经成了自己的俘虏了），我看好了一处楼，如果俺把这个楼弄过来对外租贷，可以得到相当可观的经济效益，俺算了一下，一年下来，少说也是一二百万的收入，你想想，俺赚到大钱，还你的欠款还是问题吗？"

"你的意思，是不是还让我从单位给你拿钱？"

"这是关键的一次，成败在此一举！"

迟晴听了，一时不知道该说什么，她此刻的心里已经是五内俱焚。她真想彻底放开大哭一通。

丁大群见她不说话，不表态，他一点也不着急。他坐起身来，披了一件上衣，下了床，坐在沙发上，点燃一支香烟，足足地吸了一口。好大功夫，才把嘴里的烟吐了出来。

丁大群眯着眼仰脸望着袅袅升起的烟圈儿，慢悠悠地说："其实，俺这也是为你着想，如果光是俺自己一个人，俺挣那么多钱有什么用？如果不是为了帮你还账，俺还不想冒那个风险呢！俺……"

迟晴猛地从床上弹起，直勾勾地盯住丁大群："说，到底要多少钱？"

丁大群被迟晴的举动吓了一跳，他缓过神儿，走过去，取了一件上衣，披在迟晴的身上，说："由于这项目比较大，所以前期投入就比较高。一年的租金是130万，第一笔租金要交45万。"

迟晴又沉默了，一直沉默了好长时间，才问道："能不能告诉我，这是不是最后一次？"

"嗯。"丁大群脑子一转，干脆地答道，"俺听你的，应该是。"迟晴知道，自己的处境完全是身不由己，又无可奈何，犹如武大郎服毒——吃也死，不吃也死。为了一线希望，她只有如此……

第二天，迟晴从杂志社的账上挪出45万元，交给了丁大群，丁大群用这笔钱交了房租。丁大群注册了一个自己的公司，他作为公司老总搬进了楼里，一些前来商洽租房的客户们"丁总"长"丁总"短地叫他，偶尔还得到一些人的猜测或吹捧。于是他就打肿脸充胖子，俨然一副财大气粗的样子，这感觉真的不错。

然而感觉归感觉，大量的开销使他手里的钱眼看就要花光了，迟晴的45万元全部交了房租，前来联系租房的客户虽然不少，但是真正谈成的没有几个，而且收进的只是一些零散的小钱，与他每天流水般的花销相比无疑是杯水车薪，捉襟见肘，怎么办？

苦思冥想之后，他又想到了她——迟晴！

重重绞索，一个可怜的奴婢

在丁大群出租楼后院，一直停着一辆车。这是一辆日产三菱豪华型大吉普。经过打听，丁大群得知车主有意出让此车。此车原价70万元，车主称，谁能给到55万元他就卖。

这让丁大群对此事打起了主意。一是这的确是一个捡到大便宜的事；二是他刚刚得到一个信息，说河北省清河县有一个信用社可以用车作抵押办理贷款。他心里的小九九是：把70万的车押给信用社，贷60万元的款应当不成问题，这里外里还赚5万。更重要的是：可以又一次以此作为向迟晴要钱的由头，使自己手头宽裕起来。

丁大群将此事说给迟晴，迟晴没有答应。问他："这之前，为付房租45万元，我办了。你明确表示，是最后一次！对不对？"

"对，俺是这么说的。"丁大群又说，"俺可有言在先，租这房的年租金是130万元，可你才给了45万，这45万全交了房费，俺手里没钱。俺没有活动资金怎么搞经营？俺说是最后一次，没错。但是你给的钱离130万还差老鼻子呢！"

一席话把迟晴噎得无言以对，她憋了一肚子的委屈和悔恨，却一句话也说不出来。

丁大群解释说："何况，俺这么做也是为了把钱赚回来，好早一点为你解困，是不？更何况，买这车可以捡一个大便宜，还能用这车贷出60万来。"

迟晴只是默默地听着。

丁大群又解释道："等把60万贷出来之后，俺照样把车开回来，等于没有任何损失。"这种解释分明是在说谎了。

不论迟晴如何地不情愿，最终仍然妥协了、就范了，乖乖地听任丁大群的安排——又一次将54万元车款从杂志社的账上划出来，交给了丁大群。

丁大群把车买到手，马上开到河北省清河县的信用社，他提出贷款60万，对方说："不可能！"

"能贷给多少？"

"……最多也就是二三十万。"

"你们识不识货？这可是原装进口的日产大三菱啊！原价 70 万呢！"

"可你这是旧车，旧车值不了几个钱！给你个半价就算照顾你了！"

"能不能再给加点呢？50 万怎么样？"

经过一番讨价还价，信用社作出最大让步："一口价：45 万。你同意的话，把车留这，不同意，你走人！"

就这样，以车作抵押，丁大群从信用社贷款 45 万，等于刚刚 54 万买进此车，转手"卖"了 45 万！如果按丁大群"捡个便宜"的说法，他不仅把捡到的"大便宜"拱手让给了别人，而且还赔进去 9 万元。

丁大群用这 45 万元贷款，10 万元补交了前期拖欠的房租，剩余的一小部分用在了他公司的日常开销上面，一大部分用在了个人的肆意挥霍上面。

即使这样，他在迟晴面前也有得说。他会理直气壮地对迟晴说："哎呀，这经营一个公司真不容易，到处都是开销，花钱的地方太多了！"

只可叹，迟晴压根儿也没有过问过这 45 万的贷款的去向和用途，她只知道她从杂志社账上挪出的 54 万元公款买了车，以车抵押贷款 45 万。至于丁大群原来告诉她"贷出款后，车还可以开回来"的细节，她一直也不曾提起过，是她忘了？还是不想提？或是不敢提？或是认为没有必要提？

或许，在这时候，这种情况下，唯一能做的就是按照丁大群的指使，从杂志社的账上偷偷地往外"挪"款。为了"挪"款方便，她甚至偷偷地在丁大群出租楼附近的银行一下子就建起了三个秘密账户。她为了丁大群这个填不饱的罪恶的黑洞，倾尽了所有，付出了一切。尽管她明明知道这是在把一道又一道沉重的绞索重重叠叠地套在了自己的脖子上……

时间过得很快，一晃 5 个多月，丁大群的"公司"没有任何起色，完全是在一种负债状态下惨淡经营。因为他并不关心经营的好坏，也根本不懂得什么经营。他唯一的长项就是玩儿命地花钱。因为他的身后有一个被他完全挟持并受他颐指气使的财务科长。他相信她那里有取之不尽、用之不竭的公款。那钱跟他自家的没什么两样，他随时可以提取，想提多少就提多少，只要他乐意。

很快，房产主上门找丁大群收房租了。一年130万的房租，第一笔才给了45万，第二笔至少也得这个数，于是丁大群给迟晴打了一个电话，迟晴便颠儿颠儿地赶了过来。

饮鸩止渴，泥潭里愈陷愈深

迟晴刚刚进门，丁大群第一句话便是："人家来催房租了。"

"多少钱？"迟晴问。

"第一笔交了45万。这一笔至少也得这个数。"

迟晴听了，眯眼愣了一会儿，然后坐在沙发上，什么话也没有说。她没有再跟丁大群找补"最后一次"那个话茬儿。因为她现在已经完全看透，在丁大群提出要钱的时候，即使你说出大天来，最后还得拿钱。

第二天，迟晴又一次从单位的账上挪出50万元。

丁大群与对方交涉，好话说尽，对方放了一马。先取走30万，剩下的20万，又进了丁大群的虎口。

几天后，迟晴突然来到丁大群的办公室。她将一张清单拿出来交给了丁大群："这是我前前后后从杂志社帐上挪出的公款，一共200多万。你给我一个明确的答复，这到底应该怎么办！"

丁大群对那张清单连看都不看一眼，点燃一支中华香烟，悠闲地吸了一口，吐了几个烟圈儿，瞥了迟晴一眼："这事你问俺，俺去问谁？"

"怎么？你推卸责任？"

"你说，俺在这里面有什么责任？"丁大群把责任推了个一干二净。

"那好，你可以跟我要赖。可是你别忘了，这事一旦犯了，抓了我，你也跑不掉！"

迟晴说罢，站起身，走了出去。

丁大群望着迟晴离去的背影，顿时觉得这老女人来得挺突然，走得更突然，心想："你让俺同情你？俺偏不！"他不禁觉得有些好笑。

可是，等过了两天，他静下心来一琢磨，终于琢磨过味儿来。他觉得：迟晴这女人，暂时还不能丢了她。因为，俺还得用她……

他很快就想到了一招儿，这一招儿对于迟晴可能是致命的。然而他管不了那么许多。

丁大群给迟晴拨通了电话，告诉她："你今天晚上过来！"

"有事？"

"对。"

"如果还是要钱，就饶了我吧！"

"不，恰好相反。是商量怎么样帮你还账的事……"

迟晴来到了丁大群办公室，与丁大群见了面。丁大群给出的最狠毒的一招儿，就是以"贷"还"挪"。

"信用社，俺已经联系好了，只要是你把钱存进去，俺就能把钱贷出来。"丁大群说。

"又是抵押贷款？"

"对。没存款贷不出来呀！"

"那得存多少？"迟晴问。

"准备贷多少？"

"200多万，240万吧。"迟晴说。

"至少要存进300万。"

"300万……"迟晴默念着，她突然想到了一个更可怕的问题，"那，如果存款到了期，取不出来，不还是个事儿吗？"

"现在的问题就是火烧眉毛顾眼前！走了一步再说一步呗！"丁大群说，"如果认为可行，你就弄张300万的支票出来，带好各种证明手续，一手存，一手贷，当时就可以办好。"

可怜的迟晴又一次钻进了丁大群的圈套。

第二天，迟晴从单位的账上开出一张300万元的支票，带着单位的公章和社长的名章以及相关的证明手续来找丁大群。

她把这些东西拿出来，放在丁大群的面前。

她满脸的愁容，入神地盯着那张300万元的支票，长长地叹了一口气，自语道："我简直愁死了。我真盼着一下子死了算了……"

丁大群听了，认真地看了看她，讥讽道："你真想死，俺决不拦着。不过，要死也得等俺把这事做完了再死。"

丁大群的话无异于用刀子在剜她的心！她恨透了眼前这个恶魔般的无赖，她所以落得今天这个下场，还不是由于轻信于他，中了他的圈套！

然而这又能怪谁呢？要怪就怪自己一时糊涂！

尽管她的精神已完全崩溃，尽管她气急败坏，今生今世再也不想跟这个混蛋来往，但是她又无法摆脱他。她只能强迫自己，让他出面做成这笔贷款，也好堵上被她挖开的那个无底黑洞……

贷款平账，窟窿越捅越大

迟晴跟随丁大群来到了信用社，这是一家北京市远郊区的农村信用社。他们向信用社的主管说明来意，对方连连说了几个"欢迎、欢迎"。

但是，当谈到贷款出款率的时候，对方开始较真儿了。

丁大群："俺存你这300万，俺同时也贷300万，你看……"

"你存300万，贷300万？门儿也没有！"

"那，你能贷出多少来？"

"百分之七十。"

"百分之七十。"丁大群掐指一算，"三七二十一，就是说，能贷210万？"

丁大群看看迟晴，迟晴说："能不能再多一些呢？"

经过一番艰苦的交涉，对方总算网开一面："我可以给你贷出百分之八十，但我有一个条件。"

"什么条件？"

"你 300 万元的定期存款的存期不能低于半年！"

"这是什么意思？"迟晴问。

"意思很明白，就是要确保你们按期还贷！"

丁大群问迟晴："怎么样？"

迟晴无奈："也只有这样了。"

于是，对方开始办理手续。先存后贷。最后，在填写 240 万贷款的汇票的时候，迟晴上前，递上一个字条，那上面有明确的收款单位和银行户头。

信用社业务人员按迟晴的字条将汇票填好，复核了一遍，确认无误后，交给了迟晴。

在这里，我们需要补充一句，迟晴递上字条，证明了她的老道和精明，如果没有这个字条，如果这汇票落到了丁大群的手里，这 240 万元最终究竟流向何方那就很难说了。

迟晴当天将汇票通过某公司的银行帐户将款提出，使杂志社被她先后多次挪用的 240 万元在神不知鬼不觉的情况下完璧归赵。尽管这个过程充满了涉嫌职务犯罪的成分，但最终，在一种职业良知的支持下，以文过饰非的卑劣手法，暂时还是填平了黑洞。

尽管此事之后，迟晴一度获得了心理上的些许满足和慰藉，但她并无法真正从罪恶的桎梏下彻底地解脱出来。因为存在信用社的 300 万元的半年期存款是一种质押性质的存款，一旦存期届满，需要提取的时候，她必须要还回 240 万元的贷款。

那么，240 万元的还贷她将怎样去解决呢？

可以说，她无能为力。那么，丁大群会有什么高招儿呢？此刻的迟晴根本不去指望，她已经对这个十足的骗子彻底绝望了。

迟晴一直处在被时间折磨与煎熬的痛苦中，她幻想着太阳不再有日出日落，她希望永远别再有明天。因为每过一天，她心里的压力就加大一天。一天天地过下去，在她看来，那是在接受威胁，甚至是走向死亡。

半年的时间很快就过去了。300 万元的存款到了提取的日子。迟晴找到丁大群。丁大群答应陪她一同前去信用社。信用社的业务人员告诉他们："你们300万元的存款可以取。但是必须扣除240万元的贷款和8万元的利息。这样，你们只能提取52万元加一小部分应得的存款利息，大约55万元左右。"

迟晴听了，一点也不觉得意外。因为她早就意识到会有这么一天。她此刻最感到难办的是如何填补这300万元的亏空。她仿佛也明白了一个事实：当初挪用300万元公款是为了得到240万元贷款使单位财务平帐，如此一来，平帐不但没有平上反而又挖了一个245万的大洞！

当局者迷。当一个人遇到麻烦难以排解的时候，最可怕的是听信外人的"馊"主意。

丁大群说："要不，你索性再弄出300万来存上，然后办以贷还挪？"

迟晴想想，摇摇头："这不背着抱着一样沉么？"

丁大群："要么你再挪出245万，凑齐300万。"

迟晴："既然我再挪245万，我何不从信用社提取55万，直接拿回单位呢？"

245万元的巨额亏空，已经是一个无法改变的事实。迟晴不得不面对这个事实，这是奈何不得的事情。但是，她又幻想着逃避这个现实。她已经被吓得灵魂出窍了。

钱散缘灭，她已经成了一具僵尸……

迟晴粗粗算了一下，从认识丁大群到现在，两年的时间，先后挪用公款500多万元，损失320多万元。

她想到自己多年从事财务工作，又是财务科长，一辈子兢兢业业，规规矩矩，从来没有发生过任何差错，没想到临近退休了，居然栽了这么大的跟头，而且还栽在一个农村骗子的身上……

她想到，这事一旦犯案，单位、领导、同事们会怎么看？朋友、家人又会怎么想？

这天夜里，她彻底失眠了，整整一夜没睡。第二天清早起来，她找到了丁大群的住处："我已经彻底崩溃了，我再也熬不下去了……"

"熬不住也得熬。"丁大群不慌不忙，好像没事似的，"万一要是挺过去呢？不就没事了？"

"做梦！我是搞财务的，你帐上少了那么多钱，人家能放过你？单位能放过你？法律能放过你？"迟晴说："你快拿个主意吧，亏这么多钱，到底怎么办？不然，你我全逃不掉！"

"怎么办？"丁大群思考片刻，"要马上找到这么多钱还上，这不可能，唯一的办法……"

迟晴静静地等他拿出办法来。

丁大群拿出了自己的馊主意："三十六计，跑！"

"跑？"

"对，跑！先跑出去躲一躲。"丁大群解释道，"如果能赶上一个发展或者发财的机会，说不定这钱就赚回来了。"

他们一刻都不敢耽搁，说走就走，很快收拾了一下，就奔了火车站。一个小时后，他们坐上一列从北京开往南方的列车。

也正是从此刻开始，他们，特别是她——迟晴，开始了一种颠沛流漓、四处飘荡的生活。

迟晴一整天没有在单位露面，财务科的同事们、社里的领导也没有接到关于她为什么不来上班的电话或信息。

迟晴一早离家的时候，已经退休的老伴去小区公园健身了。他每天都是如此，起床后出去活动活动，身上带好房门的钥匙，活动完毕之后，在小区里的"成都小吃"吃早点，然后回家。每每这时，爱人已经去上班了。可是这天晚上，他左等右等，始终也没有等到迟晴。这究竟是怎么回事，他不知道。他打电话给迟晴的办公室，没有人接电话。他不得不找到离家最近的小女儿，把这消息告诉了她。小女儿马上赶到家来，向父亲问明情况就去了杂志社。据社里的看门老头儿反映：今天根本没有看到迟科长的身影。小女儿跑了几家与迟晴有过来往的朋友，都说没有见到。

迟晴突然失踪，顿时成了一个难解之迷。杂志社派出几批人马到处找寻，没有任何结果。迟晴亲属通过电视台、报纸发出了寻人启示。

杂志社的几位领导在作了反复猜测和假设之后，突然想到了财务帐目和相关资金问题，于是着手布置查帐工作。出于慎重，这工作的圈子缩得很小，注意保密，决不走漏半点儿风声。

迟晴跟随丁大群飘荡在外、东躲西藏，一天换一个住处，三天挪一个地方。由大城市跑到小城市，由小城市跑到县城，有时候还去一些乡镇。

这种生活，对于丁大群，仿佛蛮适应。他整天里吃了玩，玩了睡，悠哉游哉，快乐轻松。

落网后，他对警方说：她的事情，与我有什么关系？

然而迟晴，从她登上火车，离开北京的那一刻起，她就开始后悔，自己究竟是怎么了，怎么能做出如此荒唐、愚蠢的事情来！

当她每每看到丁大群无忧无虑，乐乐呵呵、胡吃海塞的时候，她马上怒火中烧、气得不行。她恨不得立刻跟这个混蛋分手，可是她又无法离开他，因为她身上连一分钱也没有。

这天，她随丁大群来到了云南昆明。她不禁想起了两年前来这里参加财会培训班的情景。学习很忙，时间很紧，她却总能抽点时间逛街，还跟班里的师生游览滇池、世博园、民族村。她跟人们玩得那么开心，还照了那么多的照片。每一个记忆都是那么让人赏心悦目、回味无穷。

当她的思绪重又回到现实中来的时候，她的心顷刻之间碎了。

她突然感觉到，她已经彻底地离群索居，完全进入了一个非人的黑洞深处。这里充满了恐怖与绝望，没有光照，没有温暖，没有自由，更没有出路。她随时都可能死去，死得不清不白，没有人知道。甚至，她已经死了，已经成了一具僵尸……

这天晚上，丁大群叫她出去吃饭，连叫了几声，她一直躺在床上，压根儿不理不睬。

丁大群走上前来，"怎么？绝食？"

迟晴："不光是绝食，我现在是生不如死。"

丁大群："死？好哇！你原来就说要死，俺拦过你，因为那时你还不能死。

可是现在，你，对于俺，已经没有任何意义了，或者说，你已经成了揩过屁股的手纸，不仅是垃圾，而且还恶心！"

丁大群说罢，哼着小曲儿出屋吃饭去了。

迟晴坐起来，下了床，进卫生间洗漱完毕，拿了自己的手包——她此次离家唯一的一点携带，走出了招待所。

她来到了街上，漫无边际、漫无目的地走着。她穿过了繁华的街道，走过了灯火通明的广场，她直奔那个黑暗的前方走去。

慢慢地，前边没了路灯，也没了马路，只有一条荒芜的小路。在星光映照下，她看到不远的前方有铁道，铁道上还有一列火车开来。

这时候，她的脑际突然跳出了一个极端的意念，这意念促使她加快了脚步。当她接近铁道准备卧轨的时候，火车已经开过去了。

于是她顺着铁道，一步一步地往前走着、走着，一直地朝前走着。她究竟要去哪里，她不知道；她所去的是什么方向，她不清楚。因为她此刻唯一想要做的，就是快一点让自己离开这个世界。

不知她到底走了多长时间，也不知道她到底走了多远的路程，只知在东方欲晓的时候她来到了一个不太大的车站。由于她是顺铁道走来的，所以她直接到了站内的月台上。

月台上站满了准备上火车的旅客，她走进了这个人群。不大功夫，一列客车进站停下，车门打开，站台的工作人员开始招呼人们赶紧上车。迟晴被拥入上车的人流里，进而被拥进了车门，走进了车厢。

这天夜里，丁大群酒足饭饱之后，并没有回到住处，而是进了一家娱乐厅，他在那里尽情地玩了一个通宵。天亮了，才晕晕沉沉地回了房间，蒙上被子呼呼大睡起来。至于迟晴到底去哪儿了，早已经不是他关注的范围了。

再说火车上的迟晴，上火车后就找了一个座位坐下，然后便是一睡不醒。究竟这趟车开向何方，她根本不知道。然而凑巧的是，这车正是进京的列车。

第二天晚上，列车到达北京。迟晴终于醒了过来。她确认自己回到了北京，便随着出站的人流来到了车站广场。

坐火车，她没有钱，根本也没有买票，但她钻了铁路的空子。因为人多拥挤，难免有个别的漏网之鱼。可是她要回家，就得打出租车。但是她没有钱。

她想了想，索性还跟在昆明那样：走！

梦醒时分，悲剧刚刚开始

自打迟晴失踪以后，她的家里就再也没有消停过一天。三个多月了，迟晴老伴的精神受到了严重的折磨，健康状况一天不如一天。这可急坏了几个孩子。特别是他们的小女儿，为了照顾老父亲，就一直留在家里，一听到有什么动静马上起来跑到老人跟前，问这问那，生怕父亲再有意外。

这天夜里，小女儿已经躺在床上，就要睡着的时候，她恍惚听到自家的房门响了一声。她迅速起身下床，打开灯，奔向房门。

就在她拉开房门、推开防盗门的时候，她一眼就看到了躺在门外的那个人，那是她最为熟悉的一个身影。为了寻找到这个身影，她经历了难熬的近百个日日夜夜。

被抬到床上的迟晴，一直紧闭着双眼，任凭老伴、小女儿怎么呼唤，她就是毫无反应。她满脸的憔悴，没有任何表情，木讷、冷峻。

小女儿端来一盆热水，给她洗过脸；老伴儿端上了一碗热腾腾的龙须面。

小女儿止住了哭，劝她吃口东西，她没有反应。许久，她紧闭的眼帘跳了一下，两行泪珠滚下来……

这时候，大概已经过了零点，门外传来了叩门声，门被打开了，走进来的是大女儿和女婿、儿子和媳妇。他们来到床前，一眼望见床上的母亲，悲痛交加，哭成一片。

杂志社，在迟晴不辞而别后的三个多月的时间里，除了不间断地寻找，查帐工作也有了一些眉目。特别是杂志社三产经理罗新提供的线索，使社领导初步认定：迟晴的失踪，很可能与姓丁的商人有关。如果进一步推定，可能有涉嫌经济犯罪问题。

尽管财务科的一些帐目非常混乱，查帐组仍然查出8笔与挪用公款相关联的问题。查帐组已经就此问题提出报告，提交领导审查决定。

这天早上，北京市某区人民检察院大门的门前，早就站了一位年轻的女士。当上班时间一到，大门打开的时候，她走进了大门，直奔接待室。

她就是迟晴的小女儿，她是前来代替她母亲自首的。检察院接待人员听了她的介绍，把她直接带到了反贪局。由反贪局的两名办案检察官出面，从她的口中了解到了迟晴涉嫌经济犯罪的一些情况。

办案人送走了迟晴的小女儿，接下来就是准备接待迟晴自己的投案自首。午饭过后，迟晴来了，是小女儿陪她一起来的。而这一天，正好是她55周岁的生日。

在办案人面前，迟晴没有隐瞒，把自从火车上与丁大群相遇开始，一次又一次地挪用公款，到负罪外逃又被迫回来的整个过程，如实地作了供述。

也正是在此同时，另外一组接待人员接待了对迟晴的举报，他们是杂志社派来的送举报信的工作人员。

检察院反贪局根据单位的举报和迟晴的投案自首，很快对迟晴涉嫌经济犯罪一案予以立案并开展工作。鉴于案中丁大群作为重大案件关系人仍在外逃，于是及时与公安机关取得联系，要求他们予以协助，发出通缉令在全国范围实施缉捕。

办案组为了捕获丁大群，经请示领导批准，采取了"放长线钓大鱼"的策略，对迟晴办理了取保候审手续，以"诱鱼上钩"的方法诱使外逃犯自投罗网。

办案组一边调查取证，一边严密坚守，在坚守中密切注意对丁大群的抓捕。

终于，迟晴接到了丁大群的电话。他说他已经回到了北京，现在就住在了某某招待所，约她争取在某个时间在某个地方见个面。

办案组立刻采取行动，布下天罗地网，当丁大群正准备与迟晴见面的时候，被当场擒获。

接下来的，是法律对迟晴、丁大群的审理和制裁。

也许，迟晴的恶梦已经结束了。但是，她的人生悲剧才刚刚开始。

中年女性，哪堪畸恋之毒

迟晴、丁大群这段畸型的恋情严重背离社会道德，为世人所不齿。就畸恋本身而言，尤其对于女人，只有渗透骨髓的巨痛，根本就不可能得到真正爱的抚慰。

在女子监狱采访时，笔者接触到一个与迟晴遭遇类似的女犯。这名叫杨延蓉的女人，也一直迷恋这种畸型的情爱，痴情到不仅背叛了丈夫，甚至抛弃了自己的亲生骨肉，全身心地投进了情夫的怀抱。当她的情夫入不敷出，捉襟见肘时，竟然不惜拿出几万元的私房钱供养情夫吃喝玩乐。当情夫在商海翻船，她为了让情夫背水一战去寻求转机，又毫不犹豫地按照情夫的授意，利用自己在信用社当会计的职务之便，挪用公款高达200余万元，拱手交到了情夫手里。

令她始料不及的是，为了情夫，她在风口浪尖上顶着巨大的风险，而她的情夫却用这笔公款潇洒和狂赌。她更没有料到，东窗事发后，曾与她海誓山盟要作"长久夫妻"的情夫竟然抛下她只身逃到境外。当然，这一对轻狂人最后没能逃脱恢恢法网，终被警方双双收入瓮中，成为电网高墙内的阶下囚。

事情还得从2000年1月29日说起。北京某区河北信用社南窖分社的负责人马某，在夜间值班时接到一匿名女人的电话，言称要找该分社会计杨延蓉。当告知杨不在时，那女人又吞吞吐吐地说要找分社的任主任。分社根本就没有姓任的主任，马某觉得事有蹊跷，刚要向对方询问时，那女人"啪"地把电话挂断了。

马某联想到近日发现杨延蓉神情异常，行踪诡秘，再加上这陌生女人的电话，感到其中一定有问题，于是与另外几个值班人员一起，撬开了杨延蓉宿舍的门，找出她使用的会计柜的钥匙，然后打开帐箱，开始核对分户及其它所有帐目。

核查的结果，使马某等人目瞪口呆，他们发现杨延蓉所开出的11张转帐支票没有存根，另外还有个人存款10余笔，涉及金额200余万元，在仔细核查中，个人存款被取出，信用社有制单，但储户帐上却无记载，说明系被人盗取，直接嫌疑人当然是杨延蓉。

马某感到事态严重，立即向河北信用社主任汇报了查帐情况并电话通知杨延蓉次日上班即回分社。但是一直等到次日下午5点多钟，也不见杨的踪影。分社领导立即驱车赶往区城关居民小区杨的母亲家中等处查找，结果都扑了空。他们估计杨延蓉很可能是携巨款潜逃了。

2月3日，河北信用社的徐主任匆匆忙忙赶到了区公安局刑警队报案。案情让警方震惊不已——南窖分社会计杨延蓉自1998年5月至2000年1月间，采用由应付利息科目虚加借方发生额转入活期存折科目等手段，共侵占集体公款高达200余万元之巨，杨如今下落不明。

区公安分局领导获悉这一信用系统惊天大案后，当天就抽出精干力量成立专案组，通报详细案情，制定初步方案，要求办案人员迅速行动起来进行侦破。

根据单位举报材料及汇集的其它资料得知，犯罪嫌疑人杨延蓉，女，38岁，高中文化，系区某信用分社会计，没有犯罪前科。杨延蓉本来是一名农家女，虽算不上是天生丽质但也多少有几分姿色，丈夫有一份收入不菲的工作，两个儿子分别在中学和小学读书，日子过得舒适而温馨，可谓是山乡的一个小康之家。1985年，杨延蓉担任了南窖信用分社的会计，又为家庭增加了一笔可观的收入，使她的家境更加宽裕。但出人意料的是，本单位一个男人闯入了她的感情生活，这令她立刻心猿意马，不能自控。也正是这场鬼使神差般的孽缘，改变了她的整个人生轨迹。

这个男人叫赵奂友，小她4岁，系大安山乡的农民。当杨延蓉到南窖信用分社担任会计时，他还只是本单位的合同制司机。赵虽然出生在深山区，但是给人的印象并不像山里人那样朴实和敦厚。他的目光中常常透着一种不易被人察觉的狡黠。当杨延蓉上班不久，这个常在外沾花惹草的人就把她作为了猎取对象。一天晚上，轮到了杨延蓉值班。刚刚觉得没事了想要上床休息的杨延蓉忽然听到了房门外急促而有节奏的敲门声，杨以为发生了什么事，急忙打开了门。原来是赵奂友。连日里杨延蓉对赵奂友已经注意了好久，这个男人对她百般殷勤，只要多看她一眼就会让她心动神摇，现在看到赵奂友略带酒意的双眼正呆呆地盯着她，杨延蓉立刻有一种说不出的兴奋。赵免友直直地盯着衣冠不整的杨延蓉，从雪白和脖子一直看到了丰满的乳沟，几乎不用一句言语上的过渡，赵免友直接就将杨抱到了值班室的小床上……

杨感到了从未有过的激情和震颤，心里暗暗地想年轻男人就是疯狂猛烈，比起自己的丈夫不知好上了多少倍，而赵更是极尽全力地让杨好好地享受了一回。高潮迭起之后，这两个都有家庭和子女的人很快就勾搭成奸了。

二人行了苟且后，赵对这个刚到手的情妇信誓旦旦，言称今生今世虽然结不成正式夫妻，但要把全部的情爱毫无保留地投入在她身上。杨延蓉和赵免友频繁地约会，昏天黑地地做爱。迷迷糊糊之中，杨延蓉已经把赵免友的誓言当成了一生的约定，两人的"感情"迅速地升温。

而实际上，赵免友是个吃喝嫖赌俱沾的非份之辈。他素来倾慕那些大款一掷千金的生活，梦想凭着自己的能力下到商海一搏，等赚到大钱后，也潇洒地过好醉生梦死的后半生。于是在1988年初，他辞去了信用社合同制司机的工作。不久，他与人合伙在大安山经营一个小煤窑，同时还在本区坨里镇开了一个煤厂。

然而，下海后的他并没有春风得意，本来他的文化素质就偏低，既没有经商头脑，又不懂行内规矩，另外他也根本没把心思放到所经营的厂矿上，而是成天在外与女人厮混和赌博，没多久，他的经营就走进穷途末路了。

赵免友经营亏损后，立即想到了杨延蓉，接连与她幽会。当杨问到他近期的情况时，他说资金不足，生产能力受限，根本"打不开锣鼓"，说罢，又显出一副愁眉苦脸的样子。痴迷情夫的杨延蓉根本就没有识破对方的鬼心计，竟然连续几次将自己家中的4万余元存款都交到了情夫手里。

赵免友将情妇的几万元挥霍殆尽之后，手头很快就又拮据。他为了硬撑着经营得半死不活的煤矿和煤厂，又借与杨延蓉幽会之机，张口向她"借钱"。

当杨听到情夫说出要用几十万元后，心里一惊，说："你别把我当成摇钱树，我多年积攒的钱全都给了你，如今只靠每天的工资生活。我现在心有余而力不足。不如你从别处拆借，以后赚了钱再归还，这是唯一的办法。"

赵奂友听后，诡谲地笑着说："借钱或贷款如果没有真交情和热门的钱关系，那根本就办不到！你现在手头也紧，我心里清楚，但是你手中有一根变戏法的魔杖，只要你一挥动，那大把的钞票不就神奇地变出来了吗！我有这笔钱做底垫，只要抓住商机，一笔赚个百八十万也十分可能。"

杨延蓉愣愣地望着情夫，根本不懂他这番话的意思。赵奂友眨了眨眼睛带着一丝微笑说："你也太笨了！你是信用社的会计，手里的那支笔是干什么用的？那就是一根魔杖啊，只要你笔尖一动，弄出几十万块钱还不相当容易吗？"

杨延蓉顿时醒悟，赵奂友是要自己利用当会计的职务之便去挪用信用社的资金，然后他再用这笔钱去做生意。她随后一想，赵奂友在情场上会被女人迷恋这是事实，但经商却不懂门道，几个月下来钱如果归还不上，丢了工作还是小事，闹不好还要承担进"局子"的风险。

她低头思忖再三，心中不禁游疑。当她抬起头望着愁眉苦脸的情夫时，顿起了怜悯之心，她不忍心直接拒绝情夫的张口相求，于是婉转地说："是那份情爱让你我今生今世的命运连在一起。但是要让我冒那么大的风险去弄钱，万一出了事，那将什么都完了！咱们还是想想其它办法,把这一难关度过去吧。"

赵奂友听后沉默良久，随后贴近杨延蓉故意带着乞求的颤音说："如果近日真的弄不到资金，煤矿和煤厂全都得关闭，而原来投入的资金也得赔进去了。我向你张嘴也是出于无奈，这可是燃眉之急的'救命钱'，你总不能眼巴巴地看着我翻了船，再把我淹死吧！"

杨延蓉见情夫一副可怜巴巴的样子，心里不禁一阵酸楚，可想到"弄钱"的后果，她还是有些迟疑："你说得不错，要弄出社里的几万或是几十万是十分容易的，但是动用公款让你去做生意……"

看到情妇犹豫不决，赵奂友立即接过了话头："你不用过分担心。你把钱交给我，现在有几笔现成的生意等我去运筹。要翻几倍本是板上钉钉的。过不了多久，别人还神不知鬼不觉，这笔钱咱就归还上了。"

对情夫的话，杨延蓉虽然将信将疑，但心里的想法却有了松动："谁都知道，商界的契机和危机是并存的，万一以后你要是赔了本赚吆喝，到那时就苦了我叫天天不应，叫地地不灵了！"

"你不要认为我就是'吃干饭'的。下海已经几个月了，也学会了些招数，生意经也念得八九不离十，只要资金到位，我就不信打不了翻身仗。退一步说，人生一世，有机会就得一搏，如果真的走了麦城，你我是一根绳上的两只'蚂蚱'，咱就有难同当。"

情夫的话令杨延蓉眼圈有些红润了。她心里想，为自己所钟爱的人去冒险也是值得的，她当即答应了情夫的要求。"不过，"她又叮嘱道，"我就为你冒一次险，等赚了钱先得将这笔款归还，千万不要瞎抢。咱们把风险还是冒得小一点才有把握。"

第二天一早，杨延蓉就将一张17万元转帐支票交给了赵奂友。紧接着，赵就通过某单位的一个熟人到银行兑换成现金。

但是，没过多少天杨延蓉又接到赵奂友的电话，告之资金仍周转不开，让她再从信用社开具一张支票。而杨在第一次作案后没有露出马脚，胆子就大了许多，于是又凭借职务之便和信用社监督机制薄弱的漏洞，又将一张17万元的转帐支票交给了赵奂友。

赵奂友手里有了这30万余元现金，很快就摆出一副大款的样子到处悠哉游哉，不仅新购置了辆小轿车，还在河北省涿州市郊区买了一套楼房。他并没有心思搞什么经营，而是每天西服革履，四处招摇。有了情妇这棵摇钱树作靠山，赵奂友心里算是有了底，反正钱花光了就去找她，毫无法律知识的他甚至还想，如果捅出了漏子犯了事倒霉的是她。虽然同她说是"借鸡下蛋"去做生意，但是生意做不成，花钱买潇洒还是人人都会做的。很快，30余万元赃款就被他挥霍得所剩无几。

1999年10月，赵奂友在与杨延蓉幽会之后，就诓骗她说生意已有了转机，为了扩大业务范围，需要在坨里村开办的煤场附近买一块地皮，然后搞些建筑，先做经营场地，如果这块地皮将来被哪个开发商一眼看中，说不准就能卖出个天价。杨延蓉在为情夫非法挪借34万元公款后，也知道其中风险将来可能会淹没自己，就是因为过不了"感情关"而屡屡作案。没过几天，杨延蓉又将一张8万元、一张30万元的转帐支票按赵奂友约定的地点送了过去。

　　杨与赵约定送支票的地点在城关镇附近某村的一户农民家中。当杨一进院内，就听屋内人声嘈杂，进屋后，只见烟雾缭绕，几个人正在一起"诈金花"。杨延蓉见赵奂友也在赌局当中，面前堆着厚厚一沓钱，不一会就输了个精光。杨延蓉见状心里一惊，心想如果从我手里拿的钱照这样输下去，他的胃口真是填不满的无底洞。再一抬头，见紧挨着赵奂友坐着的是一个30多岁的女人，在众人面前，这个女人竟然毫不避讳地与赵奂友打情骂俏。此刻，一股酸水从心底冒出，心里像打碎了五味瓶，实在不是滋味。

　　她将赵奂友叫到一旁，问他为何放着生意不做却在这里厮混？接着又问那个女人是何许人？赵奂友狡黠地一笑，然后附在她耳边说："这家是做大生意的，那女人是附近闻名的刘大老板，她的男人只不过是为她跑腿的。上两次从你那拿的支票多亏她帮助，才兑换出现金的。"

　　醋劲未过的杨延蓉娇嗔地对赵奂友说："我把一切都交给你了，假如你要负我，肯定是天地不容的！"

　　赵奂友急忙装出一副含情脉脉的样子说："我做生意很忙，要不是有求于她为我兑现金，我才不会到这个鬼地方来呢！我这回再次求你，是想扩大煤矿和煤厂的经营范围，如果你帮忙筹集资金，这里面就算有你一股，到年底就准备点票子分红吧！再有听说搞期货如果走了运也能发……"

　　"行了，行了，如果把你现有的生意做好一些就不错了。然后赶快把这几笔钱归还了，以后的日子不管穷或富，心里都是踏实的。如果像这样下去，再填进多少钱也没用。"杨延蓉的口气既对情夫抱有希望，但也是显得无可奈何，说罢，从支票夹里拿出两张转帐支票交给了赵奂友，最后又忍不住再次叮嘱道："这三十多万元一定要用在正处，只要能在生意场上立稳脚跟，也不枉我为你冒那么大的风险。"

　　然而，杨延蓉哪里知道，赵奂友只把她当作摇钱树，他的"爱情"早已转移到那个姓刘的女人身上了。

　　侵占公款数额的增加，并没有使两人的关系更加亲密，裂痕逐渐在两人之间产生了。为了使杨延蓉开出的转账支票能够顺利兑现，赵奂友只有借助于个体户的账户，在这一过程中，赵奂友经常到个体户刘某家中，很快就勾搭成奸。不久，杨延蓉开始怀疑她通过支票转移出来的钱被赵奂友放在了刘某的账上。两人为此产生矛盾，最后赵奂友干脆对杨延蓉避而不见。

2000年2月1日，杨延蓉自知已暴露，于当日逃往东北。她惶惶不可终日，在东北等地过了一段胆战心惊的流浪生活之后，又回头潜回河北省涿州市白尺竿乡某村。北京市房山区公安分局的侦查员在获悉杨的行踪后，于5月19日在河北省涿州市白尺竿乡派出所民警的协助下，将潜逃3个多月之久的杨延蓉抓获归案。

再说赵奂友，他授意杨延蓉从南窖信用社挪出200万元公款后，每天吃喝狂赌，大笔钱财已被他挥霍。2月初，连续几天他寻呼杨延蓉都没有回音。当他得知杨延蓉挪用信用社公款的事已暴露，同时也得知杨已畏罪潜逃，下落不明，而公安机关正在对他进行追捕。他清楚地知道，自己现在是凶多吉少，便匆匆办了出国护照，于2000年2月18日逃往了蒙古国。

2001年8月4日，房山区公安分局通过国际刑警组织中国中心局向蒙古国刑警组织中心局提出协查犯罪嫌疑人赵奂友的请求。

8月22日12时，中、蒙国际刑警中心局经双方协商和其它工作，蒙方国际刑警组织在乌兰巴托国际机场将犯罪嫌疑人赵奂友抓获并顺利移交中方工作组。

2001年12月28日，房山区人民法院公开开庭审理了女会计杨延蓉利用在信用社工作之便，伙同情人赵奂友三年侵占公款204万元一案。这是我国与蒙古共和国签订司法条约后，首次在该国警方的协助下，扣押并引渡犯罪嫌疑人回国接受审判的案件。最后，区法院一审判处两犯有期徒刑15年。

值得一提的是，杨延蓉入狱后，她的丈夫和孩子也都深受其害。不久，在监狱服刑的杨延蓉收到了一张离婚起诉书。

杨延蓉的丈夫在起诉书中称："我们的夫妻关系早已名存实亡，我不止一次想到离婚，但出于父母的劝阻，念及两个年幼的孩子没有完整家庭的痛苦，我一忍再忍。现在，杨延蓉因职务侵占被判入狱，又一次给全家带来创伤，并严重影响了孩子的身心健康,长子学习成绩下降,次子不愿再去上学。我深感没有必要再维持这段婚姻。因此,要求与杨延蓉离婚,两个孩子由我自行抚养,与她无任何关系。"

法院一审判决,准予离婚。杨延蓉被疯狂的情欲送进了大牢。丈夫、孩子难以原谅,这也是她为自己失衡的感情付出的又一笔沉重的代价。

看管的民警告诉我们,迄今为止,杨的家人没有来看望过她。

狱中的杨延蓉经常以泪洗面。现在她才知道什么叫悔之晚矣。

一次失节,遗恨终生

回到迟晴案,我们不妨换一个角度看看迟晴其人,她曾经是那样一个人——在爱情的长河里,她曾经自律持节,坚守本份,把一生的爱情经营得那么成熟;在人生的旅途中,她曾经修身立德、热情向上,赢得了大半生的幸福;在仕途的跑道上,她曾经一心一意,爱岗敬业,是位称职的财务科长。然而,就在她即将退休,在人生的跑道上即将跑完全程、临近撞线的时候,却倒了下去。

人世间,任何人都难免失误。谁都可能犯这样那样的错误,君子圣贤,平民百姓,概莫能外。只是,迟晴的失误,实在是荒诞不经,甚至让人匪夷所思。

真乃一次失节,遗恨终生;蝼蚁之穴,溃堤千里。

假如她当初在丁大群的盛情之下多一些节制,多一些清醒,或许就没有今天的悲剧。

只可惜,这世上没有假如。从来没有!

假与骗的荒诞人生

骗者必假,假者必骗;造假与骗人是一对联姻。

这不是语言游戏,更不是笔者有意制造什么噱头,这是本案主角魏尚全用自己的行为演绎出来的人间另类故事。由于他太钟情于这种角色,而且不遗余力,无所顾忌,得意忘形,长梦不醒,不得不带着"无期徒刑"的枷锁去到另一个特殊天地去反刍了……

偌大京城,人口密集。庞大的"跑证族"风风火火,穿行于机关、宾馆、餐厅、楼区、胡同,热浪滚滚,仿佛暑期的酷热,持续升温,居高不下。

中年男人少年风流梦

魏尚全，40多岁的中年男人却一直做着20多岁的美梦。

自打他一年前当了副处长，他就开始美梦连连。他梦见自己的媳妇有了三变：岁数变了，模样变了，连名字也变了。当他美梦醒来认真地看看睡在身边的那个老女人时，不禁惊异：这丑妇是谁？

就如他当了20多年的工人一下子提了个副处长一样的幸运，他真的遇上了他梦里的那个媳妇——陆英，大学生，20多岁，既无男友，更无婚配，在一家电脑绣品公司上班，家人全在国外，唯一的遗憾是没北京户口。

一个偶然的机会，魏尚全与陆英认识了。对姑娘心存非分之想的魏尚全，很快就摸清了她的全部情况。他尤其欣赏姑娘那模样儿。他痴痴地盯住她白皙俊俏，清纯靓丽，他的瞳仁越来越大，如果她是个葡萄粒儿，他早把她放进入嘴里吞了。

他让陆英上了奥迪，自己驾车送她。一路上，他说了很多的话，最让姑娘动心的，还是他那几句最为钩心的话：

"我自身的三大优势对你肯定是有用的，甚至能决定你一生的命运！"

陆英侧耳静听。

"一，我是机关干部，有职有权，既能让你信得过，靠得住，又能让你得到全面的呵护。这是一个单身姑娘最需要的。恰恰，我能给你——不是一点，是全部！"

陆英点点头。

"二，我可以给你办户口，我有个铁哥们儿邹小永，对我毕恭毕敬，言听计从，他干公安，专办进京户口，每年他都办好多个。这是你最需要，最渴望的，我有，懂吗？我可以满足你！"

姑娘信服地点点头。

"三，是的，我的确比你大十几岁，但这并不是阻断我们走到一起的障碍。人间的情、爱，是不以年龄界限划分的，而是缘分！懂吗？缘分！况且，你也许明白，20多岁的男人是半成品，30多岁的男人是成品，而40多岁的男人才是精品！这对一个有追求的姑娘来说，精品意味着什么？说，意味着什么？"

陆英听了，立时两颊绯红。

魏尚全伸手过去，朝那小小的下颚捏了一下。仅仅就是这轻轻的一捏，已经让陆英的心里燃起了一股炽热的火焰……

魏尚全把车慢下来，靠近了路边，是一个右拐的小路，猛一打转，进了胡同，停在一家餐馆的门前。

他们走进餐馆。

魏尚全很会迎合陆英的心理。既表现出了男人的绰绰大气，又有细腻的关爱。他拿起菜单，先是从最贵的菜肴点起，一个个地让陆英拍板，然后把菜单交给她："来，挑你最爱吃的！"

他们要了饮料，还喝了红酒。

当他们吃饱喝好，走出餐馆的时候，已经是晚上9点多了。

上了车，魏尚全提出一个大胆的倡议："上歌厅！"

"你让我什么时候回去？"

"回？"魏尚全定定地看着她，"你平常都什么时候上床睡觉？"

"12点吧，习惯了。"

"是呀，你每天12点才睡。现在刚刚9点，这么早回去干啥？"魏尚全解释说，"年轻轻的，你应该珍惜时间，学会享受青春！"

陆英被说服，他们进了歌厅。

他们从歌厅出来的时候，已经是后半夜1点多了。魏尚全拉着陆英走进属于自己的住处。他们在一起度过了一个激情荡漾的时刻……

当一个姑娘第一次委身于一个男人的时候，她会把自己的一切交给对方，包括自己的期望、愿望和积攒了20多年的梦想。

陆英盼望尽快在北京落户，成为一个完全意义上的北京人。她相信魏大处长一定能够做到。

她盼望有一个有身份有地位、能够保护她、给她带来幸福的男人做自己的丈夫。她认为魏尚全具备这个标准。她相信他说过的那些话，她认为他是个有责任感的男人。

但她也有顾虑，或者说是她的一块心病。她问他："你说过你有家？"

"对，有！有老婆，还有个10岁的儿子。"魏尚全"供认不讳"。

"那，我怎么办？"

"你当然是我的首选！这是毫无疑问的。"魏尚全说，"我那个老婆就像，就像……我这手里的烟屁，随便什么时候想不要了，扔了就是了。"说着，把他手里的烟头丢进了烟缸。

感动之下，陆英一头栽进他的怀里……

此后的好多天里，他们天天幽会，天天去歌厅、酒吧，天天在一起卿卿我我，云情雨意，他们双双陷入了一个让人迷惘的漩涡里。

陆英通过越洋电话，把消息告诉海外的家人，父母兄弟给予了一致的祝贺，祝贺她成为北京人，祝贺她成为一个有权、有势、有责任感的北京人的夫人。

半年后，魏尚全尊重陆英的决定，从朋友邹小永那里借了笔钱，交给陆英，把她送到机场，坐飞机去国外与家人过春节。

在陆英离开的日子里，魏尚全神不守舍，彻夜难眠，一天一个越洋电话，一聊就是半个小时，不但让陆英感动不已，还深深地打动了陆英的家人。父母说："好，很好！我们的姑娘好福气！"

刚过完节，父母就催女儿快点回北京，免得人家惦记。

陆英提前回国，魏尚全高兴得要疯。

然而此刻的魏尚全，还面临着一个难以排解的危机——手头拮据。怎么办？他一时找不到出路。

苦思冥想之后，他不得已，决定去找邹小永。他知道这是一个错误甚至危险的决定。但是除此又确实没有别的选择。他只好这么做。

如果说，他得到了陆英是他跌入了违背道德的泥潭的话，那么现在，他已经开始走进法律的雷区了。

从违背道德的泥潭到法律雷区

魏尚全先打电话给邹小永:"说老实话!不准撒谎!户口,到底能不能办?"

邹小永:"当然!一……定。"

"那么好,你立马来我这儿。"

一个小时后,邹小永赶到。见到魏尚全,首先重复他说了一百遍的话:"你知道,我可干了6年公安!我公安有人啊!况且,我岳父那也没得说,板儿成……"

"行了行了,我耳朵都打茧子了,你还是来实的吧!"魏尚全拿出一个纸条,上面写了姓名刘国红以及年龄、性别等自然情况,递给邹小永,"先把这个给办了,这是我老乡的一个孩子,准备来北京上学,最好快点!"

邹小永接过纸条,看了看,塞进衣兜,说:"让他把钱准备好了,一听到消息,立时得送钱。"

"多少钱?"

"至少也得2万。"

邹小永一走,魏尚全立即通知老乡送钱,老乡很快送来了3.5万。魏尚全立刻打电话给邹小永:"钱已经送来了,就看你的了!"

邹小永一听,急了,抓瞎了。因为这件事情他根本办不了,又不好收回说出的话,尤其听说钱已经送来了,他又特别想得到那笔钱。怎么办?他没有任何办法。

魏尚全一直在跟陆英打得火热,并且两人的关系迅速升级,特别是老乡送来3.5万办户口的钱后,他又领着陆英进餐厅、去舞厅,风风火火地玩疯了。

陆英又一次向他提起户口和结婚的事,他还是用话搪塞她。一是邹小永到底能不能办,他心里没底;二是他没有足够的钱办这个事;三是他根本不想尽快办成,目的是以这个理由可以继续钩住她。至于结婚的事,他嘴上说得好听,其实根本没有离婚的打算。因为他心里明白,不要说真的离婚,即使传出这类风声,他也会一败涂地,彻底完蛋,落到那个地步,不要说留不住陆英,他将一无所有！所以他与陆英，除了及时行乐，寻求一种野性的刺激之外，什么也没有。他不想为她做任何事。

然而陆英那里还在做着自己的美梦。她根本想不到魏尚全圈套之后的悲剧结果。

一周后，魏尚全给邹小永打电话，问办户口的事到了什么程度。这可把邹小永逼上了绝路，他成了热锅蚂蚁。可是他还在死死地扛着，打肿脸充胖子："我在跑手续，过几天就有消息了。"

就在邹小永走投无路，一筹莫展的时候，他从街贩子里认识了一个专造假证的人。他出价300元，"克隆"了一个老式户口簿。上面写着刘国红的名字、自然情况，还有各种戳记、印鉴等。

邹小永赶到魏尚全那里，受到了连声称赞，并得到了1.5万元的好处费。

从此，邹小永走上了这条"克隆敛财"之路，与魏尚全相互勾结，一发不可收，仅仅10天就办出了20来份假户口，几十万元巨款流进了他们的口袋。

终于有一天，邹小永"克隆"制假的事被魏尚全知道了。但是一切都晚了。他知道自己在这条贼船上已经染指太重，再也无法解脱出来，索性就一不做，二不休，继续走下去，走到哪算哪，至于日后会是怎样的结果，他无法想象，也不敢想象。

朋友，朋友的朋友；老乡，老乡的朋友；亲戚，亲戚的朋友，源源不断地找上门来，托魏尚全为他们或他们的子女办进京户口，他一概来者不拒，给钱就收。少则三五万，多则十几万，他的腰包像充气一般，一天比一天鼓，半年以后，他通过邹小永，"克隆"北京公安机关专用章，北京市常住人口登记卡，居民户口簿及居民身份证共计18套，骗取人民币共计102.5万元。魏尚全从中得到42万元。

有人说"男人越有钱越坏"。我们不认为此言有什么普遍意义，但是我们却可以说："魏尚全的钱包越鼓，他的确是变得越坏了。"

随着魏尚全的暴富，他与陆英的关系也在急剧地升温。他让邹小永为他与陆英"克隆"了一张"结婚证"，给这种两性之间的野合贴上标笺，使台后的隐秘一下子成了台前的公开。

陆英看到结婚证，又惊讶又不解："这到底是怎么一回事？为什么我不知道？你自己怎么可能登记结婚呢？"

"这么说，你是不想跟我结婚？对不对？"

"不，我不是这个意思！"陆英辩解道，"我认为，你至少应该把两件事办好，办利索。"

"哪两件？"

"一是你必须先离婚。二是把我的户口落上。"陆英说，"这两件最起码的事你都没有办妥，怎么可能先办结婚证呢？"

"已经办了，怎么办？退回去？"

"你说呢？难道不应该退吗？"

魏尚全无言以对。思索良久，他取了一支烟，叼在嘴上，点燃之后，慢慢地拿起结婚证，放在打火机上，结婚证顿时燃起，顷刻之间化为灰烬……

陆英一下子被眼前的情景惊呆了，她愣愣地看着那堆纸灰，半晌没说出话来。

魏尚全走过去，抱住她，轻松地劝道："告诉你吧宝贝儿，那结婚证不是真的！"

陆英一愣，缓过神儿来："你说什么？不是真的？那，那怎么来的？"

"是邹小永，邹小永知道吗？是他给我'克隆'的！"

"'克隆'？"

"对，就是假造的！"魏尚全进一步解释说，"告诉你吧，邹小永那不光会假造结婚证，什么证件都能'克隆'，就说那些户口吧……"

"什么？户口？户口是怎么回事？"

陆英一再追问，魏尚全这才意识到自己说走了嘴，把户口的事说漏了。不得已，他只好把邹小永"克隆"户口的事一五一十地讲了出来。

由此引出的最大麻烦，是陆英的问话："这么说，你们根本办不了户口？全是假的？"

魏尚全再也没了下文……

一纸判决，彻底粉碎了老男人的美梦

如果不是陆英死要面子，如果不是她的父母来电话说要回来探亲，也许魏尚全就被陆英彻底地"蹬"了。然而她又把他"拉"了回来！

于是这戏不得不再演下去。魏尚全靠骗，让陆英入了他的圈套；邹小永靠骗，走了一条"克隆"敛钱的犯罪之路；现在是不是该轮到陆英了？轮次更替，角色使然。

魏尚全接到陆英的电话，立刻赶到。陆英说："我父母要来，你怎么办吧！"

魏尚全一听，真的慌了手脚。因为，他无法容忍自己这副尊容拿上那种台面。况且所有这一切压根儿就是骗局，怎么可以……

俗语有"丑媳妇不怕见公婆"一说，可今天却难煞了魏尚全。

饥不择食，慌不择路。一个古怪的主意钻进了他的大脑——他邀来邹小永临时来救火。

他专门为邹小永开了一桌酒宴，把自己的想法告诉了这个骗子。邹小永一听，心中窃喜。暗想：让我当冒名顶替的"丈夫"蒙事！不过，太……

这时候的骗子邹小永，虽然觉得这事荒唐可笑，实属罕见，但他依然非常想好好地感受一下其中的滋味儿。如果真的有那种方便，有那种机会，有那种艳遇的话……

骗子就是骗子！在这种情况下他同样没有轻易地放过"应该好好地敲他一笔"的机会。

"这恐怕不合适！"邹小永假装难办，"一，我担心那陆小姐不会同意；二，我更害怕真的在她父母面前露了馅儿，我会很难堪！我不想为你顶这个雷。"

魏尚全急忙解释说："陆英那的事由我来说，关于在她父母面前怎么办，我想你不会出任何事的。因为，她父母来，是探亲，只要你热情招待一下就全齐了，这跟相女婿是两码事。"

邹小永想想，认为魏尚全说得不无道理。但是为了敲一笔钱，他没有表示认同。

他两眼眨巴了几下，提出了一个让魏尚全心里格外不是滋味儿的问题。

"如果，你非要我帮这个忙，有句丑话必须说在前头！"

"到时候，我要是真的睡了她的时候……"

"混蛋！"魏尚全急了，"这怎么可能？"

"怎么不可能？"邹小永进一步说，"你想呀，在那个场合，我们必须表现出是恩爱夫妻；很可能还要一块在家里住。到了那个份儿，什么事儿都可能发生。"

"我不让你发生！我不许！"

"这恐怕只是你的一厢情愿。弄不好，也可能……"邹小永卖起关子。

"你可能什么？"

"也可能这事过后，陆小姐就不是你的了……"

魏尚全顿时被邹小永的话砸蒙了。憋了半天，才挤出一句："我不许出这事！"

"你拿钱吧，给我1万块钱！"

一听说拿钱，还要拿1万，魏尚全不干了，立马说："钱，一个子儿不掏。你们，爱咋办咋办，随你去……"

一场滑稽而荒诞的闹剧开场了——死要面子的陆英为了骗过父母，干脆就听任魏尚全的摆布；邹小永重新"克隆"了一份结婚证，名字是魏尚全，年龄则是35岁；还"克隆"了几张婚纱合照；在临时租用的三居室里悬挂起来。

蒙在鼓里的陆英父母，从邹小永的热情里感受到了女儿的幸福；从他们亲昵的关系中，深信这是一对恩爱夫妻。

邹小永的表演让陆英挑不出任何毛病，她悬着的心得到了轻松。

最不是滋味儿的是魏尚全，陆英父母在京的5天，是他一生中最为难熬的日子。

闹剧结束了。邹小永带着莫名的得意走了，魏尚全立即回到了陆英的身边。他向她倾诉了5天里的凄苦——那是熬死熬活的5天5夜！

他扑向她，捧着她的小脸，认真地端详着，他猛然发现，此刻的她，比以往任何时候都更好看。他一把将她揽入怀里："从今以后，我永远也不许你离开我……"

就在这个时候，一个响雷在他们的头顶炸开——陆英怀孕了！

陆英向魏尚全提出两点"强烈要求"：

"一，必须立即办理准生证明和医疗证件；二，必须尽快办理与前妻的离婚手续！"

魏尚全乖乖地照办：证件，还是让邹小永"克隆"；离婚，他托人说服妻子，并答应给"一大笔钱"，终于事成。

两个月后，陆英的肚子一天比一天鼓的时候，魏尚全和陆英从民政部门走出来，拿到了真正的结婚证。

然而与之俱来的，是陆英与魏尚全磨擦增多，矛盾加剧。陆英不满意他不会体贴人，尤其厌恶他每天夜里都不能让她消停，让肚里的孩子备受蹂躏！魏尚全也觉得相当委屈，觉得她心里肯定是有了另外的男人。

想到邹小永，突然有个不容置疑的想法袭入他的脑海——这孩子不是我的！

接下来是家庭战争爆发，不久分手。

孤苦伶仃的陆英，生下孩子后，两个没有户口的"黑人"，苦苦地支撑着，说不准哪一会儿倒下就再爬不起来了。

此时此刻，她更觉得这是一场噩梦。是那个比她大十几岁的有妇之夫把她领进这场噩梦的……

终于有一天，她抱着孩子，走进公安局——在诉说了自己的不幸之后，把魏尚全送进了监狱。

警方抓住魏尚全的时候，他正躺在另一个女人的床上。

一纸判决，彻底粉碎了魏尚全的美梦。北京市第一中级人民法院一审以魏尚全犯伪造国家机关证年、印章罪，伪造居民身份证罪，判处其无期徒刑；同案犯邹小永也被判了20年有期徒刑。

在法院没收魏尚全的个人财产中，分割出一部分，作为补偿，付给了陆英母子。

闹剧谢幕，噩梦初醒。魏尚全骗来骗去，最终把自己送进监狱，不得不在高墙之内走完自己的后半生。

骗子、造假者：一个也不能少

如同有买必有卖，一个与"跑证族"相对应的办证群悄然崛起，静静地守候在自己的"哨卡"上，摆下一个个诱人的圈套，专等那急急忙忙往里钻的脑袋；一经入套，迅即收绳，紧紧勒住中了圈套的人的脖子……

上面提到的邹小永，就是办证群里的一位年轻的老手，曾在长达三年的时间里经营自己的"户口专业户"，给人仿造假户口，从中骗钱攫利，诈骗钱财100多万！

1998年初，因为好友、"能人"程飞的指点迷津，邹小永决定改弦更张，与程联手，做起了"办证敛财"的交易。

程飞说："瞄住那些药准字号、药证字号、广告证、商标证、专证、工商执照，做一个就是几十万！圈里人统称'六让'。比起办户口，这才是大生意！"

邹小永怦然心动，决定一试身手。

这天下午，邹小永正要出门会个朋友，突然接到程飞电话：

"干嘛呐？"

"没干嘛，正想出门。"

"别啦，我在你楼下，下来吧，我们去喝咖啡。"

邹小永下了楼，程飞从车上下来，"上车吧！"

酒吧里，程飞从怀里掏出一个纸包："这是十万，拿着。"

"干嘛？"邹小永不知程飞为什么要给钱。

程飞告诉他，这是一笔先期活动费。他说南方有一家药厂，几年前生产了一种治心血管疾病的药品，临床试验，效果很好。但是申报了多年，就是拿不到"药准字"的批号，一直不能成批量生产。他们做过一次市场调查，如果能得到批号，如果能批量生产，年利润至少是两个亿以上。

"为了这个批号，他们都快急疯了。"程飞介绍说，"他们厂长带着一个工作组一直在北京住着，决心要想尽一切办法争取办成此事，厂长说了，不怕花钱，只要事成了，花多少钱也不在乎……"

为了能够说清楚此事，程飞还全面介绍了办这一批号过程中的种种困难。

"如果没有特殊的关系和特别野的路子，做成这事的可能性几乎是零！"程飞说罢，从包里取出了一个文件夹，放到邹小永面前，"所有的申报材料都是齐全的，你拿回去认真地看看，想想怎么托人。"

这时候，邹小永才真正感觉到原来办一个批号这么复杂！他翻开文件夹，那一页页非常陌生的表格、数字、化验单、图纸等等，他也看不懂，这分明就是一部天书。

与程飞分手后，邹小永有些为难。他连续给几个朋友打电话请教这方面的问题，还根据朋友的提示，到附近的一家制药厂查阅有关文件格式，甚至去药店查看一些药品包装上的标识、批号等。

满世界一通瞎跑，费了九牛二虎之力，他依然对办批号的业务一头雾水。就在他走投无路的时候，他猛然明白过来："我干嘛这么傻跑呢？即使我把这些东西全部都搞懂了又有什么用呢？我还是找不到铁关系、硬路子呀！"

想到这，他准备不办了，把钱和材料退给程飞。但他又不忍让那几十万的好处费白白地流走。怎么办呢？

他决定走办假户口的路子，于是匆忙把曾经一直为他刻假章的刘浩找到。让他大喜过望的是这个刘浩对办批号的事相当清。看过文件夹里的材料后，立刻把几个印章的样子、名称规格等等，全部确定下来。

第二天，程飞又送来一份报批材料，药品名称是"方正丹药"，据说是抗癌新药。程飞说："这药的批号比起第一个心血管药的批号来，还要难一百倍！如果你能办，你就办；如果办不了，立马退回去，别耽误人家。"

邹小永的答复让程飞相当的震惊："放这吧！我争取一块儿批下来！"

程飞像是不认识他似地，眼睛瞪了好大，愣了好大一会儿。

邹小永又把这份抗癌药的材料拿给刘浩看，并确定了仿制印章的事。先后两份报批材料的章子全由刘浩来刻，邹小永预付他2万元的费用。

几天后，仿刻假章的刘浩，不但刻齐了各种印章——"中华人民共和国卫生部"的大印也在其中，还仿造了几种审批表，把批准过程、主管签字以及批号证件等全都制作完成。

药厂方面拿了50万元的好处费给他们。但是当把办完的证件送去专利局检验，得到的答复是"证件是假的！"药厂方面一听傻了，急忙追着他们"必须退款"。

邹小永和程飞坚持不退。一再表示继续努力，承诺在一个月办成，并出具了承诺书。其实只是托词而已，他们不想把吞到肚里的一大块肥肉再吐出来。

这件事，着实吓了他们一身冷汗。邹小永做梦也想不到，第一笔交易就险些翻船！当初，他的如意算盘是那样的美妙，却不料，他遭遇的是个天大的险情！他本来是设套圈钱的，非但没有圈成，反而被人家套住！捉蛇不成，反被蛇咬。这令他恼羞至极。

更窝火的是程飞。他指着邹小永的鼻子大叫："一开始我就说，能办，你就办；办不了，退回去。你答应得那么痛快，结果捅了这么大娄子！"

邹小永自知理屈，大气不敢出。

程飞说："经过这事，我已经看透你了：你只能造假！这也好，今后我只能拉些个造假的事让你做。别的，一律免谈！"

几天后，程飞果然给邹小永手揽了一件给一外地人造假档案的生意。

这是他的强项。他立即去区人才交流中心，咨询了一下存档案所包括的材料，于是按要求的内容弄到一份招工表，一份职工履历表，一个档案袋，招工表上需要盖"××区劳动局"章，履历表和档案封口处需要"××街道办事处"章，就让刘浩刻了两个公章，让本人把表填好，把章盖齐，一份档案就这样做成了。那外地人把档案存进区人才交流中心，不久就在京找了一份工作。

程飞将一沓钱拿给邹小永："人尽其才，物尽其用。什么造假证啦，刻假章啦，你的确是个好手。今后，凡是有这类事，我随时找你。"

程飞没有食言。在以后的日子里，又接二连三地揽了好多造假证件的活儿，诸如假毕业证、假身份证、假结婚证、假驾照之类，邹小永都一一做成，干得总算干净、漂亮。当然，他们也因此把数以万计的钱收入自己的囊中。

久而久之，形成了一个以程飞揽活——邹小永跑活——刘浩做活儿三点成一线式的一条龙作业。把制假造伪、骗人敛财的犯罪触角伸向了四面八方。正是由于他们的肆虐横行，使本来不是北京居民的人有了北京居民户口；使本来不是夫妇关系的人成了合法夫妻，堂而皇之地公开居住；使本来不是高等学历的人有了毕业证书甚至学位证书；使逃避计划生育的人获得了超生准生的许可；使一些人隐瞒了个人的真实身份，怀揣假身份证到处招摇，欺人耳目。

1999 年，北京市居民户口本开始更换，使一些持有邹小永经办的假户口的人们慌了手脚。他们纷纷找到邹小永，邹小永毫不含糊，仅仅三天，就把他曾经假造的 37 个户口全部变成了新本。

长时间地秘密勾结，多次与人分工、合作，在程飞的眼里，邹小永是个地地道道的"制假专业户。"

有一天，程飞急急火火地找到邹小永："最高人民法院，你有认识人吗？"

"什么事？"

程飞把一个更大更危险的造假生意端了出来……

胆大包天：连最高法的法律文书也敢伪造

程飞问邹小永认识不认识最高人民法院里的人，是因为他揽下的这件事必须要经过最高人民法院才能解决。

程飞跟邹小永介绍了详细情况：有一家房地产开发公司，因为长久拖欠银行贷款，被银行告上法庭。由于他们拖欠了北京、成都、昆明三地银行的贷款，所以三地的银行都向当地的法院起诉了他们，于是法院出面将他们的楼盘和许多物品全部冻结，使他们一直卖得特火的宿舍楼、写字楼全都被迫停止销售。成都和昆明两地的法院已经做出判决，判开发公司败诉，不仅必须偿还贷款的本息，而且被罚了款。

程飞还补充说："开发公司的意思是想找人好好地走关系。主要是走最高人民法院的关系，争取给他们能够下一个文。就说成都或昆明法院的判决是错判，应当改判，把冻结的楼盘解冻，把扣押的物品发还。"

程飞把昆明、成都两地法院的判决和开发公司的材料拿出来，又说："这是他们的材料，看看托什么样的朋友去办这事，你先琢磨。"

邹小永问："他们提没提到好处费的事？"

程飞说："这是明摆的，好处费肯定少不了。要知道，法院冻结的楼盘和扣押车辆设备及封存的帐号，总价有好几个亿呢！"

说完，二人分了手。

程飞马上给开发公司那边的人打了电话，说他们正在帮助找人着手办理。

应该说，程飞在这件事上又犯了他的老毛病！——他不应当把这事交给邹小永！因为，邹小永不可能按他所要求的去做，邹小永不会去托什么路子和关系，他也没有这方面的关系。

果不其然，邹小永没有按程飞的要求去做，因为那不是他的强项。他的强项就是两个字：造假。离开这两个字，他什么也不会，什么也干不了。

照理说，邹小永拿了开发公司的材料和两份判决书后，应当找个律师或者懂点法律的人参谋参谋，看看它的可行性到底有多大，能不能办。因为这是一个经济官司，是个标的很大的经济官司，涉及到相当复杂的法律问题，尤其涉及到最高人民法院，这可是"通天"的事！闹不好麻烦可就大了！

然而邹小永呢，整个一个不知天高地厚的邪大胆！听说"好处肯定少不了"，他什么也不顾忌，他相信他的"造假术"可以用在这件事上。

他又去找到了刘浩，让刘浩尽快造一份假的材料出来。

这刘浩还真的有点邪能耐！他愣是造出了两份决定。

一份是四川省高级人民法院文件《关于终止执行并立即解冻北京××开发公司在京房地产及其它物品的决定》，这决定是下达给成都市中级人民法院的。《决定》中称："你院的判决是严重的错判，经院党委研究决定后报最高人民法院，追究有关人员的责任。"

另一份是成都市中级人民法院发给北京开发公司的决定。决定称："我院向你公司公开赔礼道歉，并立即通知有关人员重新审理并作出公正合理的判决……"

虽然这两份伪造的"决定"极其低劣、文理不通、漏洞百出，稍稍有点专业知识的人一看就会发现许多的破绽，然而邹小永却充满信心。他把这两份材料交给了开发公司的总经理，谎称这次去成都，为办此事，光是费用就花了多少万。他把自己吹得神乎其神："我带着最高人民法院的公函到了成都，分别见了四川高院的院长和成都中院的院长，他们对我客气极了，相当的帮忙……"

总经理拿到邹小永假造的两份文件，如获至宝，对于邹小永，更是千恩万谢，不仅补偿了全部的费用，还另外给了一笔好处费，并当即决定："我现在就任命你为我公司的副总经理，月薪……""副总经理"邹小永当然不敢当，假的迟早要露馅的，这点他非常清楚。

邹小永一个"造假"的套子，让开发公司的总经理和所有的头头脑脑们蒙在鼓里，认为是他一个人拯救了整个公司，人们把他当成神仙一样地看待。公司也开始着手派人带着邹小永那两份文件去北京市中法交涉，争取尽快使冻结的楼盘解冻，恢复正常的经营。

就在这个时候，北京市第一中级人民法院的办案人来到了开发公司，他们是根据成都市人民法院的委托，前来筹划所冻结的楼盘的拍卖事宜的。

总经理在自己的办公室接见了两位办案人。办案人说明了来意，总经理几乎是不屑一顾，他理直气壮地拿出那两份文件，摊在办案人面前："拍卖的事先放下，你们先看看这个！"

办案人对总经理拿出的文件反复看了几遍。虽然对此始料不及，虽然对两个文件的内容感到好笑，他们还是以十分负责的态度，慎重地受理了此事："好吧。既然你们有了这个东西，拍卖的事可以暂时放一放，等我们跟成都方面沟通之后再说。"

办案人无功返回。总经理有说不出的得意。

仅仅过了一个小时，北京市一中法的电话打到了成都，真相大白……

"造假办证专业户"终究难逃法网

就在邹小永与程飞在酒桌上口若悬河，大吹大擂自己的四川之行的时候，他们双双落网了。

邹小永如实交代了"四川文件"的制造过程："最高法院办公厅和四川高院的公章，我们没有样子，是刘浩自己设计的；成都中院的公章，是从开发公司的文件里复印下来的；为了仿造法院的红头文件，我买了一本法律的书，书上有文件格式，是刘浩按格式画的；几个法院院长的名字，是我打电话问的……"

警方办案人员查抄了邹小永的家，从他家里搜出伪造的印章108枚！有伪造的各种文件、表格、法律文书等等，如"中共中央组织部省地干部推荐表"和中组部公章，"中华人民共和国卫生部"公章，公安局、工商局、税务局、劳动局、民政局、以及派出所、街道办、人才中心的公章等等，还有大量的空白户口本，结婚证，身份证……

6天后，刘浩被抓获归案。

经审理，邹小永交代，三年多来，造假敛财，从中获利130多万元！他用圈来的大批赃款维持自己奢侈豪华的生活，16万元买了高级轿车，18万元购了私人住宅，携全家3次出国周游，在保加利亚以自己的名义注册了一个公司。

邹小永出身于一个军人家庭，高中毕业后考大学落榜，不久便报名参了军。他在部队几年里表现一直不错，还提了干，转业后，在北京市某区机关里给领导开了一年的小车，后通过关系调入公安系统，当了3年巡警后，又干了3年的户籍警。

应当说，邹小永不仅有一个很好的家庭环境，而且在青少年时期以至成年期，度过了一个很好的成长期。至于他堕落到今天这个地步，不能不提到一个关键人物——他的好友、"能人"——同案犯程飞。

程飞也是转业军人，比邹小永大十几岁，级别也比他高，住处也比较近，经常来往，日子久了，成了好朋友。

程飞这个名字，在邹小永看来，是他尊崇、追随、敬仰的一个偶像，以至成了他日后须臾不可脱离的一个智囊型的精神依赖。

当邹小永已经26岁，不愿意再开着小车拉着头头儿到处兜风的时候，就是这程飞及时指点，使他摆脱了侍候人的行当，做了名警察。程飞本人也到中央机关的某部当了处长。

6年后，当他抱怨干警察太清苦，期望有个既轻松又挣钱的职业的时候，又是程飞把他调到一个公司，让他学着做生意赚钱。

当他希望完全自由自在地挣钱发财的时候，还是这程飞，给他当掮客，把一个个想办进京户口的人介绍给他使他一举成了"造假办证专业户"，成了腰缠万贯的大款。

当程飞发现还有比"办户口"更能来钱的生意时，又把办药品批号的生意介绍给他；当程飞发现这个邹小永并没有什么优势时，又及时让他"改行"，适时地揽来一大批"造档案""办毕业证书""办结婚证书""办假执照"之类的生意，使他把更多的钱敛进自己的腰包……

我们在上述文字里主要是以具体的案例揭示设套圈钱、造假犯罪的阴谋。如果说，邹小永走的是一条设套犯罪的道路的话，那么，最先钻进这个圈套的，恰恰是他自己，而设下这个圈套的，又恰恰正是程飞！

程飞没有放过他。在得意忘形中，明知他不可能去托关系，走门路，把开发公司的官司翻过来，却设下诱惑力极大的圈套，迫使他铤而走险，以造假的方式，仿制法院的法律文书，走进了法律的雷区……

在案件的审理过程中，精明的办案人似乎发现了程飞与邹小永之间这种特殊关

系，于是对这个老谋深算的机关处长给予了更多的重视和关照。由此他们很快查清，邹小永每完成一次制假过程，总是有近一半的好处费被程飞首先吞食，他利用邹小永造假敛财，把自己收拾得气气派派，风风光光，家外有家，婚外有情，金屋藏娇，把一个与他女儿年纪相仿的俏丽女子留在自己身边，以夫妻相称，长期厮混。

法律是无情的，法律更是公正的，法院认定邹小永犯有诈骗罪、伪造国家机关公文、证件、印章罪、伪造事业单位印章罪、伪造居民身份证罪，被判处有期徒刑20年，并处没收个人全部财产。而程飞，则被判处了无期徒刑，并处没收个人财产。他受到了比邹小永更严厉的惩罚。

在此，我们不能不提一提他们的同案犯刘浩。正如前面所述，这是个有着一身邪才的"能匠"。如果说，程飞的"能人"特征只是表现在眼上和嘴上的话，那么刘浩，这个"能匠"的特征，更多地表现在了他的脑瓜儿和手上。所以，他能够在"幕后加工车间"的位置上，把程飞、邹小永的一个又一个生意变成现实，108枚印章，全部出自他的那双手，各种证件、证书、包括一系列的表格、公文、法律文书、全由他一手"克隆"，他作为程飞、邹小永造假的最后一道工序，也是最关键的一道工序，具有不可替代的作用。这个三点成一线的一条龙作业，各有各的职责——一个也不能少。

如果刘浩把自己的灵气和精巧用在正地方，无疑是把好手，肯定大有造诣。但是，由于他跟错了主人，或者说，是他主动钻进了程飞、邹小永设下的圈套，就不得不在监狱里度过11个年头。

超级"忽悠"

本山大叔的"大忽悠"系列小品是春节晚会最受欢迎的节目之一,"大忽悠"环环相扣的"忽悠"伎俩,骗人上当的奇思妙想,都令人笑喷了饭。小品毕竟是小品,但是令人大跌眼镜的是,现实版的"大忽悠"竟然惊现京城!

韩志方,"澳大利亚投资国际集团有限公司董事长",长期包住北京某高级饭店豪华客房的"贵宾"——因为犯诈骗罪被警方抓获。

这位骗钱、骗色,"骗迹"踏遍五省六市,号称身价数亿元的"韩董事长",终于也把自己"忽悠"进了看守所、监狱。

2007年3月，在北京市团河监狱，我采访了这位"传奇人物"——诈骗犯韩志方。

上午9：00，狱警把一个穿囚服的中年男子带了进来。韩志方长得挺白，眉毛挺黑，眼睛很活泼，不时地东张西望。

坐在审讯室固定的座椅上，韩志方有些木然地看着我。狱警告诉他，来"会见"他的是一名检察官，也是一名作家，让他如实回答问题。

韩志方看了我一眼，马上用北京人特有的口气问道："哥哥，您能帮我想想办法，让我少待几年吗？这里实在不是人待的地方，我……"

我一笑，打断他说："我详细地看过你的案卷，也采访了办你案子的警察、检察官，你做的事情已经伤害了很多人，到现在那些受害者都还生活在阴影里。除非你在监狱里表现良好获得减刑，才有可能少坐几年大牢。"

韩志方沮丧地低下了头。

我递给他一支烟后，说："我只是想了解你做这些事情时的想法，我希望你能不掺杂水分，给我客观地讲讲你的经历。"

他点点头。在烟雾缭绕中，他理了理蓬乱的头发开始叙述他的故事。正如卷宗和先期采访所了解的，他这次没有怎么"忽悠"，几个小时的叙述，可以清晰地看出他是如何走上这条罪恶之路的。

苦孩子出身，我本善良

据韩志方说，他是在穷困的单亲家庭长大的。至今，他没有关于他父亲的任何一点印象，从来都没有见过他父亲是什么样子。45年前，当韩志方降临到这个世界上才短短几天，一场无情的灾难夺去了他父亲的生命。可怜的孤儿寡母在左邻右舍的同情、帮助下艰难度日。在那个特殊的年代，每月数十元的工资就能过上好日子，但韩志方的父亲突然去世，使家中仅有的一份经济收入中断。韩志方的母亲因没有固定工作，只能靠干零活挣来的钱维持生活。

在韩志方的记忆里，每年春末夏初青黄不接的时候，他母亲就会挖些野菜，就点粗粮；到了秋天，韩志方的母亲就到市郊的农田里捡些被遗弃的老白菜或土豆，勉强过活。

最让韩志方铭刻在心的一件事是在他八九岁那年初冬的一天，他和母亲一起到市郊捡白菜。母子俩从一大早就离开家门一直捡到下午三四点钟，捡了满满两袋子，正准备回家的时候，突然来了三个十八九岁的青年，拦住了韩志方母子，指责他们偷自己家的白菜，让他们交钱。韩志方年少气盛，根本没把他们放在眼里，几个人见从韩志方母子身上捞不到好处，恼羞成怒，不容分说就把韩志方母子捡来的白菜抢去。韩志方气不过，不顾母亲的劝说，追着三个小伙子讨要，结果三个青年将小小年纪的韩志方一阵猛打，韩志方抓住其中一人的手狠狠咬了一口，被咬的人气急败坏地将韩志方按倒在地，扒掉他的衣裤把他扔进附近的河水中，然后在韩志方母亲的呼救声中，几个人逃之夭夭了。

当母亲费尽全身的力气把韩志方从冰冷的河水里救出来时，韩志方的嘴唇都冻青了，浑身打着哆嗦。母亲含着眼泪把韩志方的裤子从水中捞出，将自己的外衣脱下裹在韩志方的身上。韩志方当夜便重感冒发高烧，一病一个多月，从此便落下一紧张生气就不停地打嗝的毛病。

韩志方告诉我，为了治这个病，母亲四处求人，花了不少钱，但是一直没治好。更好笑的是，韩志方竟然在以后的行骗过程中，把自己的这个毛病编造成参加过对越反击战后留下的后遗症。一段小时候屈辱的经历竟然被他"忽悠"成了光辉的人生阅历，还得到了不少人的同情和赞扬。

从那次经历以后，韩志方觉得自己的肩膀太柔弱了，还不足以担起这个家。他想通过努力学习使自己成为人上人。然而，事与愿违，没有学习天赋的他对老师所讲的课理解得较为迟钝，别人听后就会、过目不忘的东西，无论他怎么死记硬背、刻苦用功，到头来在班级同学当中成绩总是垫底。

勉强高中毕业，韩志方便离开校门，不再上学了。按当时的政策，他本该到父亲所在单位上班，可他运气不好，正赶上沿袭下来的接班制度被改革，除有实权的领导干部子女还能接班做正式工之外，普通家庭出身的韩志方只能在亲属的帮助下到一家国企当个临时工。

无论怎样，有了工作就能挣到钱，韩志方满怀热情地工作，每天第一个赶到单位，打水拖地手脚勤快，师傅们渐渐地喜欢上他。尽管每月领取的工资不多，可韩志方却十分珍惜。

韩志方说："领了第一个月工资的时候，我高兴坏了。看着手中为数不多的几张人民币，我跑回家如数交给了我妈。我妈哭了。"

说到这里，韩志方的眼睛有些湿润，看得出，他很在意自己第一次挣钱。

韩志方告诉我，那个时候他的确应该是个好人。

当临时工是很辛苦的，因为工作很不稳定，别人也瞧不起一个小小的临时工。辛辛苦苦忙碌了一天，有时候韩志方晚上累得睡不着觉，他常常问自己："这到那一天是个头儿啊！"转眼间一年多过去，韩志方对临时工作失去了兴趣，他曾无数次地想过，如果不转正，只干临时工决不会长久的，永远没有出头之日。

怎样才能扭转命运呢？韩志方想到了当兵。

他把想法告诉了自己的师傅，师傅听了十分支持，鼓励他报名应征，可担心他打嗝的毛病难以通过。韩志方认为，这个小毛病不妨大事，带兵人稍微注意不到就可以蒙混过关。结果，韩志方的愿望落空了，让他当兵梦破灭的倒不是带兵人发现了他打嗝的毛病，而是同厂车间主任的儿子为了争夺当兵的唯一名额，专门找带兵人反映了韩志方的情况。带兵人在家访时以独生子为由安慰韩志方做好"一颗红心，两种准备"，韩志方虽然再三表示报国之心，但最后胸带红花被全厂人敲锣打鼓送上车的还是车间主任的儿子。

那天，韩志方没有去上班。

我问韩志方："你觉得委屈吗？"

韩志方冷笑："没什么委屈，我从那天起就明白了一个道理，在这个世界上要么有钱，要么有权，否则你在别人眼里什么都不是。别人想怎么欺负你就怎么欺负你，你都没有资格跟别人真刀真枪地干，在背后就被别人弄死了。我不想这样过一辈子，我觉得亏！"

韩志方是这么想的，也是这么做的。很快，他迈出了人生中最不应该迈出的第一步。

摇身一变董事长，修炼"忽悠"靠个人

学业无成，从军梦想破灭，让韩志方混出人样的一腔热情在一次又一次的碰壁中粉碎。韩志方彻底成了没有固定职业的游民，他干过许多临时工，但时间都不太长久，他觉得挣钱太慢了。

进入 20 世纪 90 年代，国家经济发展进入快车道，三十而立的韩志方看到经济变化带给人们的实惠，脑子活的人都在忙活自己的事业，都在想着法地多挣钱。韩志方的耳朵里灌满了别人"一夜暴富""一步登天"的例子。他认为成功似乎并不难，前提是你要有足够的胆子。

韩志方告诉我，他正是在那个时候才明白这些"道理"。

韩志方不懂经济学，也更不懂得资本运作，但他依然感到自己施展的机会到了。1996 年，韩志方在北京市海淀区紫竹院公园内租了一间房子，在北京成立了一个分理处，挂靠澳大利亚国际有限公司内蒙古通辽办事处，每年给这个公司 45000 元。韩志方的本意是靠这个分理处做点买卖，倒腾一些土特产品挣钱。可是韩志方真正干起来才发现，挣钱哪有那么容易，一年多下来，买卖没做成几笔，倒是欠了一屁股债。

韩志方虽然没挣着钱，但是也算在商海中"游过泳"，别看他老是爱打嗝，但是脑子却是越来越活。韩志方在紫竹院的办公室紧靠着一个饮料公司，大家都是邻居，又都是做生意的，一来二去便认识了饮料公司的推销员赵良。

有一次吃饭，赵良介绍韩志方认识了一个"能人"——赵昌。赵良告诉韩志方，赵昌可是个有本事的人，他在北京混了 10 年，原是国家某机关副处级干部，在职时靠手中权力审批紧缺物资受贿，积攒了数十万元的资本，后停薪留职下海经商。

经过几次接触，韩志方觉得赵昌见多识广，也从他嘴里听说许多人通过"空手套白狼"传奇致富。韩志方觉得认识了这么一个"神通广大"的铁哥们，以

后的路会越来越宽。

韩志方哪里知道,赵昌下海经商是不假,但同样因为不懂经营,手中的钱很快就被花光。他想重返机关,但正赶上机构精简,赵昌所在的国家机关原有的千余人干部职工只留下三百多人,并且一年后还要再减。赵昌见那些比自己官大权大的人都几乎全部被减掉,找领导要求过两次无望后赵昌也开始了混天过日子的生活。

韩志方多次想自己成立一个公司,不再挂靠其他单位,这样做各种生意会方便一些,但时没有注册资金,于是,他便想起赵昌。在韩志方眼里,赵昌不仅在官场上混过,又是国家大机关出身的干部,见多识广,路子也多。

当韩志方把这个想法告诉赵昌时,赵昌把胸脯拍得"叭叭"响,满口应允,他说自己在香港有关系,而且公司注册成功以后身份是港商,不管做什么生意都会很方便。赵昌让韩志方赶紧凑办理注册手续需要的钱和活动经费。对于赵昌的"热情""慷慨",韩志方千恩万谢。

其实,赵昌从韩志方让他帮助运作成立公司一事看出了对方对经商的无知,黑着心从韩志方筹借的10万元里仅仅拿出了2万元,在"政策环境宽松"的香港帮韩志方注册了一家名为"澳大利亚国际投资集团"的公司,注册资金1000万元,其余的8万元他自己独吞了。

当韩志方从赵昌手中接过营业执照及两枚公司图章和一本所谓的公司支票及一本英文的公司章程时,仿佛看到大把大把的金钱。韩志方隆重地请赵昌吃饭,韩志方翻看过赵昌为他公司准备齐全的所有资料,包括公司章程、发展规划、上市运作成就及五年后的运作目标等一大堆公司资料后,满怀感激地连敬了赵昌三杯酒。

赵昌点拨韩志方,公司就是个皮包,只要你够胆量,就能做大生意。即使现在没有实力,但也要让别人认为你有实力,这样生意会好做一些。韩志方通过这几年的经历,也深刻地领会到了,真正的实力不是那么好来的,有了这个"国际"公司的招牌,很多事就好办多了。

酒足饭饱,韩志方叫服务员结帐时,赵昌抢先掏出了两张百元大钞,韩志方争夺不过只好坐下说："赵哥为我辛苦，却又让你破费，心里过意不去呀。大恩不言谢，老弟不会忘记你。"

韩志方办成了公司，又省下请客钱。走出小饭馆心情格外的愉快。看着赵昌搭出租车离去后，韩志方就迫不急待地在离饭馆不远的地方印制了两盒烫金的名片。

就这样，韩志方一夜之间由一个无业游民摇身变成了"澳大利亚国际投资集团有限公司董事长"。

说到这里，韩志方冲着我苦笑一下："没过多久我从别人的嘴里知道，赵昌这小子仅仅用了2万块钱帮我注册公司，他自己偷偷拿走了8万，舒舒服服地过了几天好日子。那可是我东凑西凑从别人手里借出来的，本来想大干一场，没想到公司还没有开张就被人黑了一把，这也给我好好上了一堂课。不过我还是挺佩服赵昌这个小子的，他的胆子够大。我也从他身上学了一招'暗渡陈仓'！"

我问他公司的后来情况，韩志方轻蔑地一笑："香港那个公司早就不存在了，因为从注册那天起，我两年没有往香港行政公署交费，已经有了这个空壳子，谁还那么傻，往香港行政公署交钱。所以那个投资公司早就被注销了。"

荒唐的招牌——"党和国家领导人都是我的顾问团"

韩志方自从有了"投资公司"这个招牌之后，他发现以前是他求别人，现在是别人求他了。混吃混喝很容易，而且随便找个理由就可以把别人打发了，人家觉得他有钱，还不敢怎么着他！这样的日子太舒服了！

韩志方真正体会到了，"人有多大的胆儿，就敢吹多大的牛"。他不敢在以前的朋友圈子里面混，因为大家都知道他"能吃几碗干饭"，根本不会轻易听信他的话。韩志方喜欢认识像赵良这样的"新哥们"，因为他们不了解自己的底细，有些话就敢说。

我问韩志方："你怎样才能让别人相信你的话？光凭嘴说谁都会！但是要

想让人家对你的话深信不疑，不是件简单的事。"

　　韩志方乐了："大作家，你们写文章难道说的都是实话？让别人相信你很简单，像赵良这样的狗肉朋友，你对他出手大方一点，没事多在一起吃吃饭，给他点甜头，你说什么他都会信。而且通过他的嘴，可以一传十、十传百，慢慢的圈子里的人就会相信你。"

　　果然没多久，在一次吃饭的时候，韩志方认识了一个叫王宝柱的人，这个人是海南省某市驻北京办事处的主任。当接过韩志方的名片的时候，王宝柱显得很有兴趣，便仔细询问起韩志方的详细情况。

　　韩志方一看乐了。有门！

　　他自信地说："王主任，相信您也从朋友那里听说过我。我现在是澳大利亚投资国际集团有限公司的董事长。我父亲是老红军，是建国初期民政部的一位副部长，已经过世了。我母亲成分不好，原来是大家闺秀，后来参加了革命，成了高干，退休后一直住在高干疗养院，有专家进行护理。我已经入了澳大利亚国籍，这样出国的时候方便些。"

　　韩志方一边说，一边察言观色，他发现王宝柱听得很认真，刚要接着"忽悠"，坏了，打嗝的老毛病犯了，一个接着一个地打，好像是闪了舌头。王宝柱一看，赶紧给韩志方倒了一杯茶水。

　　韩志方一边喝着，张口就说："哎，钱有什么用？看了好多大医院，竟然治不好我这个小毛病。没办法，为国家尽忠落下的毛病。那还是在对越自卫反击战中，越军搞突袭，我用自己的身体保护了我们师长，结果被炸弹震昏了，从此就落下了这个毛病。"

　　王宝柱一听，挑起了大拇指，"韩总，没想到您不光生意做得好，还是一条顶天立地的汉子。佩服！佩服！"

　　韩志方一摆手说："担当不起，我看着您也是一个值得交心的朋友，说实话，我自己也没有这么大的本事弄这么一个投资公司。那是被我救的那个师长，转业以后出国了，做生意发了大财，为了报答我的救命之恩，把这个公司一大半的股份给了我，让我负责公司在香港的业务。"

韩志方见王宝柱听得入神，又补充了一句："王主任，我当您是哥们儿，有话我就直来直去了。这世道，什么人都有，咱们先小人后君子，改天我把公司的全套证件全拿过来让您过目。"

结果，不出韩志方所料，第二天晚上，王宝柱的电话就打过来了，这次宴请是在北京一所豪华的商务会馆。

酒酣耳热之际，韩志方拿出一个精美的鳄鱼皮的小包，里面有全套的证书：用中英文两种语言标注的精美营业执照，上面的法定代表人就是韩志方，注册资金1000万港币的上面加盖着钢印。

当王宝柱看得出神的时候，韩志方又小心翼翼地从贴身的兜里拿出一个高档支票夹，里面是一张中国银行存款证明复印件，这种存款证明王宝柱以前也看到过，但数额这么大的存款证明，王宝柱还是第一次看到，存款的数额是8位数，不过后面的单位可不是人民币，是美元！

1000万美元！

韩志方说，这笔钱存在中国银行的总行，因为省钱，没有交手续费，所以只能存在那里。如果有急需，只要五六十万元人民币的手续费，这笔钱就可以使了。

王宝柱一边听，一边乐，心想：这下可找到"财神爷"了！他又小心翼翼地问存款证明的原件在哪里。韩志方一听，顺口就说，只有交了手续费，银行才能出具原件。

这次宴请，王宝柱认为很值，他觉得认识了韩志方，自己以后的路就宽了。有了钱，哪还有办不成的事！

韩志方认识了王宝柱以后，日子比以前滋润多了，而且他发现王宝柱对他的"忽悠"根本没有再深查细究。相反，宴请他的次数比以前多了，档次也越来越高。

后来，韩志方的口气越来越大，他跟王宝柱说，他的老领导，也就是那个师长，从国外引进了29亿美元用于新疆的开发，但资金到了国内后，因为手续不全，让银行暂时给冻结了。只要弄一点资金稍微启动一下，就可以把钱提出一部分。

29亿美元？王宝柱面有疑色。韩志方早就准备好了相关29亿美元的"材料"！更让王宝柱吐舌头的是：韩志方给他展示的股票和公司股东，基本上都是当时在任的党和国家领导人，级别最低的也是副部长。那一个个显赫的名字，让王宝柱看得眼都直了！

韩志方在一旁煽风点火：哥哥，您也不想想，要是上面没人，去哪里弄29亿美金？

后来，韩志方在酒桌旁信誓旦旦地告诉王宝柱：自己还在山西有一个大的工程要投资，主要是临汾铁路，已经投了三个车站和一个宾馆，整个工程大约需要人民币60亿人民币。资金已经到位了，但是他投的是美元，是为整个工程投的保险，这样银行才能给工程放贷款。工程的项目是由他发包，韩志方问王宝柱："你能在海南找到工程队，我就能让他们去山西包工程。其中少不了你的好处！有钱大家一起赚呗！"

王宝柱听得眼睛直冒光，直说没问题。

韩志方知道，鱼儿上钩了！

牛刀小试，"忽悠"成功

王宝柱对韩志方的身份已经深信不疑了，韩志方的"忽悠"开始升级，他急切地想看到效果。你还别说，以前他递给别人名片时，别人爱理不理的，自从韩志方弄了一个董事长的身份以后，现在他的名片俨然成了一种身份的象征。尤其是经过王宝柱的口传出去以后，韩志方的名气更大了。

2001年春天，王宝柱做东，把韩志方请到了北京东直门的一个豪华餐厅，这次王宝柱把韩志方介绍给了在北京顺义区投资的张京民。张京民是北京顺义人，是一家养蜂场的法定代表人。当时他为了在顺义开发农业旅游观光园，正四处筹钱，先后通过贷款等方法筹借了数十万元，但区区数十万元难以解决困境。张京民找投资人都找疯了！

正好王宝柱把韩志方的情况告诉给了张京民，张京民当晚就让王宝柱把韩志方请出来坐坐。韩志方一听，张京民是有事求自己，一下子来了精神。他知道，别人越着急的事，自己越好"忽悠"。

"澳大利亚国际投资集团有限公司董事长、澳大利亚籍华人、手上握有6亿美元的资金。父母都是高干，父亲多年前就去世了，安葬在八宝山革命公墓，母亲因患重病住在301医院的高干病房，由部队专门特派的两个女兵看护，自己参加过对越自卫反击战，在战斗中受伤，落下了经常打嗝的毛病……"

老词儿，新主儿！

有"老朋友"王宝柱的证明，张京民信了！

没过几天，张京民亲自邀请韩志方去顺义一个大酒店。

没有任何夸张和修饰，也没有高干子弟的傲气和高大，在张京民看来，韩志方平易近人，更让张京民佩服的是，当他执意要在大酒楼包间请韩志方吃饭时，韩志方却坚决推辞，并十分诚恳地对张京民说："在哪里吃都是填饱肚子，生猛海鲜太浪费，没必要，俩人随便找个饭馆简单吃点，即实惠又俭朴。再说了，咱们走南闯北啥没吃过，几千的上万的吃到肚里不也就是一顿饭吗。其实，三十、五十或百八十的也一样是吃一顿饭，今天就给你省点钱吧。"

这话让张京民很感动。过去只听说过海外大富豪勤俭过日子的新闻，没想到自己今天竟然真的就遇到了。见韩志方这么爽快，张京民也不再勉强，十分干脆地领着韩志方走进了附近一家小餐馆。

"董事长"虽然随和简朴，但张京民心里还是过意不去，拿过菜单对着鸡鱼肉蛋连点了几个菜，结果又一次全被韩志方挡回了。韩志方拿过菜单随手翻了两页便点了凉热搭配的四个素菜，并且再次对张京民讲，无论有多少钱都不应该在吃穿上摆阔气。为此，韩志方还一本正经地批评了中国人从贪官到普通百姓无论大事小事都到饭店酒楼一边大吃大喝一边谈事的劣根性。对外国人社交、谈事讲究效率，不讲究吃喝，一壶茶水、一杯咖啡就谈事的良好习惯大加赞赏，张京民听得不停地点头称是。

韩志方见时候不早，立刻转入正题，再次让张京民简单介绍了要开发的项目及大约需要的资金和具体的使用情况，最后严肃而又坚定地对张京民说："开发的项目听起来可行，申请的资金也不多，可以帮助，但不能仅凭几句话就把数千万的资金盲目投进去。要派人实地考察，董事会还要进行研究，对于投资回报方式要等最后再谈，现在说了也是空的，不切实际。我在山西也还有一个6个亿的项目正等着签订合同，临时顾不上来。你要着急就抓紧时间把可行性报告写好，供公司的投资专家和顾问研究。"

张京民暗自庆幸自己认识了韩志方，他不仅看到农业旅游开发项目的发展希望，还盘算着要借助韩志方的实力，争取从韩志方承包的6个亿的工程中分一杯羹。

韩志方吊起了张京民的胃口，但一切还只是空口说出的，要想真正钓住张京民这条鱼，仅靠光秃秃的钓鱼线还不行，必须拿出鱼儿喜欢吃的鱼饵。张京民最想要的是钱，韩志方为了让他相信自己的实力，又拿出了那张给王宝柱看过的存款复印件。其实那张1000万美金的假复印件是韩志方找一个叫许增的人，花5000元弄的。

韩志方把王宝柱和张京民的胃口都吊起来了，他知道，快来钱了。

果然，没多久，王宝柱就给韩志方打电话，邀请他到海南的海口市面谈工程队的事。王宝柱在电话里跟韩志方说，自己已经联系好了工程队，工程队的负责人已经答应了。

韩志方到了海口，吃喝玩乐潇洒了一阵子。王宝柱问韩志方什么时候签合同定下来去山西包工程的事，韩志方回答："干吗那么着急？找我的人多了，我也不知道你找的这些工程队技术怎么样？那可是国家重点工程，要对国家负责。这样吧，你听我的信儿，我邀请你和你的工程队到山西临汾考察一下。放心吧，该是你的绝对跑不了。"

王宝柱听了很高兴。韩志方还告诉他，自己的那笔 1000 万美元银行存款距到期日期还有一年多，要提前取出这笔钱，就将损失一大笔利息，如果能得到补偿费就可以提前支取，这样就可以投资给王宝柱。王宝柱问韩志方，多少补偿能提款？

韩志方张口就说，只要 30 万元人民币就够了。

30 万？王宝柱一听直摇头，那也拿不出来呀！

韩志方想到了张京民，因为张京民也正在找他，想让他投资！如果能把张京民也弄到海南，不仅能从侧面证明自己正在海南准备投资，也能让他增加对自己的信任。如果王宝柱和张京民都相信了自己，那岂不是一箭双雕！

韩志方让王宝柱打电话，邀请张京民来海南共议投资一事。

接到韩志方的电话，张京民二话没说，立刻飞到海口。韩志方主动询问了张京民那个开发项目的运作情况，并且十分认真而详细地询问了投资资金的使用，让张京民意外的是韩志方很仔细，几乎将投资每一笔钱都具体到怎么花，甚至百十元都要一笔笔地细算。张京民见韩志方如此认真，更觉得韩志方是真心实意地要投资。韩志方直截了当地对张京民讲，自己对项目前景是十分看好的，但也要对双方负责，每笔投资都要投得准、投得值，并且要有高回报，不能稀里糊涂地投。最后，韩志方同样提出，要提前支取这笔 1000 万美元的存款就需补偿一点钱，张京民听了觉得有道理，答应补偿 10 万元人民币。

海南之行，让张京民看到了韩志方十分"雄厚"的实力。

在海口吃住三天时间，张京民不但得到了韩志方的投资许可，还听韩志方详细分析了其在山西承包下的临汾铁路修建工程。

山西临汾的铁路工程，是由政府规划修建的，目的是改善临汾市的环境污染问题，工程立项后政府把它给了神龙公司，由它自筹资金修建，公司总经理张北平与韩志方相识，他知道韩志方的底细，也知道韩志方没有钱是在玩空手道，但神龙公司急需一大笔钱，为了骗得具体施工单位垫付钱，张北平和韩志方以澳大利亚国际投资集团有限公司的名义又签定了为临汾铁路投资 6 亿美元的合同，合同规定韩志方对工程有分发承包权，并给了韩志方全部政府批示的文件、批文等。张北平的目的就是利用韩志方为工程找钱，韩志方则是打着工程的旗号去骗钱。两人各怀鬼胎，各有所图。

韩志方向张京民展示了临汾市政府有关项目立项报告、批文和文件，同时也拿出他与张北平签订的合同及神龙公司一张 1600 万元、一张 1400 万元，共计 3000 万元的银行进帐单。

对此，张京民更加相信自己的项目有戏了！

但张京民却没有想到，在他回北京的前一天晚上，韩志方突然对张京民说自己带的现金不多了，为了和银行商谈提前支取资金，自己还需要在海口多住三五天，要张京民留下点钱备用，算是给韩志方的补偿款。

堂堂的大董事长，竟然为一点小钱求到自己的门口，张京民觉得受宠若惊！

他二话没说便拿出两万元给了韩志方，自己仅留下回北京的机票钱。虽然下了飞机身上的钱仅仅够打的费，但是张京民觉得这趟海南之行非常值，因为这点小钱将换来一笔大投资！

韩志方心满意足地拿着"忽悠"到张京民的 2 万元钱，在海南又多住了三天后，然后在王宝柱的陪同下一起飞往云南昆明。

那里又有了一个"大项目"！

一个"忽悠"接着一个"忽悠"

到机场迎接韩志方的是昆明一家正在筹建中的一家制药厂厂长熊信。该厂筹备了许久，省市医药监督管理部门的批准文件早已拿到半年多，药厂发展前途十分看好，只是建厂资金短缺，使熊信非常着急，他也是通过朋友认识了王宝柱，又在王宝柱的引荐下认识了韩志方。

"投资集团董事长、身家好几亿、父母高干……"

韩志方又祭出了自己的"忽悠大旗"！

熊信在商场多年，还是很有警惕性的。但是经过多方询问好多朋友，都说知道有韩志方这么个人。于是，熊信像看到救星一样，再三找朋友说情，让韩志方给药厂投资。

韩志方找各种理由推脱着，他要试试熊信这个人有没有利用的价值。熊信被韩志方拖着很难受，后来为了得到资金，索性无条件地答应韩志方以任何方式提供资金都可以。

通过三番五次的邀请，韩志方终于以考察为名飞往昆明，熊信自然全程热情接待。令韩志方没想到的是，熊信竟然请出了当地的领导亲自接待韩志方，规格相当高。刚开始韩志方有些心虚，但是一看人家那个热情劲儿，他也就坦然地把心放到肚子里了。

韩志方告诉我，别人越是着急需要钱，自己的忽悠越能起作用。他从来不跟那些知名企业玩儿，因为人家都有正规的贷款渠道，自己玩不起。

看到韩志方，熊信就像看到了药厂的希望，他连同当地市、区领导共同向韩志方汇报了药厂的立项和筹备工作情况。韩志方在熊信和市、区领导的陪同下，对药厂的生产车间、库房、厂院规划及机械设备等进行了十分具体的考察，并要求药厂提供三份全面详细的可行性报告。最让熊信感动的是，韩志方看到机械设备陈旧老化，影响生产质量和效益时，提出在熊信要求贷款500万美金的基础上再追加300万美金，让熊信对机械设备进行更新，提高生产质量和效益，降低成本，提前一年收回投资。

韩志方和熊信草签了投资贷款意向书，韩志方提的条件是，药厂无偿使用资金三年。三年后，每年归还韩志方1000万元人民币，连续归还三年，第七年一次还韩志方贷给的800万美金。韩志方承诺回北京后对药厂提供的可行报告进行研究后派出专家再次对药厂进行实地考察论证。

意向书中双方同意，专家论证费，送交北京医科大学、国家医药管理局可行性报告的重新撰写等费用共计86000元人民币全部由药厂提供，当时熊信一下拿不出那么多钱，便和手下借凑5万元给了韩志方，韩志方多会察言观色，他看出熊信有些顾虑。

为了打消熊信的顾虑，韩志方打出了"亲情牌"！

他假借私人拜访之名提出去熊信家里做客，熊信也觉得韩志方到家里做客更显得关系亲切。

进了熊信家里，韩志方将事先准备好的5000元红包送给熊信15岁的女儿当作见面礼。熊信受宠若惊，让妻子尽心做了几个好菜。

熊信原是做药材生意的，10余年来积攒了100余万元存款，为了投资建厂，100余万元早已变成药厂的固定资产，并与合伙人贷款100万元投进了药厂的生产、开发，由于资金短缺，药厂建设进展缓慢。熊信自从懂得做事以来，尤其是经商以来，无论做药材的收购批发，还是筹建药厂，为了生意上的顺利，熊信时常送钱给别人，疏通各种关系。筹建药厂，从报批到贷款处处都要请客送礼，药厂没完全投入生产，工商、税务、消防、卫生防疫等各种部门打着各种旗号收取名目繁多的费用，熊信为少交各种费用，就暗中给一些部门的领导们送红包。有生第一次有别人给自己送红包，熊信觉得受宠若惊。然而，熊信哪里知道，这不过是韩志方有意设计的骗术，目的是赢得熊信对他的信任，韩志方送给熊信女儿的5000元红包是他从熊信那里骗取的5万元中拿出的，这不过是骗子"舍不得孩子套不着狼"的一个手段而已。

韩志方由昆明再次飞到海南，模仿与熊信药厂签订意向书上加盖的公章私刻了一枚药厂财务章和一枚公章，伪造已投资给熊信800万美元的一套完整手续。他有意将去云南投资的事在电话中透露给远在北京的张京民。得知此可信消息，张京民由海南回北京后，很快又从公司仅有的10余万流动资金中，拿出8万元，作为余下的补偿金汇往海南王宝柱的信用卡上。

王宝柱取出7万，自己留下了1万。因为韩志方在海南的那几天，全是由王宝柱出钱，而韩志方直到走时也没提费用的事。

韩志方拿到王宝柱取出的7万元钱后，甩手就给了王宝柱1万元。

这次反倒让王宝柱觉得不好意思了，自己背着韩志方已经留下了费用钱，没想到人家"韩董事长"根本就不是那种赖账的人！

王宝柱大为感动！

走到哪"忽悠"到哪

韩志方虽然给自己包装了数亿身价的董事长身份，也"忽悠"了几个小钱，但是始终没有干成"大买卖"！

他告诉我，因为接触的都是初入商海的人，大多都是个体或民营企业，没有资金，他们有项目，就是缺钱，加上各地政府招商引资热，自己就是利用人们引资心切的心理，但最多也就骗个三五万，吃吃喝喝几天就没有了，所以，一直想着骗一次几十万或上百万的。

认识韩志方的并被韩志方骗过的人大多都是经过王宝柱认识的，袁征也不例外，通过朋友认识了王宝柱后不久便认识了韩志方。

袁征是湖北荆州贸易公司老总，生意一直不顺畅，每年挣的钱除去交税开支，年年白忙活。他便想改行开酒店，无奈资金短缺，第一次贷款50万元，三个月的还款期一到，袁征无力偿还，银行拒绝再贷。他通过朋友认识了韩志方后，就像看到了摇钱树，为了动员韩志方去投资，他多次到北京找韩志方商谈。

韩志方按着老路子，起初找出几点理由不肯答应，他要磨磨袁征的性子，看看有没有"油水"可捞？

三五个月后，要钱心切的袁征为了得到投资竟然把当地政府领导也请到北京，韩志方见时机已到，便答应给袁征在荆州筹建的"华亚大酒店"投资1.2亿元人民币。尽管只是韩志方口头上的承诺，袁征却喜不自禁，随袁征来京的父母官更是把韩志方口头的承诺当自己招商的功绩汇报给主要领导，靠着拍脑袋、拍胸脯、拍屁股做官的个别领导好大喜功，对袁征如何认识韩志方及韩志方真实身份未作深入的了解，便急忙准备举办一次招商引资洽谈会。为表示对韩志方的尊重和热情，政府商定让韩志方在招商会上作重要发言，并当场签署投资协议。

面对政府的盛情，韩志方心里"直打鼓"。他知道自己的肚子里墨水不多，文化水平不高，凭三寸不烂之舌骗骗用钱心切的小商人还勉强，要是站在讲台上，真正面对一级又一级领导和来自各地不同行业的商界精英，他就更不知道该说些什么了。

韩志方甚至试着找人把讲话稿写好，自己照着稿子念。尽管如此，他的心里还是紧张，连声调都变了味，打嗝也越来越厉害！

韩志方对我说："大作家，您肚子里是真有墨水！像我这样的，肚子里面没有墨水，真装不出来！那个时候我才觉得应该多念几天书！"

我听了觉得挺好笑，但是看着他一脸严肃的表情，我明白了——对他来说，那还真是个"很严肃"的问题！

韩志方没有想到，在江湖混了多年，到了关键时候还真不行，正应验了一句老话——做贼心虚。那几天韩志方十分痛苦。不过骗子总有骗子的把戏，几天后，他先同袁征签订了投资协议，进一步取得信任，但他以母亲病情加重为由不能前往，委托海南的王宝柱出席招商会，并由王宝柱代为在协议书上签字，将草拟的一份以澳大利亚投资国际集团有限公司董事长名义的委托书让袁征捎带给王宝柱。

袁征拿着韩志方的投资协议如同拿到数不尽的百元钞票，高兴地回到荆州。大会召开的前一天，王宝柱按韩志方的电话指示准时飞到荆州。袁征和当地政府的大小官员对王宝柱热情款待，吃住都是高级宾馆。最后由王宝柱代表韩志方和湖北荆州华夏贸易有限公司签署了"合作投资协议"。

10天后，韩志方应袁征的邀请到荆州做实地考察，对袁征筹建中的大酒店没有提出任何异议。向袁征提出索要支取第一期投资5000万元的5.6万元支取费，袁征一下子拿不出那么多的钱，就提出先给1万元。

韩志方一见，脸色马上不好看了。他觉得袁征给的太少了，自己费了半天劲才"忽悠"到这点钱，太不值得。

他当面给袁征脸色看，"我手里有的是钱，也有背景。求着我投资的人排成了长队，你不信问问王宝柱。你们这里的投资环境我还要再考察考察，你先回去吧。"

袁征知道是因为给的钱太少了，晚上，袁征将1万元现金交给了王宝柱，还让王宝柱在韩志方面前多多美言几句。王宝柱拿到袁征送给韩志方的1万元钱，自己留下3000元，因为他为了给韩志方弄稿子，也费了不少劲儿。最后他只给了韩志方7000元。

韩志方知道袁征是真没钱，就离开荆州了。离开荆州后，袁征又主动分两次给韩志方汇去了1.5万和2.2万元人民币，前后共给了韩志方4.7万元人民币。韩志方这才在电话里把"投资"的事情给敲定了。

韩志方带着嘲笑的语气对我说："都说天上九头鸟，地下湖北佬，没想到袁征和当地政府的人也不难骗。袁征不是大企业家，如果他手里有钱，骗他10万或几十万也不难。按协议，我投资1亿元人民币袁征要支付第一期利息100万元人民币，只是他是小企业，根本就没有那么大的支付能力，不然他真的会支付的。"

韩志方利用从袁征手中骗来的钱更换了一部时尚手机，余下的钱很快被他挥霍得一干二净了。

"大忽悠"反被人"忽悠"了

谁也不是傻子！

韩志方在"忽悠"到张京民的10万元钱后，便开始找各种借口拖延，他甚至假借投资不惜专门飞到重庆闲住三五天，关掉手机专用重庆某宾馆电话给北京的张京民打手机，如此大费周章，其目的只有一个，就是要通过手机来电显示向张京民证明自己的确人在重庆，并且四处投资，工作特忙，暂时回不了北京。

韩志方清楚，自己手头不但没钱，骗来的钱也会很快花光，他要想尽一切办法拖延与张京民的见面时间，一边寻找下一个骗取目标，甚至抱着能够寻找到真正的投资人的希望，以期把自己解脱出来。

转眼之间，韩志方在海口、昆明和重庆之间拖延了两个多月，经不住张京民的电话催促,终于又和王宝柱一起回到北京,并且从机场直接就到了张京民的顺义农场。韩志方细心地对农场的规划、发展及市场前景和经营的方式、理念等全面询问,还让王宝柱对农场发展中会遇到的种种问题记在一个十分精致的笔记本上,并当着张京民的面交待王宝柱,对涉及的不清楚的问题和数字,要认真找农场有关人进行核实、调查,切实掌握和了解农场的全面情况,为投资决策提供参考依据。

张京民对韩志方的"演技"也毫不怀疑,隔三差五与韩志方见面,有时是回答韩志方对农场建设提出的疑问,有时与韩志方共同谋划农场发展、经营之道等,每次见面都是张京民主动掏钱,保龄球、桑拿健身等,韩志方则是有请必到。

后来,韩志方以山西临汾铁路工程紧张为由,让张京民把农场投资运作暂时放一放,先帮助自己,集中精力解决铁路工程的修建问题。张京民不但没察觉到这是韩志方设下的又一个骗局,还设法帮助韩志方联系了两家施工单位,并与施工单位的包工头蒋某一起赴临汾铁路施工现场。

然而,骗子越是精明,越容易暴露其本性。韩志方能以铁路工程建设为名欺骗张京民,但却骗不了精明的包工头蒋某。

韩志方的精明骗术遇到在建筑行业滚爬了10余年的蒋某时,对建筑行业一窍不通的韩志方对蒋某提出的专业而具体的有关问题十有九不知,他只好信口胡说,蒋某断定韩志方是设下一个陷阱让人往里跳,第二天就不辞而别了。

但是张京民却仍然十分信任韩志方,尽管蒋某在走前告知张京民别再浪费时间,劝他一块回北京,但张京民反而认为是蒋某没有能力承包这么大的工程而胡乱找的借口。

临汾铁路工程是一块诱人的肥肉,韩志方稳住了张京民,并利用张京民骗钱,韩志方极力游说铁路工程的种种美好前景,让张京民再找施工单位,这样投钱以后项目能马上启动,张京民也能得到好处费。

张京民一听,赶紧就联系自己的"关系网",找施工单位。

韩志方又想起了老朋友王宝柱,他觉得这样的"好事"也不能错过王宝柱这块肥肉！

韩志方告诉王宝柱，钱马上就能取了，但是要找一家施工单位在合同上签字银行才能放款。王宝柱马上联系海口的一家施工单位的老总李某，还特意千里迢迢由海南来到山西临汾。

韩志方让张京民和王宝柱都各找一家施工单位的目的就是在他们俩人之间制造一个工程多家竞争的假象迷惑人。这样他们都会求着自己，自己"忽悠"起来也方便些。

韩志方不但骗来了施工单位，还当着几家施工单位老总的面，把临汾老城区盖了一半的几栋楼说成是自己发包出去的，全部完工后，还可以把楼房的装修承包给张京民找来的工程队，条件是让工程队必须得先交20万元的质保金。

两家施工队并不是韩志方梦想的那样容易上当受骗，他们经过调查，了解到根本就没有韩志方所说的投资公司，于是纷纷离开。张京民见一连三家施工单位都说韩志方的工程是虚假的，他开始怀疑了。想想韩志方前前后后的表现，他越想越怕！

韩志方被张京民缠上了，张京民也不是吃素的，他告诉韩志方，自己认识很多"社会各界"的朋友，大家最好别撕破脸皮！韩志方必须要给他一个交待。

韩志方有些怕了，他想赶紧给张京民一个说法！

韩志方在北京一边与张京民周旋，一边抓紧时间找人。

韩志方通过自己的"关系网"找到一个叫金中峰的人，金中峰说自己有钱，可以帮这个忙。韩志方向金中峰推荐张京民的农业旅游开发项目，希望金中峰去投资。为了吸引金中峰，韩志方花言巧语，把张京民农场发展前景描绘得一片大好。几天后金中峰被说服答应投资200万美元，而金中峰对农场是个什么样子除听韩志方介绍外，没有提出过任何有关农场的问题，甚至连考察都不去，便同意给投资200万美元，条件是让韩志方交付5万元人民币的支取费。

韩志方"忽悠"别人时非常精明，但是面对金中峰的"以不变应万变"的架势，韩志方也没有多寻思，他只想着赶紧给张京民一个说法，自己好脱身。

韩志方一心想着为自己解套，便痛快地将5万元现金拿给金中峰。三天后，金中峰便在一家饭店主动将一张填写着200万美元的汇丰银行的支票交给了韩志方。韩志方一时激动，不小心把茶水洒在支票上，金中峰不但没有生气，还十分爽快地答应第二天重新填写一张。韩志方万万没有想到，金中峰从此就再也找不到了。

当听到手机里面一直响着"您拨打的电话无法接通"时，韩志方愣了半响。没想到自己"忽悠"别人挺在行，一不留神竟然让别人给"忽悠"了一把！

张京民隔三差五不断地催促韩志方兑现他答应投资许下的诺言，韩志方被张京民的电话催得心烦，便开始有意躲避，起初不接张京民的电话，但张京民一天拨打10多次，韩志方干脆把手机停了，重新换了一个手机号，韩志方也感到再不可能从张京民手中骗到钱，如不尽快脱身就会败露，从此彻底和张京民断绝了来往。

一条鱼儿脱钩了，还有更多的鱼儿上网呢！我听着韩志方的叙说，眼前仿佛出现了有趣的一幕：

韩志方站在高台上，衣着鲜亮，他大声地说着：我是董事长、我爸妈是高干、我手里有几亿美金、只要你们给我一点银行手续费，我就可以给你们投资……

下面的人都瞪大了眼睛听着，不时地有人给他双手送上钱来。常某，北京某科贸有限公司的经理，由于要上一个项目缺少资金，被韩志方诈骗走了2万元。

韩志方把自己的经历说得很细，看得出他的记忆力非常好！除了"忽悠"这些男人之外，韩志方连女人也不放过。

我问他有没有为自己干的事感到愧疚时，他说刚开始也心里害怕，后来就不觉得什么了。谎话说多了，也就无所谓了。但是他一直觉得对不起他"忽悠"过的那几个女人，因为她们被自己忽悠的很惨！

韩志方的妻子叫林某，据案发后她回忆，韩志方以前离过婚，他们是1996年结婚的。韩志方"忽悠"别人时，也没忘记利用妻子一把。他1999年成立了澳大利亚投资国际集团有限公司，他是这个公司的董事长。公司成立之后因为是股份制公司，需要最少三个人参与，所以韩志方就把妻子也硬拉进来当了所谓的"股东"。

据林某回忆，公司成立后，钱没挣着，反而韩志方是彻底不回家了，借口就是在外面跑业务。韩志方的父亲早逝，母亲也不是什么高干，只是一个普通的售货员。因为韩志方经常不回家，她就把老人送进了养老院，连费用都是林某出的。

一直到案发前许多被骗的人打电话给她找韩志方，林某才知道自己的丈夫在外面"忽悠"人。

婚介所——"忽悠"的好场所

韩志方怕再"忽悠"原来那些人会出事，就把重点转移了。

韩志方之所以把"忽悠"的重点转移了，是因为他悟出了许多"忽悠"的道理：每个商人都是精明的，不然没有"奸商"一词。韩志方以为虚假的数亿身价能够轻易骗取大把的钞票，经过和不同商人交手后，韩志方才意识到自己选错了诈骗对象。自己毕竟没有学过经济，不懂经济发展规律，又无商场拼搏经验，每次行骗面对的全是真正的商人，尽管每个商人都不是真正意义上的大企业家，但都会因为小商人的本能难以骗取他们更多的钱财。

还别说，为了"忽悠"到更大的鱼儿上钩，韩志方还真想到了"充电"！

韩志方在陈述自己的犯罪过程时说："有几次在机场候机时，闲着无事在书架上翻看过《现代企业职业经理人》和有关民营企业抢占市场之类的书，想从书中学一些有关的理论和技巧，提高和丰富自己的知识，在行骗时能派上用场。也买过几本，要么没有时间去看，要么看过就忘了，索性就不看了，自己也知道书上的东西与实际弄钱（行骗）结合不起来。现在想想，如果多看看书，学学有关知识或有可能对自己有利。后来张京民、袁征等不断要求退钱，为了躲避，我就采取了另一种手段，专骗女人。"

当我问他，为什么女人好骗时，韩志方笑着答道，因为女人是比较感性的，喜欢感情用事，而且她们还都愿意贪小便宜。

韩志方是偶然的一次机会，从报纸上发现有很多的婚姻介绍所，他曾经试探着打电话咨询这些公司，需要什么手续、证件、介绍信之类的。最后韩志方放心了，因为他发现，这些婚介所除了对手续费感兴趣之外，其他的都可以忽略。

这比费尽口舌地编造谎话"忽悠"人轻松多了，韩志方很快就在北京一所规模不小的婚姻介绍所登了记。韩志方在婚恋中心编造的身份依然是澳大利亚投资国际集团有限公司的董事长，41岁，丧偶。寻觅温和善良、有同情心、能踏踏实实过日子的女人。年龄不限，家境殷实者优先。

婚介所只是象征性地看了看韩志方递交的一些材料，收了手续费之后就把这条消息公布了。

韩志方很快就找到了"目标"。

第一个上当受骗的女子叫聂飞雨，年龄比韩志方小10岁。聂飞雨原本有一个幸福的家，23岁大学毕业后就嫁给同班同学，结婚两年后由于丈夫的花心，她毫不犹豫地离婚了，一心想着读研究生的她如今也经不住亲朋好友的再三劝说，准备第二次结婚。但她不想把个人的婚姻托付给别人，于是悄悄地走进了婚恋中心。然而，不幸的是她这次遇到了"韩大忽悠"。

韩志方第一次和聂飞雨来往时，就察觉到聂飞雨不是一个有钱的女人，感到有些失望，很快便又一次踏进了婚介所。

"忽悠"女人的感情很容易

那一次的"艳遇"，连韩志方自己也没有想到。

韩志方在去重庆假冒投资时住进了重庆中天大酒店，农村进城打工的少女刘丽就是从韩志方住进大酒店时对韩志方产生好感的。

重庆中天大酒店算得上山城一景，能到这里打工也非易事。刘丽自己从走出中学校门后就一直梦想着和无数年轻人一样南征北战四处打工，与她一同毕业的同学有的上了高中，有的去了大城市打工，唯独她因为是父母惟一的女儿没有放飞。家里日子在当地算是中上等，衣食无忧，刘丽的父母也没有指望女儿能为家里创造多少经济收入。可渐渐长大的刘丽却坚持要到外面闯闯，不愿跟着父母一辈子，远在深圳的同学劝她去开眼界，向刘丽描绘了外面世界的精彩。面对诱惑，刘丽连做梦都想着城里的繁华热闹。放心不下的父母只好托人给女儿找个可靠的地方打工。比刘丽大5岁的堂哥刘羽是重庆市某税务所的干部，在他的努力下，刘丽顺利地来到中天大酒店当上服务员。

星级酒店每天接待来自五湖四海的客人，有的谈吐高雅，有的权高位重，有的富有洒脱。刘丽从宾客身上看到了不同人的生活质量，也使她思考着自己的身世和未来。在对比中，她感到自卑，在梦想中，她渴望改变自己。她知道自己的资本是漂亮的身段和年轻，要改变自己的命运靠打工奋斗永远都不能实现，靠年轻和漂亮的资本才是惟一的途径。

学得好不如嫁得好！

刘丽开始留意她所服务的每一个客人，她也把自己的计划跟远在深圳的同学交流过，同学们十分赞同她，甚至提醒要嫁就嫁个有钱人，恰在这时刘丽注意到了"身家数亿"的韩志方。

韩志方这次来重庆，也是靠他那个已经使了无数次的董事长的"幌子"。重庆某公司经理段世伟为获得投资，安排韩志方住进中天酒店，当天晚上宴请韩志方，当时餐厅的服务员正好是刘丽。

刘丽从韩志方和段世伟的谈话中得知，韩志方是怀揣数亿美元的华侨，并且是高干家庭，这让刘丽暗中惊喜。吃饭间，刘丽热情周到地递水递酒，有礼有节，但她更留心的是段世伟与韩志方关于商谈投资3000万元筹建饮料厂的事。

3000万元人民币，对刘丽来说是比天还大的数字，她暗暗地计算过，自己每月不足300元的工资一年到头才3000元的收入，10年收入3万，100年收入才30万。她又计算了3000万人民币的实用价值，在当地卖一套较好的房子不足20万，车子不足10万，刘丽越算越激动，想入非非的她在撤换餐盘时不小心将菜汁撒到了韩志方的西服上，刘丽连忙道歉，并用近乎乞求的眼睛看着韩志方请求他原谅。

因为只要韩志方一投诉,刘丽的工作马上就没了。也许是因为那天韩志方"忽悠"得很顺利,心情比较好,所以很大度地摆了摆手。

韩志方转身对站在自己侧后的刘丽说:"没关系的,我回去换一套,你辛苦一下去我房间拿去干洗。"段世伟见有了可以巴结的机会,当即把韩志方的房间号告诉了刘丽,并顺手递过了100元干洗费。

刘丽的心顿时由紧张变得放松。

两个小时的晚餐在韩志方答应投资并草签协议后结束了,段世伟打电话给副手,将买好的水果、名烟送到韩志方的房间里。刘丽一边收拾餐桌,一边想怎样才能跟韩志方搭上话。

韩志方告诉我,他当时的全部心思都放在如何"忽悠"段世伟身上了,根本没有注意眼前这个漂亮的川妹子。在吃饭时一心想着骗取段世伟,对刘丽并没有什么印象和好感,只是觉得西服被洒了一点菜汁,正好也该借机洗一洗。自己从北京到海南飞云南,跑重庆,过着流浪人一样的生活,难得有人付钱洗衣服。韩志方心里盘算着把整套西服都洗了。

韩志方酒量不大,但和段世伟边谈边喝,不知不觉就把一瓶白酒都喝下了,送走段世伟后,韩志方很快就借着晕劲睡着了……

韩志方告诉我:"大约是晚上10点多,我睡了不足两个小时,就听见门铃响,打开门一看是穿着一身超短裙头发黑亮的漂亮女孩,我以为是住在宾馆那种专门的卖淫女。没想到仔细一看,好像见过面,那个女孩子一自我介绍,我才知道,是那个小服务员。"

韩志方和段世伟离开饭桌后,刘丽又被领班安排了招待大厅的一桌客人,待客人走后,急忙梳洗打扮,换下工作服后才小心翼翼地敲开了韩志方的房门。

韩志方过去住在昆明、海南或其他地方,有过晚上被三陪女打电话到房间骚扰的经历,所以刘丽的突然造访让韩志方差点开口骂娘。但是刘丽的微笑和自我介绍很快让韩志方转怒为笑。就从那一刻起,韩志方忽然觉得眼前这个女孩很漂亮,皮肤很白,他不禁动了心。转怒为喜的韩志方一边和刘丽闲聊,一边欣赏着刘丽,单身在外已久的韩志方突然发现眼前的刘丽竟是那样妩媚动人。

刘丽一边解释自己的失误，一边利落地走到衣服架上取下韩志方那套多日没洗的西服，然后将韩志方西服兜里的钱夹、名片、零散的钱等细心地掏出来，再顺手取下裤子，将零散的钱和搭车的票全部掏出放在一起。刘丽两步走到韩志方打开的手提箱前，不容分说就把衬衣、背心拿出来，递给韩志方，让他脱下身上的衣服一块给洗了。

对刘丽的关心，韩志方既感意外，又感到温暖。

"韩总，到卫生间去换下吧，我一个老乡在洗衣房，明天早晨不耽误你穿，一个人出门在外，不容易，何况你来这里投资，也是为我们家乡做贡献。所以，为您提供服务也是应该的，再说，也是我把您的衣服弄脏的。"

刘丽的热情和关心让韩志方十分感动。习惯了信口开河天马行空的韩志方看到了刘丽的单纯，又感受到了一个多情女子特有的关怀。他知道，没有哪个女人会傻到自己送上门来，这个刘丽肯定是从谈话中知道了自己显赫的"背景"。韩志方断定，是自己虚假的身份和背景吸引了刘丽。

自此那次"邂逅"之后，韩志方推迟了自己的"忽悠"计划，在中天大酒店住了一个星期。刘丽也找到充分的机会接近这位了不起的"韩董事长"！

你有情，我也有意。刘丽陪韩志方的地点由酒桌旁转移到了床上。

事后，韩志方给了刘丽6000块钱。他说自己这次出来没带那么多现金，等以后再加倍给她。

刘丽感动的哭了。她说这是她第一次有这么多钱。

我调侃韩志方，这次你怎么这么大方，弄点钱多不容易！

韩志方告诉我：给刘丽的6000块钱，一半出于同情，一半出于爱怜，还有就是为了满足自己的虚荣心。

韩志方说，自己也曾犹豫过，骗取这样一个纯洁的女孩于心不忍，但自从踏上江湖以来，数月甚或半年不回家一次，妻子似乎对他是否存在都不计较。家，在韩志方的心目中已渐渐地淡忘了。为了不暴露自己的"真实身份"，韩志方只给刘丽留下了手机号码就匆匆走了。

后来发生的事却是韩志方都没有料到的。

韩志方返回北京一周后，刘丽便辞去酒店工作来到北京找他。找到他之后就同韩志方同居在一起。每次韩志方谈生意都带着刘丽，渐渐地刘丽发现韩志方所说的数亿元资金和父母都是高干话都是虚假的，但不知为何，她却依然怀着对韩志方的憧憬一直跟随左右。

女人的钱最好"忽悠"

如果说这次韩志方没"忽悠"到钱，反而倒贴钱是一次意外的话，那么接下来韩志方可就动"真格"的了。

我看过案卷，韩志方以征婚为由，"忽悠"了一个叫田晓菲的女人多达10万元，而向警方举报韩志方的正是田晓菲。可以说韩志方是把田晓菲害得最惨的，也正是田晓菲把韩志方送进了监狱。

韩志方告诉我，这是报应！

田晓菲比韩志方年小10岁，1996年来北京打工，凭着她的泼辣和勤奋，由一名普通的打工妹当上了一家驻京企业办事处的主任，因为有过一次不幸的婚姻，田晓菲对待感情十分谨慎，也格外珍惜。离异后，刚满28岁的田晓菲为了做出点样子，争强好胜的她便离开父母来到北京。数年间她一直埋头工作，亲朋好友劝她趁年轻早点再婚，有的为她介绍男友，照片递到她手里，可她连看都不看一眼，理由就是假若第二次婚姻不能彻底改变她的命运，她就永远不再结婚。时间一久，亲朋好友也就不再为她的婚姻操心。办事处原主任看她工作勤快、聪明，便建议总公司提她为驻京办的副主任。为了让田晓菲全面掌握办事处的工作，主任有意培养她。短短两年，田晓菲顺利当上办事处副主任，又经过一年的观察考验，总公司将主任召回重用，田晓菲由副主任改正，全权掌管办事处工作。

2001年夏天，离婚八年的田晓菲突然发现自己脸上的皱纹越来越明显了，如不抓紧，很快就人老珠黄。然而，她所希望的理想婚姻却迟迟没有到来。

夜深人静，田晓菲第一次失眠了。过去她风风火火，不知苦累地和两个助手从天亮忙到天黑，一年到头，几乎天天都像上了发条的挂钟一样不停地奔走，每天累得上床就睡到天亮。但7月的这个夜晚，她在算了算自己的年龄，又想想今后的思考中辗转反侧。躺在床上田晓菲像放在铁板的烧饼，翻来覆去，心里的闷热和夜晚的闷热不断地折磨着她，一遍又一遍地冲洗凉水澡，但她心里还是像长满了乱草一样。

人海茫茫，哪里是自己的归宿？过客匆匆，谁是同自己携手到老的爱人？一连数日，田晓菲不停地思考自己的婚姻。她想起那些曾热心为她介绍男友的姐妹们，但当初自己毫不留情地拒绝过，如今若是再开口求助，恐怕会让人耻笑的，而自己平日里所接触的男人几乎都有自己的妻子儿女，没有一点可供选择的余地。

世上没有什么救世主，靠人不如靠自己。田晓菲从困惑中走出来后，从容地走进了一家婚恋中心。

当婚恋中心将一大叠个人资料递给田晓菲时，快速浏览中，她眼前突然一亮，发现了自己要找的人——韩志方，45岁，丧偶，澳大利亚投资国际集团有限公司董事长。

众里寻他千百度，蓦然回首，那人却在灯火阑珊处。

离开婚恋中心后，激动而又兴奋的田晓菲很快又冷静下来。虽然她渴望寻找这样一个男人，托付自己的终身。但她又觉得自己仅仅是个在北京打工的普通女子，韩志方这样的人要找的应该是那些刚刚走出大学校门、比自己更年轻漂亮的女子或那些高级白领一族，自己与他的地位悬殊太大了。

就在田晓菲在自卑中犹豫不决时，韩志方主动打电话约她见面。

这一次，田晓菲兴奋得失眠了。按照约定的时间，他们俩准时在玉渊潭公园见面了。韩志方的谎言依然是他向每个受骗人重复多次的那些话。唯有不同的是，他的姓氏有了变化。他对田晓菲说，自己原本姓谢，父亲是民盟主席谢本森，在文革中被"四人帮"迫害致死，他参加过对越自卫反击战，在战斗中负了伤，落下了经常打嗝的毛病。母亲是高干，现因病长期住在301医院。他还对田晓菲说自己非常孝顺，为了照顾住院的母亲，耽误了好多生意，自己身边也没有一个可靠信得过而又能干的助手，正需要像田晓菲这样在北京工作多年，熟悉北京，又有工作经验的人。

韩志方不仅"忽悠"男人有一套，"忽悠"起女人来也很有一手。他能很快地觉察到每个女人不同的需求。对于像田晓菲这样离过婚的女人，韩志方用细心的照顾一点点打动了她的心！此后，田晓菲每天都会收到韩志方发过来叮嘱的短信：宝贝，记得吃早饭！记得带好伞！……田晓菲感受到了久违的甜蜜。

本来挺聪明的田晓菲和许多恋爱中的女人一样，被冲昏了头脑，俩人很快就住在一起。

自从认识了韩志方，田晓菲最大的感受是：幸福越来越多了，账单也越来越多了！

田晓菲每月报销的发票也就一天比一天多起来。因为是自己签字报销，田晓菲所报的每一笔发票都是记录在本子上的。她这样做一是向公司交帐，二是自己的办事处也要建立帐目。当她发现自己上当时，一算帐目，田晓菲吓了一大跳！

韩志方从她手里要的各种费用已经接近10万元。

当我拿着从案卷里复印的这本账单给韩志方看时，韩志方面有愧色。他说，自己骗了田晓菲这么多钱，从名声上说，他做得不太光彩！因为他这是属于吃"软饭"的！

我很惊诧，"韩大忽悠"竟然会在意自己在这方面的名声！

真有意思！

下面是田晓菲记载韩志方以各种借口向她要钱的日期和名目，我们从上面可以清楚地发现两个字：贪婪！

2001年8月26日，在颐和园，韩志方以给母亲看病为由索要人民币600元；

2001年8月30日，在十渡，韩志方以看母亲为由索要人民币350元；

2001年9月7日，在东直门避风塘饭馆，韩志方以看母亲为由索要人民币1000元；

2001年9月8日，在阜成门中复电信，韩志方以手机丢失为由，让田晓菲为其购买了3050元的手机一部；

2001年9月8日，在北辰购物中心，韩志方让田晓菲为其买衣服，花费155元；

2001年9月11日，韩志方以为母亲治病为由索要人民币4000元；

2001年9月13日，在北辰购物中心，韩志方让田晓菲为其购买衬衣花费人民币100余元；

2001年9月14日，在北辰购物中心，韩志方让田晓菲为其买鞋花费人民币330元，另索要零用钱200元。

2001年9月15日，在和平街北口缨花宾馆，韩志方以给母亲看病为由，索要人民币2500元；

2001年9月16日，在王府井，韩志方让田晓菲为其买衣服花费人民币674元；

…………

从2001年8月26日的第一次要钱到2002年6月1日的最后一次，韩志方几乎隔三差五就向田晓菲张口要钱，有时候甚至一天要好几次，少则几百元，多则数千元。韩志方为了要钱，不惜数次打着给母亲治病的旗号，而此时他的老母亲已经在养老院孤独地度过了两年多时间，除了妻子给老人定时送点东西之外，韩志方竟然一次都没去看过老人！

田晓菲从2001年7月认识韩志方到借钱给他并同居时间不足一个月。然而，田晓菲却被韩志方虚假的身世给迷住了双眼，竟然对几乎两三天就向自己借钱的韩志方没有半点的怀疑，并且心甘情愿地为他付出。

笔者在翻看案卷时，认真记录了田晓菲前后近一年时间里借给韩志方钱的日期。韩志方除人不在北京外，自2001年8月26日到2002年6月1日，每次向田晓菲伸手要钱的间隔时间最多的10余天，少则七八天，大多数时间是仅隔二三天，前后向田晓菲借钱近70次。

在先后在不到一年的时间里，田晓菲的积蓄连同工资近10万元都贡献给了韩志方。后来田晓菲发觉上了当，对韩志方的话再也不相信了，她让韩志方赶紧还钱，韩志方这才玩起了失踪。

2002年3月，韩志方说去海南做生意，人一走，就好几天未开机。田晓菲追问他时，他说因为融资出了事儿，被别人举报了，公安局要抓他，他躲了起来，所以未开机。

到了这个时候，韩志方还不忘记"忽悠"田晓菲一把，他让田晓菲替自己交1000块钱的电话费，要不田晓菲就找不到自己了。田晓菲在电话里破口大骂，电话马上就断了，再打过去，又是"无法接听"！

为了找到韩志方这个骗子，田晓菲无奈，跑到营业大厅交电话费。当她查询用户的通话记录时，田晓菲发现了线索。电话记录里面有云南的电话号码，田晓菲打过去，接电话的是个女的，说在北京的一个婚姻介绍所认识的韩志方，被他骗了几顿饭，就不再与他交往了。当田晓菲拿着韩志方的身份证复印件到东直门派出所，民警一查，韩志方原来有配偶！

田晓菲气得差点背过气！

但田晓菲万万没想到，她对韩志方这么痴情，韩志方不仅有老婆，他还同时与多名女人过着同居生活。

"忽悠"的"最高境界"：游刃有余

韩志方自己说自己很潇洒，他所说的潇洒很大程度上来源于他有好几个女人！他已经把"忽悠"女人的功夫练到了最高的层次：游刃有余！这其中就不乏高知识分子。

杨洋，云南昆明一名年轻有为的女记者。从事记者工作多年，接触过方方面面的人物，但昆明并非是她最终的归宿，正是由于所从事的工作使她有更多的机会了解外面世界的精彩。从著名大学毕业的她，在学校时就是有名的才女，不仅写一手好文章，也是众多男生的追求对象，但她十分果断的拒绝了每一个向她示爱的同学。大学毕业后，没能留在北京的她极不情愿地回到家乡，所庆幸的是留在省城。

偏远的省城与繁华的首都，无论从哪个方面都形成强烈的反差。但是杨洋并没有灰心，她一边敬业工作，一边寻找着时机。而同事们和报社领导并不了解她的心思。热心的老记者给她介绍了在银行工作的朋友，她推脱了；主任为她介绍了社长的公子做男友，她照样拒绝。

首都北京是杨洋一生的梦想，在北京的四年校园生活，使她更加亲近和留恋北京。但由于她没有门路，只好万分遗憾地回到故乡。她也后悔过，因为和她一同毕业的女生把精力都用在找男友留北京上，而她傻傻地把精力用在学习上，她单纯地认为只要学习好就会实现自己的愿望。可现实并非她所期待的那样完美，结果被她瞧不上的那些女孩都留在北京，而自己却无奈地转回原地。

多年的等待让杨洋有些失望，她只好采取主动，利用休假的机会来北京寻找自己的梦。

和田晓菲一样，杨洋也求助于婚介中心，韩志方与众不同的简历也同样吸引了她。尽管昆明和北京相距数千里，但万水千山没有阻隔杨洋梦中的爱情。

电话打通了，里面是一个中年男子富有磁性的声音：很高兴认识大记者！

韩志方知道自己的学历不高，和杨洋这样见过世面的女人"过招"不能漏出一点破绽。凭学历、知识，哪一条自己都不能轻易瞒过杨洋的眼睛，所以他就转移了主攻方向，他向杨洋承诺：不惜一切代价，一定帮她来北京！让她成为响当当的北京人，实现她的梦想！

韩志方与杨洋不断地通电话，杨洋为圆梦甚至不嫌弃这个比自己大了将近一倍的男人。

北京的韩志方一面在与刘丽、田晓菲等几个女人之间周旋，一边用从田晓菲手中拿来的钱以到外地考察投资为由到昆明与杨洋见面。

在昆明，杨洋对韩志方非常满意。因为眼前这个男人大度、有气派、给自己花钱一点也不心疼、门路广、认识的人多，看来自己去北京的愿望很快就能实现。

杨洋把自己的一切都奉献给了韩志方，而韩志方面对杨洋去北京的要求一开始满口答应，再后来就找借口推辞。杨洋开始怀疑韩志方。就在这时，田晓菲去替韩志方交手机费，她从话费清单上看到一个云南的手机号经常给韩志方打电话。而这正是杨洋的电话号码！

于是，田晓菲直接把电话打给了杨洋。共同的遭遇使两个女人一下子从梦中醒来。只是精明的杨洋怕人耻笑，否认自己和韩志方同居，只承认是一般朋友。满腹狐疑的田晓菲这时再也沉不住气了，又按话费清单把电话逐一打给了刘丽和其他被骗的男男女女。

韩志方从田晓菲的问话中察觉到自己被暴露了，为躲避追查，他马上将手机停了，然后立刻像蒸发了一样消失得无影无踪了。

田晓菲被激怒了。她按话费清单上的电话联合起上当受骗的张京民、袁征等人四处寻找韩志方所有过去曾经常去的地方。

韩志方没有想到，他最终没有栽在那些他骗过的男人手里，而是栽在了对他百依百顺的田晓菲手下。田晓菲经过一年的努力，终于发现了韩志方落脚的线索。接到报案后，北京市东城公安分局立即着手进行侦查。2004年1月30日，于北京市区的一家饭店内把韩志方抓获归案。

警方经过调查发现，正是韩志方的不孝，无任何经济收入的母亲不得不住进了敬老院。韩志方第二次再婚的妻子对韩志方早已形同路人，只因为对方也是再婚，为了面子，她宁肯承受来自社会和亲人多种精神的压力也还与韩志方维持着早已死亡的婚姻关系。韩志方自行骗以来，再也没有踏进过家门半步。

当然，"韩大忽悠"的最后归宿只能是牢房。

"大忽悠"语录：你爱钱，所以我才能下手

韩志方讲完了自己的"忽悠"人生，有些落寞地看着窗外，好像在回忆以前纸醉金迷的生活！

我望着眼前这个中年男子，好像看到了一台效率极高的挖"陷阱"的机器，他不停地设套儿，让不同的人心甘情愿地掉了进去。

我问韩志方，这些年来之所以能屡屡得手，最大的体会是什么？韩志方笑了笑，不语。我开玩笑地问他，是不是怕把"经验"传授给了我，自己就不好再出手了。

韩志方忍不住哈哈大笑。他眯着眼睛看着我："大作家，你有事求我吗？"我被他问的一愣，随即明白了他的意思。韩志方接着说："我现在是个囚犯，傻瓜也不会上我的当。如果我有钱呢？如果我能用钱帮你实现你的愿望呢？如果我有钱，而也能给你带来钱呢？如果……"

韩志方还在滔滔不绝地说着，我的耳边却一下子清净了！

是啊，韩志方的这些"如果"不正是那些被"忽悠"了的人的死穴吗！他们想挣钱，他们想得到投资，他们想要改变命运，他们想要得到幸福，这些本没有错！而他们的这些想法似乎只要遇到一个有钱人就可以实现。金钱真像是一面魔镜，人一旦被它照上，就很难抵挡住它的诱惑。韩志方为了金钱骗取了同样为金钱驱使的人。

对金钱的过度渴望，也是韩志方坠落的开始。

中国历史上晋惠帝时的鲁褒在其传世之作《钱神论》中，曾愤世嫉俗地描绘了金钱在当时的作用："钱之所在，危可使安，死可使活；钱之所去，贵可使贱，生可使杀"，"钱能转祸为福，因败为成。危者得安，死者得生"。所以，千百年来人们喜欢金钱又诅咒金钱，甚至认为金钱是万恶之源。

但韩志方绝对不会认为金钱是万恶之源，相反他认为金钱是万能的，没有钱是万万不能的！

在他眼里，只要你说自己有钱，即使你是个丑八怪，也会有许多女人喜欢你，因为你能给她们带来幸福；只要你说自己有钱，即使你是个穷光蛋，也会有许多人巴结你，以为你能给他们带来利益；只要你说自己有钱，即使你是个大结巴，也会有官员来邀请你作演讲，因为你可以给他们带来政绩。

似乎所有的一切都跟钱有着千丝万缕的联系，而韩志方也正是利用了这些千丝万缕的联系，"忽悠"来"忽悠"去，乐得逍遥自在！

但是反过来说，"君子爱财取之有道"。钱虽然是个好东西，人人都想有钱，这种想法是正常的。但如果没有钱，还楞充有钱人，甚至打着有钱人的旗号出去骗人，这就错了，而且是大错特错，法律上称这种行为叫"诈骗"，是要坐牢的。韩志方就是这种人，而且他还真"忽悠"了许多有钱人！他也真忘了这句话：金钱不是万能的。

金钱是什么呢？金钱是一面镜子。品德高尚洁身自好的人在它面前光彩照人；人被金钱异化成奴隶时金钱就成了一面魔镜，一旦被它照上就很难抵挡住它的诱惑。

从这个能打着嗝"忽悠"别人的韩志方，到那些"忽悠"老百姓，说自己是父母官的贪污犯，成克杰、程维高、慕绥新、李真等等，不都是掉进了钱眼里面吗？他们忘记了法纪、忘记了责任、忘记了道德，不择手段地攫取金钱，渴望金钱，最终丧身于金钱之中，沦为金钱的奴隶。

钱对待每个人都是平等的，经不住诱惑的人无论位居多高，身份多贵，最终都会因为金钱丧失理性和道德。韩志方为了金钱骗取了同样为金钱所驱使的人们，而那些被他骗了钱又玩弄了的女性，在痛恨韩志方的同时，难道就能否认自己不是为了金钱而难以抵挡韩志方的诱惑吗？

"韩大忽悠"用自己活生生的经历告诉世人：坚信"人为财死，鸟为食亡"的人必将沦为金钱的奴隶。把握住自己的人生方向吧，不择手段地攫取金钱，就是在不停地给自己挖毁灭的坟墓！

检察官的惊诧：法庭上，他居然还"忽悠"

再回到韩志方案。在接受我们采访时，承办本案公诉人、东城区检察院公诉二处检察官张宇对韩志方法庭上的表现概括为"不到黄河不死心，不见棺材不落泪"——在法庭上，韩志方还忽悠说这些女人（受害人）给他钱是自觉自愿的。

2004年11月5日，韩志方涉嫌诈骗一案在北京市东城区人民法院正式开庭审理。

上午9时零5分,韩志方被带上法庭,他曾要求家人为其聘请律师,但其家人无一到场,现场也并无律师为其辩护——法庭上,这个风光一时的"大忽悠"只能自己为自己辩护。

由于小时候生病落下了一紧张就打嗝的毛病,从进入法庭起韩志方就不停地打嗝,全身颤动犹如哭泣,样子十分滑稽可笑。

开庭伊始,韩志方又开始了"忽悠"。对公诉人的指控,他首先表示认罪,接下来却对自己的种种诈骗行为百般抵赖,避重就轻地躲闪公诉人提出的问题。

再厉害的"大忽悠"面对铁证也"忽悠"不起来了。2004年11月7日,北京市东城区法院以诈骗罪一审判处韩志方有期徒刑10年。

当笔者就韩志方案采访东城区检察院公诉二处主诉检察官张宇时,他也表示自己接手此案的第一感觉是"惊诧"。他说:"此案很少见。犯罪嫌疑人韩志方仅仅上完了高中。1959年8月5日出生的韩志方没有固定职业,十足的一个无业游民。但就是这么一个无业游民,把自己包装成数亿身家的董事长身份,并靠这种破绽百出的谎言,骗得许多经商多年的人心甘情愿掏钱给他,骗得一个又一个女人投入他的怀中,其中的原因真值得我们回味。"

鲜花和微笑背后有陷阱——到那里寻找真正的爱情?!

从韩志方案来看,教训是深远的。关于他如何骗取利用社会上其他对象,这里就不想再细述了。让我感到有必要提醒读者的是,这类骗色骗财的骗子对于受害对象才是最可怕的。

韩志方这类骗子一般外表不招人讨厌,且口若悬河,能说会道。他们往往能在一两次见面后就能打动对方。部分女性一心追求浪漫经典的爱情故事,觉得常规的求偶方式索然寡味,她们相信缘分,因此对骗子的行径不仅不怀疑,反而庆幸自己的"爱情鸟"终于到来了。当骗子痛陈事业受挫,泪流满面之际,认为这是事业心强的表现,故而欣然解囊,钱被骗后还浑然不觉。

面对韩志方案,人们不禁发出一串串疑问:一个其貌不扬,手段拙劣的江湖骗子，居然屡屡骗得这么多女士的芳心，为什么？笔者发现在被其所骗的众多女士中有大学本科毕业生，亦有政府机关工作人员，还有私营企业经理、外企董事和个体老板。这些女士无论从学历抑或相貌、身材、社会经验等方面，都不算差，但她们居然很容易就相信了骗子的谎言，她们的一再上当也给骗子继续大肆行骗增添了无穷的勇气和信心。

韩志方这类情场骗子的手段其实很简单，概括起来就是，先骗情，后骗财；骗情是手段，骗财是目的。在被骗女性当中，不乏有聪慧精明的女性，她们有知识，有修养，生活上有自尊心和责任感。但是，在骗子的招术下，无一能防守住自己的"感情阵地"。这当中除了骗子心术狡诈外，主要源于这些女性大多为爱情与婚姻经历过一番挫折，求偶心切，深感红尘无情，苍天不公，渴望早日解决"个人问题"，当梦中的另一半出现时，凭借"过来人"的经验和感觉，轻信对方的花言巧语，尤其是骗子用阿谀和夸张的语言赞美她们时，这些女性，更是神魂颠倒。

所以，我们要忠告那些渴望爱情和家庭生活的男女，对待婚姻问题要谨慎行事，不可仓促决定，否则，悔之晚矣。

骗子被绳之以法了，但那些本已生活不幸的受害者又增加了新的伤口。

梦醒时分，谁的眼泪在飞？

征婚陷阱：玩得就是心跳

对大部分女人来说，爱情，是她生活乃至生命的全部。当一个女人以为漂泊的情感终于有了归宿，却发现这个男人不仅骗钱还骗情的时候，那一份锥心泣血的痛和恨在瞬间爆发了。

在北京市宣武公安分局某派出所，被骗了钱和情的李女士、崔女士一见到骗子胡忠义时，恨不得将其撕个粉碎。

"这是近十年来海淀区检察院办理过的最典型的一起婚姻诈骗案。"女检察官林静谈及当年我曾随她办理过的胡忠义诈骗案时，十分肯定地告诉我。

就笔者的调查了解，这起案件也是北京市近年来最典型的一起婚姻诈骗案之一。胡忠义的行径比女作家程青《织网的蜘蛛》里那个感情骗子的表演还要精彩。

胡忠义是怎么走上婚姻诈骗这条路的？那些女性又是怎样成为受害者的？……

这些疑问成了我关注此案，并作深度采访的缘由。解析此案，或许能让那些对爱情无限痴迷的女性多些警惕。

早在七年前，我就接触了胡忠义案件。当时是以书记员的身份协同该案承办人林静多次提讯了胡忠义。林静是个外表柔弱、内心刚强的女子，她对刑事法律极为娴熟，口才极佳，多年的职业历练使她成为犯罪分子比较畏惧的检察官。

当林静将胡忠义案的结案报告放在我的面前，首先映入我眼帘的是胡忠义的犯罪"履历"：

被告人胡忠义，男，37岁，汉族，河北人，初中文化程度，系无业人员。住河北省唐山市开平三公司集体户。早在1994年初，他即与车某结婚，并育有一子。这个自称的"MBA"曾在1987年就因诈骗罪被内蒙古包头市中级人民法院判处有期徒刑10年。案发前因涉嫌诈骗罪被包头市公安局取保候审。

胡忠义于1999年8月29日被北京市公安局宣武分局刑事拘留，1999年9月29日经北京市宣武区人民检察院批准被宣武公安分局逮捕。1999年12月，经北京市检察院第一分院指定，此案移送海淀区检察院审查起诉。

……

显然，胡忠义是累犯了。

第一次提讯前，林静向我简单介绍了该案基本案情："1997年5月以来，胡忠义先后在海淀区红歌相识俱乐部、好家园婚姻介绍所、朝阳区英格郦婚姻介绍所、东城区天元婚姻介绍所等处利用假婚姻状况证明和虚构的经济条件，对事主陶某、李某、常某、田某、郁某等15人进行婚姻诈骗，共骗得人民币30余万元，美金3000元，于1999年8月28日被北京市公安局查获。"

林静明确指出："胡忠义的行为触犯了《中华人民共和国刑法》第二百六十六条之规定，构成了诈骗罪。我们的任务是进一步核实证据、固定证据。"

在随后的多次提讯中，我们戳穿了这个骗子的种种荒唐辩解，将其罪证完全固定在不可辩驳的法律事实上。

2001年4月，经海淀区法院一审以诈骗罪判处胡忠义有期徒刑10年。胡忠义没有提出上诉。

回头再看这一案件以及这一案件的影响，其间的感觉真是一言难尽。

初次得手，骗子又遭遇骗子

若干年前，胡忠义在呼和浩特市开了一家中档的饭馆，生意相当不错，也着实风光了一阵。那时他年轻气盛精力充沛，想干一番大事业，然后有钱了再去寻找一个好女孩，来一场轰轰烈烈的恋爱，并不想那么随便就结婚了。再说他大哥是包头一家大厂的厂长、三姐又是呼和浩特市的政府官员，本人精明能干，怎么也不能比他们混得差吧？那时候追求胡忠义的女孩子多了，综合条件好的也不少，高干的女儿、大款的千金都有，另外也不乏媒人上门提亲，可他总想先立业后成家。没想到后来生意做得并不顺利，先是亏本，再是混不下去了，还惹了官司，只好到北京发展。

在北京，他同离婚的郁某组成了家庭。郁某婚前是个勤快能干的女子，虽然人长得一般，但家庭条件不错。1994年底儿子胡楠出生，之后因为单位不景气，心情不好，郁某为了排遣心中的郁闷，成天和几个四五十岁的同事打麻将，对儿子疏于照顾，这使得胡忠义很气愤，两人经常为此事争吵。

1995年初，一直闲荡的胡忠义经过朋友的推荐，进入私营公司兆津公司工作，当时这家公司还处于创业阶段。因为和董事长的关系很铁，所以胡忠义一到就被任命为项目部的副经理。但是公司经营效益并不理想，运作了一年，最后破产了事。

对怎么想起到婚介所诈骗，胡忠义向警方作了交待：过去我曾在不少报纸杂志上看到过许多婚姻介绍所或其他类似中介机构的广告和征婚启事，发现那上面的人似乎都很优秀。男的是什么留过洋的博士啦、大公司的老板啦，一律有房有车，年薪还都若干万。女的更厉害，什么才貌俱佳、体健貌端、青春靓丽、体贴温柔，一般还都是大专以上学历的社会白领。可我就不明白了，他们这样的条件，除了配不上公主王子，找个称心如意的对象还不是一抓一大把的事儿？还有一些女的，本身很有钱的样子，大多是离异或丧偶的，年纪也就是四十岁左右，条件相当不错。

胡忠义看着看着就动心了。虽然胡忠义对征婚启事上的描写不敢全信，但是感觉也许会有收获。

当时胡忠义并没有马上产生诈骗的念头，他觉得自己都那么大岁数了，想找个好女人，然后就和郁某离婚，再组建新的家庭。

胡忠义第一次去东城区"爱家交友中心"的时候并没有打算立即登记，只是想先去看看情况，顺便了解一下登记需要什么手续和证明材料。他了解的结果，其实登记征婚的手续非常简单，交钱就行了。需要的证明材料也不多，有户口所在地或工作单位开具的婚姻状况证明、身份证或工作证复印件等。学历证明复印件不一定每个婚姻介绍所都要。其他的个人资料，比如财产及收入状况、有否子女、有否住房或汽车等等自己填就行了，不需要什么证明。

1997年6月底，他第一次迈进"天成婚姻介绍所"实施他的计划。

胡忠义是那天下午三点多钟到的。那天是个周末。胡忠义是特意赶着这个日子来的，因为他觉得那种地方周末的人一定会比较多。事实证明胡忠义的估计是对的，那天那儿正开着一个小型的舞会，里面有十几个打扮入时的男女在跳舞，另外还有大约同样数目的人在两个一对儿地谈天，三四个单身的人在观望。后来胡忠义到过的婚姻介绍所多了，才明白那些东张西望的人一部分是刚来的，剩下的是不会跳舞的；跳舞的则是双方看着还顺眼的；两个一对谈天的才是相互进一步探询对方的具体情况、甚至可以开始初次约会的。

他略微思考了一下，正好看见两个男的在问到什么地方登记，于是抢先进了标有登记室的屋子。果然，那位负责登记的中年女人先还是在详细询问胡忠义的情况，等看见随后又进来两个人，立即以极快的速度帮胡忠义办好了手续，不再询问什么，似乎连该问的也没有问完，就给了胡忠义一张用来填写择偶要求的表格，让胡忠义到隔壁财务室交款。

先交了350元登记费，又交了每月50元的资料费和查询费，一共400元。胡忠义认为以他们这种登记方式来看，他们所提供的个人资料，胡忠义是绝对表示怀疑的。怪不得来登记的人的条件都那么好呢，原来里面水分太多了。

胡忠义填写了他的自然情况：离异，有一套别墅，有一辆桑塔纳2000型轿车，月薪六千元，北京兆津集团副董事长……接着，填写了他的择偶条件：年龄35岁以下，身体健康，相貌端庄，体贴贤惠，有工作，有一定的经济基础，离异、丧偶的都可以。最好是北京户口。

天成婚姻介绍所为胡忠义介绍的第一位女性是陶新。由于陶新是胡忠义利用征婚手段进行诈骗的第一个受害者，其中涉及到胡忠义从寻找感情上的寄托到走入婚姻诈骗的微妙萌动、循序渐进和完整的蜕变过程。我们的调查就从陶新开始。在检察院会见室陶新讲述了她与胡忠义交往的过程。

1997年7月初，天成婚姻介绍所打电话给胡忠义，向他介绍了陶新，还说陶新对胡忠义的个人情况相当满意，希望尽快接触一下。天成的资料上说，陶新今年36岁，未婚，北京户口，高中文化程度（正在读大专），私营企业工作，有一辆丰田轿车。胡忠义感到，除了性格那部分需要进一步了解以外，其他还不错。

第一次见面天成的人建议胡忠义去他们那里，就是那个小舞厅。可胡忠义觉得那儿的人太多，乱哄哄的气氛很不好，就呼了陶新，说明了自己的想法，听听她的意思，由她来选个地方。陶新看来也不想再去天成了，就商量去他们公司附近的一家自助餐厅，还说那里的座位都是卡座式的，聊天很方便。胡忠义同意了，并且约好胡忠义开车到他们公司楼下接她。胡忠义告诉她自己开的是一辆紫色的桑塔纳。

陶新完全可以算得上是个白领丽人。那天她穿了一身淡粉色的西装套裙，内衬闪着金属光泽的胸衣。她的身材丰满匀称，女人味十足。

站在一栋豪华写字楼的下面的陶新，双手交叉在小腹前面，拎着一只精致的提包，目光低垂，显得温顺而又令人怜悯。

不知为什么，胡忠义一下子就认出她来了。尽管她的周围有不少楚楚动人的上班族小姐，可胡忠义的车还是不由自主地滑到了她的面前。在车经过陶新身边的一刹那，胡忠义故意又向前开了几米。

陶新笑了，露出一口雪白的牙。

胡忠义自从那一刻就开始喜欢上面前这个女人了。陶新的确长得极其平常，像一杯纯净的水。

那个自助餐厅的环境确实非常好，卡座式的袖珍包厢设计完全适合男女亲昵地共餐和交谈，让人没有拘谨和不自在。

陶新始终不太爱说话，只取了很少的一点食物。胡忠义说现在的生活节奏很快，身体和心理的压力都很大。你若是再不及时补充热量，瘦下去可就不好看了……陶新听了，微微有些脸红。胡忠义也觉得有些语失。初次见面，怎么能对人家一个未婚女子说这样轻佻的话呢？所以赶快假装着帮她去取饮料，借故避开了这个话题。好在，陶新没有在意。

严格来说，陶新决不能算做是什么美女。但她的五官长得相当匀称，给人的感觉是，把任何绝代佳人的眼睛或嘴唇拿过来安上都不合适。陶新最大的特点就是一个白字。古人有云：一白遮百丑。何况陶新还远远不能算是丑呢！

胡忠义说自己的儿子很可爱，也很聪明，他几乎每个月都要回老家去看看，给他买些吃的、衣服和玩具。只要自己一回到家，儿子就从早到晚地守着他，一刻也不离开……上个月回来的时候，人都下山了还隐约看见他家山顶上有个小绿点儿在不停地挥手。他故意停顿了一下，装作满怀忧伤地说，那就是我的儿子！穿的是我新给他买的小军装……我真有些想念我的儿子了。他又重重地叹了口气说：我一直打算，等自己的生活稳定之后，把我儿子接到北京，让他受到最好的教育，让他享受最好的生活……

陶新听了这些话也唏嘘了一阵，安慰说，你放心吧，一定会有个好女人和你一起照顾你儿子的……胡忠义乘机一把抓住她的手，假装感激地问：你愿意这样做吗？陶新惊慌失措地挣了挣，见没有挣脱，只好顺从地让胡忠义握着。等抽出手来的时候，她的脸通红，词不达意地说，楼上有间茶室，挺雅致的，呆会儿我请你喝茶吧……

　　胡忠义付了两个人的餐费，陶新也没有争执。楼上的茶室设计果然相当别致，加上正是下班的时间，根本没有人喝茶，里面清净得很。再次落座的时候，胡忠义干脆坐到了她的身边。陶新没有表示不悦，反而下意识地向里让了让。

　　到了楼上以后，陶新的话变得多了起来，她说她本来有个非常要好的男朋友，两个人交往了三年。可每当陶新提出结婚时，他总说要为她买一所房子，还要为她举行一次盛大的婚礼，要再攒些钱。就这样又过了两年，陶新33岁的时候，才发现他早就结婚了。

　　胡忠义听完，安慰她说，也没什么了不得的，你应该这样想，你等了这么多年，就是为了要等一个真正爱你、真正可以陪伴你一生的那个人呢。

　　陶新点点头，说都过去了，都忘了。她说以前天成曾给她介绍过几个条件还说得过去的男士，只是他们总爱刨根问底，好像自己这么大年纪没有结婚，非得有点儿什么见不得人的病他们才能满意。陶新又说，其实在婚姻介绍所的登记手续是她的好朋友自作主张掏钱替她办的，她本人并不喜欢这种互相挑来挑去的方式，像是在买东西。

　　好像意识到自己一直在说，陶新有些不好意思。她问道：您这么好的条件，为什么没有再婚？

　　说实话我真的没有考虑过这个问题。胡忠义先是叹了口气，然后慢慢点上一支烟，正好借此机会想了一下才说，工作太忙是个重要原因，但绝不是主要原因。一来现在的女人贪慕虚荣的太多，只要这个男的有钱有地位有学历，才不管有没有真感情呢！我为什么要娶一个只想花我钱的女人？二来我担心她们对我儿子不好。以前有朋友给我介绍了个丧偶的，双方也还谈得来，就是她非坚持着想要个自己的孩子……

　　胡忠义刚说完这话立即就后悔了：万一陶新也想要个自己的孩子呢？想到

这儿，他又马上补充到：我后来也想通了，只要她对我儿子好，再生一个也无所谓了。政策允许的嘛！再说有的女人总觉得自己如果没生过孩子，做女人的一生就算不得完美，我又何必强人所难？

陶新说：既然你已经想通了，为什么不去找那个女人？

胡忠义说：我和她不是要不要孩子的问题，是她什么事都容不得商量。不讲理的女人怎么要？

陶新似乎很自然地说：要不要孩子其实真的没什么，而且现在的孩子不省心，养大了容易教育好了可不容易。胡忠义说是啊，男孩子还好，要是个女儿，晚上九点没回家爹妈就得急疯了，不怕"贼"偷就怕"贼"惦记啊……

对胡忠义的感慨，陶新也表示赞同。

总之，这次见面和交谈让两人都感到十分地愉快和舒适。

转眼到十点半了，陶新说要回公司取车，然后回家。

在路上，陶新说其实她上班坐公共汽车很方便，而且平时的应酬又不多，就一直想把自己的丰田轿车卖了，用这钱投资干点儿别的。她笑着问你这个大老板有什么好的项目啊？也帮我挣些钱。胡忠义听了，心里美滋滋的。

在他们公司的停车场边的月光下，陶新更显得楚楚动人。他们互相交换了手机、呼机号码。胡忠义恋恋不舍地问什么时候可以再见到她？陶新低着头，喃喃地回答：也许会很快吧……说完，脸红红地跑开了。

初次和陶新见面以后，胡忠义的心里就有点儿放不下她了。第三天，胡忠义就联系她，约她去吃潮洲菜。这天胡忠义特意去洗了桑拿，还换上了一身比较高档的衣服。

那天陶新穿了条紫色的西裤和草绿色的衬衣，两个人一见面，禁不住都乐了。

胡忠义知道，陶新之所以这样打扮，全是因为他夸过她身材好的缘故；同时胡忠义更加清楚，她这么做只能说明她对胡忠义用心了。女为悦己者容嘛。

他们刚点完菜，胡忠义呼机响了。

胡忠义看了一眼呼机，开始打电话。当时酒店里的人很多，很吵，胡忠义其实根本就没开手机，陶新肯定也没有发觉。胡忠义假装听了一会儿，然后故作生气地说：我已经都和王局长说好了，再低千分之五绝对没问题……你不用跟他啰嗦，就说是我说的！这么点儿事你怎么都办不好啊？

陶新当时还在看菜谱。不过凭直觉，胡忠义知道她在听他打电话。

他们刚刚吃了一会儿，胡忠义的呼机又响了。这次胡忠义干脆连电话也没有回，只是皱着眉头说了句，烦死了，连和女朋友吃饭也不得清净。陶新听了这话，脸就又红了。从这一点上胡忠义判断出，她和男人交往的并不多，甚至和人的交往都不多。要知道，脸红可不是随便可以装出来的。

陶新说她已经把自己的丰田轿车给卖了，卖了二十万块钱多一点儿，问胡忠义有什么好的投资项目介绍给她。胡忠义说看看再说吧，你没有什么做生意的经验，不要着急投资，也不要轻易相信别人，这年头骗子太多……

陶新娇嗔地说：人家不就是和你说说嘛！胡忠义感到这个气氛太好了，本想跟她说说倒邮票的事儿，可又担心毁了大家的情绪，于是直奔主题地说，我想咱们都已经年纪不小了，已经不再是初尝禁果的少男少女了，也用不着害羞和拐弯抹角。有句话我一直想问，陶新你看我这个人怎么样？

显然陶新对胡忠义这种问题是有所心理准备的，她略作沉吟后说：您这个人比较真诚坦率，待人体贴，也很幽默……

胡忠义接着说，我自觉已经过了那种见了女人就着迷的年龄了，我只想有个家，想忙碌了一天了回家有碗热汤喝，想搂着老婆一起看电视，哪怕是那些最无聊的、如同老太太的裹脚布那样的又臭又长的电视连续剧，只要她喜欢就行！周末我还会陪她去逛街，吃吃饭，顺便买点儿东西回来……当然，还要记得给我的爱人买花儿啊！

胡忠义边说边观察陶新的表情，发现她似乎已经深深地沉醉在他描绘的景致中了。于是胡忠义接着说，陶小姐，如果你不介意的话，请允许我坦白地告诉你，通过这几次的接触，我觉得你人好，善良朴实，温柔体贴，和你在一起我总有一种踏实、温馨的感觉，好像咱们已经认识好久好久了……如果你也和我有同样感受的话，我想咱们不如……

任何一个单身女人，聆听着这样才貌双全的男人对自己说出如此动听的话，又岂有不动心的道理？

事实证明，胡忠义的口才和他的外貌一样，对女人来说都是不可低估的致命武器。

陶新听到这儿，立刻惊慌失措地低下头，小声地说，人家还没有考虑过结婚的事呢……胡忠义一听就乐了，其实我也并没有说到现在就结婚啊！

自从和陶新认识以后，两人一个月里见了五次面，而且相隔的时间一次比一次短，有一次甚至是一天见了两次面。两人的感情在日益加深。

8月初的一天，胡忠义约陶新出来玩儿，她说家里的水龙头坏了，得找人来修。胡忠义就提议干脆买些菜过去，让她尝尝自己的手艺。陶新同意了。

陶新的家住在海淀学院路附近，是一个两居室，交通很方便。胡忠义那天买了不少蔬菜、水果、两条平鱼，甚至还有几袋虾条。

一看到胡忠义买的菜，陶新惊讶地问：你是怎么知道我爱吃这个的？胡忠义就开玩笑地说是做梦知道的。陶新不相信，缠着他要他说出原因。胡忠义就告诉她是第一次见面时在她的车上看到有个装虾条的袋子……陶新听了大笑不止，说那是她的同事买来喂小猫的！不过，见胡忠义这么细致地观察她的生活细节，她还是被感动了。

胡忠义还给她买了一大捧开得正艳的红玫瑰。

陶新愣了好半天，突然流着泪说，长这么大了，还从来没有人给我买过花儿呢。胡忠义就趁势抱住她，吻了她。

待陶新的心情平静下来，胡忠义起身去帮她修水龙头。

陶新说她家的水龙头总是拧不紧，滴滴答答地吵得人睡不好觉。胡忠义一看就知道是小毛病，是水龙头的皮钱儿（垫圈）老化了，拧不住。胡忠义找了块破皮子剪成个中间有洞的圆圈儿，换上了就好了。然后胡忠义就开始做饭。

说实话，胡忠义做饭的手艺还是不错的，是胡忠义当初开酒楼的时候和厨师们学了不少。

陶新在旁边边择菜边和胡忠义说话。由于胡忠义不熟悉她家厨房的布置，所以总是不停地要：油！盐！酱油！味精！糖……陶新突然笑了起来。胡忠义问她在笑什么，她说怎么感觉我们向是在给谁做手术一样啊！胡忠义笑着说，我觉得像是自自然然的小两口呢！陶新这时羞答答地把头靠在了胡忠义的肩上……

后来，两人就发生了关系。胡忠义抱着陶新说，我们结婚吧。

第一次住在她家的时候，胡忠义就向陶新说起了赵景江的事。胡忠义说香港回归不仅对于中国、乃至全世界来说都是本世纪最大的事，所以这次发行的小型张具有特殊的意义，连平时不集邮的人也会买一张留做纪念的。胡忠义还说赵景江在市邮局都有朋友，做这种买卖赚钱只是时间问题。陶新说你看着行就行吧，胡忠义说那可不行，这钱是你的，我只是提个建议，你要自己考虑。

那是在胡忠义第一次到她家后的三四天晚上之后，也就是1997年8月7日的晚上，陶新给了胡忠义10万块钱现金。胡忠义带着陶新开车把这10万块钱连同自己的15万一起给赵景江送去了。胡忠义是通过以前内蒙做生意时认识的一位朋友介绍认识赵景江的，当时胡忠义正埋头于做酒楼生意。他的那位朋友介绍说，赵景江是个倒邮票的高手，在这方面狠挣了些钱。

陶新说了想投资的话以后，胡忠义就从那位朋友那儿要了赵景江的联系方式。赵景江说正好香港回归的小型张要上市了。胡忠义给了赵景江25万块钱，并且签定了一份协议，内容是由胡忠义出资，赵负责运作，利润是胡忠义拿70%。

20多天以后，赵景江联系胡忠义，说头期的分红两万元来了，约胡忠义去取。胡忠义就叫上陶新一起去了。那次胡忠义拿了两万块钱，顺手给了陶新。从赵那里回去的路上，陶新很兴奋，对胡忠义充满了敬佩之心。

让他们没有想到的是，从那以后就再没有见过赵景江了，呼他也不回，手机也打不通了。为此胡忠义一有空就联系赵景江，还去赵景江常去的地方找他。后来才觉得，可能是让赵景江这个坏蛋给骗了，说不定他那位朋友还参与了呢。

最初陶新还表现得无所谓的样子，只要胡忠义能常常陪着她就心满意足了。

胡忠义在焦急地四处打听赵景江的下落。胡忠义听说赵经常在月坛、天桥和菜市口一带出没,就成天在那些地方蹲守。可惜,人家钱到手了怎么还会露面呢?

胡忠义又四处去找他那位朋友,这位朋友的家里人说他出国了,去加拿大了。

胡忠义一方面更加怀疑那位朋友和赵景江是一伙的,一方面又心存侥幸,盼望赵景江还会出现。后来陶新也沉不住气了,每次见面和打电话的时候都向胡忠义要钱。10万块钱对于她来说不是个小数目。那可是她一半家产。

后来她把胡忠义逼烦了,胡忠义就躲着不再和她见面。

陶新有一次在电话里骂胡忠义是骗子,说胡忠义和赵景江合伙骗了她的钱,还说要去告胡忠义,让胡忠义去蹲监狱。胡忠义怎么解释她也不听,后来胡忠义就恶狠狠地说,我就是骗你的钱了,怎么着吧?你要告就去告吧,你没有证据!

陶新后来就软了,说钱财本来就是身外之物,生不带来死不带去的,没就没了吧,只要胡忠义和她结婚,一起好好过日子她就心满意足了。胡忠义没有一下子就说死,尽管他知道惹上这个老姑娘不是好兆头,他只好时断时续地和她耗着。

都是追求浪漫惹的祸

在翻阅胡忠义卷宗的过程中,受害者之一常梦玉的情况引起了我特别的注意。

从北京市宣武区人民检察院、海淀区人民检察院、北京市公安局宣武分局、海淀分局等处对她的询问记录中不难看出,常梦玉天性活泼开朗、富于幻想、受教育程度较高,是胡忠义婚姻诈骗案中较为罕见的两名从未有过婚史的诈骗对象之一,而且是受害者中年龄最小的,具有交往时间较长、用情和受害程度较深等特点。

胡忠义究竟使用了何种"高明"的手段使得常梦玉对他着迷了呢?

经过耐心的工作,常梦玉同意接受我的采访。在京西一家宾馆的小型会客室,她坐在我的对面,微低着头,像个小姑娘。

这其实是个年轻漂亮的女孩,脸上是恬静的笑,着装简洁而不失女性的韵味。寒暄之中,她的谈吐清晰干脆,但一进入到胡忠义的话题,她的神色逐渐郁暗起来,声音也变得低沉和迟缓了许多。这使我能够想象得到,这次人生中非同寻常的事件对她身心所造成的巨大的、难言的伤害。

从前年到现在,我已经不止数次地回答了宣武分局、海淀分局,包括两个区检察院的询问,反反复复地讲述了我和胡忠义交往的全部的、详细的、哪怕是细枝末节的过程……那种近乎撕裂式的盘问让我感到深深的痛苦和屈辱。

那段往事其实我已经不想再提了,想起来就是无尽的悔恨和痛苦……我甚至到死都不愿相信,那个沉湎于虚幻美景中的女孩竟然会是自己……然而它就像恶梦一般死死缠绕着我,总是让我在无人的黑夜中猝然醒来……仿佛,那只外表温顺老实的羊原来竟是豺狼变的,终于露出丑陋贪婪的目光,要把我吞噬、嚼烂……

常梦玉调整了一下自己的情绪,叙述了与胡忠义交往的整个过程。

我出生在江苏连云港市,父亲是个工程师,母亲是名经济师,家庭条件在当地算是比较好的。

大专毕业后,我到了南京工作,有了第一个男朋友,他是我高中时的同学,父母住在南京。

这个男孩和我同岁,事实上我比他还要稍长一些。他为人憨厚老实,平时的话不多,社会上的朋友好像也很少。交往了几年,我才发现他有很重的恋母情结,他真正需要的,其实只是个母亲般的女人,而不是什么男女之间的情人。

弄清了这一点,我很难过。

我们分手的时候,他表现得比我还要伤心。可我明白,一切都是不可以改变的了。我已经给了他机会,可他已无法自拔。

为了摆脱这次感情破裂的阴影，我来到了北京，进了现在工作的北京同远大公司，那是个瑞士人投资的企业。公司很大，好像什么生意都做，又好像什么生意都不做。

我工作的企划部共有四个人，老总是瑞士人，一个助理，两个秘书。我的日常工作就是起草、打印和保管各种生意上的合同和协议。老总让我为每个文件加密，那种电脑上的好用但是不好解的密码只有我和老总知道。并且只要我请假，我的工作只能由老总亲自来做。

如果不是朝阳区英格丽婚姻介绍所给我打了传呼，我那天几乎连午饭都忘了吃了。

我是1998年初在那里登记的，当初的目的只是想扩大交友范围，尽快摆脱先前男友给我带来的不愉快回忆。至于能否找到适合结婚的对象，对于我来说倒并不是那么迫切。毕竟，我还年轻。

英格丽婚姻介绍所陆续给我介绍了四、五位男士，我都推说太忙。后来就没有见。

婚姻介绍所的人说，这次这位男士的综合条件相当优越，让我与人家见个面或者联系一下。我仍然说最近工作比较忙，怕抽不出时间。婚姻介绍所的人对我这种说辞已经相当熟悉了，就说要把我的呼机号码告诉对方，让对方与我联系。我只好同意了。

后来，胡忠义很快就联系了我。除了他的诚心让我感到意外，我还发觉他的声音非常的富有磁性。于是，就有了初步的联系。

第二天，胡忠义约我晚上在香格里拉饭店的中餐厅吃饭。

由于我选的是下午五点钟的时间，还不是这种酒店真正忙碌的时候，因此中餐厅里的人并不太多。我看见距门口很近的地方坐着一个三十岁上下的男子，人长得相当帅气，浓黑的头发，有些卷曲，就连眉毛也是黑黑的。他的眼睛很亮，鼻梁高高地隆起，唇线是一条清晰刚毅的轮廓。

这男人穿着一身铁灰色的西装，身材瘦长而匀称，大约有一米七七、七八的样子。那句用来形容女人的话用在他的身上我看也是完全合适的，就是添一分嫌胖，减一分嫌瘦了。

直觉上，我猜想他就是胡忠义。

约定的时间到了，那个男子站起身向我走来。

他的手中竟然捧着一束蓝色的勿忘我！连同一脸温柔的笑。

这一切，都是属于我的吗？

整整一个星期，我沉浸在一种突如其来的、幸福的昏眩之中，感觉自己像是个倍受宠幸的仙子，在天空中自由自在地飞翔，想去哪里，就扇扇翅膀。

我知道上天早晚会为我遣来一位如意的郎君，可没想到他到来得竟是那么的突然，让我束手无措，毫无准备。

我猜到了故事的开始，可我万万没有想到这个可怕的故事的结局。我仿佛是一个阴谋的参与者，和别人一样，谋取了自己的爱情。

……

香格里拉烛光晚餐的第二天，他又联系了我。说从昨晚到现在一直没有合眼。我就劝他别太忙着工作，要多注意休息。他说他以前从来没有睡不着觉的时候，昨天也不知道是怎么了。

我的心像是被一掬温热的水浸泡着，自作主张地意识到这件事是和自己有关的。想到这儿，我的脸有些发烧，心也狂跳个不停。

他压低了嗓音，慢慢唱道："……别问我永久到底够不够，假如地球脱离了宇宙。永恒的大地，开始融化，就让我们紧紧拥抱着，一直到世界末日……"

当时我并不知道这是谁唱的歌，只觉得对方像深海中的章鱼一般静静地游到我的身边，默默地将我环绕，将我包围……

整个下午，他的身影、他茂密乌黑的头发和足以让我疯狂的嘴唇顽固地呆在我的面前，挥之不去……

下班以后，我就赶去邻街的小店里购买齐秦的歌曲。

我找到一盘盗版的齐秦MP3专集，上面正好有那首《直到世界末日》。

我顾不上吃完饭，立即奔到公司的电脑前。

这首歌的最后一句是：……你爱我吗？

在五洲大酒店的包房里，他第一次吻了我。

他说他在国家安全部的那位担任部长助理的朋友已经看到了有关的正式文件，他即将被任命为国家安全部第十三特别局的局长。

我说我要恭喜他了。他却说要送给我一件生日礼物。

我真的有些感动了。飘泊在外，每年生日的时候，都是伴着蔡琴的歌声单独度过的。一个没有爱人的女孩，又有谁会留意她的芳龄几许？

他让我等着，自己走进里屋。

片刻他走出来了，竟然赤裸着身体！只是在腰部围上了宽宽的绸带，前面系着一个硕大的花色蝴蝶结。

他紧紧地将我拥住，呢喃着说，我把自己当成生日礼物送给你，好不好？

我知道自己完了。我没办法抗拒。

事后我每次想起来，都觉得他风趣得可爱。

把自己当成生日礼物只是句戏言。他送给我的生日礼物是一个红宝石戒指。

我们随后在朝阳区团结湖附近租了间房子。我带着那张蓝色的海报离开了原来的住所，掏出一部分积蓄，为新居做了一番简单的装修。

我看着这个自己的小"家"，心里很快活。

他从背后抱住我，喃喃地说：瞧把你高兴的，等我的别墅收拾好了，马上就接你住过去……我一定要让你过上女王一般的生活！

那天后不久，我们吃饭的时候，他回了个传呼，说了几句，气愤地喊，我帮了你多少忙啊，你全忘了？现在连一万元都解决不了？我是借啊又不是朝你白要……怎么，我把手枪抵押给你行不行？

我问他是怎么回事，他烦恼地摆摆手，埋头吃饭。过了好半天，他突然抬起头，兴奋地说：梦玉，咱们去看海吧？

说是去看海那天，我主动给了他一万块钱。

他说他当年为帮朋友的忙，挪用过局里的一笔款子。现在升任局长，人家要查，同事们劝他赶忙补上就没事儿了。他已经筹到了大部分款项，只差一万元了。他说他的存折都还没有到期，取出来挺可惜的。

大约一个月后，他把这笔钱还给了我。其实我也没怎么催他，我想一万块钱也算不了什么。

接下来到了我父亲70岁的生日，家里人让我回去，他表示正好借机见见我的父母。我当然很高兴，可他又胆怯了，说他这么大的年纪，怕我的父母不高兴。我就好言劝慰。其实他这个人看起来远比实际年龄要年轻多了，加上质地高级选料考究做工精细的衣服，绝对是一表人材的。

和他相爱以后，我给家里写过信，谈了他的情况。父母并没有表示异议。

果然，我的父母很快就接受了他，对他相当热情，像一家人一样。

作为我的男朋友，他在我父母和家人面前表现绝对是出色的，作为商人和国家安全人员，他是具有双重性格的，既见多识广又不夸夸其谈。我父亲以前是当过兵的，和他好像很投缘。见面当天，他就没让我们去住酒店。父亲和他同居一室，每天都聊到很晚。父亲谈起他朋友的一起冤案，说犯罪方在本地的势力很大，谁也惹不起。他听了半天没有说话，只是把父亲所知道的情况记在一个黑色的皮面笔记本里，最后告诉我父亲回京可以找公安部的朋友发文过问一下。还说那么多人都查了，更何况一个土霸王，一定要为民除害。后来他半开玩笑地告诉我父亲，他有国家承认并且特批的"杀人许可证"，我父亲给吓了一跳。又说他的证件编号是"两两么（221）"，前面连个零都没有，这就说明他这样的人全国也不足一千个。我父亲于是松了口气，说你们这些人肯定是经过国家严格挑选的，政治上一定可靠。

到连云港后，有一天我开始了呕吐。我知道我可能是怀孕了，只好满脸羞涩地告诉了他。没想到他听后眼中竟然一下子放射出无数奇异的光芒。立即轻轻地把我圈在怀里，说等忙完手头的事情就结婚……

我在连云港的朋友有一次带了个服装厂的个体老板小尤和我一起去玩儿。第三天，胡忠义以带来的钱快用完了为由向小尤商借两万块钱周转。小尤就送来了2万元。

在连云港住了十几天后，我们北上到了呼和浩特市，住在新城宾馆。

他的大哥是包头市一家大厂的厂长，他三姐是呼市市委的一个干部，这次全见着了。他们对我的印象不错，尤其是他三姐，虽然工作很忙，可还是一有空就拉着我聊天儿。说他原来的爱人十分刁蛮，办事从不讲道理。他为了孩子，忍受了好久，可惜还是无法维持那段婚姻。还说他这些年来一边牵挂着孩子一边忙事业，赤手空拳在北京打下一片事业，有了自己的别墅和汽车，也着实是不容易。他大哥也说，是啊！不过现在有了小玉照顾他，我们就都可以放心了！

到达呼市的第二天，他三姐请我们到外面吃饭的时候正巧遇到了她的几个朋友，都指着我问这是谁家的小姑娘啊，又年轻又漂亮！他三姐连忙回答，年轻吧？漂亮吧？她可是我的干女儿呢！

我当时很有几分不高兴，回到宾馆后就问他：难道我是你的女朋友会给你家人丢脸吗？他忙解释说三姐是在和你开玩笑呢。还说他三姐在呼市可是个了不得的人物，连市长都得让她几分。别人想当她的干女儿还当不上呢！

后来我曾想，他三姐之所以向人这么介绍我，是不是想隐瞒什么？

她究竟想隐瞒什么呢？难道胡忠义和他的老婆还没有离婚？

可惜这个可怕的念头只在我的心里一闪就逝去了。

过了一天，他说有内部消息透露近日美元要上涨了，正是好时机，而且他有朋友能够低价买入一些，等价位涨高后再抛出去，这样可以赚一些钱。他三姐闻讯给了他几万块钱。他又问我能不能去找点钱来自己做。

我于是飞回连云港，取了两万块钱交给了他。

我回到呼市把钱交给他的第二天，他去机场接了一个名叫田晓阳的女人回来，也住进了新城宾馆。

那好像是在1998年10月20日左右发生的事。

这时我忍不住插嘴问了一句：田晓阳是什么人？她和胡忠义熟吗？

常梦玉顿了顿，似乎在回忆着什么。而后她慢慢地抬起头说：他当时才说这次回呼市其实就是为了协助田晓阳的公司在这里筹备产品展示会的。虽然话好像挺平常，可我总觉得，她和他的关系不一般。

你为什么会这样想？我问：当时有什么使你怀疑的地方吗？

常梦玉满心疑问地摇了摇头：

我说不清自己为什么会这么想，只是印象里以前没有听他说起过这个人。

这个女人看上去应该不年轻了，眼角已经出现了一些细密的皱纹，脖子上还有几道难以掩饰的赘肉。少说也得有35岁以上的年纪了。不过她很会修饰自己，穿着典雅合体，言谈举止也颇有大家闺秀风范。

我隐约地感到田晓阳对我有一种含而不露的敌意，我们的目光不小心相遇时，我很清楚她的冰冷之中还夹杂着一丝浅浅的妒意……

我们刚见面的时候，他的三姐再一次介绍说我是她的干女儿。田晓阳就爽朗地开心大笑了起来，真有点儿花枝乱颤、如释重负的样子。

我是实在忍受不了了，就干脆对胡忠义说，我父亲的年纪大了，想让咱们尽快把婚事定下来。

他三姐听了，立即涨红了脸，没好气儿地说：真是年轻，这种事怎么好由一个女的随随便便地说了出来？我看见，胡忠义抽着烟，在一旁尴尬地笑着。田晓阳也阴阳怪气地插嘴道：年轻真好啊！

从此，她看我的眼神就又多了些遭遇天敌的感觉。

他在呼市似乎有许多熟人，到处都有人说胡局，回来省亲啊？他总是谦虚地说，别这么叫，还没正式下文儿呢！还有些人打电话到他三姐家，托他过问什么案子。他抱怨说，在中国，仿佛就没有秘密可言。这些人的耳朵真长啊。

我们在呼市像真正的夫妇那样出双入对。他也逢人就喜滋滋地介绍说，这是我的夫人，小玉。我也就渐渐打消了上面说的疑虑。

1998年10月底的一天，他三姐的儿子突然跑到宾馆，说有三、四个凶巴巴的男人正在四处找他。他闻言立即就出去了。后来听说是警察在街上见到他，把他传走了，关在呼市公安局二处。他三姐连忙找到我，让我找些钱先把人保出来。我立即飞回北京，但没有拿到，只好又赶回呼市。

这时，田晓阳已经拿着10万块钱把他弄出来了。

田晓阳公司的产品展示会开完以后，我们三个一道驾车返回了北京。

一天晚上，我们相互依偎着在沙发上看电视的时候，他说他想让我先把这个孩子做掉。理由是使我怀孕的那段时间他的身体状况并不是最好，而且成天抽烟喝酒，还在熬夜，恐怕影响孩子的健康。还说等过一段时间，我们结婚之后，好好休息一阵，把两个人的身体补补，再从从容容地要一个小孩。

我想了想，同意了。

我至今还深深记得，那是一个暴风雨的清晨。

早上八点钟的光景，天还黑得像被谁扣上个巨大的盖子似的，伸手不见五指。我蜷在车里，眼睁睁地看着雨刷飞快地将倾盆而下的大水溅得满处都是。

医院的人流手术室，简直就像屠宰场一般。

女人们呻吟成一片。

穿白衣服的人对这一切一定已经习以为常了。以前常听人家说，在他们的眼里，根本没有男女性别之分。我看在这里的大夫眼中，只怕连人与动物的区别都不存在了吧？

他们一会儿懒洋洋地喊：下一个……说你呢……快把裤子脱了！把腿劈开……一会儿又恶狠狠地训斥着：哭什么哭？当初只图挣钱了吧？那男的怎么没来？一定是没脸了，要不就是见不得人……接着就是一阵肆无忌惮的大笑。

不论多么高傲的女人在这里也得乖乖地忍受屈辱。

那天晚上,我一直在昏睡,感觉全身像是被掏空了一般,瘫软无力。

那真是一段可怕的日子,只要睁开眼的时间稍微久些,面前就会出现团团袭来的无尽的黑暗。我的肚子常常莫名其妙地疼,好像总是有什么东西要坠出来一样……就这样足足过了半个月的时间,我才能够起床走动。可当我的双脚触地的一刹那,眼前立即腾起一片晕眩,险些栽倒。

我稳住心神,走到镜子前面一照:我着实被自己吓了一大跳。

镜中的我,脸色苍白如纸,嘴唇倒是青的,衣服仿佛变成了面口袋!

后来在外面称了体重,真没有想到,自己这回居然瘦下去19公斤!

我们回京以后,田晓阳似乎极少和他见面,给人感觉他们之间并没有什么生意可做。只是她常常打电话过来,内容只有一个,就是催他还钱。

这天晚上,他对我说田晓阳的钱是挪用的公款,人家催呢,问我能不能帮忙找些钱先垫上。他说他有一张500万日元的定期存折还押在他们那儿呢。

为了使他能够早日和那个老女人断绝任何来往,我不惜拖着虚弱的身体,只身回到连云港,去向父母求助。我骗他们说,我和胡忠义已经在北京办好了结婚登记手续,过一段时间就会回家举行婚礼。

我妈妈看到我这副瘦弱的样子很是吃惊,我就推说是装修房子时累的。他们就信以为真了,一下子就拿出5万块钱,说是祝贺我们的新婚。

我在把钱交给他的那天,我突然预感到,我要失去他了。

那是1998年11月初的事。

其实,能早一点觉醒过来未尝不是一种幸运?说完,我禁不住又问:你是从什么事开始认清胡忠义的本来面目的?

大概是1998年年底的时候,我发现他有些反常,打电话时总是躲着我,而且也不再趾高气扬了,说话低三下四的,好像还在恳求对方什么。

我就留了个心眼,通过手机的记忆功能、显示来电号码功能和电话机的重拨键查到了几个号码,趁他不在时打过去,就说是找他。

接电话的全部都是女人，有几个还说，她们也在找他，说他骗了她们的钱。

我后来应约和一个叫高览的女人见了面。那也是个徐娘半老、有几分姿色和财产的女人。她说胡忠义借了她5万块钱，一年多了再也见不着人影，还说他根本就是有老婆的，却同时和几个女人交往着，只为骗钱……

过了不久，他不知怎么知道了我见过高览的事，暴跳如雷。他说高览她们只是他生意上的朋友，因为看上他的一表人材，总是缠他不放。还说根本没有什么借钱的事，她们是胡说的。并且理直气壮地问我，你看到借条了吗？再说了，你我几乎每天都在一起，我还哪有时间去和别的女人交往？

我想了想，觉得他说的也许是真的。起码这段时间我们确实是天天在一起的。可我仍感到事情有些蹊跷，就让他还向我借的8万块钱。

他笑了，说看来看去你也就是一个人云亦云的俗人，我要是真想骗你的钱，现在我干嘛还呆在这儿？等警察抓吗？

我听了虽然觉得有道理，可还是坚持要钱。

他先说存折未到期，后来又说身份证丢了取不出来。反正总是试图搪塞。我催紧了，他就恼了，说我马上就和你结婚了，几百万上千万的财产都是你的，你还有什么不放心的？再说了，我一个国家安全部第十三特别局的局长，哪儿不能弄点儿钱？能为了这些小钱儿就去骗人吗？

我没办法了，只好打电话给他三姐，说了我对他的感情和内心中的忧虑。

他三姐终于被感动了，告诉我他确实还没有离婚，不过听他亲口说过，要尽快解决这事和我结婚……他三姐还说他这些年在北京混得挺不容易，用钱的地方特别多……不过女人的钱一般他都会还的，只是时间问题……她还劝我不要把这件事张扬出去，他在国家安全部的确有人，会对我不利的……

后来我又去了高览那儿。她抚摸着我的头发惋惜地说："像我们这样的半老徐娘骗也就骗了，可他为什么要骗你呢？你是这么的年轻啊！"她把我搂进怀里，眯起眼睛说："其实他这个人还是挺有味道的，如果他能老老实实地，倒是个很不错的老公人选呢！可惜，他就像个男妓一样，不属于任何人……"，不过高览也许想到了什么，突然气愤地说："就是男妓他的价格未免也太高了……"

他从那时起，就很少来我这儿了。

1999年3月底，我决定回连云港了。

临行前，我只带走了我流产之后他给我买的一个布娃娃。

常梦玉的叙述完了。整整三个多小时。她断断续续地诉说了她的青春遭遇。

常梦玉最后说：24岁那年，我自以为找到了爱情；可是这个本命年几乎掏空了我所有的感情。

同她一样，我的心情久久不能平静。

对于常梦玉来说，事情已经到了尾声。而对于千千万万具有常梦玉一般梦想的女士来说，噩梦是随时可以降临的。

精明再精明，还是掉进了骗子精心编织的圈套

在一个扬尘的春日午后，在北京西郊的一家宾馆，我采访了胡忠义案另一个受害人乌梅。

这是一个干练的女人，着装非常简洁，吐字非常清晰，完全不像40岁的女人。调整了一下情绪，她很有条理地叙述了认识胡忠义的整个过程。

乌梅是1998年7月在天元婚介所登记征婚的。她和前夫的关系一直很好，但几年前他遭遇车祸去世了。原来说要个孩子的，后来因为丈夫一直忙于事业，就没有要孩子，乌梅没有想到不幸来临的这么快。没有丈夫的日子过得很平淡，后来家人和朋友纷纷劝她趁还不是太老再找一个，说实在的，她内心非常渴望感情，但不敢抱过多希望。

后来婚介所陆续帮她介绍了几个，但都不太合自己的心意。到了12月28

号晚上，天元婚介所的两位老师打电话给她介绍胡忠义。乌梅与胡当晚8点多在天元婚介见了面，后来胡提出亚洲大酒店咖啡厅坐坐聊聊。乌梅同意了。

在那里，胡忠义向她介绍说，他今年35岁，属兔的，北京首都经贸大学第一批MBA，未婚，户口是河北唐山的，家是内蒙的，在龙城花园有一套别墅，是日本人送的。他说，他去日本9年，在那里上的大学，然后工作，回国后，与日本人开了一个工厂，但合伙人把钱偷偷地抽走了，他没发现，后来工厂就破产了。他现在是莫比克公司的常务董事长，该公司有他的股份，说着递给她一张烫金的名片。

为了炫耀自己的身家，胡忠义伸出胳膊说："你识货吗？你看我这块表值多少钱？"

乌梅说："不知道。"

他说："这是劳力士表。我在日本花30万日元买的，比在国内买便宜。我到当铺上问了一下，说值20多万呢！"接着，又给她看了他的未婚证明。

这样，两人就算是认识了。乌梅起初的感觉是这个人不诚实，爱吹嘘自己。

认识两天后，胡忠义就对乌梅说："我们结婚吧。"

乌梅说："我们刚认识，彼此还不了解，还要考察、接触一段时间。"他说："你又不知道我在外面干什么，怎么了解？"

有一天，快到中午时，他打电话说他一会到乌梅家来。饭后，他说："参观一下你的家。"到了卧室，他强拉硬扯把乌梅摁在床上，撕扯半天强行与她发生了关系。

事后乌梅生气地说："你这个人怎么能这样？"

胡忠义说："我爱你才这样，别人我还不愿意呢。我会对你负责的，这以后我们就是夫妻了。"

乌梅说："你爱一个人那么快，没有领到结婚证，这不算。"

胡忠义在乌梅这里住了几天，有时提到借钱的事，她就不说话了。有一天，他带她去莫比克公司。他还让她见了公司的田总，田总跟乌梅谈了公司的情况。胡忠义对乌梅说，现在公司缺乏周转现金，希望能借钱给他。

乌梅不相信："那么大的公司还跟我借。"就没有借给他。其实，道理很简单，乌梅就直截了当地说了不借的理由："我连你住哪我都不知道？我借了你钱，到哪找你要。再说你是外地人。"

　　后来胡忠义用别的方式诱惑乌梅。他说："出100万可以拿下莫比克。我有50万，你能出多少？我们拿下莫比克我当董事长，你当办公室主任，工作环境很好，我们一起下班多好。"当时乌梅就没理睬他。

　　后来有一天，胡忠义又提起此事说：田总说了，出80万也行。莫比克的产品利润空间很大，有90%的利。乌梅还是没有答应。

　　两人虽然住在一起，有了那种关系，可乌梅总觉得不实在，她有一种直觉，觉得这个男人不可信。其间，由于疑惑，乌梅曾往莫比克打过电话找胡忠义，而接电话的小姐说："他出差了。"

　　有一天，胡忠义打电话告诉乌梅说："我大哥胡忠诚从包头来北京出差。"并约1月11日到她家接她，然后到大姐胡惠敏家，一是认认门，二是他们想和我见一面，看看他交的朋友怎么样。

　　到了胡忠义大姐家。乌梅见到了他大姐。胡忠义解释说，他大哥在西直门矿业研究院办事，马上就回来了。

　　等了一会，胡忠诚回来了。胡忠义对他大哥说："这是我朋友小乌梅。"胡忠义给他大哥大姐每人一个皮包，胡忠义说："这是乌梅送的。"几个人又一起开车外面吃了饭。

　　吃饭时，胡忠诚对乌梅说："我弟弟一个人在北京混成这样不容易，有车，有房，事业有成。现在生意都不好做。"

　　这时，胡忠义插话说："乌梅能帮助我。我跟二炮有一笔买卖，乌梅借我钱。"

　　胡忠诚说："人家乌梅借钱帮你，你要好好干，只能成功，不能失败。"

　　"你目前干得不错，不会失败的。"胡忠诚继续说到，"在包头要给妈妈买房子，需要3万。"

　　胡忠义说："买房子吧，我掏钱。我给妈买了一台彩电，你这次给带回去。"

胡惠敏也表示同意："是得买房，以后我回去也有地方住，免得一回去就住宾馆。"

胡忠义向乌梅介绍说："我大哥是党员，是包头轧钢厂厂长。在包头我大哥他们这样的干部像我们这样吃饭的没有，非常廉洁奉公，跟毛泽东时代的干部一样。"

吃完饭，胡忠义让乌梅把帐结了。

胡忠义把他大哥大姐送回家。临走时，他大姐对乌梅说："有时间你们一起到我家玩。"

胡忠义又把乌梅送回家。"我去二炮谈那笔生意，已经快签合同了。"说完，胡忠义匆匆地走了。

1999年1月12日上午，胡忠义来到乌梅家再次提及借钱的事情。

胡忠义说："天津海关通知我去提货。如果星期一不提货，过期罚款，我自己有20万，你再借我10万，帮帮我，过几天就还你。"乌梅没有同意。

第二天上午，胡忠义又来到乌梅家。他对乌梅说："帮帮我，到时一定还你。"

也许是对胡忠义有了些信任，当天下午2点乌梅和她二哥一起去她大哥处借了10万元钱。下午4点多钟，胡忠义到乌梅家来取钱。乌梅让他写借条，胡忠义嬉皮笑脸地说："老夫老妻的，还不信我，怕我不还你，欺负你们孤儿寡母我良心过不去，我出门让车轧死。"话说到这份上，乌梅就没再坚持，让他拿钱走了。

第三天胡忠义又来了，还拿来一沓英文的文件。他说："这是提货单，我没骗你吧，拿这个就可以到海关提货了。不过我把税钱算错了，现在还差二三万元。"

于是乌梅向同学小孟借了1万。她又在工商银行把自己的3千美元取了出来，一起借给了他1万元人民币和3千美元。当时胡忠义也跟乌梅去了，但是没有进入银行业务大厅。

过了几天乌梅问："货提了吗？"

胡忠义说:"提了。××集团、石家庄、保定都要货,过些时候就可以解决。"

过了几天,他来了又说:"在北京饭店贵宾楼我请二炮的领导吃饭。今晚生意就敲定,能签合同。你先借我3千请客吃饭,我马上还你。"

当时乌梅身上也没有钱,她跟父母借了3千。胡忠义虽然跟着去了,但只是在车里等她。

以后一连几天胡忠义都没有露面。乌梅忍不住打电话问他:"你这些天干吗呢?"

胡忠义回答说:"我们在联想和石家庄组装零件,每天加班很晚。"

有一天,胡忠义来到乌梅家刚呆了一会,他的手机响了。只听他接电话说:"大姐吗?买5张车票?你老爱管闲事。我没带那么多钱。等我想想办法。"关了手机后,他对乌梅说:"大姐托我买5张火车票,我一会去北京站买票,手里没有那么多钱,你先借我2千,取完票大姐给我钱,我就给你。"乌梅就又借给他2千。

马上快到春节了,乌梅向胡忠义要钱。乌梅说:"我大哥让我还钱。"

胡忠义说:"钱我会还的。我也着急,实在不行,你告诉你大哥,我把车卖了也值十几万,再不行我的表也能当20万元。等着货出了就还你的钱。卖血也还你钱。以前我卖过血。"

见他这样,乌梅只好说:"你想着还钱就是了。"

有一天胡忠义来到乌梅家,对她说:"你在我最不风光的时候认识了我,你对我的帮助我很感激。我在呼市有一个案子,三姐说给她10万元钱就能了结。"

乌梅说:"什么案子?以前没听你说过。"

"我以前在呼市开了一个酒楼,钱让副经理给一点点挪走了,我没发现。致使酒楼欠银行的贷款还不上。"胡忠义说,"我在呼市公安局押了5万元,还押了丰田轿车、切诺基、212车各一辆,我们又托公安局的人,才获得了取保候审。是三姐夫担的保。"

说着给乌梅看了押条,他一脸苦相地说:"求你最后再帮帮我一次,我们可以过个好节了。"

乌梅说："上次你借的钱还没还，我还到哪里给你借去。"

胡忠义发誓："案子结了拿回40万。我把借你的钱全都还上。"他还给乌梅看了一张别人借走他300万元的合同，上面有双方签字、盖章。他说："过几天我去要钱，也能还你。"

后来乌梅从父母那借了1万元人民币和2000多美元给他。胡忠义拿到钱后忙说："我得赶紧走，晚上6点多钟有一趟去呼市的火车，我赶紧给我三姐送去，让她把案子结了。好过春节。"

后来因为常见不到人，乌梅经常打电话问胡忠义生意的事，问他案子结了吗？胡忠义一直推脱说："我一直在忙这些。有结果会及时告诉你的，别着急。"

这期间，乌梅很少见到他。他与乌梅只是通电话。胡忠义原本承诺过春节和乌梅一起回内蒙，后来却打电话告诉乌梅："我一人开车回去，初三回来。"

这年春节大年初一晚上9点多，有个陌生女人打电话到乌梅家里，说是找胡忠义。乌梅说他回内蒙了。不一会，又是这个陌生女人打来的电话，还是找胡忠义。乌梅告诉她胡忠义回内蒙了，并问她是谁。

这个陌生女人说："我是胡忠义的三姐，我在找他，你是他前妻吧？"

乌梅说："什么前妻，我是他女朋友乌梅，他没结婚那来的前妻？"

胡的三姐说："他的未婚证明是假的。你要吗？我给你开一本。胡忠义结过两次婚。第一个前妻姓马，生有一对双胞胎女孩；第二次是跟一个姓郁的，生有一男孩胡楠4岁多。我听大哥胡忠诚说你借给他钱了，他不会还你了，他没做生意，他拿你的10万元给了他大哥5万。"

对方听到乌梅认真在听，继续说道："他以搞对象来骗钱，我认识一个小女孩被他骗的好惨，原来人120斤，现在瘦的只有90斤了，父母也不要她了，工作也没了连租房的钱也没有，你能帮她吗？我还可以给你他和一个姓陶的结婚照，陶住在⋯⋯电话是⋯⋯还给你一个姓陈的⋯⋯我给了你电话，不信你可以去问吧。胡忠义住东三环居民区一楼603，左边门进去有电梯，房主叫张⋯⋯胡忠义家的电话⋯⋯他老婆的手机是⋯⋯你往他们家打电话他们一看是熟悉的电话就不接,他家电话串在了手机上。我初四到北京,住在朋友里。你可以打电话……"

乌梅气愤地责问:"既然你知道他在骗人钱,你为什么不制止他?"

她说:"人都有自私的一面。我指望他骗来钱能还我。我先生给他担的保,让他春节前回公安局去报到,由于他没回来,公安局把我先生传去了,我先生一着急心脏病犯了,现在还在医院住着呢。当然,我跟我先生亲,恨胡忠义这种骗子。"

这时乌梅才相信她的话,确切地知道自己被胡忠义骗了。

受害者:骗子,我一定要将你绳之以法

过了春节以后,乌梅装作什么都不知道,给胡忠义打电话,跟他要钱。他说过几天。最后一次打电话要钱,他干脆说:"我没借你钱。证据呢?你有本事告我去。你惹急了我,我灭了你全家。"再后来,手机关了,呼他也不回,人也无踪影了。

因为一直找不到胡忠义,乌梅就给胡忠义的大哥的手机打电话,乌梅跟他要她的5万。乌梅说:"你三妹告诉我,我借给胡忠义的10万元,他给了你5万。"

胡忠义的大哥说:"是给了我5万,他也欠我的钱。"

乌梅说:"那你们就是一家人合伙骗我的钱,你还是共产党员、国家干部怎么可以干骗人的事,你应该懂法。"

胡的大哥说:"其实你与胡忠义的交往就是失误,他骗了好多人的钱。"

乌梅说:"既然你知道他骗人,为什么在你来北京我们一起吃饭的时候,你还说让我帮他,说他事业有成。为什么当时不说我和他交往是失误?你们这是合伙骗人。你明知他在外面干坏事,你还每月5日替他取保候审报到,你这是与他一起犯罪。"

胡忠义的大哥不耐烦地说:"那你就去告吧。"说完,就把手机关掉了。

人之初，性本善。乌梅的心太善良了。首先，因为两人是通过婚介所认识的，确认了他的"真实身份"。在刚认识的时候乌梅是观望和怀疑的态度，没借钱给他，不知他的住处，说白了就是没地方找他。后来，为什么借他钱了呢？因为他带她去他大姐家，认识了他大哥和大姐——他大哥又是党员、厂长，以后有地方找他们，没有想到他们会合伙骗乌梅。胡的大哥大姐的出现在很大程度上使她对他产生了信任，以致于对胡忠义向她借款她没有足够的警惕。再者，胡忠义本人也有汽车，有高级手表，有知识素质。退一步讲，她不相信正规的婚介所会给自己介绍了一个骗子，而且会一家人合伙来骗她，又是做生意借钱，才放松了警惕，被他骗走了钱。

现在乌梅才真的感到后悔和后怕。像自己这样精明谨慎的人都上了骗子的当，更何况一般姐妹呢？再说，如果就这样忍了，不仅于心不甘，还怕胡忠义再害其他的姐妹。思来想去，乌梅决定报案。在刑警大队，她将认识胡忠义和诈骗她钱财的事原原本本地说了，并带着警察抓走了胡忠义。

再后来，乌梅才知道，胡忠义已经骗了很多人。

胡忠义的师傅：职业婚骗张少元

胡忠义正与第一位被骗女性陶新交往时，北京媒体披露了张少元冒充演员骗取多位女士的感情和财物的重大诈骗案件。当时胡忠义指着报纸上张少元垂头丧气的照片对陶新说：这人是个傻子，要是我才不会被抓住呢！

他没有想到的是，仅仅一年之后，他就像张少元一样被绳之以法。但是张少元诈骗的经历、伎俩对他还是有很大的启发。

谈恋爱，搞对象，破费花销是常有的事。可是，有这么一个人，他谈恋爱不但不花钱，反而大笔大笔赚钱，他叫张少元。他用所谓的"窍门"先后把八名痴情女子拉进了他的怀抱，又让他们自愿把钱财拱手相送。

1996年初春的一天正在上班的杨女士接到"爱神婚姻介绍所"的电话，说有一位中年男子看了她在婚介所的登记卡片，非常满意，要求明晚见面。

杨女士听到这个消息异常激动。离异数年的寂寞终于要打破了，她猜想这位男子一定是位气质不凡，事业有成的人。

在指定地点，一个西装笔挺，包装一新的男子笑吟吟地站到了杨女士面前。男子自称张桐，北京爱博公司董事长。

见面后，彬彬有礼、谈吐不凡的张桐给杨女士留下了深刻印象，两人都有一种相见恨晚的感觉。在送杨女士回家的路上，张桐侃侃而谈，时而知识经济时代，时而电子信息世界。杨女士心想："真不愧是干事业的人。"

临别时，张桐拉着杨女士的手依依不舍，动情地说："离婚四年多，虽然见过不少对象，但没有一次感觉这么好，这真是一种缘份，真心渴望与你组成家庭。"

杨女士把家庭地址和电话号码留给了张桐，双方约定两天以后，在杨女士家中再续情缘。

第二次见面，张桐加紧了对杨女士的"爱情进攻"。"第一次见到你，就觉得你美丽、大方、有气质，现在我的感觉就像初恋一样，真是好幸福。"他赞叹杨女士显得如此美丽和年轻。

本来就"好激动"的杨女士听到这些"爱情台词"后，默默不语，显得羞涩和局促，眼睫上出现了泪光。张桐见火候已到，顺势把杨女士拉入怀抱。嘴里支支吾吾地说："公司刚刚开张，资金周转不开，作为董事长心里真着急。"

杨女士急切地问："我能帮你什么忙吗？"

张桐便说："刚认识就管你借钱，真不好意思。"

"你别着急，我这里还有几万元的存款，你先拿去用。"杨女士不加思索地把辛辛苦苦积攒的4万元钱给了张桐。

当张桐假惺惺地提出写一张借据时，杨女士娇羞地偎着张桐说："反正这钱以后都是咱俩的，打借条就不亲了。"

4万元一到手，张便过起了"款爷"的生活，不但购买了手机，还在宾馆包了房间。至于他对杨女士说的那些酸溜溜的话，早就忘了。

1997年11月，张少元根据一张报纸上征婚启示中的电话号码，不厌其烦地拨打，终于找到了一个猎物。此女姓徐，是一位教师。徐老师离异多年，憧憬新的美好生活，却又遥遥无期。寻找伴侣，已成为当前压倒一切的中心任务。

当张少元拨通了她的电话后，徐老师爽快地答应了见面的时间和地点。

第二天，张少元精神抖擞地提着一个"密码箱"出现在徐老师面前，谎称刚从天津出差回来，还没回家就来见面了，并递给徐老师一张名片。

"哇！《白色诱惑》制片人张少元。"从来没有与电影界人士接触的徐老师，上下打量着张少元。"拍电影的人不是穿一个浑身是兜的小马甲，戴一顶遮阳帽吗？怎么眼前这位西装革履……"正在疑惑时，张少元迅速打开密码箱，取出盖有"XXXX影视中心"公章的介绍信和工作证，又让徐老师看了一枚红彤彤的印章。

确信无疑后，张少元给徐老师侃起了电影，从老一辈电影演员到如今的第五代导演；从无声电影到彩色电影再到高科技电脑制作画面。他把创作流派、艺术风格、审美心理、风土人情等一系列与电影有关的知识介绍给了徐老师。张少元说得头头是道，徐老师听得津津有味，这两个人好像不是在谈恋爱，像是老师在给学生上课，徐老师深深地为"张制片"的广博知识和聪颖的头脑所倾倒。这也许就是自己梦寐以求的梦中情人。

不知不觉夜色降临，张少元见徐老师没有离开的意思，便主动邀请徐老师吃晚饭。

那一晚，张少元为徐老师斟酒布菜，关心倍加，显现出男人少有的温存。

那一天，他们说的多，吃的少，她只记住张少元说的一句话，"我一定要和你结婚。"

那一夜，徐老师很长时间无法入睡，想着张少元有神的目光和充满温情的声音。还有在她进入梦乡之前，脑子里出现了张少元轻轻地吻了她的唇。

第二天，徐老师就抑制不住给张少元打电话，电话那端出现的声音，使她内心深处涌动着一股柔柔的情愫。

张少元见徐老师已正式进入了"角色"，便轻松地从徐老师那里拿到了3

万元现金溜之大吉了。

刘女士与张少元相识是在一个偶然的机会。

那一天,张少元来到鹊桥婚介中心登记建档。刚落笔,只见对面一位中年妇女说:"先生,借用一下钢笔好吗?"

"当然。"张少元很有礼貌地把笔递给对方。

一位中年妇女进入了张少元的视线。

她虽然四十有余,脱却了红妆和浪漫,青春不再了,但风韵犹存,经过化妆后仍透出当年婀娜的身姿,窈窕淑女的气质,尤其是黑发飘逸、白皙皮肤衬托下点缀着一双有神的大眼睛。久经世面的张少元立即被迷住了,他迫不及待地与她搭讪,方知也是来此登记求偶。

他们一起离开婚介中心,沿着马路边走边聊。也许是同病相怜。他们聊得很深,聊得很长,甚至聊过了吃午饭的时间。

张少元自我介绍,北京市影视中心制片人,目前正在筹措资金拍摄一部反映婚姻家庭方面的电视连续剧。离婚多年,由于业务繁忙,无暇顾及个人问题。通过婚介中心,希望找一位称心如意的伴侣。

中年妇女姓刘,在一家金融机构工作。她说:"离婚后,婚介所给我介绍的男朋友像走马灯似的一个接一个,总没有合适的。目前,孩子成家立业,无需照料,本人事业有成,住房布置得新颖别致,只是偌大的房间,没有家庭气氛,缺少个说话的。"

临别,双方互留联系电话,互道平安。

回到家,刘女士坐在空荡荡的房子里,追味着刚才与张少元的谈话。张少元的身影总是浮现,抹也抹不掉。

"我们都有一次不幸的婚姻,为此我们更应关注第二次婚姻的质量,抓住难得的机遇。"这是张少元跟她说的。

刘女士在遐想中度过了一天。

第二天早晨,正在朦胧中的刘女士被电话吵醒了。

"我是张少元。"此时刘女士睡意全无。

"我估计你就会给我打电话。"刘女士倾诉了昨天分手后的感想。

"既然如此，何必再让婚介所牵线搭桥，我看不如……"还没等张少元说完，刘女士接着说："一个孤灯相守，一个青灯相伴，真是有福之人不用愁。"

几句对白，把俩人的感情距离拉近了。他们的沟通十分流畅。

"晚上我请你吃饭。"张少元第一次发出了邀请。

在星级饭店里，和着慢节奏的音乐，饭店里特有的芳香弥漫他们全身，他凝视着她的眼。

"我爱你。"张少元重复着不知和多少女人说过的话。

"今天我终于找到了知音，我相信我们一定能够厮守终生，白头偕老。"张少元像补充前面的话，又像是发誓，拿出了年轻时的风情，把刘女士哄得眉开眼笑。

刘女士进入了梦般的想象：再过几个月，等张少元拍完电视剧，牵着我的纤手，走进婚礼的圣殿，玫瑰、红烛、音乐，从此以后，开始了耳鬓厮磨，朝夕相处的日子。

年届不惑的刘女士此时觉得以前白活了，这时候才似乎真正感受到什么叫浪漫的爱情。

这一天让刘女士足足过了一把"爱情瘾"。她失眠了。

一切都在张少元的设计中进行。张少元不想与刘女士"恋战"，"短、平、快"是他的一贯作风。"该出手时就出手"，他想起了一个电视剧主题歌的歌词。

这天，他们相约在刘女士家里。在宽大的客厅里，俩人相依而坐。"我想告诉你，我已经爱上你了，你真是一位优雅迷人的女性，是一朵真正的玫瑰。"别看张少元年已半百，但思想并不僵化，说出的话像年轻人一样，总是很跟得上潮流。

刘女士抬起手习惯地抚了抚头发，张少元的目光直直地注视着她，她的心在胸中怦怦地跳动，脸色发红，只有三天的时间，这个男人几乎揉碎了她的心，一个人对一个人的爱大概玩的就是这份心跳。

他俩的距离拉的不能再近了，他偎依着她，诉说痴情一片，内心中的激情一涌而起，他搂住她，这时候不应该发生的事发生了。

一场汹涌澎湃之后，一切平静了，她伏在他的怀里，体验了一个女人的幸福。

"现在我们拍电视剧已经到了关键时刻，等拍完后，我就可以获得一笔颇丰的片酬，到那时，我们一定办一场像样的婚礼。"

"是啊！婚礼作为走上婚姻圣殿的女人是多么重要啊！"刘女士心里想着。

"可是……"张少元摇摇头但没说话，做了一个很痛苦的表情。在她的追问下，他说制片人是整个电视剧的核心人物，吃喝住全得管，他说不愿向别人借钱。

刘女士二话没说给了他一张自动提款卡，以解燃眉之急，让他需要多少取多少，卡中可能有5万元。

张少元摆手拒绝，表示不愿花刘女士的一分钱。

男人的拒绝更令刘女士感动，她说什么也要支持他的事业，这也是爱情的证明。

看到刘女士如此坚持，张少元也就不再推辞。

张少元拿钱后消失了一个月。在张少元不知行踪的日子里，刘女士几乎每天要打几十个电话寻找他，有时候脑子里也对张少元的行为产生怀疑，可是又一想，人家是一个制片人，还在乎这点钱吗？

突然有一天，张少元又出现在刘女士眼前，刘女士本想发怒，却禁不住张少元一通甜言蜜语，把她哄得美滋滋的。他说，有个演员得了急病，需要几万元的住院费。她仍然相信他。刘女士咬咬牙，又拿出3万元让张少元尽快办结此事，年底结婚。

结婚的日子逼近，可是张少元再也找不着了。

李来凤离异后，找一个称心如意的郎君成了她的梦想，但她运气不佳，接二连三见面约会，都未能如愿以偿。她不气馁，同时在几家婚姻介绍所登记建档，"不信就碰不上合适的。"她心中说。真是功夫不负有心人。机会终于来了。同时也在这家婚介所登记的张少元认识了李来凤。张少元故技重演，见面后不到一个星期便提出借钱，李来凤毫不犹豫把11000元交给了张少元。

张拿钱后，心中一阵窃喜，立即表示了决心："你是我心中的至爱，我深深地上你，一生不变。"李来凤是个经不起男人甜言蜜语的女人，两句甜蜜的话，李就成了张少元的俘虏。不几日李来凤又主动给了张1000元。此后，先后三次谎称孩子需要钱，从娘家要了3000元，交给了张少元。

1万5千元对于张少元来说，并没有达到理想的目标，可是对于李来凤来讲，已经捉襟见肘了。看到李来凤给钱像"挤牙膏"似的，很难满足日益增长的"生活"需要，便逃之夭夭，再也不露面了。

李来凤找不到张少元痛苦不已。因为她觉得第一次与张少元见面就爱上他了。是他工作忙，还是有意回避？李来凤心里反复论证后，来到了婚介所诉说了实情，工作人员以给张少元介绍对象为诱饵，把张引到了婚介所里。

当张少元看到早已等候多时的李来凤时，心里咯噔一下。在惊愕之中，李来凤恍然之余并未愤怒，相反，用眼睛痴情地望着张少元："你为什么不理我，你为什么不给我回电话，我借你的钱我全不要了，我实在受不了，我真的好想啊！"她的眼里含着泪水。

女人的眼泪感动了张少元。望着眼前这位柔声细语的女人，虽然不是花之芳香，但也是娇语带风。尤其是张少元体会到了李来凤对他的关心体贴。俗语说：日久生情。半年后两人步入了第二次婚姻。

张少元为了和李来凤潇洒地生活，他又开始四处寻找目标。在与李来凤共同生活的日子里，先后骗取三名中年妇女的钱财。

看着一天天富起来的日子，李来凤也曾经询问过钱的来处，张少元总是轻描淡写地说："我在天津开办了一个婚介中心赚的钱。"李来凤也就假装相信了。其实她清楚张少元在天津办的婚介所根本就不景气，再加上张少元不会管理，婚介所只赔不赚。但只要有钱花，只要能住宾馆、饭店，只要吃的好，穿的好就行，又何必在乎它是怎么来的呢。

在钱的"滋润"下，这对新婚夫妻恩爱地过着小日子，经常手挽手漫步林荫道旁，那一刻他们感觉非常幸福。

然而好景不长，仅仅半年时间，两人新婚时的热情逐渐降温。最让她不能容忍的是，她如此地爱他，为了他甚至把工作都给辞了，可是他仍然与其他女人来往。

有一天傍晚张少元与张女士进行了约会，并来到一幢居民楼。这一切并没有逃过李来凤的眼睛。"你这个东西，刚跟我结婚半年，又在外面找女人"，一种女人特有的心理霎时生出一股仇恨。

更让她难堪的一件事是，有一次张少元与李来凤去深圳办事，同行的还有王女士。一路上，张少元当着李的面，与王女士眉来眼去，暗送秋波，宾馆的服务员也误以为张少元与王女士才是一对夫妻。李来凤看在眼里，气在心里。李来凤越想越觉得跟着张少元生活难以安稳幸福。

从此，两个人的关系急转直下。

张少元再三逾越"雷池"，深深伤害了李来凤的感情，李通过各种方式想让张少元回头，这引起了张少元的不满。这时张少元也不再满足李来凤给他的爱，一是与李来凤在一起生活的新鲜劲早就没了；二是不与其他女人来往就意味着"失业"。

两个人开始争吵。1998年2月，这段只维系了8个月的婚姻画上了句号。

想挣钱没有错，谈恋爱搞对象更是天经地义，但如果以谈恋爱为名诈骗钱财，就是一种罪过。张少元属于这一种。

张少元和许多骗子一样，骗取钱财后，确实过上了一段"快乐"的日子，但这种日子终究不能长久，就像张少元本人所讲的："这种快乐的日子也不是那么潇洒，骗了人家以后，心里很紧张，怕被害人找到我以后报复，也害怕公安机关抓到我。"这是张少元的亲身体会。

抓获张少元情节很简单。

在被骗的中年妇女中，范某性格开朗，办事泼辣，有一个不达目的誓不罢休的决心，当张少元从她那里骗走了3万元，她多方寻找无望后，来到了派出所报案，公安机关根据张少元留下的电话号码首先找到了李来凤，又通过李来凤找到了正在邻居家搓麻将的张少元。在这里值得一提的是，在被骗的8名妇女中，只有范女士一个人向公安机关报案，而其他妇女被骗后，哑巴吃黄连，自认倒霉。在提讯张少元时，笔者见到了这位让许多中年妇女上当受骗的"花匠"。

张少元，51岁，初中文化，北京市人，身高1米77，皮肤微白，身体魁梧，长着一张长方形的脸，脑门很宽，面部表情较为生动。一看就是那种能说会道、巧舌如簧的人，一般来说，这种人容易讨女人喜欢。1969年在北京服务局修建处当工人，曾经当过兵，1977年在中国评剧院当工人，1994年至今无正当职业。讯问张少元为什么在情场上频频得手，屡试不爽，他道出了"高招"：

"我找的目标一般都是中年妇女，这些人不是离婚就是丧偶，她们这时候有一定的积蓄，她们急于寻找伴侣的心情比较迫切，认为这个年龄的人找对象比较困难，不容易碰上合适的，我就利用她们急于求成的心理，达到诈骗的目的。一是甜言蜜语让她们开心，有时我经常看一些男女言情的报刊小说，经常用的"爱情用语"我都记住了。二是包装自己，我特意买了"密码箱"、西服、皮鞋、领带，每次约会见面，都要美发，以便取得女方的好感。三是对女方要温存、关心。每次见面我先请女方吃饭，赶上女方过生日，我要送一些小礼物，用小钱换大钱。"

张少元对自己的行为后果是有预感的，后来对笔者说："我作案后，想到过自首，想到过自杀，也想到过总有一天进监狱。"他的话被言中。1999年1月21日张少元被刑事拘留，2月13日被逮捕。1999年6月 日宣武区人民法院公开审理了此案。在法庭上，公诉人指控，张少元自1996年6月至1998年12月以谈恋爱为名义，以非法占有为目的，先后骗取8名妇女钱财共计20余万元。法院以诈骗罪判处张少元有期徒刑10年，判处李来凤有期徒刑1年零6个月。

婚介中心的失职也为张少元骗钱骗色大开方便之门。张少元曾在四个婚姻中心登记建档，但无一验证他的单身，只要有身份证，再交纳一定数额的手续费，即可登记建档。大部分被骗妇女都是通过婚介中心与张少元相识的。各类自发形成的婚介中心，大多数出发点是好的，为了能让更多的有情人终成眷属，他们费心劳神，起到了桥梁和纽带作用。但是不容否认，婚姻介绍所也是鱼龙混杂，良莠不齐。有相当一部分婚介中心只管收钱，无章可序，极不规范，各类纠纷和案件时有发生。

据悉，针对婚介中心出现的种种问题，国家民政部制定了有关婚介中心方面的法规，婚姻介绍所统一由各级民政部门管理，为未婚男女好提供一个规范有序的环境。

胡忠义的徒弟：马宏凯和他的无数个美丽谎言

如果说张少元启发了胡忠义，那么胡忠义也启发了一个职业骗子——马宏凯。

不过与胡忠义相比，马宏凯似乎没有多少外型上的优势，和我想象中的能让那么多的女人们为之心动的那种"英俊潇洒""玉树临风"相差甚远。以至于我若不是亲眼看见那些被骗的女人，无论如何都无法让自己相信就是这个所谓的"留美教授""汽车专家"使得那么多的女人们相信了他一个个美丽的谎言。

马宏凯的手段比起胡忠义来，无疑高明多了。譬如，以往有一些有关于骗婚的案例表明这些案犯都是采用姜太公钓鱼的招数，他们先登征婚启事，然后骗人骗钱，而马宏凯却始终是采用主动出击，他从不同的报刊杂志上看到有征婚启事就立刻眼睛一亮，然后主动打电话联系。陈女士在登出启事的第一天就接到了马宏凯的电话，并提出要见面。当然，见面的方式很简单，约好地方喝茶聊天或者一起去吃饭。

陈女士给我们讲到他们第一次见面的情形时她自己都忍不住笑了，她说，当时我们一起走进饭店时，马宏凯身着军装，自我介绍说是国家某领导的儿子，并说他留美多年近日刚刚回到祖国。回国之后他从事汽车设计等高新技术，在谈到这么多年为何迟迟没有结婚时,马宏凯最为出色的表演天才发挥得淋漓尽致,他说当年他曾爱的一个女人不幸出意外去世了,当时他万念俱灰,几次自杀没有成功后带着一颗伤痛的心去了美国。这次回国之后是突然觉得自己也该有一个家了,于是决定找一个妻子。

讲到动情时马宏凯竟也落下眼泪。陈女士听后也被感动得热泪盈眶。

直到后来陈女士才知道,这个美丽浪漫的爱情故事一样地也和其他几个受骗的女士们重复过,而且一样的表情一样的姿势。陈女士就是在这样一个无比精彩的开场白下走进他设好的圈套的。

是呀,面对一个如此重情义的男人谁能不动心呢?当然这只是一个开始,马宏凯的第二步就是等到时机成熟的时候进入主题,"方便的话我们去你家看看吧"。据一个和马宏凯在一起住了近四个月的齐女士说,马宏凯和她第二次见面时就提出要住到她家,当时只是说夜深了没有地方可去,谁知暂住一宿的谎言让他一住就是四个月。

马宏凯在齐女士家里住的同时,还和另外的一个张女士和陈女士有联系,偶尔也去这两位女士家小住几日。

我们之所以承认马宏凯骗人的伎俩高明,是因为马宏凯颇会察颜观色利用女人的爱心。他每每能够得到的一个突破口就是对方的孩子。据一个从事证券行业的张女士讲,马宏凯在和她见面的第二天就提出要见见张女士在河北的孩子。一同前去河北之后,立刻表现出对孩子极大的呵护之情,深得孩子和"孩子他妈"的欢心,于是事情便成了一半。还有一位王女士,他听说王女士的孩子没有工作时,他立刻表示要替王女士的孩子安排工作,而且席间的人物都是国家级领导,孩子的工作也是王女士以前想都没想过的部门了。

等到轻易地骗取这些善良的女士们的信任之后,马宏凯的原形开始暴露。先是以借为名,向这些女士们以不同的理由借钱,多则上万少到几块,马宏凯从不放过,他从一位张女士那里一次性的以装修房屋为名借去4000元和寻呼机一个,还从一位王女士那里零零总总地拿去现金2500多元。这位细心的王女士告诉记者,马宏凯什么时候什么地方和她要去多少钱她都作了详细的记录,而且记录的那张纸还让记者看过。

或许大家不会相信,马宏凯每换一个女人的时候他必定要换一个寻呼机——2000年那时手机还不是非常普及,寻呼机是一个重要的联络工具。这是受害的姐妹们凑在一起时得出的结论。同时她们发现,这个寻呼机也必定是这位女士为他买的。于是很巧妙地一台寻呼机就把这数十名受害的姐妹连在了一起。

等两个人相处这一段时间后,这些受害的女士们几乎都发现马宏凯一身的毛病,他不但口无遮拦口若悬河,而且还好吃懒做,等这些女士们的钱不能满足他的时候他便开如翻脸不认人。在齐女士家里,马宏凯借齐女士的儿子与他不和为名,整日与齐女士发生口角,后来扬言要让齐女士的儿子北京无立锥之地。因齐女士是一公交售票员,马宏凯便冒名打投诉电话说齐女士卖高价票等,使齐女士不得不下岗一个月。在王女士那里,他几次三番地要钱,王女士没给之后,便偷偷地拿去王女士的金戒指和偷去王女士儿子的150元钱。每每到了事情败露之后,马宏凯便还是老一套谎言,"因为与父亲关系不和被冻结了所有的资金因此手头紧········"

可能许多人会想不明白,为什么这么多受害者会在受骗后如此长的时间里才将这个骗人骗婚的人绳之以法呢?或许这正是马宏凯聪明的地方——他一而再再而三地利用了这些善良的女人们的心理。

受骗的齐女士在接受记者采访时说:"我几次三番地告诉过他,你是不是中央领导的儿子并不重要,只要你不再骗我,踏踏实实地过日子就行······"

还有一受骗的女士说:"他答应我在10月8日结婚,而且他已经和我在新东安商场里试穿了婚纱······"

王女士说"他答应我在10月2日结婚的······"

于是几个受骗者凑在一起开始交流,王女士说他为马宏凯买的衣服被他穿到了齐女士的家,齐女士说她为马宏凯买的呼机被他带到了另外一个陈女士的家······

这些受骗者中有的是公司的老板,有的是研究生,有的有自己的美容院,大的56岁，小的也只有30岁。其中有一个姓杜的女士直到事情全部了解清楚后她仍不愿露面，通过电话她告诉我们，她不愿意再回忆以往的那些往事，钱和东西也不要了，现在她已经有了自己的家，权当是做了一个噩梦吧……

马宏凯原以为他骗一个就是一个，他万万没想到，那些善良的女人们也懂得用法律去保护自己。齐女士和张女士两个人在有相同的遭遇后联合到了一起，并怀着无限的羞愧和不安一起去医院进行了艾滋病检查，虽然两个人没有染上艾滋病，但是这种伤痛是永远难以愈合的。

马宏凯万万没有想到，送他进监狱的人竟是这个骗子唯一一次为之动真情的女人。原来他曾无意中向张女士透露过他的真实姓名和地址，当公安人员都无从查实马宏凯时，张女士突然想起此事，于是配合警方迅速核实此事，当场将其抓获。

被齐女士和张女士送进监狱的马宏凯在接受记者采访时略显迟钝，让人想象不出他在骗人时是如何地巧舌如簧。记者问他这样做有没有想过后果时他说："像我这样的人本身就没有后果，什么是后果？"

是的，什么是后果？我们当时的确无法给"后果"这个词下一个定义，也没有一个严格的廉洁是属于"后果"这个词的。

长相龌龊不堪的骗子居然频频得手

征婚是现代人寻找伴侣的一种时髦方式，许多骗子便盯上了这种方式，利用征婚骗色骗钱；社会进入信息网络时代，骗子的手段也不断高科技化，假扮网友利用网络聊天设置重重陷阱，骗财骗色；男大当婚，女大当嫁，这是一个古老的传统，但是交友不慎、嫁"夫"不当，往往弄出悲剧来。形形色色的的骗子用尽各种手段，尽管并不高明，但是为什么就有人上当受骗呢？

1997年12月17日上午9时，我随办案检察官提讯了"婚骗子"杜明昂——这个已婚男人在一年的时间里，先后骗取了四位征婚女性的钱财，其行径令人唾弃，也令人深思。

杜明昂的履历可以说是非常狼狈：

杜明昂，男，1966年2月生人，浙江省舟山普陀区双塘乡。

1986年曾因偷窃自行车，被普陀区公安局拘留15天。

1990年到浙江普陀纸箱厂工作，1994年被单位开除。

1996年9月携妻子刘力群到北京谋生。

1997年2月到华胜昌茂科技开发有限公司工作。

杜明昂动起诈骗女人钱财的念头来自一个很偶然的启发。他在阅读报刊征婚启示的时候，发现了诸多漏洞，觉得这是骗取钱财的一个捷径。

1996年9月20日晚上，北京市丰台区一所简陋的民房内。杜明昂准时坐到了电视机前，他兴致勃勃地要给自己找一个"对象"。很快，他从某著名相亲电视节目中如愿以偿地发现了目标：王平，女，35岁，医生。

透过画面，他激动得仿佛已经看到了自己想要的东西。当天夜里，杜明昂铺开信纸迫不及待地给王平写了一封热情洋溢的应征信。在信中，他不仅表明自己未婚，且留下了自己的联系方式，还随信寄去了一张照片。第二天一大早，杜便把这封信寄给了电视台，请节目组替他转交王平。

两天过后，杜明昂收到了王平的电话。电话里，二人约定9月25日在定慧寺见面。

凭着照片，王平很快认出了杜明昂。他们在街心花园坐下来，彼此详细了解了一下具体情况。

"我已经35岁，一次短暂的婚姻给我带来了很大痛苦。现在，我没有更多的要求，我想找一个对我好的人，养一个孩子，踏踏实实地过日子。"王平是个老实人，她只想尽快成个家，这对年迈耳聋的母亲也是个安慰。

杜明昂迟疑了一会儿，若有所思地说："我也35岁，是浙江宁波人，先是在宁波大学念了个大专，后来到北京联合大学读的本科，现在在中央电视台工作，是个工程师。我在北京没家，所以想找位北京姑娘。"

两个人聊了很久，分手前，王平答应杜下次见面时送给他几张照片。

杜明昂在最短的时间内取得了王平的信任，并在相识一周后住进了王家。

一切都在杜明昂的意料之中，王平不仅心地善良，而且十分能干，她的家里收拾得干干净净、井井有条。尤其是她平静温和的浅笑，她对杜无微不至地关怀，几乎让杜明昂真的爱上她。

杜明昂在王平家住了近三个月。渐渐地，他失望了，他要寻找新的"对象"。因为，王平家里除了有一位同她一样待人和气的老母亲，她什么也没有。

1996年12月，杜明昂从报纸上看到了一则合意的征婚启事，便按报纸上的电话打了一个传呼。没过多久，对方就有了反应：

"喂？请问哪位？"

"是我，我叫杜浩。我在报纸上看到了您的征婚启事，我想多了解些您的情况。"杜明昂对自己的表现十分满意。

"我叫李方方，32岁，是河南一分公司驻京办事处的。如果可能的话，我希望咱们见面谈谈。"

"好吧，您说个地方。"

"牛王庙，你知道吗？在朝阳区东三环附近。离牛王庙不远有一家肯德基餐厅，我们就在那儿见面，行吗？"

"行，行。见面时，我拿一个黑色的包。这周六上午10点，不见不散。"

杜明昂暗暗称快，真是"得来全不费功夫"。

12月14日上午，杜明昂穿着一件黑色仿皮外衣，提着黑色大包，来到约定的地点。他左右看了看，发现离自己不远的街对面正站着位漂亮的女士。杜明昂毫不犹豫地走过去，很有礼貌地问道："您是李小姐吗？"

"您是……"李方方上下打量着面前这个男人。

"我叫杜浩。"他露出了浅浅的微笑。

"那，我们进去聊聊吧。"

于是，两个人在二楼餐厅临窗的一个桌子旁坐了下来。李方方执意自己去买两杯咖啡，杜明昂没有反对。

"杜先生，我想开门见山地问一下，您在哪儿工作？"

"现在在中央电视台。89年大学毕业以后，我谈了一个女朋友，当时我们的感情很好，很多同事都知道我们的事。后来，她说想去美国发展，还说她先去，然后再把我办过去。周围的人都劝我别答应，都说她会一去不复返。但是我想了很久，还是同意了，我相信她是不会变心的。可是她走了以后什么音讯也没有了。又过了将近一年，她寄来了一张结婚照，一个字也没写。"

李方方满怀同情地望着这个不幸的男人，不知该说点什么好。只听杜又说道：

"我觉得在原来的单位太没面子了，就向领导提出了辞职。尽管领导认为我干得不错，这样走有些可惜，但他没有留下我。于是我就带着正在研制的项目到了北京。我的运气很好，没多久就进了电视台，一直挺受主任重视……"说着，杜明昂偷眼看了看李小姐，她已经听得入神了。

杜明昂已经极少来王平家住，只是偶尔打个电话来问候一下。而他的借口永远是工作太忙。同时，杜与李的交往日益频繁，他们不仅一起逛商店、逛公园，还买了菜到李家生火煮饭。一来二去，杜就成了李方方的座上客，李也越发喜欢这个能说会道的男人，还时不时地留他过夜。

一天晚上，当他们享尽了鱼水之欢，李方方问："我们认识有一个月了，能做的也都做了，我想，你应该带我去你家看看。"

杜明昂的心咯噔一下：家？难道让她去……不行。他在脑海中迅速搜索着可能被称为"家"的地方。——对了，定慧寺！王平！

他调整了一下语气，轻声答道："好吧。不过你要装做是我的同事；否则，万一咱们俩不成，家里人会不高兴的。"

"嗯，我答应你。"李很痛快地应了。

1997年1月18日下午，杜明昂一路都在提醒李方方千万不要说露了，一定要说是自己的同事，直到她显出了不耐烦、甚至有些生气了才闭嘴。

杜很自然地敲了敲王家的门。正巧王平出去了，她的母亲一看是多日不见的杜明昂，便二话没说地把他们迎进了屋。杜明昂拉过老太太说："妈，这是我的同事李方方，她来家坐坐。"

王平的母亲本来就耳聋，这一忙活，只听清"同事"二字，因为有客人在，也没好意思多问什么，径自去给他们倒水了。

杜明昂一面带着李方方四处看，一面说："如果咱俩结婚，这儿就是咱们的家。"

李点点头，说："三居室，房子面积还可以，就是太旧了，结婚用的话，需要装修一下。"

杜连连称"是"。

不到半个小时，杜明昂借口他们还有别的事去办，便告辞了。此后，杜再没去过王平家。

第二天早上，李方方让杜陪她去银行取钱。杜明昂灵机一动，立刻说："昨晚我估算了一下，装修那间房子要6万元，可我目前只有4万。你能不能先借我2万？过几天我发了奖金就还你。"

李想了想：他人不错，我北京也没家，既然他有意娶我，不妨先借给他。反正他说要还的，况且他家我也去过，跑了和尚跑不了庙。

就这样，杜明昂顺利地得到了2万元人民币。

又过了半个多月，李方方三番五次向杜要钱，杜不是说没钱，就是对李避而不见。李隐隐感到事情有点不对劲儿，便在春节后找到了位于定慧寺的"杜"家要钱。

一听清这个女人的来意，王平简直不敢相信自己的耳朵！这时，李指着王老太太说："不信你问她，那天杜浩叫她'妈'，她还答应呢！"老太太急忙摆手，说只记得这个姑娘有些眼熟，是杜带来过的同事，至于当时他们还说些什么，她一点也没听见。李方方看出在这多待也于事无补，便扔下一句："杜明昂是个大骗子，你和他合伙骗人！"便气急败坏地走了。

李一走，王平就找到杜明昂，质问他这一切到底是怎么回事。杜装出一副可怜兮兮的样子，无可奈何地说："李方方是我的同事，我跟她借了2万块钱，本来答应马上还她，可目前我没那么多钱。"对于李所说的女朋友，他一口否认。王平也不知道他讲的是不是真的，只好警告他不许再往她家带任何人。杜赶紧答应了，但事后仍旧去找她，王平置之不理，并与之断绝了交往。

从王家出来的李方方很快就意识到了杜明昂的话里有问题，为了追回那 2 万块钱，她随即向公安局报了案。

2 月底的一天早晨，杜明昂刚到华胜昌茂科技开发公司上班，就被吴总经理叫到了办公室。等在那儿的是李方方和几名警察，他们问李："是他吗？"李说"是"，他们便向吴总点点头，带走了杜明昂。

当晚，公司经理吴总到派出所替杜交了 25000 元现金，把他保释了。回来的路上，吴总语重心长地对杜明昂说："不要这样骗人家，男人要以事业为重。如果你确实认为哪个好，就定下来，别今天一个明天一个的，这对谁都不好，对公司也不好。"说着又给了他一些生活费。

1997 年 6 月初，杜明昂旧习复发，他又一次捧起了报纸中征婚一栏。仔细琢磨了半天，杜明昂拨通了一位名叫刘珍的征婚女性的电话。刘珍是某科研单位的干部，时年 35 岁。

刘很快便回了电话。杜十分殷勤地说："我叫杜鹏。我看了你的征婚广告，觉得写得特别好，不像别的女孩，不图钱；而且你特别真诚。我可以约你见个面吗？"

"听口音你不是本地人，对不起，我不想找外地人。"

"我是北大毕业留校的，有北京市户口。我本来是在大学教书的，可当老师太辛苦，所以我就跳出来搞公司了。现在户口仍在学校。"

听了这番解释，刘珍有些心动，于是答应他 6 月 15 日在劲松东口的麦当劳餐厅门前见面。

第一次见面后的一个月，两人没有任何联系。直到 7 月 26 日，杜明昂突然收到了刘珍的传呼。于是，二人约定在劲松东口的麦当劳餐厅见面。

杜明昂端来两杯热饮，讨好地问："为什么你这么久也不打个电话？我还以为自己没有希望了呢。"

望着面相比较朴实、诚恳的杜明昂，刘珍不好意思地笑笑说："我收到很多应征者的来信，也和一些人见面谈了谈，但总的说，还是与你在一起的感觉好，所以就又跟你联系了。"

这天之后，杜明昂心里别提有多高兴了。于是，两个人的见面次数多起来，他也开始用话试探刘珍，看看她到底有没有钱。

很巧，一次极其平常的午餐后，刘珍在杜买单时看到了他的手机交费卡。她便好奇地问："这是信用卡吗？"

杜明昂眼珠一转，顺口说："是啊。"

"这上面有多少钱？"男人有多少钱本是不该问的，更何况是不太熟的男人。

"不多，大概30万吧。"他装出很不在意的样子，而刘珍好像也没留意，只是轻轻地点了一下头。

杜明昂沿着自己早已想好的思路换了个话题："我们单位就要分房了，在丰台区，离这比较远，我想今年买辆车。"

"好哇。"刘珍的眼睛有点发亮。

"好是好，可是我眼睛不好，恐怕开不了车；你有本，将来买了车你开着，只要能接送我上下班就行。"

"行，保证没问题。"

杜明昂看时候差不多了，就直截了当地说："实话告诉你，我看上一辆日本产的尼桑牌阳光轿车，别提多漂亮了。这车需要30多万，你刚才也看到的，可我目前还差几万，如果你能帮我一下……"

没等他说完，刘珍心领神会地说："多了没有，我只有2万，你用就先拿去。"

"行，行，2万也行。不够的，我再跟朋友去借。"

杜明昂做梦也没有想到这个刘珍如此爽快，更没想到这么容易2万块钱就到手了。

两人的约会越发频繁了，不同的是，每次吃饭都要刘珍花钱。因为，杜明昂的财产在老家被"冻结"了。

8月初的一天上午，刘珍给杜明昂拿来了整整2万元，并让他去取信用卡上的30万。杜说现在钱取不出来，便先叫她一道去吃了午饭，然后带她回了公司。杜说把钱放在我的办公抽屉比较保险，等改天取了那30万，再去买车。刘珍答应了。

几天以后，刘珍打电话约杜去取钱买车，可杜迟迟找借口不去；跟他要那2万块钱，杜又说家乡受灾，寄回家了。再往后，杜明昂让刘力群给她回电说：杜被人打伤了，正在住院治疗。此时的刘珍简直是欲哭无泪，只好请刘力群代她转告杜：那钱是借的，请他尽快还给我。

就这样，2万元现金落入了杜明昂的腰包。此后，二人再没有过联系。

与刘珍交往的同时，杜明昂的身边还始终有着另外一位"女朋友"。

同样是1997年6月，在20～25号之间，杜明昂按照报上的征婚启事一连串打了七八个电话，其中有的回电了，有的就没有。四川姑娘孙力就是回电话中的一个，她在北京某机关报社工作，33年的风雨使她渴望有个自己的家，所以她登了征婚启事。

他们第一次约在了清华大学西门见面，像所有找对象的人一样，事前还细致地互通了衣著特征。

坐在高等学府的校园里，杜明昂开始讲述自己的基本情况："我叫杜明，在华胜昌茂科技开发公司当副经理。我有双学历，目前正从事研究工作，有一定的经济基础……"自此，二人开始正式"谈朋友"。

过了几天，杜明昂把孙力带回了公司，让她认识了吴总；后来又带她去见刘力群，说是自己的表姐。慢慢地，他取得了孙力的信任。孙主动带他去了自己在海淀万泉庄的家，其交往也越发的不一般。

7月12日夜里1点多，杜明昂找到孙力的住处，当晚便没有离开。第二天一早，杜说单位找他，因为一台价值10万元的机器被别人弄坏了，他需要马上赶回去。

次日，杜打电话给孙力说："我要去一趟天津，取钱。我承担了损坏机器的一部分责任，所以答应赔偿3.3万元损失费。"孙力知道，杜在天津办过一张金穗卡，上面有30多万，于是就只嘱咐他路上小心，要早去早回。

事不凑巧，杜一到天津就给孙力打来长途，说从信用卡里马上取不出那么多钱，如果必须取，只能先挂失，所以他想先回北京借钱。他的意思再明显不过了：让孙力给他帮忙。

当杜明昂回到北京的时候，钱已经摆在了他的面前：5万。是孙力的。那一晚，他们过得十分尽兴。杜明昂心里清楚：这条大肥鱼是绝不能轻易放掉的。

7月20日，杜明昂和公司的吴总经理到河北省涿州市准备办厂。吴总对杜明昂说："咱们的资金周转不过来，你能不能先跟孙力借一些？等钱收回来，马上还她。"杜满口答应说"行"。

杜明昂很快找到孙力讲清情况，并说自己在公司里有股份，能否借到这笔钱十分重要。孙力见其不像是说谎，便又交给他27000元人民币，杜给她打了张白条。

然而事情并不像孙力想的那么简单，杜明昂根本没有把这些钱带回公司，也没有交给吴总，而是自己留了下来。回公司后，吴总问他情况如何，他有些沮丧地说："孙力不借给我。"经理见状，也没再多问。

日子过得挺快，孙力一直对杜明昂很好。一次，杜明昂马上要和吴总到沧州办事，突然想起应该多带些钱，便打电话向孙要。孙力二话没说，中午11：00带着7000元到校门口交给了杜。拿到钱，杜就走了。此后只有电话联系，两个人再没见过。

孙力既不见他有成婚的意思，也没发现他开口说还钱的事，便有点不踏实。一天，她沉不住气了，跑去问吴总上次周转用钱的事。

而吴总反问道："孙小姐，那天您不是没借嘛？"

"可是，我手里还有他打的白条哇！"

"这……"吴总心里也开始七上八下。

孙力平静地回想起这些日子以来的种种怪异：自己的单放机被他拿走了，录音机也被他拿走了，还有那些对不上号的现金……前前后后连起来一想，孙力果断地决定去派出所报案。

1997年9月30日，杜明昂被北京市海淀区检察院依据《中华人民共和国刑法》第152条涉嫌诈骗罪批捕。

在看守所，接受我和办案检察官提讯时，杜明昂的表现似乎很老实、配合。

"杜明昂，你是什么时候来北京的？住在哪儿？"

"1996年9月，我和妻子刘力群一块从浙江老家来北京，想找个机会多挣点儿钱。我们当时没有多少积蓄，就在同乡的介绍下在京郊丰台区租了一间小平房。"

"你是怎么想到骗征婚女性的钱的？"

"几年前，我在家乡时认识过一个姓赵的女友，曾从她身上骗了45000元，后来逃到广州躲了一阵，也没被抓到。所以我觉得这样干容易弄钱。"

"你离婚了吗？"

"没有。"

"那你为什么样还要和未婚女性以交友的方式来往？"

"我就是想通过搞对象来达到骗钱的目的。"

"你妻子刘力群知道吗？"

"知道。有一天我跟她说，咱们眼下没什么挣钱的法儿，我想以找对象的名义，让其他女人帮帮咱们的忙。她当时犹豫了一下，又点点头说找别人帮助可以，但你不能和她们交往太深，决不能与对方有性关系。必要时，我也可以帮你。听了她的话，我心里就踏实了。"

"她是你的妻子，怎么会帮你做这种违法犯罪的事？"

"她说过，这也是她的家。"

"刘力群见过公司的人吗？"

"见过。她在我的朋友面前谎称是我姐姐；在我骗取那些女人的信任时，她帮我打掩护。"

"杜明昂，你骗这些钱打算干什么？"

"想先弄点儿钱，然后在北京办个公司。"

"现在这些钱都到哪去了？"

"有9万块我存在了浙江舟山的中国工商银行，我自己买了一部手机，其余的钱全都吃了喝了。"

"你给刘力群钱吗？"

"平时，给她一点儿零用钱。"

……

在我们看来，这个长相龌龊不堪的骗子居然骗了那么多女性，有些匪夷所思。不过，这个骗子也为自己的行为付出了惨重的代价——1998年8月杜明昂因犯诈骗罪被海淀区人民法院依法判处有期徒刑10年，剥夺政治权利3年。

同样其貌不扬，甚至有些龌龊不堪的陈战凯，凭着一套假军装和三寸不烂之舌，本是农民出身的陈战凯摇身变成了"军官""将军之子"。在半年多的时间里，先后有9名征婚女子被他骗了钱又骗情。落入法网后，当几个被骗姐妹在宣武看守所见到这个昔日"情郎"时个个满腔怒火，有的往他脸上啐唾沫，有的冲上去挥拳要打。骗婚者陈战凯今年45岁，海淀区西苑乡农民，1982年曾因诈骗被判刑6年。据他家人讲，陈从小就满嘴瞎话，这些年先后和两个女子同居，生了4个孩子，至今也没办结婚手续。今年初，他花两百多元从外地买了一套军装和大校军衔，然后就通过征婚广告给征婚女士打电话。他自我介绍叫张洪凯，是某高级将领的四儿子，现任某部队工程师，有两厅六室的房子。被他相中的"目标"年龄大致在35岁至45岁之间，均为离异或丧偶者。齐女士离婚后带一个儿子过，一心想找个能踏实过日子的丈夫。听说对方是军人，油然生出一分信任。把陈请到家那天齐女士刚好摔了胳膊，陈淘米洗菜紧忙活，顿时赢得了齐的好感。没过几天，陈说家里不同意这门婚事，想搬到齐这里"生米煮成熟饭"，那时家里再反对也不行了。几句话说得齐非常感动，从此陈吃、住在齐家一晃就是四个多月，花去了齐近两万元。

张女士和陈交往了二十几天，很快就被陈不俗的谈吐和光辉灿烂的"实力"征服了。陈说"军属不能进入股市"，张就将20万元股票低价抛出，直接经济损失两万多元。就是这样，张女士也深信陈对她的一片真情，一一满足陈提出的经济要求。可是在"十一"陈陪张女士到影楼试婚纱时，借口到外边走走就再没回来。尽管陈的伪装"巧夺天工"，但还是露出了马脚。一个偶然的电话，让齐女士知道了陈在与自己交往的同时还与其他女人周旋。几个不幸的姐妹出于义愤抱成了团,设计把陈引了出来,骗情又骗财的陈被广外派出所民警抓获。昨天,记者在看守所见到因冒充军人招摇撞骗被拘留的陈战凯,他理着短寸头,蓄着胡子,看不出有一点"军官"样儿。说起来,陈战凯的骗术并不高明,可他为什么能屡屡得手呢?陈在供词中的一句话,或许是最好的解释:"现在一些单身女士们都很虚荣,我编造身份冒充军官,还说家里是高干,她们的心理防线就崩溃了。"

警惕呀,追求"幸福"的女性们!

看到那么多女性上当受骗,我常常想,这些骗子是如何做到的呢?在海淀区检察院提讯室,胡忠义对自己频频得手的原因也做了总结。他说:"每次接触一个女性,我总能把她给蒙了,事后我也在想,到底是什么因素咋这么奏效?一是我自吹自擂的经历,容易让人信任;二是我说谎时让人感觉既诚实、又会体贴人。而这些都极易满足女人尤其是中年女人的虚荣心!"所以,我们一方面要忠告那些渴望爱情和家庭生活的男女,对待婚姻问题要谨慎行事,不可仓促决定,否则,悔之晚矣。

据"伴你同行"俱乐部的吴先生介绍,北京未婚白领男女在寻找另一半时普遍存在误区。白领男青年的想法有这样几种:一、北京的女孩子大多喜欢有钱、有房、有车的男人,自己仍在创业阶段,恐怕赢得不了女孩子的芳心;二、在北京,很多女孩子都很"物质",纯情真挚的不多;三、漂亮而收入颇丰的白领女孩,即使相恋结婚也不会长久;四、我是事业型的男人,现在没时间谈情说爱,先事业后家庭等等。而白领女青年的想法则是:一、现在有钱的男人都不可靠,没钱没事业的男人又没出息,找谁呢?二、现在男人张口事业,闭口金钱,工作又忙,能对我好吗?三、男人大多只看重相貌、职业,能欣赏我的价值吗?懂得珍视感情吗?四、我不愿做男人的附属品,我有自己的事业,男朋友会理解我、支持我吗?……

事实果真如此吗?"伴你同行"俱乐部的一项统计表明,白领女士最注重的是男士的诚实可靠,有进取心,对物质上的要求一般都放在次要的位置;而白领男士最注重的是女孩子的教养、素质,能够相互沟通,能成为人生事业上的伴侣。在"交友会"上,几乎所有的人都提到了"缘分"这个词,意思是可遇而不可求,然而在现实生活中,连相遇都成了问题,又何谈"求"呢?

通过对另外一些婚介公司的调查发现,很多人都有心找一个恋人,但这些人往往与外界接触得很少。北京是个大都市,流动人口多,工作环境又相对封闭,朋友圈狭小,而相互的提防心理也较重。加之白领男女工作都很忙,经常加班,压力大,往往"没有时间"去找对象。这种状况也导致一些青年男女过于珍视每一次"机会",而不能从容地对对方做一个全面考察。

从胡忠义案不难看出,不少婚介机构存在严重的问题。对征婚对象审查不细,甚至对一些条件不好或有问题的征婚对象进行包装,最恶劣的是雇佣婚托进行骗取钱财。

目前,北京每个区县都有数家婚介所,受可观的收益驱使,婚介所之间的客源之争也越演越烈,各家吸引征婚者的招数也各有技巧:

一是广告诱惑。一家颇有影响力的婚介所在报上做广告,除介绍自己服务如何好外,还刊出具体的"某男""某女"的"征婚"广告,各个年龄层的都有,学历也从高到低,一应俱全。其目的,就是吸引各阶层人士应征,无论你何种需要,"总有一款适合你"。而你一旦进去,当然要"先交钱,后见人"。京城有一种畅销小报,每期花花绿绿出一摞,其中有一整版登载征婚启事。左边一栏为"凤求凰",右一栏是"凰求凤",两边对应,相得益彰。每每翻起,便觉西施貂婵美如云、贤女才女如在眼前;再一打量,又有吕布潘安玉树临风,英雄富豪纵横捭阖,真是群英荟萃、美不胜收。且看凤们:英俊潇洒、才思敏捷、开朗稳重、有房有车、硕士、博士学位、事业心极强,实力派公务员,简直是英雄好汉济济一堂。再看凰们:端庄秀丽、性格温柔、气质脱俗,我的美丽与生俱来,我的温柔只为我爱,加上白领高薪、文静可人。让人读后倍觉世界真是美好。征婚广告对于在快节奏、高效率运转之下无暇顾及个人问题的男女来说,无疑是一杯清醇的美酒。然而,在这充满玫瑰幽香的美酒背后,也布满了欺骗和陷阱。

二是收费欺诈。由于大部分婚介所采取的是"会员"制,即征婚者一旦交钱入册,就成了"会员"。因此,中介费便美化成了"会员费"。但一些人怕入会上当,不愿去做"会员",于是,一些婚介所适时发布广告——"先见面,后交钱"。征婚者与不知姓名的某女或某男交谈几句后,即会被工作人员催去交钱。交了钱后,往往原先谈的朋友即会"失踪"。之后,婚介所安排与你约会的人不是年龄大,就是有这样那样的问题。征婚者郑女士2000年39岁,前不久去城西一家婚介所征婚。约会了一个年龄40岁左右的男子后便交了120元服务费,可再想见那男子,人却不见了。工作人员说:"他看不中你。"事隔两天,郑女士又去城南另一家婚介所征婚,首次见的恰是在城西婚介所遇见的那个男子。后来一些过来人告诉郑女士:"他是婚托。"当然,有男"婚托",便也会有女"婚托"。这类男女"婚托",任务就是与第一次入婚介所的新客"谈情说爱",一旦来客交了钱,任务就算完成。

三是证件把关不严格。从一些婚介所墙上挂着制度,手中拿着"手册",显示征婚者要出示身份证、离婚证、学历证等。而在现实中,就顾不了这么多了。一旦有客人说"我没这些证件",或者说"只有复印件(假的)",婚介所也会热情地接待:"没问题,带钱来就行了。"这种看钱不查证的做法,自然导致了一些骗子混进征婚者的队伍,使一些善男善女上当受骗。

四是扛大旗作虎皮。笔者在调查中发现,多数婚介所的主办单位会对前来征婚的人说:"我们是政府办的,不会骗人的。你们要相信政府,放心地交钱征婚吧。"更有一些经营者自称:"我们是国家干部,工资也是国家发的,不以营利为目的。"其实,这些婚介所均为个人承包经营,自负盈亏,之所以打"政府"招牌,无疑是欺骗不知内情的征婚者,其真正动机仍以敛财为目的。

所有这些,并不是婚介所仅有的"玩法",还有一种新晋流行的引客法——交友会成生财路。时下,有许多婚介所举办"周末交友会""单身交友会""浪漫行交友会"等等;时间有的是星期一、三、五晚,有的是周五晚,有的是"双休日"晚,相对固定。婚介所为了编造收钱的理由,往往都将地点定在茶楼或歌舞厅，其中自然有交易。正因有如此巨大的利润，各种形式的交友会才层出不穷，而进场的征婚者又会得到什么呢？除一杯清茶外，剩下的就是与难识真假的另一个征婚者天南地北闲聊。散场后谁也不认识谁，当场留下的电话不是假冒就是"关、停、并、转"型的，让你发火都找不到人。

北京的婚姻介绍机构是1988年开始建立的。从电脑红娘到北京电视台的"今晚我们相识"栏目，以及现在的婚介中心等等，婚姻介绍机构由最初的几家发展到几十家，直到目前的百余家，可以说是良莠不齐、太多太滥。在这些婚介机构中，有大约50%是经过工商部门注册、以盈利为目的的，另有一些是由社团办的，不以盈利为目的。这些机构中90%以上是私人经营或以个人名义承包的。

在北京，约有近300万待婚人口，其中有40万人走向婚介机构。然而由于政府管理不严，缺乏严格的批报手续，而婚介机构又是一个投资少、见效快的行业，一些地方支张桌子就办起婚姻介绍所，造成征婚媒介机构太多太滥。许多婚介机构工作人员没有经过专业培训，对婚姻法、计划生育政策都不十分清楚；在管理上，征婚中登记手续不全、收费标准不一、甚至虚假广告骗人更是屡见不鲜。其实，根据有关规定，开办内地公民婚姻介绍机构要事先得到当地省市民政部门的批准，然后再到工商部门注册。但是，由于管理不能到位，造成客观上婚介机构的混乱，这也损害了一些正当经营的婚介所的声誉。

渴望感情与幸福的女士受骗之后又当如何呢？

女检察官林静从自己的司法实践的角度告诫那些受骗的女士：受骗之后要运用法律保护自己的合法权益，不能犯傻气：要么与骗子同归于尽，要么自己去寻短见，这些都是意气用事。受骗了，要保留好一切可能用上的证据，如借据、信件、录音资料等，同时要谨防骗子"狗急跳墙"、加害于人。要痛定思痛，好好反省，认识到受骗的原因所在。千万不要受害之后，"破罐子破摔"，报复他人，甚至自己干起诈骗的勾当，那只能使自己走上邪路。罗曼·罗兰说："人生应当做错事。做错事，是长见识。"一些女青年受骗后，觉得无脸见人，便自暴自弃，这是不对的。在这个时候，更要挺起腰杆来做人，不可一蹶不振。

对于急于结婚的朋友们来说，最关键的仍是必须时刻睁大你的双眼，因为如意郎君总不如骗子多。在此忠告女性朋友，要注意以下几个方面：

一、千万不可"有病乱投医"。大龄女性想有个家的愿望无可厚非。然而不能"饥不择食"，不能放弃对对方观察、了解、检验的必要过程，不能太注重"感觉"。要"砸实"对方的真实身份。

二、不要随便"露富"。想骗钱的人，首先在意的是对方的经济状况，而他的所谓"爱情"，不过是引人上钩的"钩饵"。中青年女性需要的是情感和关怀，当得知你有被利用的价值时，骗子就会千方百计用甜言蜜语打动你，用"爱情"控制你，以骗取钱财，如果对方只看你的钱多少决定是否与你交朋友时，应当断然拒绝。

三、经济上采用AA制。为了避免上当受骗，即使双方相爱也要账目清楚。不要因为急于求成，给对方太多"甜头"。谁不在经济上占对方的便宜，分手时也就不会发生经济纠纷，也不至于上骗子的当。

四、坚持"亲兄弟，明算账"原则。中年女性有点存款一般都是省吃俭省下的，而且还要靠它度晚年。如果决定投资时，要有合法手续。即使和恋人合作，也要"亲兄弟，明算账"。这样，当受到欺诈时，才能有凭据投诉到有关部门，保护自己的正当权益。

面对着婚姻诈骗案的逐渐增多，我们不能漠然视之了。诚然，刑法明确规定了诈骗罪，但是，"徒法不足以自行"，要真正减少现实生活中因受骗而抱憾终身的现象，首先要依赖于当事人自身清醒的双眼。结婚是一生中的大事，绝不能轻率行事。相当多的受害者，不是因为没有鉴别力，而是出于疏忽大意甚至是放任不正当关系的发展而引祸上身的。

你是我的爱情毒药

俗话说："一朝被蛇咬，十年怕井绳。"被人骗了一次如果还算是一不小心的话，那么在短短的不到半年的时间被骗了十次八次，从家境富裕到身无分文，被骗得惨到了家的她直到最后还在想方设法为这个"男朋友"筹钱……

当柳眉明白真相质问"情郎"时，没有想到的是，他竟然毫无悔意嘴里吐出这样几个字——"你被骗，这就是你的命！"

而护士方小丽爱的更荒诞，结婚七年，为人生子，到最后才明白"枕边人"原来是个超级骗子！

北京姑娘余洁连对方的底细都没有搞清楚，冲动地献出了贞操，一次次满足骗子索要钱财的胃口！

是她们太过痴迷，还是骗子太过精明？这些职场白领究竟遇到了什么样可怕的"骗场高手"？

2004年1月28日，北京市东城区公安分局刑侦支队接到事主柳眉报案，她说她的男朋友朱杰冒充公安部干部骗取了她的信任后，以各种名义从她手里骗走了大量金钱和一辆价值人民币20余万元的尼桑风神蓝鸟轿车。

为了防止有更多的人上当受骗，东城区公安分局刑侦人员紧急展开行动，一张法网迅速撒开。后经调查，侦查员发现朱杰曾经从北京天成汽车租赁公司租用了一辆牌照为京H40307的红旗轿车。侦查员以此为线索，迅速查找该车下落，终于在2004年2月20日18时许，在朝阳门的天驿宾馆将该车找到。2月20日19时许，前来开车的朱杰被早已蹲守的侦查员一举抓获。

经调查案情终于水落石出，犯罪嫌疑人朱杰因涉嫌诈骗罪于2004年2月21日被刑事拘留，并于2004年3月29日被北京市公安局东城分局逮捕。

带着对未来生活的美好憧憬，她走进了婚介所

30岁刚出头的柳眉算得上是一位比较优秀的职场女性，硕士学位毕业后，她进入一家房地产开发公司工作，后来由于工作出色被提升为部门经理。收入颇丰，事业很成功，是一个令许多人羡慕的白领。她的家庭也很幸福，父母都是医生，两个哥哥也都有比较体面的工作，家里人都很疼她。但柳眉也有件心事，已经30岁出头的她还没有属于自己的温暖的小港湾。她也无数次想过能早日穿上洁白的婚纱，和自己心爱的人牵手走进婚姻的殿堂。

这么优秀的女人不是没有人追求，但柳眉眼光挺高，一直没有能觅得中意的心上人。她始终觉得只有一个有能力、有地位、懂感情的男人才能配得上自己。如果嫁给那种虽然爱自己，但资质平庸、没什么本事的男人，还不如不嫁。

俗话说，"女大当嫁"，柳眉自己虽然也有点儿着急，但家里人比她更急。毕竟是30岁的人了，再大上个几岁，人家即便喜欢你，想娶你可能都要考虑考虑了。真到了那种地步，不是你挑人家，该换成别人挑你了。于是，在朋友和家人的建议和鼓动下，柳眉决定婚姻介绍所去碰碰运气，说不定会有一个"钻石王老五"在那里等待自己呢。

就这样，2003年6月12日上午，柳眉在团结湖的今生缘婚姻介绍所登了记，在登记表上填明自己的一些详细情况。因为这家婚姻介绍所定位比较高，介绍的人都是社会上有些身份的，柳眉真的希望能够在那里找到可以托付终身的另一半。

或许天上的"月老"真的猜到了柳眉的心思，没有多久，婚介所就给她打来了电话，说有符合她要求的男士了。柳眉很兴奋，她迫不及待地来到了婚姻介绍所。介绍材料里的人也是30多岁，还是一家外贸公司的经理。从照片上看人长得挺白皙，挺精神，这个人就是朱杰。材料里有他的身份证，也是个北京人，住在西城区，上面还有他护照的复印件。柳眉觉得条件还可以，后来婚姻介绍所的人又打电话告诉她，这个人后来打过电话说他跳槽了，现在还是一家大酒店的经理。柳眉心里一动，这个酒店肯定不会小，在这样颇具规模的酒店当经理，能力自不必说了。耳听为虚眼见为实，纸面审核一下，她觉得这个人条件还可以，就动了想和这个人见见面的心思，看看这个人到底怎么样。

当他第一次提出"借钱"时，她心里还是有些顾忌

2003年6月25日，柳眉心里有些激动，这一天她终于要和朱杰见面了。朱杰通过婚介所转告柳眉，晚上在一家很上档次的酒店见面，他已经定好了座位。

柳眉如约而至。推开雅间的门，一个白白净净的男人早已经手捧一束鲜花笑盈盈地迎了上来。

"柳小姐您好，我就是朱杰。非常荣幸能一睹柳小姐的芳容，非常高兴今晚能和您共进晚餐。您请坐。"

柳眉一边说着谢谢接过鲜花，一边偷眼观看：这位男子30多岁的样子，一米八零上下的个头儿。等落了座，柳眉的眼睛就一直没有闲着，她一边和朱杰应酬着，一边打量眼前的这个男人。

朱杰长得确实挺帅，算得上是一个大帅哥儿。他皮肤比较白，圆圆的脸上

戴着一副金光闪闪的眼镜，分头，头发整理得一丝不乱。特别是那双眼睛，虽然一直笑眯眯的，但柳眉却觉得它很能看透别人的心思。

朱杰挺健谈，说的话让柳眉听了后也很舒服。令柳眉感到奇怪的时，朱杰并没有过多的问柳眉的具体情况，他只是问了问柳眉现在干什么。柳眉说，以前在一个房地产开发公司工作，现在没什么事情做，在家待着。都说"小白脸，没有好心眼"但朱杰倒是显得很坦诚。他说自己从中国政法大学毕业后分配到国家公安部工作，曾在公安部下属的一个公司搞过边贸生意，目前自己工作之余也搞搞生意。他的父母还都是全国政协委员，家里就他一个孩子。

在朱杰特意营造的温馨的气氛下，两个人谈得相当愉快。柳眉对朱杰很有好感。饭后，朱杰还请柳眉跳舞。晚上，他亲自驾车把柳眉送回家。坐在朱杰开的黑色别克车上，柳眉感到了一种迟到的温暖。

柳眉和朱杰第一次见面后，两个人互相留下了电话号码。朱杰不时地给柳眉献殷勤，他约好了时间要和柳眉再见面。柳眉欣然应允。就这样，朱杰三天两头地给柳眉打电话问寒问暖，买花、买衣服、买礼物时出手也是非常大方。柳眉也不是小女孩，她也在暗暗观察朱杰的表现。但毕竟骗子是非常善于伪装自己，处了一段时间柳眉觉得朱杰人不错，而且从他的语气中和出手大方的程度来判断，他很有能力。殊不知，此时的她已经慢慢走进了朱杰精心编织的圈套中。

2003年7月9日上午，朱杰给柳眉打电话邀她聊聊，但没说有什么事。处于热恋中的柳眉高高兴兴地开车去了。

见面后聊了一会，朱杰站起身，从一个包里拿出了一个公文袋递给柳眉。柳眉不明白怎么回事，接过来打开后，里面是一些汽车的报价单。柳眉一头雾水，朱杰说他们要到上海去进几辆别克轿车，他在酒店和公安部都是管理贵宾车队的，和里面的人都很熟。如果买了车租给他们，能挣不少钱。

当过经理的柳眉一下子就明白了他的用意，但她还是觉得事情来的有些突然，因为朱杰以前从来没有跟她提起过。

柳眉说："这种生意我以前没有做过，我不太懂……"

没等柳眉把话说完，朱杰就笑眯眯的打断了她的话："你不懂没有关系，我懂。我以前做过。这样吧，我现在手头有点紧，你先借给我点儿，我们俩合着买，找人买车跑腿的事你不用管了，我去弄。等挣了钱后我们四六分账，我六，你四。怎么样？"

看柳眉还是有些怀疑，朱杰二话没说，一下子把包和衣服全都拿了过来。他掏出了他的警官证、边防证、护照、身份证、还有省公安厅的工作证，公安部的工作证。好家伙，朱杰像变魔术一样，扔了一床。

朱杰的脸有些严肃："交往了这么长时间，看来你还是信不过我。这些证件你看看，我也有正式的工作，借你的钱我也还得上。"

柳眉刚要辩解，朱杰捧着他的几本证件递到了她面前。柳眉随便看了一下，是朱杰的边防证，上面是朱杰穿警服的相片，各种证件号，钢印都有。柳眉笑着跟他开玩笑："我不是信不过你，这种生意我真的没有做过，我心里没有底。万一要是赔了，吃亏的还不是咱俩。"

"放心，绝对赔不了。我又不是没做过生意。万一赔了，你的本钱我照样还。"朱杰信誓旦旦地说。

看他这么说，柳眉反而觉得自己有点太小心了。通过和朱杰交往这一段时间来看，和自己在一起时朱杰出手大方，给自己买东西花钱不管多贵，只要是自己喜欢的，他还从来没有犹豫的时候，可以说是有求必应。而且他身上的证件很齐全，第一次约会后送自己，朱杰开的车也挂着公安部的车牌。后来朱杰还把一个不用的警灯送给了柳眉，说是放在家里去邪。从这一段时间的交往来看，这个男人对自己应该是真心的。骗子的"障眼法"开始起作用了。柳眉一口答应下来了。

两个人都挺高兴，吃过午饭，朱杰开车送柳眉到建国门东的工商银行，柳眉用自己的存折取了18万元。在回中国大饭店的路上，朱杰主动提出要给柳眉开个借条。朱杰这么一说，弄得柳眉反而更不好意思了，她已经非常信任朱杰了，如果为钱弄得两个人生分了，反而不好。

这笔钱朱杰很快还给了柳眉，骗子的智商很够用，他这一次是为了试探一下自己以前在柳眉身上花的心思到不到位，看看柳眉对自己还有多少戒心。一看柳眉很信任自己，很爽快地借给自己钱，朱杰知道这条大鱼上钩了。

一个月借给他的钱大出又大入，她觉得他挺守信用

骗子的伎俩是高明的。朱杰看到第一次成功后，他知道这只是小打小闹，这点小钱对柳眉来说分量并不重，如果想以后让柳眉乖乖地给自己掏钱，掏大钱，还要再加把劲，他决定要给柳眉点甜头，好让她对自己彻底放心，甚至是死心塌地。

又过了一个星期，柳眉给朱杰打电话约他晚上吃饭，地点是柳眉住的楼下的一个饭馆里。从柳眉比较急的语气里，朱杰敏感地嗅到柳眉这次找他肯定是有什么事。

果不出朱杰所料，吃饭时柳眉问朱杰现在忙什么生意。朱杰说现在什么也不好干，没做什么买卖。柳眉有些神秘地问朱杰："我现在做股票和倒卖墓地的生意，利润挺可观，你有没有兴趣一起干？"

朱杰故作镇定，他说回去考虑考虑，有时间好好聊聊这件事。朱杰心里明白，柳眉是想问自己借钱。朱杰知道，自己处在暗处，一旦开口拒绝会让柳眉起疑心，钱借给柳眉肯定很保险，因为他已经把柳眉的底摸得差不多了。

果然，两天后，柳眉又给朱杰打电话，约他到中国大饭店门前见面。

在车里，柳眉把话说的更清楚了。她说现在做墓地生意更赚钱，利润能达到1：7。朱杰问要多少钱，柳眉回答的挺干脆，"投多投少不限，投的越多挣的越多。"朱杰还问了问什么时间才能回本，柳眉说半年后以后连本带利都能回来。

朱杰想了想对柳眉说："周期也不算短，这样吧，这次我先给你拿20万，但现在手头紧，你等我的信儿吧。"

柳眉挺高兴，没想到朱杰这么大方，她问朱杰什么大概时候能给她，朱杰让她等几天。

一听说柳眉晚上还要去打麻将,朱杰大方地赶紧从兜里掏出2400元递给柳眉,还开玩笑地说让柳眉多赢点,如果能赢它个百把万,做买卖的本钱就有了。

朱杰这次没有开空头支票。钱是没有,但他能骗。拆了东墙补西墙的招数,朱杰用的多了。他心里有数,借给柳眉的钱早晚会回来,而且会带来更多的钱。

2003年8月份,朱杰去了丹东。他空着手去的,回来的时候手里就有了50万,这钱是他以帮别人从看守所里捞人的名义,从一个叫宋殿良的手里骗来的。除了自己吃喝玩乐挥霍之外,朱杰手里还剩30多万,他刚一下火车就给柳眉打了电话。朱杰很潇洒地对柳眉说:"你要的钱齐了,我马上到你家的楼下找你。"柳眉听了非常高兴,她觉得朱杰说话挺算数的。

见面后,柳眉激动地送给朱杰一个大大的香吻,朱杰给了柳眉118000元。朱杰神秘地说:"不给你20万整数,就是为了图个吉利,讨个彩头。118000元,118嘛,我们俩将来一定发。等我们俩挣了大钱,我们就结婚。"

听了这句贴心的话,柳眉激动地不知道说什么好了。她觉得自己没有看错人,朱杰这个男人不光人长得帅,很有能力,大方,说话又算数,是一个可以托负终身的人。柳眉依偎在朱杰的怀里,心里十分幸福。

后来,柳眉为了做生意,又从朱杰手里借了五六万,朱杰是有求必应,而且从不让柳眉打欠条,非常豪爽。就在柳眉越来越信赖朱杰,对他们的未来充满了期待时,她哪里知道,一个可怕的陷阱已经挖好,就等着她往里跳了。

疯狂骗局开始了,随口编造的谎言都能让她倾尽全力

朱杰看到柳眉已经完全信赖自己了,对自己说的话言听计从,从不怀疑,他知道在柳眉身上花的本钱已经不少了,该往回捞了。骗子永远不会做亏本买卖。朱杰觉得到时候了,该收网了。

那天,朱杰到柳眉住的地方找她。他对柳眉说,他开车拉着厅长和厅长秘书到中国大饭店去参加宴会,路过这来就进来看看。朱杰没待几分钟就要急三火四地走,临走时问柳眉借钱,说他身上就剩下1000多元钱了,招待客人怕

钱不够。柳眉身上有 2000 多元钱，是交电话费的。她都给了朱杰。后来朱杰又从柳眉这拿走了几次钱，共是 111500 元，但到了 2003 年 8 月份朱杰分两次还给了柳眉 111000 元，当然这也只是缓兵之计。

2003 年 9 月 8 日，朱杰打电话说他在沈阳和厅长的秘书出差，钱不够了，向柳眉借 2 万元钱。柳眉说身上只有 15000 元钱了，朱杰讲也行，并说等他从沈阳回来就把钱还给她。

大约过了 4、5 天，朱杰回来了。钱的事他一字不提，但他找到柳眉说找人合伙要开个舞厅。他说舞厅快开业了，已经交给对方 20 万元钱了，现在还欠 15 万元，如果凑不上钱，他交给人家的那 20 万元钱也拿不回来了，他已经和对方签好合同了。就这样，信以为真的柳眉把自己的 10 万元钱先给了朱杰。她还开导朱杰别着急，剩下的钱她想办法。后在 2003 年 9 月底，柳眉从她同学那借到了 5 万元钱，也交给了朱杰。

钱来的快，花的更快。从柳眉那里骗得 10 万块钱，买衣服、找小姐、坐飞机到澳门豪赌，朱杰一转眼的功夫就挥霍一空了。一看一招得手，朱杰又用上了连环计。

没有过多长时间，朱杰又给柳眉打电话，说他为了开歌厅现在在大连招服务员，钱又不够了，想借 4 万元钱。2003 年 9 月 18 日，柳眉在工体北路的交通银行给朱杰的卡上汇去了 4 万元钱。到了 2003 年 9 月 31 日，朱杰又给柳眉打电话，说他开歌厅进红酒需要现金，他没钱了，并一再保证说等歌厅一开业就能把全部钱还给她。柳眉当时手里没有钱，她为了不让自己喜欢的男人为难，就又向她的朋友借了 3700 美元。2003 年 10 月 1 日在朝阳区燕莎附近柳眉在自己的那辆蓝鸟车里把钱交给了朱杰。朱杰非常爱怜地看着柳眉，并保证等生意好起来，马上还给她钱。

但从那次柳眉把钱给了朱杰后，两个人就很少见面了。朱杰倒是经常给柳眉打电话，老说他工作忙。柳眉也没有多想，她觉得男人忙事业是应该的。

骗子最怕别人揭穿他的骗局。2003 年 10 月 3 日，柳眉和几个朋友在六里桥吃饭。柳眉的一个朋友听说她的男朋友是开歌厅的，想到他那儿玩。柳眉一听，心就一动："对呀，朱杰的舞厅也应该开业了。自己领着朋友去给他捧捧场，这不也算帮了他吗？"

打定主意，柳眉就给朱杰打电话。手机通了，但朱杰没有接，柳眉以为他忙，过了一会再给他打电话时，朱杰就关机了。柳眉心里很不高兴，她觉得就是再忙，朱杰也不应该不接她的电话，等见了面一定要好好问问他。

10月5日，朱杰开车直接到柳眉住的地方找她。一开门，柳眉本想劈头就问他上次打电话的事。但朱杰却显得十分憔悴，他心事重重地跟柳眉解释，上次不接她的电话，是因为舞厅出事了。柳眉赶紧问怎么回事，朱杰开始表演睁着眼说瞎话的本事：歌厅的两位客人调戏服务员，他看不过就让歌厅的保安把那他们给打了。那两人伤得挺重住院了，他需要钱给他们治病。最要命的是，那两位客人中的一位的爱人还是中国妇联的，不知道怎么弄的，人家现在知道朱杰是在公安部工作，扬言如果治不好病，就到公安部去告他。那两个保安已经被丰台公安分局拘留了，他现在得给受伤的人花钱看病，又要出钱把那被拘留的两个保安给保出来。说到这儿，朱杰还不忘强调了一句，如果没有钱摆平，让他的单位知道他在外面偷着开歌厅还打伤客人，他肯定会被开除，别说结婚了，他这一辈子也就算完了。朱杰说的滴水不漏，眼里甚至都含着泪水。他苦苦哀求柳眉，这一次无论如何也要帮他度过这个坎。

虽然还没有结婚，但以后这就是自己的男人啊，柳眉看朱杰实在可怜，她觉得无论如何也要帮他，尽管她现在手里已经没有钱了，还为朱杰借了不少朋友的钱。

朱杰说这次最少要10多万元钱。柳眉告诉他，她现在真没钱了，她让朱杰再等几天，看能不能想法从家里借一点出来给他救急。

柳眉赶紧找了个机会和母亲单独说借钱的事，她没敢让父亲知道——因为自从交上这个男朋友以来，朱杰从没有到她家里去。非但如此，家里听到最多的是朱杰跟她借钱的事，她父亲不太喜欢柳眉交的这个男朋友。柳眉按着朱杰的原话跟母亲说了，她是真着急，眼泪都下来了。老太太还是疼自己的闺女，一听就急了眼，赶紧动员自己的两个儿子取钱给柳眉。她还瞒着老伴儿把没到期的 5 万元国库券取了出来。加上柳眉的两个哥哥,家里人总共给柳眉凑了 12 万元。但老太太也留了个心眼,她告诉柳眉一定要让朱杰写借条。

柳眉凑够了钱赶紧给朱杰送过去,本来她是不愿意让朱杰写什么借条的,她觉得根本没有这个必要。但因为回家老太太要看,所以柳眉只好实话实说。朱杰很痛快,给柳眉写了借条。柳眉哪里知道,借条对于一个骗子别说写一张,就是写十张八张也毫无用处,因为对他们来说那就是几张废纸而已。

为痴爱百万家产化为乌有,等来的竟是一句"你认命吧"

事情还早着呢,骗子的胃口永远没有饱的时候。2003 年 10 月底,朱杰又找到柳眉,故伎重演。他说歌厅保安打伤的人,爱人是妇联的,现在人家不光要求治病还要求人身赔偿,不然还是要到他单位去告他,如果那样他还是要露馅,让柳眉再借给他钱。他说要赔偿人家 10 万元钱,还得给打人的保安员每人 5000 元钱补偿费,两人共 11 万元。柳眉犯愁了,她跟朱杰说她真的没钱了。朱杰早就打柳眉的那俩车的主意了。他讲:"你把你的蓝鸟车给典当了,我有钱马上给你赎回来。这可是我的救命钱,不管怎样只有你能帮我了,你是我的女朋友,将来就是我老婆,你总不能眼睁睁看着我失业吧?"

柳眉一听就心软了,看朱杰这么可怜,就同意把她的蓝鸟车先典当出去。在 2003 年 10 月 24 日,柳眉把典当的 8 万元车钱给了朱杰。朱杰还是胸有成竹,说很快就把以前借她的钱、她的车一起还给她,柳眉也没有让他写字据。后来在 2003 年 10 月底的时候,朱杰以他表妹结婚为理由又从柳眉手里"借"走 15000 元,从此又是好长时间没有了音信。

朱杰知道,时间拖得越长,柳眉的疑心就会越大,他自己暴露的可能性也就越大。但朱杰不甘心就这样放弃这棵"摇钱树",他决定再把柳眉榨一榨,能榨多少油水就算多少。这一次他更狠毒,他自己不亲自出面了,他使出了"苦肉计"。他决定趁着柳眉对自己还没有死心,让她主动送钱上门。

2003 年 11 月 15 日早上 8 点多钟,有个外地的手机号码出现在柳眉的手机上，对方是个男的，外地口音，他说他叫王垲，是丹东人，朱杰出事了，让他们给扣了，让柳眉马上到丹东去一趟。

在这一时期老没见着朱杰的面，柳眉的心里也没有底了。欠朋友、欠父母、欠同学，她为了朱杰几乎倾家荡产了，但朱杰又好长时间没有电话，她的心里敲起了鼓。但一听朱杰又出事了，柳眉还是有些着急，毕竟找着朱杰才能要回钱呀！柳眉问朱杰怎么了，王垲说到了丹东就知道了。柳眉一听不放心，她说要跟朱杰通话否则不去。不一会儿，电话那头传出了朱杰的声音，朱杰没有多讲，只说有人会到北京去找柳眉，到时自然有人会跟她联系的，别的没有说，他就把电话挂断了。

第二天就有个自称叫张锋的人给柳眉的手机打电话，说他是丹东市公安局的，并约柳眉见面再谈。

张锋讲他们这次来是秘密来的，不能告诉柳眉他们在京的住处。柳眉着急见到他们好打听朱杰的下落，于是就约张锋在国际饭店大厅见面。大约到了中午11点多钟，柳眉见着了张锋。这伙骗子一共来了5个人，张锋和其中的两个人让柳眉看了看警官证，剩下的人没有亮证件，张锋说他们是随行的民警。

柳眉赶紧问张锋朱杰的事，张锋讲："你到丹东去一趟就知道了。"已经有些疑心的柳眉问张锋，朱杰到底是不是民警，是否在黑龙江挂职锻炼过。张锋顺水推舟说就是因为朱杰是民警，这次来才没有惊动他的家属和单位。他还对柳眉讲，朱杰是初犯，为了不影响他的前途朱杰说只让你知道。柳眉不甘心，她追着张锋问朱杰到底犯了什么事。张锋还是三缄其口，一再强调去丹东后自然就知道了。他还说朱杰现在丹东有吃有喝挺好的，准备点钱到丹东后就能救他出来。为了不使柳眉多怀疑，张锋没有说具体的钱数，也没讲准备钱是干什么用，他让柳眉到了丹东后打电话找他。最后他还特意强调了一句，"朱杰说只有你才能帮他。"

没有办法，柳眉心里揣着许多疑惑踏上去丹东的火车。第二天晚上5点多钟，到了丹东的柳眉一下火车就给张锋打了电话。下午3点多钟，张锋和另外一个男的在宾馆找到柳眉。张锋开门见山，问柳眉这次带了多少钱。柳眉说没带多少钱。张锋顿了顿，狮子大张口："你最少得拿50万元钱。"柳眉一哆嗦，她拿钱都拿怕了。她说没有那么多，就是拿也要先见朱杰一面。张锋讲朱杰是被拘留的，不能见面。他向领导请示一下，看能不能见。张锋出去了大约5、6分钟，他回来时说领导同意了。

张锋开车把柳眉带到宾馆，一进屋柳眉就看见朱杰坐在一把椅子上，手上戴着手铐，脚上也戴着脚镣和床系在一起。柳眉一见朱杰这幅惨相，眼泪都快下来了。朱杰抬起头看了柳眉一眼，一幅很感动的样子说："谢谢你能来。我对不住你，他们都是警察，涉及到我的案情不能讲，你也别多问，赶紧准备点钱吧，把我捞出去，我受够了。你一定要听张队长的，实在不行你找我叔叔，找我家里人，求求他们救救我。"柳眉满肚子的疑问还没来的及开口，张锋就把她带了出来。

一出门，张锋一脸严肃地让柳眉赶紧准备钱。柳眉说她的钱都让朱杰借走了，真没有钱了。张锋一看不行，就换了个角度给柳眉施压："你最好赶紧准备点钱，把朱杰尽快弄出去，他出去后也就能还你的钱了。"

带着最后一线期望，柳眉回到了北京。为了救出朱杰，也为了让朱杰尽快出来后还钱，柳眉又硬着头皮向她的朋友借了25000元钱，连同自己的几千元钱，共有3万多元钱。柳眉又去了丹东，交给了张锋这3万元钱。这伙骗子嫌少，他们让柳眉回去再想想办法，钱多点朱杰出来的就会快点。

可怜的柳眉这次真的没有地方借钱了，她为了朱杰这个骗子已经借遍了自己的亲戚朋友。走投无路时，她想起了朱杰的叔叔朱德仁，这是她和朱杰唯一的救命稻草了。

柳眉哪里知道，朱杰早已经是一个毫无人性的骗子了，只要能骗到钱，他连自己的亲友也不放过。朱德仁以前已经被朱杰"借"走了20多万元，当柳眉给他打电话求他救救朱杰时，朱德仁断然拒绝。但此时的柳眉为了凑钱救朱杰已经什么都不顾了，她几次在电话了哭着央求朱德仁，最后眼看着实在没办法，柳眉深夜跑到朱德仁家给他下了跪。

毕竟是自己的亲侄子，再说柳眉也说了，朱杰出来后可以还上以前借他的钱。朱德仁心一软，背着为朱杰的事要和自己闹离婚的老婆，借别人的钱给了柳眉3万。他见柳眉为了朱杰都这么四处求人，也就没好意思让柳眉打借条。

带着辛辛苦苦凑来的5万元钱，柳眉又一次去了丹东。一看在柳眉身上也榨不出什么油水了，这伙骗子开的价从50万元、30万元、20万元、10万元，最后降到5万元钱。张锋说这是保释金，再也不能少了。就这样，柳眉把钱送到了他们手里，他们把朱杰给放了。此时的柳眉已经身无分文，身心俱疲。

等到朱杰东窗事发，柳眉悲愤地问带着手铐的朱杰为什么欺骗她的感情，为什么花尽心思把她骗得这么惨时，没想到朱杰毫无悔意，他斜着眼睛看了看柳眉，嘴里冷冷地吐出几个字："和你谈朋友就是为了弄到你的钱。你被骗，这就是你的命！"

骗你没商量：美貌空姐也上当

朱杰骗人骗上了瘾，他竟然练就了逮着谁就能骗到谁的过硬骗术。有时候想骗人时，他能信口雌黄，张口就骗，绝对不放过任何机会。

2003年11月底的一天，朱杰乘坐国际航空公司的飞机去哈尔滨。在飞机上，因为一位服务员多问了他几句话，朱杰一时火起，让她把她们的乘务长叫过来。乘务长叫周丽，她笑着走过来问朱杰有什么事。没等那位服务员开口，朱杰自报家门，说他是公安部15局的，这次特意到飞机上检查工作。他对她们的服务态度很不满意，回去要投诉她们。说着他还装模作样拿出伪造的公安部的证件在周丽眼前晃了晃。美丽的空姐周丽也是见多识广的人，但看到朱杰穿着警察的服装，看起来像那么回事，尤其一听朱杰要投诉，她知道这可是大事，赶紧打圆场。周丽问了问情况后，向朱杰作了解释，希望他理解她们的难处。朱杰佯装好商量的样子，并向周丽要了手机号，说有什么事好跟她直接联系。周丽没办法，只好给了他。朱杰也把自己的手机号留给周丽，说将来坐飞机说不定还能遇见她。

周丽觉得这件事已经处理好了，但事情远不是想她想的那么简单。一个星期以后，周丽的手机响了，是朱杰打的。朱杰说那天在飞机上他说话有些急，给她添了不少麻烦，他心里有些过意不去，想请周丽吃顿饭。周丽推脱了几次，但朱杰却真心实意地说想交她这个朋友，周丽见他说的挺实在就同意了。朱杰亲自到机场接的她。吃过饭，朱杰还邀请周丽到家里坐了会，交谈中朱杰显得十分诚恳，他说他在公安部的航空局上班，专门负责航空营运安全，她有事可以直接找他，他肯定全力以赴。

周丽见他开的车是公安部的牌子，身上穿的、家里用的都是公安部发的，也就没有深问。她觉得如果有这么个朋友帮忙，倒是能省好多麻烦。朱杰的前期铺垫工作一看有效，谎言又开始了。

2003年12月15日，朱杰给周丽打电话，说有个朋友要出国手里缺美金，问她能不能借一点救急。朱杰在电话里打着保票，可以比国家定的价高点，按照1∶8.3的比价兑换．周丽觉得事出突然，就找了个借口推辞了。但是朱杰看准的人，哪有那么容易逃脱。他又给周丽打了几遍电话，语气也从商量变得有点强硬了。他说上次没有投诉是看在周丽的面子上，这点小事都不帮他，看来周丽没有把他当朋友，如果将来有什么事发生，他也就不好出面了。周丽知道，朱杰是有点挂不住了，她说自己手上没有，但可以给他想想办法。

2004年1月2日，周丽取了1500美金打电话让朱杰来取。见面后朱杰还假惺惺地要写借条，周丽觉得连朱杰的家都去过，朱杰应该不会骗自己，所以也就没有让他写。朱杰更是会装，他又把一个工商银行的存折质压给

了周丽。周丽打开看时，上面还有 5 万元。周丽跟朱杰开玩笑说，如果他不还钱，她就直接输密码从他的卡里取钱。朱杰知道周丽还是不放心，于是就顺口说卡的密码是 123456。其实，这张卡上的钱早就被朱杰取走挥霍了，密码更是临时编造的。朱杰拿着刚骗来的美金立即到一家建设银行前，找了个私人兑换美金的，按照 1∶8.35 的比价兑换了 12000 元，他带着钱就飞往哈尔滨潇洒去了。在飞机上他还假惺惺地给周丽打电话说上次说的密码有错误，等有钱后再还给周丽。周丽这才恍然大悟，知道自己被骗了。

披着"警察"外衣的超级感情骗子

朱杰案使我想起曾采访过的一个案件，同样是把自己包装成警察的骗子王东成——一个只有初中文化的农民，因为不甘于平庸，冒充警察行骗长达八年，欺骗了包括外地打工妹、风尘女郎、女在校大学生、女教师、女白领、女强人、女干部等等在内的十余人，涉案金额高达百余万元！如果不是 2001 年 7 月的警察执行公务核查证件，他还可能披着警察外衣继续大肆行骗。2002 年 3 月，王东成被海淀区法院一审判处有期徒刑 10 年。后王东成提出上诉，被北京市第一中级人民法院驳回。

我们的疑惑是：究竟他使用了怎样"高明"的手段？那些被欺骗的女人难道都是傻子吗？果真是"恋爱中的女子智商最低"？她们为什么受骗了却从来不去报案？……

2004 年 5 月，在王东成即将被押赴劳改场所前夕，笔者带着这些疑问采访了他。

王东成，时年 37 岁，河北石家庄人，初中毕业。

1993 年以前，王东成在石家庄市郊的一家汽车修理厂工作，主要跑业务。其所在的厂子是个私人开办的个体企业，尽管在郊区，可生意仍然是十分地红火。原因是厂子老板的结拜大哥是当地公安局的一个负责人，并且是那种脚踏黑白两道的厉害角色，许多公安系统的车都到那里去还不说，黑道上的赃车也去那里进行改装。

在那里王东成认识了不少警察，对他们的工作方式和生活习惯都比较熟悉。当时只是因为好奇，没想到后来那些聊天得到的东西竟然有了用。

王东成的老板非常信任他，因为大部分时间不在厂子，就把生意交给了王东成。那些老顾客，不论是警察还是偷车的，都对他非常放心。很长一段时间，公家的钱和小偷的钱都挣得比较舒畅。

"后来我们还联系了一个车管局的朋友，专门给黑车上牌子。那是个无本万利的生意，对大家都有好处。那段时间里我也经常穿警察的衣服，帮忙押车什么的。大伙都说我长的浓眉大眼，有点像一位知名演员，天生就是警察的料子。穿上警察的制服你会觉得威武和正义，人也不得不挺直了腰杆变得严肃起来。你会没有了任何私心杂念，想着自己就是个人民的卫士。"王东成告诉我，"我还真穿着警察的制服帮忙抓过一个小偷，那家伙一看见我严肃的样子就怕了，老老实实束手就擒。"

王东成说："我很想当警察。做梦都想。有时我甚至突发奇想，要是个罪犯穿上警察的制服，或许会帮助他们建立起正义感，帮助他们尽快改好呢！"

王东成的家庭是比较奇特的，一共有6口人，爸爸妈妈两个姐姐和一个哥哥。他父亲第一个老婆病死了，后来他又娶了一个女人，也就是王东成的亲妈。

王东成说："我一直对自己的身体感到怀疑，原因是我爸爸的爷爷和我妈妈的姥爷根本就是亲兄弟。到了我这里，还没出五服呢。别看我现在很健康，也许是近亲结婚导致的后果只传女不传男、或者是隔代遗传呢，谁又能说的清楚？他们为什么要结婚、为什么要生下我？我真搞不懂。"

在王东成看来，父母是地地道道的农民，根本不会有什么爱情。

王东成有些得意地说："妈妈后来只生了我一个。我很幸福，因为我出生以后哥哥姐姐们都长大了，所有的活儿都是他们在做，而我简直就像个少爷一样。"

已经成年很久的王东成的第一次"献给"了一个妓女。那是1992年一个夏天的夜晚，老板带上他陪几个铁哥们儿去舞厅。

那一天，王东成成了个真正的男人。

王东成终于尝到了女人的味道。这使他像染上了毒瘾。

"后来我上了我们老板的'情人'。那可是个彻头彻尾的骚货。她说我们老板是个银样蜡枪头，身子早就虚了，简直就是隔靴搔痒。事后我很害怕，怕老板知道要我的命。可我又控制不住自己。"王东成说，"可惜我们老板还来不及发现就被人捅死了。"

老板死了。汽车修理厂换上了新的老板和他自己的一班兄弟。王东成于是显得多余和无趣。老板的"情人"也投靠了新的男人。这个时候感觉无趣的他，主动离开了那里，只带走了一套警察制服。

在北京租了一间平房，王东成暂时住了下来。

闲在家里的日子是实在难熬，特别是没有不要钱的女人。王东成的邻居是个五代单传的家伙，生了个儿子，他老婆牛气大了，每天坐在门口，露出大半个奶子喂小孩。他看的都呆了，眼神老是直勾勾的。那个女人就妖里妖气地说，大兄弟，馋了吧？赶快弄个女人抱抱吧！

是啊，我最需要的就是一个女人。可是我他妈没钱。王东成恨恨地想。

1993年8月的一个晚上，隔壁房里邻居做爱的响动若隐若现。听的出女的不敢尽情地呻吟，可那种声音更让他浑身躁热难忍。王东成边看一张黄盘边手淫了一次，可还是欲火难耐。毕竟，已经有好长时间没有摸到过女人了。

王东成出了门，想去散散心。在北五环外的林地旁，他碰到了一个30出头的女人，丰满性感，使他再难以把握。他冷不防地冲过去抱起她，闪电般地钻进一个僻静的小树林。

王东成在她的惊愕之中迅速撕扯着她的裙子。她半天才回过神来，开始用力地反抗。他没有想到，女人反抗起来的力量是那么巨大。王东成和她无声地搏斗了一阵，忍不住骂道，都是老娘们了，他妈的让老子爽一下就不行吗？那女人手里不知什么什么时候多了件闪亮的东西，猛地向他脸上刺来。王东成向旁边一闪，她趁机跑了。他很沮丧，欲望渐渐平息。

开始的日子，王东成没有像一般的外地打工者一样急于寻找工作。事实上他家虽然辈辈是面朝黄土的农民，但自己绝对不是单纯为到北京来打工的。

王东成上街理发、洗澡，又买了双黑皮鞋。回到住处，他拿出那身崭新的、佩有二级警督肩章的制服穿了起来。在镜子里，他是个身高1米79米、浓眉大眼，英气勃勃的高级警官。那副庄重威严的神情，真是像极了某个电影明星。他并没有贸然出去，而是坐下来，静静地抽了一根烟，把各个细节在心中演练了一番。

当他站到门外的时候，就俨然是一名神圣的人民警察了。

在北京，王东成带来的钱很快就用完了。在最初的时间里，他终日无所事事，只是在街头闲逛。

就在王东成决定得去找工作的时候，房东和邻居们知道了自己的新邻居是个警察，是个来京调查一件重大经济案件的高级警官。

事实上，王东成在汽车修理厂工作的时候托人做了假身份证和警官证，当时主要是考虑有警察的招牌到外地出差好办事，上面用的当然是他的照片，但名字是张玉海，住址也是假的。到北京以后，他用假身份证租了房子，为的是交不起房租时就一走了之。买手机也是也是用张玉海的名字登记的。

穿上警服后，他已经完全忘了王东成是谁了。如果说手中的钱即将用尽还不是一件最可怕的事，那么，长时间没有女人的生活让他再难忍受了。

王东成说：“北京的女人更加开化。我以前到过海南，那个被人称为'不到海南不知道自己的身体不好'的地方的女人是一种媚俗的妖艳。她们是妓女，没有丝毫的所谓气质。而北京的女人就不同了。她们具有高雅、高贵的仪态，她们仗着自己生在皇城脚下，对什么都不屑一顾，尤其是对男人。她们自信，坦然，对自己的容貌和身材充满信心。她们肯定明白，总有个条件极好的男人掉进她们并不精心设计的笼中。"

王东成在漆黑的屋子里手淫，眼前总是晃动着公主一般的北京女人。

真应了那句老话：越是瞌睡越有人给送枕头。

有一天，房东的大嫂居然要给王东成介绍女朋友。房东大嫂说她是个护士，年轻漂亮，没有家事拖累。

王东成一听，眼前一亮……一瞬间，那个腰粗的像水桶一般的房东大嫂在他的眼里也变成西施一般可爱了。

王东成提前半小时到了第一次约会的地点。他从街边的一面玻璃里看到了自己，高大挺拔，胡子刮得很干净，下巴的皮肤泛起片片青色。

他知道自己的外貌对于那些表面上看起来严肃正派并且不苟言笑的女人有着绝对的杀伤力。这一点他很自信。而且经过这一段时间在北京的演练，他已经和身上这套制服完美地结合到了一起，成了它不可缺少的一部分。

远处走来一个面孔白皙、五官细致的年轻女子，身穿一件米色的风衣。她的个子不高，满头乌黑的长发。她走路的姿势非常优美，质地高级的长裤紧紧地包裹着一双匀称圆润的大腿，胸脯随着脚步上下起伏。

王东成看的有些发呆了，想象着她裸体的样子，小腹和臀部……

王东成告诉我："她就是护士方小丽。我们就这样认识了，我的仪表和谈吐很快使她着迷。我说我是个参加过对越自卫反击战的退伍军人，当时是团参谋长，现在是石家庄市特警大队的教导员。"他给方小丽看一张照片，那是很早以前他从一本画报上翻拍下来的。当时大家都说后排那个穿黑西服被人遮住半张脸的人很像王东成。

王东成告诉方小丽，前排正中的中年女人是中央的一位高级干部，他过去曾担任过她的贴身卫士。由于王东成和那个只有半张脸的人实在是太像了，不由她不信。

王东成对她说自己到北京来是执行一项秘密任务的，本来早就应该回去了，可国家安全部的朋友建议他留下来，到部里去任职。

说这一切的时候，王东成完全没有炫耀的口气，只是朋友之间的互相介绍，而且本来应该大肆描绘的地方却被他轻描淡写地一笔带过。

王东成显得很深沉，从不开玩笑，总是衣冠楚楚，精明干练。第一面，方小丽不由得不对他产生迷恋。

王东成说："方小丽是那种典型的北京女孩，任性、执拗但又不乏温柔和调皮。她的神情总是让你觉得今天就可以吃到她了，可你刚要有所表示，她马上又躲得远远的了。让你心猿意马、欲火中烧而又无可奈何。我们交往了不久我就向她提出了求婚。方小丽微笑着看着我，既不拒绝，也不表示同意。后来她说，似乎还缺少了什么。"

到底缺少了什么呢？王东成一直很疑惑。

直到两个月后的一天，他们在商场里购物。突然有个中年男子慌慌张张地跑过来对王东成说：警察同志，我的皮包被人抢啦！

王东成看见他抓着自己的胳膊上，两道黄色的线条分外醒目。二话没说，王东成向他手指的方向冲了过去。

那个抢劫犯慌不择路，被他追进了一个角落。他回过身，乞求着说，大哥，你放我一马，这些钱都是你的。说着，晃了晃手中的一大叠钞票。

王东成还真有些动心了，可是一想到方小丽，马上坚定住了决心，冲上前一把将他扭住。可就在这个时候，头部被什么重物猛地击中，刹那间全身瘫软着倒了下去。

当王东成渐渐恢复了意识的时候，已经躺在了医院的急救室里。他隐约听到人们的赞扬和方小丽低低的抽泣声。

方小丽哽咽着说，大海，你醒醒，咱们结婚吧……

那天王东成没有留下姓名，在方小丽的帮助之下偷偷离开了医院。

在《北京晚报》上表扬一个不留姓名、见义勇为的警官的事迹那天，方小丽没有回家。

王东成得到了作为男人的所有乐趣。特别是，方小丽还是个处女。

本来王东成是打算借回家开"婚姻状况证明"信的时候一走了之，可他实在舍不得她那具性感成熟的肉体。

王东成说，我有个新的任务必须马上走。走的时候，方小丽显得依依不舍，还主动塞给他5000元的路费。

其实，王东成没有走远，只是到了另外一个区，包了间宾馆住了下来，靠着这套假身份他开始寻找新的猎物。

当他"风尘仆仆"地回到家中，开心的方小丽把他伺候的非常舒服。有时，他有过些许的悔恨，但也只是一刹那——说到底，他很享受目前的生活。为了给方小丽留一个自己很敬业的印象，他经常以执行任务的名义玩失踪，每次也能给方小丽带来一些礼物，这是用他骗来的钱购买的。

有几次，方小丽问他要不要到您老家看看父母或者把父母接来到北京小住一段时间，王东成总是以各种借口搪塞了过去。

转眼就是七年。

方小丽为王东成生了一个儿子。可她竟然从来没有对他产生过怀疑。换句话说，她一直不知道她的丈夫到底是谁、她儿子的父亲到底是谁。甚至于，她连他的真实姓名都不知道。

方小丽曾经抱怨王东成看起来没有一个正经的工作，并且总是有各种各样的女人打来电话。但是，每次王东成都可以拿回去大把的钞票、昂贵的首饰和时髦的家用电器，甚至还有一辆全新的尼桑轿车。她也就不再问什么，反而兴奋地把香喷喷的身子送上来。

王东成做的这一切，使她感到深深的自豪。

7年来，王东成用这身警官制服和一整套方法赢得了十几个女人的芳心。

王东成从她们那里得到了前所未有的性的满足、物质和金钱的双丰收。

王东成说："我深深地了解了女人，她们外表气质高雅道貌岸然，可是一旦被剥去了外衣，只剩下了一摊淫荡贪欲的肉体。所有的人都是如此，追求感官的刺激，却又羞羞答答半遮半掩。她们为了得到欲望的满足，变得弱智和下贱，什么都不要了，什么都可以给我，金钱、肉体甚至灵魂。生性放荡的女人是如此，那些正派庄重的女机关干部也是，那些在商界叱咤风云的女强人也是，那些为人师表的女教师就更是令人乍舌。"

对付女人，王东成的经验是总是保持低调，不夸夸其谈，更不吹牛。他的话都是严谨的，态度诚恳并且给人一副心地善良的印象。他从来不做自己实现不了的事，甚至于并不始乱终弃。他和大部分女人还维系着相当好的关系，

王东成说："她们无比地信任我，深知他绝不会因为这点小钱就消失得无影无踪。当然我也不会那么做。我知道女人都虚荣。谁不希望有个高大英俊的高级警官陪在身边招摇过市？她们都知道我在外面有其他的女人，但是她们表

现得很无所谓。在女人之间周旋，我已经如鱼得水了。"

的确，像王东成所说的那样，在征服女人方面他取得了赫赫"战绩"：

1994年6月，某商厦业务主任，离异，28岁，人民币12000元；

1994年12月，某街道办事处民政科长，未婚，31岁，人民币7840元，柯达照相机一部、浪琴手表一块；

1995年2月，某医院主治医师，丧偶，33岁，人民币5600元，美金2000元，29英寸夏普电视机一台；

1995年7月，某部上尉军官，未婚，27岁，人民币41000元，价值人民币13000元笔记本电脑一部；

1996年1月，某大学学生，未婚，22岁，索尼随身听一部；

1996年8月，某驻京办事处副主任，离异，33岁，人民币34000元，价值人民币322000元日产尼桑轿车一部，高级毛毯五条，其他衣物若干；

1997年4月，某流行歌手，未婚，27岁，人民币17000元，摄像机一部；

1997年8月，某婚姻介绍所职员，未婚，25岁，人民币16000元；

1998年3月，某商场售货员，未婚，24岁，人民币3500元；

1998年6月，某合资公司副董事长，分居，37岁，人民币128000元，美金10000元；

1998年11月，某中学教师，未婚，29岁，人民币13200元，爱立信手机一部；

1999年4月，某国营企业业务主管，未婚，26岁，人民币12000元，价值人民币11000元台式电脑一台；

1999年12月，某海外华人，已婚，39岁，人民币6500元，港币12000元，珠宝首饰若干；

2000年5月，某下岗女工，丧偶，34岁，人民币2900元；

……

王东成深谙女性心理，并且自己有一套自认为行之有效的方法——总是保持低调，不夸夸其谈，更不吹牛。他说："我的话都是严谨的，态度诚恳并且给人一副心地善良的印象。我从来不做自己实现不了的事,甚至于并不始乱终弃。"

事实证明,正是他这种虚假的伪装骗取了众多受害者的信任。

骗子始终是狡猾的,问题的关键在于那些受骗上当的女性们往往为了保全面子而暗自吞下苦果,任罪犯逍遥法外。

感情骗子,将清纯女孩的初恋演绎成梦魇

作为受害者,柳眉、方丽身上体现出来的是追求浪漫,比较痴情。这种美好的品质本不是过错,但是容易被蒙蔽双眼。

2004年6月23日,广东无业人员刘立峰因涉嫌诈骗罪被北京海淀区检察院批捕。该案以案犯刘立峰编织爱情的陷阱,骗取女性的钱财,最后将沦为阶下囚而收场。而作为受害者的余洁也为自己的轻率付出了惨重的代价。

2004年6月15日,在北京市海淀区某派出所,被害人余洁向警方举报了自己被骗的经过:

> 去年12月17日,我通过一个熟人认识了广东人刘立峰。当时他说叫刘峰,是来北京发展业务的。认识后的第二天,我陪刘立峰逛天安门广场、故宫、北海,吃饭的时候,刘立峰说他刚到北京,还没找到工作,先让我帮他买几身衣服,等他找到工作赚了钱再还给我。我想了想,觉得他挺可怜的,就同意了。然后去了他住的地方。他问我是否愿意与他交朋友。因我看到他外表非常老实忠厚,便同意可以相处下去,彼此了解后再说。就在那天我们确定了朋友关系。
>
> 12月22日,刘立峰再次约我到新街口逛街,他说自己在朝阳区朝阳体育馆附近找到了工作,需要马上租房子住,他刚到北京而且找到工作时间也不长,所以身上没有足够的钱交房租,现在只能住旅馆,他向我借4000元交房租。因见他非常可怜,第二天我便从家中拿了钱交给他。但在12月24日早晨他给我打电话时说,钱被小偷偷走了,现在又没钱租房

子了。听这话，我没有怀疑，赶紧找到我的同学又替他筹借了 3000 元。

今年 1 月初，刘立峰对我说因工作需要，必须买一部手机，否则工作将不能继续干下去，而且因他工作的发廊生意不佳，暂时发不了工资。鉴于这种情况，1 月 25 日和 27 日我分别向自己的两个朋友借了 7500 元，在 28 日为他买了一部诺基亚最新款的手机。

在 1 月至 3 月间，他又以老板不发工资但需要交房租和生活费等理由，分别向我要了 5000 多元。

3 月 6 日，他约我到他的住处见面，他表现出非常烦躁的样子，无缘无故向我发脾气，我问他又怎么了，他说老板不发工资，他要离开那家发廊，想和朋友合资开发廊，但是需要资金，他说需要 5 万元。我说我没有那么多钱，他说这样的话，他只有离开北京。我担心他要是走了，就没有办法还给我钱了，而且更重要的是，我害怕他会抛下我，就于 3 月 9 日到中国银行将我父母为我准备出国的存折做了个人抵押贷款。3 月 11 日，他约我外出问我事情是否办好。我说在办着，14 日那天，我到银行取出抵押得到的 24000 元，把钱送到他的住处。

4 月 19 日，刘立峰向我提出上次要的钱用于偿还赌债了，而且他还欠别人钱，为此他再次向我索要 15000 元，否则债主找他算帐。4 月 22 日我从家里拿了 10000 元，并从我工作单位预支我的 6000 元工资，分别于 4 月 23 日和 24 日在我办公室和他的住处交给他。

4 月 30 日起，刘立峰突然失踪——本来约好地去外地玩，可那天我到处都找不到他，据他朋友讲他回家了。5 月 5 日，他才给我打电话说有急事回家了。

5 月 14 日中午，刘立峰由广州坐火车返回北京，我到北京西客站接他时，他说他欠了别人一大笔赌债，大约有 24000 元，他逼我必须把钱给他筹集到，否则到时债主要砍他的手给我看。我被逼无奈，于 5 月 18 日将我父母为我准备出国的第二张存折抵押给招商银行，贷得 33000 元。并在当日将 22000 元在他的住处交给他。但是刘立峰又于 22 日在双安商场提出因北京不好找工作要到上海去,需要路费4000元,并提出由我在双安商场给他买金项链(价值大约4700元)留作纪念,我只能满足他的要求。

5月26日,刘立峰离开北京,并于30日给我打电话说钱又不够用了需要我寄给他。但是他于6月4日突然返回北京;并再次提出需要4000元,我只有从我准备出国的钱里拿了6000元人民币和250美元在他的处住交给他。

6月6日,我父母看见刘立峰和我在一起,父母看不惯他那种大男子主义、小气巴拉的样子,双方发生了不愉快的争执,刘立峰仓惶离开北京。8日那天,他在上海给我打电话说,他的手在离开北京时跌断了,需要医药费和生活费15000元。

他一再问我要钱,使我对他的怀疑逐渐加深,何况他所说的情况和我了解的不符,所以我于6月11日前往上海寻找他的下落,但是未能找到。最后在青岛找到他的一个朋友,得知他在广东的家里已有妻子和孩子,而且一直都在骗我。

6月13日,我返回家中,哭着向父母解释了一切。但是,刘立峰至今依然通过电话向我索取15000元的医药费,并逼迫我在20日将钱准备好,他将于20日前后返回北京取钱。

我请求通过公安、司法部门给予诈骗人刘立峰相应的法律制裁。

警方迅速对此事作了充分的调查,随后拘捕了刘立峰。

2004年6月26日,北京市海淀区公安分局看守所,我跟随办案检察官提讯了刘立峰。

在看守所讯问室,刘立峰一副很平静的神情。从外表上看,刘立峰中等个头,皮肤白皙,显得比较文静,谈吐也很温和,即便是在看守所,仍旧是说话不紧不慢的样子。刘立峰给人的印象是老实稳重,是那种一见就容易让人产生好感的人。

办理此案的检察官对刘立峰讲明法律政策后,开始了讯问。

检察官(下简称"检"):你以前从事什么工作?

刘立峰（下简称"刘"）：我以前在广州白云区一个地方税务所做干部。去年年初，因为赌博和经济问题，被单位辞退了。为躲避赌债，就跟一个要好的朋友到北京发展。

检：你为什么要骗余洁？

刘：开始认识余洁时，从谈话中我知道她很有钱，就想接近她骗点钱，后来看到余洁单纯，骗到钱又把她玩了。

认识的第二天，我按余洁给我的联系方式，约她出来一块儿玩，我俩就一块去了天安门。在天安门广场附近，我告诉她自己刚到北京，还没有开始工作，没有什么钱，身上只有500多元，她说没有问题，她自己有钱。我知道她很有钱，于是就下决心在她身上骗点钱，双方吃完饭，一商量她就和我一块儿到我租房的地方。当时就我们俩人在房里，我提出做爱的事，她有点怕，我说早晚咱俩都是朋友，必须都过这一关的……

检：你跟她说过你自己有老婆和孩子吗？

刘：没有。我只告诉她我有朋友，但跟别人跑了。我就是想弄点钱花，她给我现金55000元，吃玩一块总共约7万元左右。开始我以借的形式要的，后来关系往深一步发展了，我就骗她我在长沙赌钱输了，别人追到北京要钱，向她要钱。后来她就帮我准备钱了。

检：你的这7万元都干什么了？你还有没有钱还余洁？

刘：吃、喝、玩、穿（买衣服），还了赌债。你问我有没有钱还给余洁，没有，我没钱还。我现在身上没钱了。

检：余洁知道钱具体用途吗？

刘：她不知道具体的，还赌资的事她知道。

检：你为什么从余洁那要走55000元？

刘：因我和余洁交朋友，并且有了那种关系（性关系），有了感情，我向她要钱她想办法也得给我办。我骗得她的感情和信任，她才借给我钱的。

检：你当时怎么想的？

刘：我当时结交她就是骗点钱。

检：你为什么告诉余洁自己叫刘峰，年龄28岁，而身份证却叫刘立峰、年龄32岁呢？

刘：我不想让她知道我真名，主要是怕以后有麻烦，因余洁25岁，我就说自己28岁，这样年龄相差小，好和她交往。

检：余洁问过你没有，你是否要同她结婚？

刘：余洁先后问过我三次，同不同她结婚，我没有答应她要同她结婚，我只是说以后再说吧。你问我什么原因不回答，因为我有老婆、有孩子，我当然不会同余洁结婚的。我也不能告诉余洁我有老婆、孩子，（那样）余洁不会给我钱的，而且还会报复我的。

为了进一步核实有关证据，检方询问了被害人余洁。

检：12月18日晚间，你和刘立峰喝过酒没有？

余：没有。

检：你和刘立峰交朋友的事，你是否对你母亲、父亲说过？

余：我不敢对我父母说。因为刘立峰是外地人，又没有正经的职业。我想等同他结婚时再对父母讲。在去年12月份，我说我要出国，我和他的事怎么办，是现在结婚还是以后再结婚，当时他说都可以，后来他以现在没钱为由说等以后再说。

处朋友期间，刘立峰老向我要生活费，平时都花我的钱。他说他老板不给他钱，因为经营不好，今年1月6日他说要同别人开发廊，让我借5万元给我。我背着家里把父母给我准备出国的钱，存折拿出来到银行贷款给了刘立峰24000元，我提出去看看发廊在什么地方，他说发廊还没装修好，不能去看，骗我。2月中旬，刘立峰回北京说他回家之后和别人赌钱欠了别人24000元钱，让我给他，否则债主要砍他的手，开始说是个北京的人，后又说是广东人的钱，是和北京人一起的，又骗了我22000元钱，我不知他到底还给谁了。

检：你看过刘立峰和别人赌过钱没有？

余：我从没有看他和别人赌过钱。后来，刘立峰给我手机打电话说他手跌断了要住院，让我给他钱15000元，他说他在上海，让我把钱存入我在中国银行开户的信用卡里，把我的信用卡也要走了。

6月11日我到上海没找到刘立峰，然后打电话给他的一位姓白的朋友，他说刘立峰在青岛，正和他打牌呢。

在刘立峰住处附近，我们一块吃的饭。刘立峰去厕所时，姓白的悄悄地对我说，余洁啊余洁你怎么那么傻，别把自己拖垮了。我很想却问清楚为什么，可他别的话他却说什么都不肯说。13号我要回北京时他才告诉我真情，说他都看不下去了，他告诉我刘立峰有老婆，女儿都快8岁了。刘立峰对他女儿特别好，是绝对不会和他老婆离婚的，劝我死了心，不要再同他来往了。

的确，刘立峰平时对我特别冷淡，也不关心我，只知道向我要钱。因为这是我的初恋，我很上心，也很在意刘立峰，最终才落得被他骗得这么惨的下场。

6月13日，我回北京后把我和刘立峰的关系，拿家里钱的事都对父母说了。当天晚上刘立峰打电话问我钱给他存上钱了吗，问我在哪，我没告诉他，我让他自己到北京来取。

22日晚10点，刘立峰到办公室找我，我说我没吃饭，让他陪我到外面吃饭，其实我父母早已在单位外面等着了，我们出来后，我父母还有两个过路人一起把刘立峰扭送到刑警队。

检：在你们交往的过程中，你问过刘立峰结婚没有？

余：我问过，他说没结婚。他只告诉我他交过一位女朋友，后来女朋友跟别人跑了，他自己就到北京了。

检：刘立峰是骗你钱还是骗你感情？

余：二者都有，最让我伤心和失望的是我的感情，我没想到他会这么卑鄙。

……

对刘立峰妻子的调查证实了这个骗子的真面目。据刘的妻子讲,他们之间没有什么原则上的矛盾,感情比较好。每个月刘立峰给她寄一次钱,有时3000元,有时4000元的,最多的时候寄了12000元,今年2月刘立峰还到家住了11天。

对刘立峰朋友的调查同样证实了刘立峰诈骗钱财的去向等犯罪事实。

在警方的询问下,刘的老乡说:刘立峰来北京干发廊,他也没什么钱,有时还借生活费。2004年1、2月份的一个晚上,我们在一块吃饭,当时余洁在。他介绍说这是他女朋友,还讲他女朋友有汽车,他后来打电话讲,这女孩是富婆,有钱。第二次是给刘立峰过生日请我,在外边吃饭,聊天中他讲那女孩喜欢他,给他花钱,买衣服,替他租房子,还给他不少钱,还有手机,还说这女孩是原装的。他还让我给他家里寄了3次,是寄给他老婆的。

面对检察人员,余洁的情绪始终很激动,间或眼里还含着泪水。"你们不知道,我心里多恨呐,他对我的伤害,不光是钱,他说马上就跟我结婚,结果人不见了……"

"你这样骗这些女人的钱和情,不觉得太缺德了吗?"

面对检察人员的发问,刘立峰低垂着头,半天才抬起头说:"谁让她愿意呢?我无所谓。"

刘立峰的外表也不算出众,也不是口若悬河、能说会道的人,为什么能在一两次见面后就能打动对方?在对被害人的不幸抱以同情的同时,我们也深感作为被害人自身的轻率值得反思。

善良的人啊,你要有一点防人之心

应该说朱杰这个靠骗钱的勾当为生的"惯骗",屡次得手的原因有他善于伪装一方面,也有受害人被他的花言巧语所蒙蔽,轻信上当的一面。针对不同职业、不同背景的人,朱杰善于抓住每个人的心理特点,以种种谎言和借口诱人上当。在2003年3月到2004年1月短短的不到一年的时间里,他就以交朋友、帮忙等名义，冒充公安部干部先后实施了 7 次诈骗，涉案金额多达 1353700 元。

除了柳眉和周丽以外，遭受朱杰疯狂诈骗的受害人名单里还有很多：

2002 年 4 月 18 日，在山东省烟台市东山宾馆，朱杰以帮助许某要欠款为名，诈骗许某人民币 3 万元。

2003 年 6 月 14 日，朱杰冒充公安部工作人员在北京市海淀区，以自己办急事为名诈骗李某人民币 20 余万元。

2003 年 8 月 5 日，在丹东市中联酒店 1110 号房间，朱杰以帮助宋某办事为名，诈骗人民币 50 万元。

2003 年 10 月间，在北京市朝阳区潘家园华威西里副食店彩票销售点，朱杰以让销售彩票人员秦某先打彩票后付钱的方式，一个星期诈骗秦某彩票款 168700 元人民币。

2004 年 1 月间，在北京市朝阳区潘家园一家名烟直销店彩票销售点与该点销售彩票人员杨某相识后，朱杰又以先打彩票后付钱的方式，诈骗杨某人民币 13000 余元彩票款。

……

为了取得受害人的信任，朱杰往往一开始表现得十分大方，或者表现得非常爽快。他不急于求成，总是先做好各种铺垫活动，或者是进行感情投资赢得别人对自己的好感，或者是进行长期合作使别人放松对自己的戒心。等别人把他当成了真正的朋友或者是生意伙伴后再下手骗钱，而且找的理由使你不得不信，如果不信不借给他钱，自己反而会受到损失。这样，朱杰的各种谎言一次又一次得逞，他也能拆东墙补西墙，将自己的"资金"来源不断扩大以满足自己纸醉金迷的生活，还能进行"资金周转"来骗更多的人。

应该说朱杰的骗术并不是无懈可击、完美无缺。他的证件都是伪造的，他身上的制服是买的，他给柳眉的警灯也是借别人车时顺手拿的，警用棉大衣是在哈尔滨公安厅附近花 400 多元买的。那些冠冕堂皇的身份不用说都是编造的，有的甚至是他随口说出来的，只要稍加注意是很容易被识破的。但朱杰很巧妙地利用了别人不好意思刨根问底或者是碍于情面的心理，一步一步领着你钻进他精心设计的陷阱。

面对被骗的那么惨的柳眉，丧心病狂的朱杰竟振振有词的说那是她的命，可见在他的心里根本没有什么廉耻和悔恨，每个被他骗过的人都是活该倒霉的。法网恢恢，疏而不漏。朱杰这种骗子的命就是到他该去的地方老老实实地接受教育改造！

骗子落网了，许多人都逃过了一劫。不敢设想，如果朱杰还逍遥法外，到底还要有多少人要遭殃！但庆幸之余，我们还是要劝一句：善良的人啊，害人之心不可有，防人之心不可无呀！

反观社会，我们的社会上是否还有许多漏洞需要仔细检查，以免再给像朱杰之流的骗子以可乘之机？

"恋爱高手"：骗的就是你

  一个无业人员竟然使用伪造身份、虚假征婚和互联网聊天谈恋爱等手段，冒充高干之子、成功商人或者"海归"华侨，骗得8名女性的信任；以恋爱、结婚、合伙经营和经商资金周转不灵等借口，竟然诈骗他人现金和财产折合人民币400万元之巨！

  如果不是其中一个受害人及时报警，并设计拖住，这个大骗子也许就要到境外潇洒去了。

张海成，一个其貌不扬而且毫无特点的中年男子，除了一双白多黑少而且转动不停的眼睛之外，简直没有一丝过人之处。但是翻看厚厚的卷宗，我却发现被张海成欺骗的大多是事业有成或者高学历、社会经验比较丰富且有过婚史的女性。为什么骗子张海成能在知识女性群体当中左右逢源、如鱼得水？为什么这些精明的女人屡屡落入骗子的圈套？

随着本案采访的深入，笔者发现，张海成对此类女性的心理掌控和欺骗技巧，值得引起社会各界予以关注。

如此伪装："煞费苦心"的欲擒故纵

第一眼看到胡丽梅，端庄秀美，虽然不算年轻，但因为受过高等教育和在文艺界工作多年的经历与熏陶，浑身上下依旧散发着一种高雅、脱俗的气质，而且举手投足之间，圣洁不容侵犯的气势依然不减。就是这样的优秀女性，怎么会那么容易地成为张海成的猎物呢？

寒暄过后，胡丽梅慢慢地聊到了和张海成的交往经历。这个时候，她进门时飞扬流转的眼神瞬间暗淡了许多。明显可以看得出，尽管她尽力压制内心的痛苦，尽量语调平静，但是和张海成的交往还是使她感到极度的难堪和痛苦……

胡丽梅是2006年8月底在朝阳区的一家婚姻介绍所的见面活动中认识张海成的。据资料证实：张海成——认识胡丽梅时化名于德新——那时侯已经利用网络聊天的方法"成功"地把一所价值119万多元的房产据为己有了。

36岁的胡丽梅当时正经营一家从事南方某著名品牌洗涤灵销售代理的中型公司。公司虽然不算大，但也聘用了20多名工作人员，生意不错，每个月的流水也有几十万元。这样的规模和营业额，在刚开业不到两年的公司里就算很好的了。

公司是她丈夫留下来的。结婚9年，因为两个人都忙于事业，也没顾得上要孩子，总是觉得现在医学水平如此高超，女人40岁以后生孩子应当也没什么问题。加上双双经历了下岗、长期无业和小小的个体经营等挫折，很长一段时间里，他们的生活非常艰难，心理压力也都很大。2004年冬季，在一个亲戚的资助和指点之下，胡丽梅与丈夫开办了这家公司，并且成为了那个著名品牌洗涤灵的北京销售总代理。或许到了苦尽甘来的时候了吧，公司的生意在经历了短暂的低迷之后好转了起来。

胡丽梅说："这些改变，全部都要归功于我的丈夫。是他在公司创业艰难的时候亲自走街串巷，不分严寒酷暑，一个一个的超市和小卖部去推销洗涤灵。最终因为他的不懈努力，使南方的这个当时还不为人知的品牌在北京扎根落户，也使我们的公司有了最重要的转机。也就是在这个时候，我的情感、生活上的唯一伴侣和精神支柱——丈夫，却因为疲劳驾驶汽车遭遇车祸身亡。"

已经从被骗阴影里走出来的胡丽梅也逐渐恢复了她的坚强和自信。她说："现在想起来，过去的经历真是不堪回首和可怕！丈夫刚刚去世的那段日子，我都不知道自己是怎么度过的，生意也几乎到了破产的边缘。幸亏那时还有一帮朋友，成天在我身边陪伴。就是这些朋友，觉得我的生命和青春不该就此枯竭，鼓励我重新站起来，鼓足勇气去面对未来的生活。"

2006年6月，胡丽梅的朋友在没经过她同意的情况下把她的资料注册到了朝阳区槐荫树婚姻介绍所。胡丽梅知道这一情况后，对朋友的做法并没有责怪，毕竟大家的初衷都是希望她快乐，希望她可以好好地过下去，包括开始一段新的生活。

注册两个多月了，胡丽梅根本没有到槐荫树婚姻介绍所去过一次。2006年8月底的一天，她接到了所里工作人员的电话，说要组织个见面会，邀请她参加。类似的电话两个月里她也接到过几次，总是一笑置之了。那天要不是身边朋友的极力怂恿，她也是不会去的。按照胡丽梅的说法——"也许是命中当有此劫吧"。在她来说，这是第一次、也许是最后一次去那个婚介所，就在那里她遇到了骗子于德新——这是张海成当时为了诈骗采用的化名。

那天参加见面会的人还真的不少，有像胡丽梅这样年纪的男女，也有很年轻的，相貌和身材什么的都是很好的，一些年轻的男孩子好像条件都很好，举止很文雅得体，也好像很有钱的样子。当时化名于德新的张海成坐在大厅的一角似乎在认真地阅读一份《中国期货周刊》之类的报纸。

参加婚姻介绍所见面会的人的目的是绝对显而易见，每个人都打扮得年轻、漂亮，无不希望将自己最靓丽和美好的一面展示给别人，当然也同样希望自己的外表能够吸引所有异性的注意了。但是张海成并没有刻意地装扮自己，上身穿的是一件类似工作服的便装夹克，腿上就是一条牛仔裤，而且还明显是旧的。他看上去已经不能算是年轻人了，头发隐约有些灰白。他和参加见面会的人们截然不同。几乎所有的人都是一面注意自己的言行一面多少有些紧张地逡巡其他的异性。而他，一副闲适和置之事外的神情。好像他到这种地方来，其实只是为了去看报纸的。

"现在我才明白，张海成才要算是个最功于心计的老手儿了！他表面上摆出一副特别不想引人注意的样子，其实他那种没有任何动作的姿态，在那种场合里才真正是最能够使人一眼看到的。仿佛鹤立鸡群。"胡丽梅告诉我，"我是一进门就注意到他的了。当时他正在翻动报纸，毫无声息，而且动作干净利落。他的衣装虽然普通，但是一尘不染，隐隐还透出一种干练。不过说到底，我是不会对这种男人有什么'一见钟情'的兴趣的，不仅仅是初步估计他起码比我大上10岁以上，还有他那副尊容，算不上出众，就是时而观望一下的眼神还能够是人感觉一些灵气。"

胡丽梅自信个人条件还是不错的，而且有亡夫的标准摆在那里，她怎么会把只看了第一眼的张海成放在心里呢？当然，她也不会看中那些极力对所有条件稍好的女性都摆出一副谄媚神色的男人，更别提那些比自己年纪小的人了。寂寞地坐了大约20分钟，她看见见面会的组织者走到张海成的面前低声说了几句什么以后，他就合上报纸，仔细地叠好了站起身子，竟然迈开双腿向她走来。

据张海成事后交代，其实他在胡丽梅一走进见面场所大门的时候就已经对她暗暗表示了极大的关注。胡丽梅的相貌和气质是他十分满意的。在接下来的不断观察之中，胡丽梅那套价格不菲的装束、特别是她使用的那个时下最流行款式手机、提的意大利名牌手包，已经使张海成充分认识到了对方的"身价"。就在他苦思如何与胡丽梅结识的时候，见面会的组织者来到了他的面前。

"看来那个身材丰满的女士眼光儿很高啊！"见面会的组织者对张海成说，"于先生，您说咱们这种活动是不是不应该使任何一个人遭到冷遇啊？"

张海成听得此言心中不禁一喜，但是表面上他仍然是不动声色，甚至还用一副不知所以的眼神望着见面会的组织者。

"麻烦您过去招呼一下那位女士吧！"见面会的组织者一脸不高兴地说，"整个场子里那么多男士，我就觉得您最有档次了！"

"谢谢。"张海成说着，掏出手机发了个短信。

张海成就那样径直向胡丽梅走来了。脸上似乎还带着隐约的笑意。

就在见面会的组织者和张海成低声交谈的时候，一个身材高大、面色红润、衣着光鲜的男人突然出现在胡丽梅的面前，挡住了他们的视线。她抬头一看，不禁心中顿生几分气恼——这个男人好像有七八十岁了，虽然看上去神采奕奕，但是估计也是到了精神矍铄的时候了。最让胡丽梅感到生气的是，莫非她已经到了只能是被老年男人挑选的地步了吗？

让她生气的是，面前这个老年男人根本不顾忌她满脸不悦的表情，居然露出一副吃定了她的样子，毫无廉耻、一相情愿地开始定起了下次见面的地点！

就在胡丽梅不知该怎么摆脱面前这个老年男人的纠缠的时候，张海成已经来到近前。于是她灵机一动地对老年男人说："对不起，我约的朋友到了！"然而让胡丽梅意想不到的是，正在这时张海成的手机响了，他看也没看就对她说："对不起了，这位小姐，我有些事情要办。能给我留个您的联系方式吗？"

胡丽梅这个气啊！刚还说他是自己约的朋友，话音还没落地呢这个家伙就马上迫不及待地跳出来揭穿了她的谎言！还想要她的联系方式？胡丽梅当然不想给，可转念一想，即便她不给，婚姻介绍所的人也会给他的。既然同意参加征婚了，自愿注册的资料也就视同同意公开了的。因此何不自己显得大度一些呢？想到这里，她就顺手拿过对方的手机留下了自己的电话号码。张海成自然也很聪明，一边快步向外走一边拨打她的手机，还回身向她做了个颇有几分帅气的手势，也利用这种方法给她留下了自己的号码。

张海成使用的其实就是非常典型的欲擒故纵的方法。就在他起身走向胡丽梅和老年男人挡在对方面前之间的瞬间时间里,张海成清晰地看到了发自胡丽梅眼中的那种无法掩饰的期待神情。这种神情,张海成相信绝对不是想利用自己打发老年男人所透露出来的。他坚信这个女人对他来说是"有戏"了的。

和自己中意的女性进行第一次接触,种种细枝末节其实都是张海成事先早早演练好了的。他要的就是这种稍一接触就立刻离开的欲擒故纵的效果。让女人满怀的期待、好奇,甚至准备好的装腔作势的态度和语言全部落空。好像一个具有高强外家功夫的武林高手儿遇上了个太极名家,突然发现对方处处都是绵软的,一时间深深感到自己原来准备了许久、曾经所向披靡甚至赖以扬名立万的坚兵利甲变得毫无用武之处。因此使女人明白,自己所设计的一切其实在对方面前都是徒劳的、枉费心计和一无是处。这种感觉的产生对于女人来说,类似于当众被毫无提防地剥光了衣服。绝对是相当可怕的。

为了真正实现欲擒故纵和让胡丽梅茫然无措甚至"找不着北"的效果,张海成还做了两件事:一是佯装发短信,给自己的手机设定了两分钟以后的酷似来电铃声的闹铃;二是利用合上报纸和折叠报纸的时间,使自己到达胡丽梅面前的时候闹铃正好响起来。

因此说,张海成是个相当聪明的人。或许是因为他从一开始就抱着要欺骗女人的感情、得到女人的身体和骗取女人的钱财目的的缘故吧。张海成把每一件事、每一个见面的细节甚至每一句话都反反复复地考虑得力求天衣无缝。

第一次在婚姻介绍所组织的见面会上接触后的第三天,胡丽梅接到了张海成打来的电话。电话里他上来就说:"对不起了小姐,上次因为走的匆忙,没能配合你演好那场戏……"

胡丽梅一下子就知道了对方是何许人也。本来还打算做出几分矜持,可不料却猛地被他拉回到那天尴尬的情形之中,不仅矜持做不出来了,也出乎自己预料地没有丝毫气恼,竟然语气中还带出了一些撒娇的意味。她忍不住说道:"你还知道对不起我呀?我当时都快被你们两个气疯了!"

张海成在给胡丽梅打完第一个电话以后,更加确定这个女人对自己来说是非常"有戏"了的。第一个电话他们交谈的时间并不长。几句玩笑开过,作为

"对不起"对方的张海成也就顺理成章地提出了吃饭的邀请。胡丽梅的欣然接受和自顾自确定见面地点的态度自然也毫不使他感到意外。

后来，张海成在看守所等待判决的日子里，偶尔看到一篇叫做《现代情人完全手册》的文章。里面在讲述获得情人的方法的时候强调："创造私密氛围，绝不单指创造两个人独处的空间，而是利用某些不能公诸于众的事件或话题，使对方感到两个人共享着一个不可告人的小秘密，潜移默化、不由自主地使彼此心灵贴近。"看到这里他恍然大悟了，原来自己在第一次打给胡丽梅的电话里立即就提到了初次见面时对方想和自己联手"演戏"的情节，使用的就是这条原则啊！也就是说，从那次电话开始，他就已经使对方"感到两个人共享着一个不可告人的小秘密"，因而"不由自主地使彼此心灵贴近"了！

张海成即便在看守所里，也为自己的行为感到洋洋得意。

根据从婚姻介绍所里掌握的胡丽梅的个人资料，张海成分析了胡丽梅提出的吃饭地点后感觉到，对方之所以选择了一个与她工作单位距离不近的地方见面，主要还是因为对自己不是十分地满意。不满意的主要原因，张海成认为不过就是自己的年龄和相貌。对于解除女人的这些顾虑，他是不在话下的。

张海成留给胡丽梅的印象非常直接鲜明，他是个才思机敏而又绝对不失风趣幽默的男人。在和他交往的几个月的时间里，胡丽梅从没有听他吹嘘过自己是多么多么地有钱。相反，对于自己的好色张海成倒是毫不否认的。每次谈到这个话题，他总是直言不讳地说："我要是不好色，怎么会第一眼就喜欢上了你啊！"这句话除了明确自己是"男人本色"以外还有两层含义：一是拐弯儿抹角儿地赞美了她的容貌，二是不显山不显水的表明了他喜欢她的意思。这种方式相信绝大部分女人都是乐于接受的。

张海成绝对不同于一般的骗子。他一是不主动打听女人的财产情况，自己的生意也很少提及；二是不轻易让女人花钱，更不轻易向女人借钱；三是即便承认自己是个好色之徒，但并不显得急色；四是不说"爱"字。张海成还有一个与一般男人的不同之处：获得女人信任以后，很少再提出见面的要求。有时候即便胡丽梅提出来了，10次起码有5次还因为他有事而不能成行。

认识了一个月以后，胡丽梅邀请张海成某个晚上去她的住所。他当时并没有很快答应，问清了地址，表示还说不定，还要看当时能否抽出时间。

在接受采访时，胡丽梅告诉我："现在感觉张海成很快就对我了解得很深了，实在把我拿捏得很准，知道我这样的女人一旦信任了一个男人，就会对他表示出极大的忍耐和宽容。结果那个晚上张海成还是去了我家。他事先的所有举动，都不会使人感觉是故弄玄虚。"

那天晚上，他们喝了不少酒。酒是胡丽梅家里就有的，也是她提出要喝和劝张海成多喝的。胡丽梅本不胜酒力，喝着喝着两人很自然的有了肉体关系，而丈夫死后这么久，她也的确需要男人。

第二天清晨，张海成做好了早点。见她没醒来，就自己吃了一些走了。

他们都是大人了，有了那层关系，再见面时谁也不用感到不好意思甚至愧疚。第一关既然过了，以后就简单了。因为胡丽梅也没想着非要嫁给他。不结婚，有个这样的朋友其实是更不错的。后来张海成向她借钱，她就没去更深地了解他的经济情况。他当时也说得很平静，就是需要30万块钱做一笔生意，细节也没说。机打的借条都拿来了。

胡丽梅就问："要是我不借给你呢？"

张海成并没有丝毫不愉快的表示，甚至还微笑着回答："那也没关系。借条上的乙方还空着呢，还可以给别人用。"

事实上，胡丽梅还是先向张海成借钱的呢。那钱也没用，很快就还给他了。当时是听了朋友的建议，可笑地想用借钱这件事情对他进行"考验"。张海成也没有细问她借钱的理由，第三天就拿来了，5万块钱的现金。自然要了借条。

最后回想起来，张海成在胡丽梅这里从没有留下丝毫的可以证明其真实身份的东西。他的身份证她是见到过的。但没有拿到手里细看。其实看也没有用，肯定都是全套"于德新"的资料。

拿到30万块钱后的第二个月初"于德新"就彻底在地球上消失了。当时她还在发愁如何把他落在自己家里的手机还给他。

让胡丽梅后来觉悟的原因之一，那个叫"于德新"的男人手机里其实只有她一个人的电话号码。

制胜法宝：获得信任和放长线钓大鱼

1960年2月出生的张海成，大专学历，长期无业，使用伪造身份、虚假征婚和互联网聊天谈恋爱等手段，冒充高干之子、成功商人或者"海归"人士，骗得8名女性的信任；以恋爱、结婚、合伙经营和经商资金周转不灵等借口，非法侵占他人现金和财产折合人民币412.65万元。张海成之所以能够在众多具有高等学历和丰富人生经历的女性当中"所向披靡"，屡屡得手、财色兼收，自是有其过人之处。但是，绝大多数虽事业有成却渴望感情呵护的女性被张海成看似高明的手段所蒙蔽，以至后悔莫及！

那么张海成是如何施展欺骗手段的呢？

从第一次见面的胡丽梅身边离开，他还真是有点儿事情要办。不过事情也不是很着急，只是找了一家网吧，把他从另一个被害人王萍手里获得的那套房子的房产证扫描件发给尚爱敏，并和她在网上商量房产抵押借款的具体细节问题。

说到和王萍的结识，还真要算是张海成比较骄傲的"一个最成功的案例"。起初的时候，他只是觉得玩弄和考验对方的智商简直成了那段时间的最大乐趣。可是慢慢地他觉得，自己必须尽快甩掉她了，否则就随时可能出现危险。

2006年1月的一个夜晚，桂林市经营多年水果生意的王萍正在网上和一个闺中密友聊得火热。

王萍那年41岁，是个不折不扣的"老姑娘"，虽然没有结婚，但自从王家有女初长成的日子起，她的身边就从来没有断绝过男孩子和男人们的簇拥与追逐。对此王萍已经习以为常了。她之所以不曾结婚，并不是因为曾遭受过男人的什么伤害。但是即便自身从未遭受过男人伤害的王萍，却对男人感到深恶痛绝。究其原因，还要从王萍的父亲身上说起。

王萍父母的故事，说来也并不很复杂。

王萍的母亲出身于书香门第，自幼耳濡目染，饱读诗书，出落得高贵雅致。可是就是这样一个女子，却对长时期放浪形骸的王萍的父亲一往情深，非卿不嫁。为了这桩婚事，王萍的母亲不顾家人苦苦劝阻和断绝关系相逼，依然走出家门与其结合。王萍的父亲最终也"不负众望"，老实了一段短暂的时间以后，旧习复发，吃喝嫖赌又全来了。尤其是赌博，堪称到了"忘我"的地步，不仅几乎输光了所有的家产，甚至想到了让自己怀孕的妻子陪人睡觉的方法偿还赌债，并且百般辱骂、殴打相逼。王萍的母亲自然不想让自己的家人看到这一切，只能打碎牙齿咽到自己肚子里。在这样的环境里长大，每天都看着父亲的残暴和母亲的痛苦，王萍对男人的深恶痛绝也就可想而知了。

对于女人，张海成绝对是个知难而进的人。与其说他天生对女人有着浓厚的兴趣，不如确切地说成他是天生对征服女人的过程有着浓厚的兴趣。张海成并不否认自己是从女人手中骗取了为数不少的金钱，但他却没有存钱的习惯，他把骗来的钱几乎全部花费到追求、征服和讨好女人上面。仅仅在尚爱敏身上，张海成就花费了四五十万元。但是当他向对方借钱的时候，却让对方充满了警惕。

张海成喜欢挑战。王萍这样憎恨男人的女人尤其使他兴趣盎然。

他在是网上闲逛时偶尔遇到王萍的。记得当时是在一个叫做"北京一夜"的网络聊天室里。她化名"娉婷"，好像在和人聊得正欢。

当时"娉婷"并没有立即对张海成的聊天请求给予回应，甚至对方请求了三次她都没有理睬。

不知道为什么，张海成就是对这个虚拟的名字产生了极大的兴趣。

张海成向"娉婷"发出了三次聊天要求都没有得到回答。但是他并不气馁。他退出那个聊天室，换了叫做"找欣儿"的网名再次进去找到"娉婷"，上来第一句话就说："你还有心思聊天？快给我帐号！我钱都准备好了！"

"娉婷"很快回话了。在张海成预料之中，"娉婷"以为对方肯定认错了人。交谈就围绕着他肯定她是"欣儿"和她努力解释展开了。"娉婷"是个好心的女人，"误会"解释清楚以后，一直在热心地帮他找人。这其中，彼此也在有一搭无一搭地闲聊着。

网上聊天的性质，大家可能也都明白是怎么回事。由于处在虚拟的空间，绝大多数人都认为双方交谈的内容都是假的。其实大家都没有进行详细分析。正是因为大家都认同了网络是个虚拟世界的事实，很大一部分人才可能会和从未谋面、不知双方底细、不打算见面至少短时间内不想见面的网友说实话、说心里话。而这个道理恰恰是张海成很早就明白了的。

"娉婷"也是如此。她从开始"急我所急"到双方敞开心扉地闲聊，只经历了一个短暂的过程。一个小时之后，他们已经聊处火热，谈话内容也从各自的工作顺利过度到生活和感情经历方面。"娉婷"向张海成介绍了她父母的情况。直觉告诉他，这个陌生女人所说的都是真实的。

第一次他们是凌晨4点结束聊天。最后张海成告诉她，世界上只有男人和女人两种性别，因此这两中人结合在一起肯定是非常愉悦的。所以他建议王萍尝试着去了解能接触到的男人的每个侧面，他鼓动说"那将是一件相当有趣的事情"。

那种欲擒故纵的技巧，算来张海成最初是在王萍身上运用的，而且初见成效。第一次聊天结束时，他们本来约好了第二天继续这种网聊。张海成也深深意识到，王萍肯定准备了一肚子话想要向他诉说。但是在第二天约定的时间之前张海成就在QQ上给她留了话，告诉她自己那天临时有合同要去谈，不能按时来了。张海成还给她留下了自己的手机号码，告诉她可以在睡不着的时候随时来电话。

张海成觉得这样让网上结识的女人来电话可以实现几个目的：一是可以获得对方的电话号码；二是让对方明白，自己还是个自由身（起码爱人不在身边）；三是表示对对方的歉意和信任。最重要的，是可以测试出对方对自己的"重视"程度，也就是检验第一次聊天的效果和评估是否有继续"发展"的可能。

和这些女人交往，一般都是以感情为突破手段的。张海成自知长相并不出色，不能吸引那些喜欢帅哥的女人。但是同时，他也坚持认为只喜欢帅哥的女人大部分都是浅薄的，不能引起自己征服的欲望与快感。男人长的不帅，就必须要有其他的东西，比如爱心、沧桑感、事业心、一些必要的才华、责任心等人格的魅力。张海成承认自己几乎对所有（被骗色骗财）的女人无一例外地都使用了感情这一庸俗但的确行之有效的手段，但使用的方式又各有不同（当然也有不成功的时候）。和这些女人同时周旋有个优势，就是可以把成功的、效果好的做法不断来回使用。即便是在甲身上失败了，还可以在乙和丙的身上加以改进。

通过和"娉婷"，也就是王萍近百小时的聊天，张海成了解了许多关于她的事情。她的生意发展（可以推断出她的经济状况）、她在北京的一处房子……甚至她来月经的时间和同时肚子疼的毛病。

截至2006年3月，他们的聊天都非常坦诚。为了后来的"行动方便"，2006年4月张海成就借钱注册了一家贸易公司，正经招收了五六名办公室职员，和一个"发小儿"偶然做些小生意。公司的职员们每天都很忙碌，张海成能够经常给他们"制造"出一些"工作"来。

前面说过张海成几乎对所有（被骗色骗财）的女人都使用了感情进攻的手段，但其方式方法的使用也大相径庭。比如对王萍就是一个例外。

张海成对王萍使用的感情手段并不是爱情。一来他觉得像她这样极度憎恨男人的女人轻易不会相信爱情；二来他想尝试一种全新的突破方法。

和王萍非常熟悉了以后，张海成慢慢给她讲述自己费心编织了许久的一个精美、凄楚的爱情故事。故事刚开始的时候根本没有女主角，因此讲的缓慢而冗长，大段的都是心理的描述。王萍本来是回避接触所有与爱情相关的一切事物的，但这是他诉说的"正在进行时的亲身经历"，哪怕是她不能给他出谋划策，就只是做一个忠实的听众也好。这样，王萍也就逐渐地听进去了。

很快一个叫做尚爱敏的女人出现在张海成的真实生活里。他对王萍说，自己对尚爱敏真的是一见钟情和一往情深。他煽情地叙述道："尚爱敏其实是个并不十分出色的女人，甚至比我还年长两岁。她唯一的本钱，就是有价值近500万块钱的家族遗产。但在我还不知道这些的时候，也就是从初见到她的那一刻起，我一下子就似乎明白了什么是爱情……"

张海成在不断向王萍讲述自己"爱情故事"的同时，至少有4次向对方提出借钱。而且数目从15到50万元不等。但他自称自己那时的这个行为仅仅出于对王萍的试探而已。尽管几乎每一次王萍都比较痛快地答应了。但张海成却总是恰倒好处地嘎然而止。

由于尚爱敏的出现，张海成的"爱情经历"变得丰满和清晰起来。他开始不断向王萍诉说自己对尚爱敏的缠绵悱恻的无尽爱怜，以及被对方的各种方式的嘲笑、讥讽和无动于衷。他的"故事"如此地"真实"，甚至毫不顾及王萍这个从未受到爱情雨露滋润的女性网友的感受。以至于他自己觉得这些都是真的了。

在看守所里等待判决结果的时候，张海成便公然声明，自己的牢狱生活将是异常充实和丰富多采的——除了被强制着参加必要的劳动以外，全部精力和时间他都会用来编写一本小说。小说的主要内容就是她给王萍讲述的那个"爱情故事"。

"我真的是很佩服我自己的。"这是张海成落网后说得最多的一句话。

以情感作为诈骗手段的张海成发现，自己也中了邪，已经是彻头彻尾地爱上尚爱敏了。给她花了60多万块钱买了一辆进口名贵跑车，车主都写的是她的名字。还有许多高档首饰。每一个中外节日都有礼物。但是，让他沮丧的是，尚爱敏是和他上床速度最快的女人。她明显地并不把这些当做一回事。相反，张海成倒好像是她的泄欲工具一般了。

而张海成对王萍则很不公平，只有在她来月经的日子发去一条价值0.15

元的问候短信。他以为，对待王萍这样的女人，一条短信已经足够了。事实也正是如此。王萍如果一天得不到他的音讯，总会急得无法安心做任何事。她绝对感叹于张海成对尚爱敏的深情，也一直无条件地支持他对尚爱敏的追求。

张海成告诉王萍："我希望你给予我的不是爱情。本来我们是约定不谈恋爱的，甚至永不见面的。"

王萍表示同意："虽然我不相信爱情，但是我希望你幸福。你的痴情让我感动"

2006年7月的时候，张海成已经对倾注了无数心血都无法打动的尚爱敏彻底绝望了。但他并不甘心如此金钱的无偿付出。自己的钱虽然来得容易，但绝对不是这个用法。

促使张海成下定决心和尚爱敏彻底断交的原因还有：第一，王萍已经有了要打破"游戏规则"的明显迹象，也必须尽快甩掉；第二，他的下一个目标胡丽梅出现了。可他终于不甘心如此便宜了尚爱敏，是她真正伤了自己的心。

张海成毫无"过门儿"地向尚爱敏提出了借钱，而且开口就是100万元。对方也不是一般女子，马上就反问："你拿什么做抵押？就你那个小小的公司？"

直到这个时候，张海成更加深刻地明白，以后自己那个公司也不能呆下去了！他一下子脱口而出："我有一处房产，市价能值100万块钱出头。"

尚爱敏听说张海成有房子可以做抵押，也很痛快地答应了。

张海成当即告诉王萍，"故事"中的女主角终于被自己的"痴情打动"，答应了他的求婚。但前提是，自己必须有一所房子。剩下的事情就简单了，他提出让她把位于北京市西单地区的那套商品房暂时过户给他，他和她签署协议，用张海成的公司做抵押。话已出口，张海成立即将自己签字的协议以特快专递的方式送到了王萍手中。

这样做有几个好处：一是让对方明白自己结婚之心是如此的迫切；二是给予了对方极度的信任。信任是张海成对女人无往而不利的绝对法宝。

2006年8月，也就是和胡丽梅初此见面的前两天，张海成拿到了过户到了自己名下的王萍的商品房产权证。随后，和尚爱敏的抵押借款以及俘获胡丽梅的身心、并向她借钱的过程都进行得异常顺利。

同年9月初，张海成从胡丽梅的世界里消失了。不过为了进一步稳住王萍和尚爱敏，他必须再和她们周旋一段时间。但他知道这段时间绝不会很长的。也绝对不允许自己耽误很长时间。

9月中旬的一个早上，张海成打开手机，看到王萍在距离午夜他们网上聊天结束两小时后发来的一条短信："你们怎么还不结婚呢？你不会是骗我吧？"

张海成立即回复道："你真的觉得钱对我来说就是唯一重要的东西了吗？今天是你'倒霉'的日子了，给你寄去的'暖宝宝'应该收到了吧？把它贴在小肚子上，可以保持12个小时的热度。就像我温暖有力的双手，轻轻地呵护着你……"

发完这条信息，张海成拆除了手机的SIM卡，把它扔进马桶中，合着隔夜的小便一起冲得一干二净。看着快速旋转的水流，张海成开始后悔至今没有见过王萍一面。

落入法网：最后的"约会"

王萍、尚爱敏、胡丽梅这3个不幸的女人仅仅是张海成"成功运作"的少数牺牲品。早在她们之前的2005年底到2006年4月，还有5个女人没能逃脱他精心编织的圈套。但是张海成并没有从她们身上骗取到太多的财富。用他的话说，就是这5个女人只是自己"练手儿"的工具而已。他和她们一直保持着藕断丝连的联系，目的就是为了争取时间寻找并捕获到更大的猎物，积累一笔财产后离开去境外避避风头。尽管他知道其中一个女人已经怀有身孕，正在做着与他结婚的梦。

说到张海成的落网，肯定会让人感到异常吃惊。这样一个计划周密、思维敏捷的惯骗，竟然还无法逃脱一个"情"字！

2006年9月底，尚爱敏偶然发现张海成从王萍手中"购买"的那处房子其实并没有办理完全部的"过户"手续。于是她想方设法地与王萍取得了联系……

张海成竟然轻易相信了尚爱敏觉得"生活好累，好想找个宽厚的臂膀终身依靠"的短信，毫无防备地赶赴了对方和公安机关共同为其定下的"约会"。

2007年3月，北京市人民检察院第一分院依法对本市无业人员张海成利用伪造身份、虚假征婚和互联网聊天谈恋爱等欺骗手段实施诈骗一案提起公诉。4月4日，北京市第一中级人民法院做出一审判决，被告人张海成犯诈骗罪，判处有期徒刑15年。

纵观张海成对女性的欺骗手段，首先是对受害人的精心选择。王萍、尚爱敏、胡丽梅等8个女人，尽管都是商界强者或是具有高等学历的知识女性，但无疑都是感情的失败者和渴望者。她们头脑精明的优点，恰恰成为了张海成百般利用的缺点。这就是过分自信和聪明反被聪明误的道理。

其次，张海成一贯以博取受害人的信任为重要手段，加上他深谙女性心理的特点，采取的还是不急不躁、不温不火、放长线钓大鱼的方式，给受害人造成了不同程度的信任失误，从而屡屡得手。

第三，张海成天性聪明，为了彻底摧毁受害人的心理防线，他常常采用每天一个电话或至少网上聊天一次（发出的短信还未计算）的方式，问寒问暖，极尽关怀、体贴和为对方着想之能事，极大地满足了受害人的感情需求。

张海成之所以屡屡行骗得手，除了他处心积虑地研究女性心理、绞尽脑汁骗取对方信任以外，受害人方面也存在着一定的自己的问题。

张海成所寻找的诈骗对象都是一些有过婚姻经历的女性。因为她们饱尝过感情的甜美，因而就更对感情怀有更深的渴望；因为她们体验过感情的痛苦，因而也就更对感情的到来抱有审慎的态度。所以说，张海成的"对手"在感情方面都多少具有"防御力"和"识别力"。然而他并没有知难而退，反而更乐于接受这种挑战。原因是他很清楚她们心里的渴望和审慎，绝不急于求成，而是缓慢地用潜移默化的方式逐渐使对方对自己建立起强大的信任。

这些女性可能因为生理的要求而在与异性交往上显得比较随便，这本无可厚非，但却应当在张海成提出"借钱"要求的时候保持足够的警觉。这才是她们信任张海成之后显露出来的最大弱点。归根结底，张海成之流的最后目的绝不是性。

认真分析张海成案，我们也不安地发现，这些女性被害人私生活的随意、过于轻信等诸多问题也非常容易给骗子可乘之机。

还是那句话：女性在择偶时一定要冷静、理智，否则，下一个上当受骗的可能就是你！

爱上了安全部"特工"

王富诚是一个仅有初中文化的城市无业人员，长期无业，生活拮据，外貌平平。但是，就是这样一个靠领取城市最低生活保障金维持基本生活的他，却利用网络聊天工具，在短短2年时间里，先后骗取了5名女孩的7万元现金。在这5个女孩中，最大的25岁，最小的18岁，3个是大专以上学历，2个是在校大学生。然而，这些女孩子竟然都轻信了王富诚自称是"国家安全部特工"的谎言。当北京市第二中级人民法院判处其10年有期徒刑的时候，这位"国家安全部部长助理"已经是因为诈骗"三进宫"了。

王富诚诈骗的手段并不高明，在短短2年时间里，他屡屡得手。而且即便在他被捕之后，个别受害人仍然不相信所有的一切。在这5名受害者中间，第一个受骗上当的是个名叫秦梦岚的女大学生。王富诚不仅骗取了她1万元钱，还骗取了她的贞操。

翻开了王富诚的案件卷宗，里面详细地记录了他如何欺骗5名女孩子的全部犯罪事实。但是，令人百思不得其解的是，为什么那么多年轻貌美女孩竟然会被被这样一个一捅就破的谎言轻易欺骗。

仔细看完王富诚诈骗秦梦岚的犯罪记录，并单独约谈了已在狱中服刑的王富诚，整个犯罪过程才逐渐变得清晰起来……

网上情缘，女孩遭遇北京"神秘特工"

明宪宗成化十三年（公元1477年）夏，真定府晋州（今河北晋县一带）发生了一件骇人听闻的大案：一个名叫桑冲的淫棍，运用扮女相、设骗局、施迷药等手段，创下了10年间奸淫良家女子182名的骇人纪录！其实，桑冲的手段也不太高明，就是男扮女装，利用教授女子针线活计为名，暗行淫宿。从现代人看来，桑冲的伎俩其实也是不得以而为之，这是因为，在古代但凡平常人家，均对男女之防极严，大姑娘小媳妇皆深居闺阁。世易时移，在信息化时代的今天，骗财骗色者的作案工具可谓种类繁多，他们可以充分利用现代文明的成果，如电话、互联网等对受害人进行欺骗。其中，网络聊天工具已经成为骗子们最青睐的犯罪工具之一了。

只有初中文化程度的王富诚的一生，几乎全是伴随着"诈骗"和"监狱"这两个词度过的。1990年8月，刚满19周岁的王富诚因诈骗罪被北京市丰台区人民法院判处有期徒刑4年。刚被释放没2年，他又重操旧业，于1996年3月，因招摇撞骗和诈骗罪被北京市西城区人民法院判处8年有期徒刑，直到2004年3月17日才刑满释放。

37岁的王富诚先后两次因招摇撞骗和诈骗被判刑，两次刑期加起来整整12年。他很清楚，对于人的一生来说，12年绝对不是个"弹指一挥间"的时间跨度。

第二次出狱那年，已经34岁的王富诚已经错过了人生最美好的时光。他也曾想过要洗心革面重新做人，政府还给了他一年的生活救济，但他到处碰壁，一直找不到工作。因此痛改前非的心思也就慢慢地散了。

于是，第二次刑满释放的王富诚依然决定继续诈骗下去。而且他摆脱了以往传统的诈骗手段，玩起高科技，在网络上开始了新一轮的犯罪行为。

从骗色到骗财，一个又一个女孩被他欺骗，不仅满足了王富诚对金钱的欲望，也满足了对女人的性欲，让他欲罢不能。欺骗的目的正像王富诚自己所说的："我要找回我在监狱里失去的12年！我需要钱，更需要女人！"

第二次出狱回到北京后，王富诚发现北京的变化实在是太大了，楼越来越高，车越来越多，人们的脚步越来越快。当他懒散地走在宽广的马路上的时候，他的步伐已经不能赶上周围人的脚步。他发现自己已经被时代抛弃了。

王富诚生活单调、贫穷、难以为继，周围人因为知道他是个臭名昭著的大骗子，所以都躲避着他，没人再会相信他的话，即便是他真想重新开始生活。旁人尚且如此，父母、亲人也把他看作洪水猛兽退避三舍，甚至坚决不让他进门。

走投无路的王富诚，幸好得到了当地政府的一份每月300多元的最低生活保障金，还得到了一间10多平方米廉租住房。总算吃的、住的都有了。他也曾经尝试着去找份工作，但是很快人家总会发现他是个有前科的人。因此，他只能每天在城市里闲逛。

一个偶然的机会，王富诚接触到了网络。最初他只是上一些色情网站，慰藉自己最原始的冲动。慢慢地，他又学会了与别人网络聊天。在网络聊天的世界里，王富诚深信一条不变的定理——"没有人知道你是一条狗"。这种虚拟的人际交往方式，很像他熟悉的诈骗方式，具有极强的隐蔽性，而且还具有一般诈骗所没有的广泛性。所以他一下子被深深迷恋了，并很快熟悉和得心应手起来。从此之后，他就整天泡在网吧，经常一待就是一个通宵。

上网聊通宵有很多好处。一是通宵上网最便宜，一晚上10块钱，从晚上11点到第二天早上8点，网吧老板还送面包，又能玩又能解决吃饭问题，后来还给王富诚打了8折。二是通宵上网可以解决住房问题，上网时间一长，跟老板混熟了，白天就可以在网吧的凳子上睡觉。后来王富诚干脆晚上不回去住了，把自己的房子租给几个牌瘾大的出租司机到打牌用，一天怎么也有30到50元的房租进帐。他最长的一次是一个多星期没在家里睡过觉。三也是最重要的原因，就是通宵上网的时候，女性目标比较多，也特别容易上当。道理很简单，有男朋友的女孩子能通宵上网吗？那些通宵上网的女孩子，无非是感觉很无聊、孤单，说白了，就是想有个男的陪她。这样的女人当然也最容易上钩了。

2005年9月底的一个晚上，王富诚不经意的进入了一个北京网友聚集的聊天网站，在网络聊天室里，他用一个稀松平常的叫做"大风"的昵称跟一个叫"梦里知音"的网友搭上了话，两个人很快聊了起来。他们聊到山水名胜、和旅游，从白山黑水聊到天涯海角，从东海之滨聊到西部高原。王富诚之所以擅长这个话题，正是因为他的狱友来自天南海北。在监狱无聊时的聊天中，王富诚已将祖国各地名胜悉数掌握。最值得一提的是王富诚能够准确说出各地的风味小吃、特色佳肴，说得"梦里知音"直流口水。交谈中，王富诚感到这个"梦里知音"不仅善解人意，而且字里行间跳动着善良和单纯。当他得知对方只有 22 岁，是个刚刚毕业的大学生时，为了抬高自己，王富诚自称 30 岁，是一所名牌大学法律专业毕业生。他还在网上跟"梦里知音"大谈特谈法律，其实，王富诚的那点法律知识也是他长期牢狱生活中积累下来的。但是，就是这点三脚猫的功夫足以让"梦里知音"佩服得五体投地了。

随着话题的深入，"梦里知音"忍不住开始打听王富诚的职业。他想故意逗逗这个小女孩，就神秘地告诉"梦里知音"："这是国家机密，还不能告诉你。"

"国家机密？难道你是地下工作者？""梦里知音"惊讶地问。

"你怎么知道我在国家安全部工作？"

"哈哈，我猜的，真的？"

"真的。既然你猜出来，我就直说了。我确实是在国家安全部工作，这些日子的任务是监视我现在上网的这个网吧里的人。"王富诚熟练地打着字。既然话说到了这里，他就打算干脆继续编造下去。其实当时他只是觉得这么做挺好玩儿的而已。

"真的？没影响你工作吧？"

"没有，干我们这行的，既要能眼观六路，又要能一心二用。和你聊天不会影响工作的，而且和你聊天，非但不影响工作，还不容易被对方发现，你对我们的工作还是有贡献的。"

"是吗？那你经常上网吗？"

"倒不是经常上网，主要还要看工作是否需要。譬如今天，真没想到能碰到你。"

"那我们岂不是很有缘分？""梦里知音"腼腆地问。

"是呀，看来我们还真挺有缘分的，我也真希望你成为我的知音。"打完这段字，王富诚给"梦里知音"发了一个飞吻符号。没想到"梦里知音"也马上就回了他一个吻。

这一天晚上，王富诚和这个"梦里知音"两个人聊了大概4个小时。为了把这个好玩儿的游戏长久地进行下去，他突然打字给"梦里知音"说："我盯梢的人要走，明天晚上11点再聊。"说完，不等她回答就立刻下线了。

第二天晚上，心猿意马色心难耐的王富诚好不容易熬到了11点，急忙登陆了QQ，一眼就看到了"梦里知音"等在那里。但他并没有马上在QQ里现身，而是用隐身的方式密切关注着对方的一举一动。"梦里知音"显然也已经在QQ等候多时了，但是无法看到王富诚上线。最后，她终于忍不住给王富诚发来了信息："真讨厌，怎么不按约定准时上网呀，我都等了你半天了！"没过一会儿，"梦里知音"又发了一条消息："你在不在？怎么还没上网呀？"

王富诚看到了"梦里知音"发来的消息，心中一阵窃喜。他能感觉到，这只畅游在梦幻里的小鸟已经开始向他飞过来了。

大约10分钟后，王富诚感觉时机已经成熟，便改变了刚才的隐身方式，在QQ上现身了。王富诚一出现，"梦里知音"起初还有些嗔怪，他便不住地向"梦里知音"嘘寒问暖，不住的赔礼道歉，显得特别绅士。很快，"梦里知音"原谅了他，他们又像老朋友一样继续侃侃而谈起来。

每天与"梦里之音"聊天，似乎给王富诚点燃了希望的火种，"我一定要泡她"的念头渐渐在他的脑海里浮现而且占据了所有位置。每天他都是胡乱啃完几个干面包之后饿狼一般地期盼着晚上跟"梦里知音"的网上聊天。每次倾心交谈之后，王富诚都会兴奋很久。两人在网上只要一"碰面"，就会聊上几个甚至十几个小时。

几天之后，"梦里知音"告诉王富诚，她的真名叫秦梦岚，是个22岁的北京女孩，刚刚大学毕业，暂时还没找到合适的工作，平时喜欢上网聊天。他装作不经意地询问了秦梦岚的身高、体重。当他得知秦梦岚身高1米63米，体重55公斤,并在摄像头里看到秦梦岚娇媚的脸庞时,按耐不住的淫欲几乎快把他燃烧了!

秦梦岚介绍完自己后,随即询问起王富诚的情况来。他告诉她自己的身份是绝对机密的,只能告诉她一个人。还要求她千万不要告诉别人。

王富诚对她说:"我现在的工作就是在网吧盯梢,被盯梢的是一个利用网络工具与国外敌对势力进行联系的间谍。"至于个人的自然状况,王富诚胡诌说自己真名叫李建伟,毕业于某国外名牌大学法学院,自己是家中的独生子,父母是归国华侨,在印度尼西亚做买卖,有数亿元美元的存款。他故做真诚地告诉秦梦岚:"为了国家的使命和安全,我甘于平凡,把自己的青春献给祖国,为了事业耽误了自己的婚事,至今单身一人。但愿我们从此相识相知,你我成为彼此的知音,等完成任务后,我一定好好地陪你。"

秦梦岚不禁感叹,这也许只有在电影中才会出现的情节,竟然突然出现在自己的生活中。"特工""亿万家产的继承人""未婚"……当这些词汇源源不断地出现在秦梦岚脑海里时,又怎能不令她心潮澎湃!

单纯的秦梦岚兴奋得不能自已,心里仿佛有了寄托。跟网上这个"特工"聊天时,秦梦岚表现出了她这个年龄应该有的崇拜。每天晚上她都不肯下线,都要跟这个正在执行任务的"特工"聊上很久很久。

秦梦岚是个单纯善良的女孩,因为没有工作无所事事,正处于人生中的情感低潮。在网上遭遇王富诚后,秦梦岚觉得缘分可能真的来了。这个"李建伟"不但是一名神秘"特工",而且是个钻石王老五,这样优秀的男人简直是万里挑一啊!比她大8岁的"李建伟"也正合她的心意。秦梦岚内心的涟漪在一瞬间变成了痴情的狂澜巨浪,爱情的春潮一波一波撞击着她的芳心。于是,在聊天的时候,秦梦岚试着向"李建伟"抛出了绣球,表达了自己的爱慕之情……

几天后,王富诚故意晚了很长时间才登陆QQ。这时候秦梦岚已经在网上恭候多时了,他解释对她说:"今天我盯梢的那个人没有在11点准时上网,这不他刚进来。你一定要原谅我啊!"

"你要是想让我原谅你,就得看你有没有诚意了。"秦梦岚半是撒娇地说。

"那你说，怎么算有诚意？"

"你请我吃饭吧。"秦梦岚试探地问。

此时，王富诚也觉得自己已经放了三个多星期的长线，该到了收网的时候了，于是爽快地答应了，并且约好了见面时间和地点，索要了对方的手机号码。当秦梦岚也想要他的联系方式的时候，王富诚神秘地说："保密，不能在网上说，明天告诉你。"

以身相许，痴情女为"特工"献贞操

此时的王富诚依旧是那个靠城市最低生活保障金过活的男人，经过近一年的不懈努力，终于攒钱买了一部二手手机，其实这部手机对于他的生活本身来说并不需要，但他明白，为了自己的诈骗"事业"，就是省吃俭用勒紧裤腰带也必须得买。

这是2005年秋天的某个下午，这一天，王富诚终于与那令他魂牵梦萦的秦梦岚见面了。

但当秦梦岚第一眼见到王富诚的时候，却对这个自己朝思暮想的情郎就大失所望。王富诚着实可以用"邋遢"两个字形容，衣服脏兮兮的，好像很久没有洗，胡子也很久没有刮，头发乱哄哄地顶在头上。这副模样，既与秦梦岚理想中的"詹姆斯·邦德"大相径庭，也与在网络视频里见过的样子有很大差距。关键的是，这个"特工李建伟"的形象实在是猥琐不堪，眼神中仿佛透着某种邪气。

秦梦岚的脸色当即起了变化，冷冷地对王富诚表示要离开。但王富诚绝对是不会轻易失去这个千载难逢的良机了，连忙巧舌如簧地对秦梦岚说："我这个样子也实在没办法呀！现在我的任务就是要装成这个样子去盯梢，再过些日子任务完成了，我一定会让你感觉我的与众不同！"

秦梦岚本来对王富诚的这个"特工"已经身份深信不疑了，见他这样说，她不但没有起疑心，反而感到了跟"特工"谈恋爱的不同一般的神秘、刺激。

王富诚知道那时侯在秦梦岚的眼里,他的身上始终笼罩着一层神秘的光环。所以,在他一番花言巧语之后,秦梦岚兴高采烈地跟着走了。他只是请秦梦岚吃了顿鸡蛋炒米饭。他的理由是:"晚餐确实是简单了一些,实在是没办法,我们特工从来都是单线联系,最近一段时间不知道怎么的,我的上线领导一直没有跟我联系,也没给我活动经费。现在我的钱快用完了,又担心到银行取钱会暴露身份,所以只好委屈你了。等我有钱了,一定请你吃大餐。"

说到这里,王富诚看出秦梦岚非常感动,大方的非要自己掏钱。他不能失去这个展现男人尊严的机会,于是执着地结了帐。吃饭的钱都舍不得花,还能够骗得了女人吗?

吃完晚饭,王富诚提议带秦梦岚去自己的"工作场所"看看,感受一下"特工"的生活。他料定秦梦岚绝不会错过这次机会。其实他说的"工作场所",无非是自己租住的那套仅有10平方米的廉租房而已。

果然,单纯的秦梦岚又一次上钩了。

走进王富诚的家门,秦梦岚感觉到一股刺鼻的浊气扑面而来,里面混杂着脚臭味、烟味和其他说不出来的气味。然而,此时的秦梦岚已经对这些满不在乎了,她的好奇心已经占据了心里的主要位置。

王富诚此时也煞有介事地给秦梦岚介绍起来:"真是没办法,我的工作场所也是我执行任务和休息的地方,这里比较偏,不会引起别人的注意,而且只有这样的环境才能非常适合我执行任务时的身份。"

"真是太艰苦了,你也太委屈自己了。"

"嗨,为了祖国和人民,自己受点罪算是什么呢?关键是要维护国家和人们的利益!"

听到王富诚的慷慨陈词,秦梦岚深受感动,不禁又增加了一层对王富诚的爱慕之情,也增加了对他的崇敬。

王富诚的家确实是家徒四壁的,屋里没有一件值钱甚至完好的物件。一张床占据了小半间房,还摆着一张破旧的写字台和用纸箱当作的凳子。

王富诚暗自观察着秦梦岚,见她小心翼翼地坐在了床沿上,一双水灵灵的大眼睛用充满好奇的目光环顾四周，长长的睫毛忽闪忽闪的。他故意把房间的光线弄得异常昏暗，只有这样才能使这个年轻女孩觉得充满了神秘色彩。也只有这样，才能使他更加感觉到秦梦岚的美丽和纯洁。

到嘴边了的肥肉是绝对不能放过的。王富诚故意说："你瞧，我这里没有一件东西是我自己的，所有东西都是领导事先安排好的，床、桌子、凳子、被子、水杯等等之类，所有的物件，都要能满足我们特工工作的需要，而不能有一点纰漏。"

秦梦岚眨了眨眼睛，十分好奇地听着眼前这个大"特工"在讲解特工知识。

"你瞧，就连我这里的书籍都要满足工作需要。"王富诚说着，随手从一张破旧写字台的抽屉里拿出了一本杂志放在秦梦岚手里。秦梦岚定睛一看，顿时满脸绯红。原来，王富诚给她的原来是一本黄色画册，封面就是一个裸体女人在那里搔首弄姿。王富诚一页一页地翻看画册，故意递给秦梦岚看，好像有些生气地继续说着："你瞧瞧，连这些东西都放在我这里，都是敌人逼出来的，做我们这行的要能屈能伸呀！"

秦梦岚用深情的眼神看了看王富诚，甜甜地说："也真难为你了。"

王富诚感觉秦梦岚的眼神已经因为这些赤裸裸的照片而发生了变化，身体也渐渐冒出了不同寻常的热气。明白时机不容错过，王富诚伸出了胳臂，果断地把她搂进怀里，嘴里还非常深情地说："也就你能体谅我啊。从你的话语和行动中我知道你是真诚的。经过慎重考虑，我决定跟你交往，希望你也能接纳我。"说着王富诚便在秦梦岚的额头上深深地吻了一下。

这天晚上，秦梦岚在这间破房子里留宿了。还给家里打了个电话，说是在女同学家住就不回家了。王富诚当然不能放过这个千载难逢的机会，疯狂地不断蹂躏和占有着她，发泄着8年来被法律牢牢禁锢的无穷欲望。

秦梦岚不仅让他找到了一种久违的激情，自己也在身体的痛苦与兴奋，失去处女的酸楚与得到"爱人"的兴奋之间挣扎、迷惘和快乐着。最终，她觉得自己应当为这晚发生的一切感到庆幸。她觉得，自己和心上人有了性关系之后，他们爱情的根基就夯实了。秦梦岚觉得他这样一位"国家安全部特工"神秘莫测，将来肯定前途无量。而自己仅仅是个没有工作的普通女孩，能够找到这样的男友是她的幸运。

秦梦岚把自己身上带的300元钱递给了王富诚，让他别老是吃鸡蛋炒米饭。王富诚先是故作推辞，最后装做无法拒绝而勉强收下。为了表现男人的尊严，他表示跟上级领导会面后，一定要还钱，还歪歪扭扭地写了张欠钱字据给了秦梦岚。秦梦岚哪里肯收这张字据，顺手放在了写字台上，深情地吻着王富诚说："我是你的人了，还跟我提这些干吗？只要你以后对我好就行了。"

财色兼得，"特工"骗子全面行动

人的欲望是无止境的，正所谓得陇望蜀、得一望二、贪得无厌……其实，人类没有欲望就不能生存、就不能进步、就不能发展。然而就是这种与生俱来的欲望，使得人类变得贪婪，残忍，虚伪。

从此以后，饱尝了甜头的王富诚继续以"国家安全部特工"身份全面出动，借着和秦梦岚交往的经验，频频利用网络向别的女孩撒下欺骗大网。在短短3个月的时间里，王富诚又与三四个女孩聊得火热。当然，秦梦岚他也没有放弃，除了在网上聊天外，也隔三差五地哄骗她来到自己的"工作场地"，一次又一次地疯狂占有着她。

那时侯秦梦岚还完全沉醉在爱情的甜蜜之中，只要王富诚提出见面，她马上就来到王富诚那个"办公场地"。她知道"李建伟特工"的时间是非常宝贵的，他们俩人在一起的时间就更是如此。

在王富诚的不断叮嘱之下，秦梦岚一直没有把与他这个"特工"的爱情故事讲给任何人，也从来没有为他一见面就只是和她上床的行为表示过丝毫的怀疑。她坚定地相信，那是爱她的表示。为此，她还不断地听信他的谎言，给了他不少钱。

秦梦岚对爱情的执著，竟然都使王富诚这样的老骗子感到于心不忍了。但他早已练就了一副铁石心肠。有时候欲望高涨了，连对方月经的时候也不放过。

渐渐的，王富诚开始感觉到自己在与秦梦岚聊天的时候已经语枯词穷，而且在与她发生关系的时候也没有了原先的那种激情。他本打算对秦梦岚开始金钱上的诈骗，但又想到毕竟秦梦岚只有22岁，没有工作也没有收入，尽管她对自己一片痴情，到头了也就是骗些她的零花钱，不会再有更多。王富诚慢慢想着计策，回想着与秦梦岚说过的每一句话，终于，他想到了一个办法。

2006年1月的一天，王富诚急匆匆地把秦梦岚约到自己的小屋里，一脸沉重地对她说："现在有一件非常紧急的事情。"

"怎么了？"

"你还记得你第一次跟我见面时候，我说我的直线领导一直没有与我联系吗？"

"嗯，好像是说过。他来找你了？"

"一直没有，他死了。"王富诚边观察她的表情边说，"我今天从一个线人的嘴里听说的。据说是被一个外国的间谍组织诱杀了！"

"啊？真的？那你打算怎么办？"秦梦岚惊讶的表情表示她已经相信他说的全都是真的了。

王富诚进一步故弄玄虚地说："按照我们组织的规定，如果出现像我直线领导死亡的事情，我们就要启动应急机制。"

"什么应急机制？"秦梦岚大惑不解地问。

"这个应急机制非常复杂，你听不懂，再说也是机密。是我们组织最最机密的事情了。"他胡乱搪塞着，准备尽快直奔主题。

"哦，那我不问了。你找我来就是说这些吗？是不是需要我帮什么忙？"

"嗯。你能帮我忙吗？"他表情显得有点犹豫。

"为了你，我什么都干！"秦梦岚斩钉截铁地说。

"能不能借我1万块钱？我的身份不允许我去银行取钱，我要去一趟广州。"

"广州？挺远的，为什么要去广州？"秦梦岚大惑不解地问道。

"机密，估计只有我娶了你以后才能告诉你，这是我们组织的纪律。"

当听到眼前的情郎说要娶自己的时候，秦梦岚的脸刷的一下子红了，她甚至不相信自己的耳朵，心里美滋滋地开始浮想联翩了，肯定想到了与他生孩子之类的甜蜜的事情。王富诚知道，当美妙的想法完全占据了她头脑的时候，她就会根本不关心钱这个问题了。果然听到秦梦岚对他说："好的，我尽量帮你弄钱，你等我的消息。"

王富诚马上表现出十分感激的表情，也有了一种喜悦，不过这种喜悦确实是他内心的真实流露。

没过几天，秦梦岚就揣着1万块钱来到了他们温存的小屋里。王富诚还是坚持要打借据，并问是怎么得到钱的。其实王富诚问这些的目的还是不想让秦梦岚把事情原委告诉给父母。秦梦岚就说，钱是从家里存折上偷取出来的。

那一天，秦梦岚与王富诚依依惜别。从此，她就再也没有见过这个"李建伟特工"。直到公安局约见她的时候，才如梦初醒。但为时已晚。当秦梦岚最后一次见到"李建伟特工"的时候，他已经站在了人民法院被告人席接受法庭的审判。

事情败露，"特工"骗子终落马

"多行不益必自毙"，这是非常富有哲理的亘古训条。对于任何一个犯罪分子而言，触犯法律终将受到严惩，天网恢恢，疏而不漏。也许他们当中的有些人可以暂时逃脱法律的制裁，但是，他们能逃脱的了内心一生的谴责吗？

拿到了1万块钱之后，王富诚当然用不着真去广州。他先是换了一个住处，然后用骗来的钱买了几件家具、置办了一身西服，穿着西服照了照片，还换了手机号码，充分做好了继续干下去的准备。

在之后的一年里，王富诚故伎重施，打着"国家安全部特工"甚至"国家安全部部长助理"的名义大肆在网上展开诈骗活动，先后有骗取了4个女孩的身体和金钱，累计共骗得钱款7万元。每个女孩都在他租住的房间里心甘情愿地为他献出了身体。

到后来，王富诚逐渐总结出了一套行骗经验，还以"邦德"的昵称将它发表在自己的博客当中。在他看来，最容易得手的是那些具有单纯的、具有大学学历的女生，她们从未走进社会，只要爱上一个人，就会死去活来，甚至为了爱情抛弃家庭和生命。而且，他还发现，越是漂亮的女生，越容易上当，因为这些女孩子总有一种不劳而获的想法，还十分虚荣，总想着有朝一日灰姑娘变成公主，嫁个有钱的老公，锦衣玉食、珠光宝气，享受一生荣华富贵。

正当王富诚为自己的战果沾沾自喜，继续寻找新的作案目标的时候，还是灵验了那句"多行不益必自毙"的古话，终于东窗事发了。

这次，王富诚几乎也如同前4次一样故伎重施，轻易博得了女孩的爱情，很快占有了她的身体，编造执行任务的借口向女孩子要钱。虽然他一再叮嘱不要将事情告诉家里人，但这个女孩在家中偷钱时被父母发现并逼问，只好说出了实情。

女儿的父母觉得非常奇怪，实现也感觉到最近女儿行动比较反常，除了经常上网聊天，出门过夜，还老是向家里人要钱。在得知女儿的男朋友是国家安全部的特工和经常向女儿要钱花的情况后，女孩父母越来越觉得事情不对：堂堂一个中国人，就算是国家安全部的特工，难道在自己国家里也要偷偷摸摸的，岂不是笑话？再说了，国家安全部就在北京，为什么非要跑到广州？

他们立即向公安机关报了案。公安局在了解情况后，也觉得涉嫌犯罪的可能性极大，很快就予以立案侦察并在王富诚居住的主处外布好口袋，守株待兔将"特工"随即被抓获归案。

王富诚这个"神秘莫测"的"特工"，被原本以为是要送钱给他的"情人"送进了他再也熟悉不过的老地方——公安局。

最为可笑的是，进了公安局的王富诚依然口口声声自称是"国家安全部特工"，自己执行的任务是国家机密，并拒绝回答任何问题。

办案人员很快便经过核对指纹、以及通过王富诚申请廉租住房的个人信息，确定了这个"李建伟特工"的真实姓名和身份。

以为好不容易攀上"国家安全部特工""亿万家产继承人"这棵梧桐树的

高枝、刚刚由麻雀变成凤凰的秦梦岚，得知自己朝思暮想的情郎是个十足骗子的消息后，精神几乎立即全面崩溃了。她神情恍惚、伤心欲绝。"他这个畜生，他糟蹋了我！"秦梦岚痛苦地呼喊着。可要知道，被伤害的岂止是她一个女孩呢？

而王富诚这个老骗子，即使身在公安局，还想逃脱罪责，一口咬定是在跟秦梦岚谈恋爱，所诈骗的钱都是秦梦岚自愿给的。但是，这些鬼话简直不堪一击，王富诚必须对自己的犯罪行为负责。在大量的证据面前，骗子终于底下了头，老实交代了自己如何骗取5名女孩肉体和金钱的犯罪经过。

2007年4月17日，北京市第二中级人民法院作出一审判决，以招摇撞骗罪从重判决，判处王富诚有期徒刑10年。

王富诚回到了他所熟悉的看守所。但对于年轻单纯的秦梦岚而言，这无疑是她一辈子的痛。她万万没有想到，如此一场风花雪月的"激情"，竟然毁了自己美好的爱情、贞操。她和同样受骗的4个女孩一起向北京市人民检察院提起了抗诉请求，认为王富诚的行为构成了强奸罪，认为王富诚骗取她们身体构成了《刑法》第236条强奸罪中"其他手段强奸妇女的情形"，她们希望法院判决他死刑。因为这个骗子的罪过太大了，枪毙一次都不能抵偿他欠下的孽账。

但是，对于受害人来说，法律也是无情的。北京市高级人民法院在终审判决中指出，王富诚在与5个女孩发生性行为的时候，未违背妇女意志，发生的性行为反映了几名女孩当时的真实意愿，不构成强奸罪，故维持北京市第二中级人民法院的一审判决。

正是秦梦岚等 5 名女孩爱慕虚荣的弱点才导致自己上当受骗。这个案件为网恋者敲响警钟，给了人们一个启示：在虚拟的世界里，哪怕是一次虚荣的出轨，都可能酿成一生的悔恨。

警惕：有些骗术可能是为你"量身定做"的

在采访中，我们也注意到各类针对女性的诈骗，案犯对作案对象——被害人都有非常独到的研究，有些骗术甚至是针对诈骗对象"量身定做"的。例如本案，这个老骗子王富诚自知骗成熟女性比较困难，就将目标锁定在年幼无知的少女。

《狐狸和乌鸦》是一则妇孺皆知的经典寓言，讲的是狐狸用花言巧语骗取乌鸦嘴里的肉，结果使爱慕虚荣的乌鸦上当受骗。虚荣心到底是什么？心理学认为，虚荣心是一种扭曲了的自尊心，是自尊心的过分表现，是一种追求虚表的性格缺陷，是人们为了取得荣誉和引起普遍的注意而表现出来的一种不正常的社会情感。在日常生活中，人人都有自尊心，人们都希望得到社会的承认，自尊心强的人，对自己的声誉、威望等等比较关心，而虚荣心强的人一般的自尊心也很强。从个体心理方面来分析，虚荣心产生的原因有以下几个方面：

一是面子观念的驱动。爱面子是中国社会普遍存在的一种心理，"面子"反映了中国人尊重与自尊的情感和需要，丢面子就意味着否定自己的才能，这是万万不能接受的，于是有些人为了不丢面子，通过"打肿脸充胖子"的方式来显示自我。

二是与戏剧化人格倾向有关。爱虚荣的人多半为外向型、冲动型、反复善变、做作，具有浓厚、强烈的情感反应，装腔作势、缺乏真实的情感，待人处事突出自我，浮躁不安。虚荣心的背后掩盖着的是自卑和心虚等深层心理缺陷。虚荣心强的人往往都不愿脚踏实地地做事，而是经常利用撒谎，投机等不正常的手段去渔猎名誉。他们在物质上讲排场、搞攀比；在社交上好出风头；在人格上又很自负、嫉妒心重；在学习上不刻苦。

那么，如何克服虚荣心理呢？

本案检察官韩蕾忠告青年女性朋友："首先，要有正确的人生目标，一个人追求的目标越高，对低级庸俗事物就越不会在意。其次，对荣誉要有正确有认识，希望得到别人的尊重是正常的，但这种尊重的基础是自己的有所作为，而并非无所作为、弄虚作假，否则，即使眼下得到尊重，终有一天也会露出麒麟皮下的马脚来。三是要有自知之明，要对自己的长处和短处都有清晰的认识。承认自己有这么多长处，坦白自己有这么多短处，实事求是地对待自己，虚荣心理的基础就会大大削弱，许多麻烦的事情就能避免。四是不必计较别人的议论。有些青年人好虚荣主要不是在于争到非份的殊荣，而是在于对各种非议的避免。"

当然，不论骗子的手段多么高明，最终也会露出其豺狼本性和不能避免的马脚。所以，年轻的女性一定要睁大双眼！

情诱之罪

拥有迷人的身段，美丽的容颜，这是多少女孩子梦寐以求的心愿。赵雪燕知道自己很幸运，上帝在给予了她令人妒忌的外表的同时，还给予了她智慧——她以高分考取了北京的一所重点大学。如果，当初一直坚持读下去的话，她现在早已经从金融专业毕业，有一个体面的工作了。

天生赋予的厚爱以及后天的不懈努力，花样年华的她原本该正朝着自己的锦绣前程迈进，而令人遗憾的是，此刻她却已沦落成了一名高墙内的罪犯。因为她没有选择正确的方式面对人生的风雨，从高中到大学的几年时间里，她的家庭，她的人生都经历了巨大的转变。

她爱过，恨过，也被无辜伤害过，屡遭打击的她，最终选择了一条逆向的路——放弃。

在北京女子监狱，24岁的赵雪燕接受了我们的采访。

她的确很美，美得让人眩目，身着囚服也丝毫掩盖不了她的美丽。可如今，她却认为美丽带给了她所有的不幸，如果可以选择的话，她宁愿做一个相貌平庸的普通女孩，过着平凡的生活。

下面的文字根据她的口述整理，希望她的不幸经历，能给那些涉世不深、憧憬浪漫爱情的女孩子一个很好的警醒。

17岁生日的那个晚上，她成了女人

别人都说我像妈妈年轻的时候，都那么美丽，甚至我长得更是青出于蓝而胜于蓝。然而美丽的女人不一定幸福，美丽女人的背后有多少辛酸，又有多少人知道呢。

17岁那年，我恋爱了。那时我家还在大连，我在大连某中学读高二，吴毅是我们班公认的帅哥，而我则是班上的白雪公主。理所当然地，我们走在了一起。每天一起上学，一起回家，校园里总能见到我们形影不离的身影。

我永远不会忘记那个夜晚，那个难忘的17岁生日……

"燕，看到么，传说看到带红光的流星，相爱的人就可以永远在一起。"吴毅指着天空划过的一颗流星，"以后你的每个生日，我都会在你身边陪伴你度过。"

"毅，我爱你！"吴毅的话，让我仿佛看到了白发苍苍的我们依偎在一起看流星的情景。我情不自禁地扑在他的怀中。

"我也爱你！"吴毅心疼地轻轻拥着我，抚摩着我干燥的双唇，"燕，我要给你足够多的爱……"他用几乎让我窒息的力量搂着我，嘴唇紧紧地印在我的双唇上。我们的舌头互相缠绕着。吴毅已经有胡须了，扎得我有点疼，但这反而让我的心跳加快了，我感受到一股难言的酥麻感。身高1米8的吴毅肌肉很发达，闻着他身上传来的阵阵男人气息，我软瘫无力地溶解在他的怀中。

不知什么时候，吴毅把手伸进了我的衣服，正顺着我的腰、背部，一直慢慢地向上探索。这是我第一次让男性接触自己的身体，吴毅的手掌厚实宽大，我的心不禁"扑通、扑通"地跳起来。吴毅的手越摸越往上，好像已不甘于只在背后抚摸，慢慢地，他那温暖的手掌绕到了我胸前。我很清楚吴毅想要做什么，但我无力任何的抗拒，我知道吴毅喜欢这样，我爱吴毅，我愿意为他做一切他喜欢做的事情。

过了很久，吴毅才恋恋不舍地把我放开。我心里却突然有种若有所失的感觉，双手仍紧抱着他不放，"吴毅，我要永远和你在一起，永远永远。"

吴毅温柔地抚摸着我长长的秀发，"燕，今晚不要回去了，我在附近有间屋子，我们去那里过夜，好吗？"

我没有作声，微微地点了一下头。我知道这意味着什么，我很愿意把我的第一次献给吴毅。我有很多同学都拍了拖，但她们总是把最后一道防线守得很死。她们说还是把第一次留到洞房那一晚好。但我却不太认同她们的观点，有多少女性的丈夫其实并不是她们最爱的人，与其把最宝贵的东西献给一个不是自己最爱的丈夫，还不如将其献给自己曾经最爱的男朋友。因此，即使我和吴毅以后不能在一起，我也不后悔今晚的决定。

这是我第一次在男孩面前脱光衣服，但我还是尽量地克制羞涩，鼓起勇气把自己最美的一面呈现在吴毅面前。我遗传了妈妈细腻白嫩的皮肤，加上修长的腿，拥有这样的身材连我自己都感到骄傲。

"燕，你好美啊。" 吴毅被我的身材深深迷住了，他情不自禁地用手在我身上来回抚摸起来。心上人的赞美让我更感到骄傲，吴毅迫不及待地脱光了自己身上的衣服，我们两人在床上开始拥抱着、吻着。吴毅的皮肤也很光滑，我紧贴着他的胸部，去感受那股来自男人的热量。他用舌头舔着我的脖子，用牙齿轻轻地咬我，那份感觉好充盈，好美妙……

就这样，在我17岁生日的那个晚上，我变成了女人，变成了吴毅的女人。那感觉好美，好美，我第一次感受到了做女人的幸福。

上大学后，早开的爱情之花凋谢了

我是个缺少父爱的女孩。我爸爸很好赌，经常一赌就一个通宵，还输了很多的钱。妈妈怎么劝他都没用，有时说多了免不了会吵上一架，甚至我爸还会打我妈妈。总之家里就是不太平，我不喜欢我爸爸，也不喜欢回家。我最享受和吴毅在一起的时光，那时吴毅是世界上最疼爱我的男人，把我当成一块宝，捧在手里怕掉了，含在嘴里怕化了。和吴毅在一起的时候我们总是如胶似漆，难舍难分。吴毅家在郊区有一套房子，空着没人住，我们就常去那里，很多时候我干脆不回家在那里过夜，父母也懒得管我。

我们经常做爱，我很享受那份亲密无间的感觉。我把自己都给了吴毅，我的身体，我的心。我爱他，为了他，我可以付出一切。

然而，命运很快地把我们分隔了，吴毅上了广州的一所大学，而我则被北京的一所重点大学录取了。我一直以为这种分离只是暂时的，因为吴毅在出发前还深情地吻着我，告诉我他会爱我一辈子。我相信他，也相信我们爱情一定会地久天长。

让我快乐的吴毅，想不到他也同样地不吝于给我痛苦。

开学一个多月，我已逐渐适应大学里的校园生活，轻松之中带着点悠然自得，因为学习不用再像高中时那么紧张了。在大学里，学生的感情更是无所顾忌地释放出来，很正常地，我的身边照样围绕着很多男孩，有同班、同级、高年级的同学，甚至还有年轻的老师，当然老师的表达方式绝不会像学生那么大胆，毕竟，他们还得维持自己为人师表的形象。这一点也没让我觉得特别的惊喜，因为从小到大，我基本上已很习惯了这种众星捧月的角色。不过我心里很清楚，他们都是冲着我的美丽而来的，他们爱的只是我的外表。但他们却不知道，温柔地拒绝了他们的我，心儿早就被远在广州的吴毅占据了。我深爱着吴毅。一想起他，一想起我们以前共度的那些甜蜜日子，我就会情不自禁地偷偷笑起来。现在，吴毅是否也在想我呢？

星期天，心情特好的我约了最要好的室友苗佳去逛街，我买了一套白色短袖的裙子，上面点缀着鲜艳的红色。虽然图案并不花俏，但穿在身上很性感，特别是像我们这种年龄的女孩，能充分呈现出我们青春的一面。那晚我特地穿上了这件新衣服，想不到穿上后比想象中还好看。连苗佳都羡慕说："小燕，你的皮肤好嫩啊，像婴儿一样，要是你把皮肤给了我就好了。"

能得到姐妹由衷的赞美，我心里当然格外欢喜。突然间我好想吴毅，就马上给他打了个长途，话筒里刚传来他那熟悉的声音，我就雀跃地告诉他我今天心情很好，告诉他我买了一件很漂亮的衣服，告诉他我在这里的一切，告诉他我有多么的想他……我只顾着自己不停地说着，说着。

"小燕，"吴毅似乎已没有继续听下去的耐性，他打断了我的话，"小燕，对不起，我们分手吧。"

我惊住了。我听错了吗？他在说什么了呀？不可能！肯定是我的幻觉！

"小燕，对不起，我……我们分手吧。"吴毅再一次重复着。这一次我是真真切切地听到了，与此同时，我也听到了来自体内的一种清脆的散落声，我知道，那是我的心落在地上，破碎的声响。

我沉默着。

"对不起，小燕，我……我……我有新的女朋友了。"吴毅好像有点不安，或者说他还有点内疚。只是，那都不是我想要的。可是，我还能要什么呢，我还能对他要求什么呢？"不用说对不起，吴毅。我理解，祝你们幸福！"

"小燕，你要保重自己……"

"谢谢，我没什么的，我很好，你也很好……"

我知道自己开始有点语无伦次了，虽然强装镇静，但内心的刺痛却无法抑制。我缓缓地放下电话，霎间，眼前的世界不停地旋转，我的手在颤抖着，感觉到了无涯的冰冷。

我无力地向外走去。苗佳正聚精会神地看着那本她为之钟情的言情小说，没有留意到我。我一边无意识地走着，一边在内心里哭泣、呐喊：吴毅，我最爱的男孩啊，你为什么这样对我，为什么，我们分开还不到两个月，你竟然另觅新欢……除了不停地问自己为什么，我的脑袋里一片空白。下了楼，走出了宿舍，我茫然地走到操场的一个角落，抱着头蹲在地上，眼泪开始一颗一颗，一串一串，最后如决堤的洪水，我无声地抽泣着，承受着心里无尽的痛楚。

直到我哭累了，哭得已经没有眼泪可再流了，我明白我的爱的确已经不在了。可是，即使没有了爱，没有了吴毅，难道我就生活不下去了吗？不！不！我要活得比现在更好！比吴毅更好！

埋葬了初恋的我刚回到宿舍，苗佳便急急忙忙地上前跟我说："小燕，你去了哪里啊？你妈妈刚才打电话说有急事跟你说，我们到处都找不见你。你……"这时她才注意到我哭得红肿的双眼，"你怎么了？小燕……"

来不及向她解释，我连忙往家里挂电话，在电话里，我又收到了一个让我更难以接受的坏消息：爸妈离婚了，而且妈妈很快就要改嫁了。

这一天，是我这辈子最黑暗的一天。但我却无能为力。

网恋，降临在她身上的一场厄运

虽然爸妈关系不好我早就知道，但是妈妈和爸爸刚离婚就立刻改嫁给别人却让我觉得有些奇怪。妈妈是很重感情的人，应该不会做出背叛爸爸的事情，虽然爸爸对她很不好。不过我想妈妈她是个成熟的女人，她很清楚自己在做什么。

那段日子是最难熬的，吴毅的离去，家庭的变故，让我对男人产生越来越偏激的看法，我认为男人都是绝情的，他迟早也会离你而去。追求我的男生仍然不少，但我对他们还是一个都没放在心上，也许是怕了爱情，也许是怕再次受到伤害。

那时我们宿舍里已经可以上网了，我学会了网聊，认识了一个叫荷青的男孩。我并不相信网恋，我的同学有不少搞网恋的，都是见光死，无一幸免。然而我和荷青却很有共鸣，我说的话他都能理解，仿佛他能透过网络看到我的思想。荷青自称是北京某著名大学的理科学生，而我们学校的女孩一直都没来由地对他那所学校的男生存在着好感，因此我决定放下自己的一些想法，和他交个朋友试试看。

　　经过近半年在网上的长跑式聊天，我们两个已经像老朋友一样熟悉了，每天晚上，我都要在网上和他互道晚安之后，才上床休息。

　　在网上，我们聊了很多，我每天的课程、活动，还有他们学校每天发生的趣事……慢慢地，我好像对荷青有感觉了，我爱上他了。要是哪天他有什么事耽误了，上不了网，我那一整天的心情就像焉黄瓜一样，无精打采的。

　　我觉得，荷青也是爱我的，最主要的是，他不会像那些在我身边追逐着的男孩子那样，只爱我的美丽。他是真的爱我这个人。而这也是我一直在寻找的爱情。

　　终于，有一天我再也忍不住了，我在屏幕上键入了"我想见你"四个字。很快，荷青就回复了"我一直在等你说这句话"，还附着一朵娇艳的红玫瑰。

　　我们相约在酒吧见面。那个盛夏的夜晚，刚好下过雨，周围散发着一股清凉的风的味道。作为女孩子，对于要和一个陌生人见面我还是比较谨慎的，我选了一间我们学校附近较熟悉的酒吧，还叫上了苗佳一同前往。我想，真要有个什么事，两个人也好有个照应。当然，我绝对不能让苗佳抢了我的风头，我穿上那套白色的短裙，精心打扮了好几个小时。苗佳虽然不认识荷青，但我经常在她面前提起我的这个网友，她也觉得荷青很不错。经过一番准备，我们开开心心地出去了。

　　我们不知道一场厄运正在等着我们。

　　我那次真不该带苗佳同去的，这件事我至今想起来仍觉得对她很歉疚。

荷青准时赴约,他给我们的印象很好,风度翩翩,谈吐得体,很有气质,他的外型让我们完全相信他真的是来自那所高校,不知不觉中也放松了警惕。

正当我们聊得起劲的时候,渐渐地觉得有些不对劲了,我和苗佳都开始觉得有点累,昏昏欲睡的感觉。事后我们估计是被在饮料里下药了。之后我们就像喝醉了酒,意识逐渐模糊起来。朦胧间,我只觉得被人扶着走出了酒吧,然后就什么都不知道了。

不知道过了多久,我的意识逐渐恢复,觉得下体有一种像是被撕裂了的疼痛。我极力睁开眼睛,发现自己在一个陌生的小房间里,躺在地上,全身赤裸着,有个男人正趴在我的身上,猥亵地拨弄我的身体。我顿时感到又羞又怒,我这才知道上了荷青的当,我想把那男人推开,但药力的作用让我用不上劲。"放开我,求求你放开我……"我无力地低咽着。我该怎么办?我扭头看看旁边,苗佳还没醒来,也是和我一样全身赤裸着,另外一个男人正在亵玩着她的身体。天啊,怎么会这样子!"苗佳,苗佳……呜呜……苗佳,你醒醒呀……"

我不知道他们在饮料中下了什么药,使我浑身没有一点力气,束手无策的我只能闭着眼睛,默默忍受着。泪水沿着脸颊,流向脖子,流向灵魂。

"嘿,这小妞真不错,皮肤好滑,身材又棒,这样的货色真的很难找到啊。"

那个家伙看到我醒了,显得越发亢奋。

我感到无比的羞耻和痛苦,看着眼前的这个长得极度猥琐的男人,我胃里一阵翻腾倒海,恶心得直想吐,长这么大了没见过这种尊容。我真后悔自己不该这么快醒来,让我像苗佳那样昏迷,让我什么事都不知道吧……

房门开了,走进来一个人,是荷青。我知道自己上当了,荷青和他们是一伙的,他根本不是什么大学生,他们是专门在网上寻找猎物的,而我偏偏踩中了这个陷阱。

"老大，你还真有本事，居然一下搞到了两个，而且还是这么爽的。"那男人一边摸着我柔软的小腹一边得意地狂笑。

"老三，我都说现在的女大学生很天真，很容易骗的，现在你信了吧。"老大（也就是荷青了）走了过来，盯着我的身体，淫笑着说："想不到凤舞居然是个这么美的小骚货，也算没白白浪费我这半年的时间。怎样？我的弟兄侍侯得你够舒服吧？哈哈……"说着，他也俯下身，一边在我身上撩拨着，一边把他的嘴哄向我的脸。

凤舞是我的网名，我觉得自己真的好蠢，居然相信了一个禽兽。我是从不轻易让男人吻的，除非我爱他，到那时为止只有吴毅和我接过吻。我不断地摆晃着头，试图躲闪着。但这个可恶的禽兽，他竟双手用力摁住我的头部，强行把舌头伸进去。

……

我无助地任由着两个人男人在我身上为所欲为，强烈的羞辱和痛楚终于让我如愿地昏过去了。

仿佛经历了一个世纪那么久，模糊间我听到了苗佳在哭的声音。我努力睁开双眼，眼前的一切差点让我又昏眩过去，他们竟然拿着相机在给我和苗佳拍裸体照……

"若是想报警的话，那就很抱歉了，凤舞，我的兄弟会让你们俩的裸体照贴满整个学校。"说完，他们三人扬长而去。

这时，我才发现自己的胸部和大腿满是指甲的伤痕，这些禽兽，把我折磨得遍体鳞伤。我害怕极了，全身的骨头像散了架一样，每寸皮肤都在呻吟着。

苗佳，可怜的苗佳也和我一样伤痕累累。

"苗佳，对不起，都是我不好，连累了你。"我抱着苗佳，两个人都痛哭起来，"我们去报警吧，让那三个魔鬼得到应有的惩罚。"

"不，不要。"苗佳哭着望着我，"小燕，我求你，你千万别报警啊，不要让其他人知道这件事，如果让我男朋友知道我被人强奸过，他一定会离开我的，小燕我求你，我很爱他，我不可以没有他的。"

我看着苗佳，娇小玲珑的躯体上，布满了男人的抓痕，那么的楚楚可怜。一想到昨晚是我叫上她一起来的，我心里就一阵刺痛，是我害了她，对于她这个要求，我无法拒绝。"好吧，我答应你。对不起，苗佳，是我对不起你。"

"不，小燕，是我自己愿意来的，我们永远都是好姐妹，今晚的事我们就当没发生过，忘记它吧。"我们抱在一起哭了很久，才穿好衣服离开那里。这时我们才发现这里是郊区的一间没人住的空房子。

一回到学校，我们一刻也没耽搁，马上去洗澡，一边哭着一边狠狠地替对方搓着身体，直到彼此的皮肤都红了、痛了，我们疯了一般站在水龙头下不断地冲洗着，极力冲刷着魔鬼留在身上的耻辱。

不过这件事还没完，尽管我们都一厢情愿地想忘却这一切。

……

在人生的障碍赛上，又一次被绊倒了

大一下学期，一个星期四的上午，一辆警车开进了宁静的大学校园，也打破了我和苗佳一直小心翼翼在维护着的"宁静"。我不知道对于我和苗佳来说，警察带来的究竟算是好消息，还是坏消息。

也许，真的是应了古人的那句话"恶有恶报"，那几个禽兽东窗事发被抓了，他们同时也把以前对我们所做的兽行交代了出来。警察到学校来，是向我们调查取证，并希望我们能到法庭上做证人。

一下子，整个校园炸开了锅。虽然警方一再要求学校尽量缩小这件事的知情范围，但是，在有中国人的地方，小道消息总是会像长了翅膀一样，关于我和苗佳的遭遇，各种不同的版本"有根有据"地流传着。我和苗佳无时无刻不处在"关怀、同情"的目光下，无路可逃。

因为这件事，苗佳的男朋友和她分手了。他对苗佳说："我知道错不在你，但我真的没办法让自己忘记曾经发生在你身上的这一切……"

在他们分手的那天晚上，苗佳拉着我一路狂奔到操场，"他要和我分手了，小燕，我该怎么办……"她抱着我痛哭，泪水把我的衣服都沾湿了。我不知该对她说些什么，惟一能做的，是陪着她一起哭。夜幕下，空荡荡的校园里只有我们两个单薄的身躯紧紧地抱在一起抽泣着，我们做错了吗？我们也是受害者，为什么要无辜的我们来承受这些……

"小燕，我受不了了，我再也不能在这学校待了……"在回寝室的路上，苗佳突然很坚定地对我说了这句话。我知道，她已经决定了，我阻止不了她。

第二天，苗佳办了休学手续，提着简单的行李，还有她心爱的小说离开了学校。

"苗佳，记得一定要给我来信。"在学校门口，我们最后一次拥抱在一起，哭着。

看着苗佳渐渐远去的孤独身影，我想到了自己，我呢？我还要在这里继续接受所有人的目光洗礼吗？我又还能支撑多久呢？我不知道。

还好，还有一个星期就放暑假了，我可以暂时离开这里，回到家里利用这段时间好好想想，自己究竟应该怎么做。

爸妈离婚后，我和妈妈生活在一起。妈妈改嫁到了天津，暑假我自然也就要回天津的家。我以前见过我的新爸爸，说句心里话，我一点都不喜欢他，我一直都拒绝叫他"爸爸"，而是称他为"大伯"。我不知道妈妈认识他有多久，才刚一离婚就选择了他，不过既然是妈妈选的，就有她的道理。他总有值得她爱的地方。

火车上，我有点忐忑不安，毕竟是第一次回去和大伯长期生活，总觉得心里怪怪的，像打翻了五味瓶，不知是何滋味。

到了天津，看着这座陌生的城市，我长长地舒了一口气，在心里默默给自己鼓气，也许我能从这里有一个全新的开始。

带着妈妈给我的地址，我找到了大伯的家。对于大伯，我现在唯一了解的就是他比较有钱，因为眼前的房子看起来很不错，这小区应该是属于高档住宅区。

我按了下门铃，只响了一声，就有人来开门了。

"大伯。"我没想到来开门的会是他，大伯两个字也叫得格外僵硬。

"噢，小燕，回来啦，快进屋吧。"大伯很热情地招呼着我，还主动帮我拿行李。大伯长着典型中年男人的身材，脸上的表情十足一个世故的商人，不知为啥，我一直对他没太多的好感。也说不出是为什么，也许这就是女孩的直觉吧。

他帮我把行李拿进了房间。我四周看了看，才发现妈妈不在家，可能是出去了。屋子里只有我和大伯两个人。虽然他是我的继父，但毕竟还不熟悉，而且屋里只有我们两个，我的心里稍微略过一丝不安。

"来，小燕，喝杯水吧，坐了差不多两小时车，一定又渴又累的了。"大伯很热情地给我倒了杯水，就势在我身边坐下来。

"谢谢大伯。"我显得非常的不自然，老是觉得自己好像是一个客人。我和大伯并排坐在客厅的长沙发上，很局促地和大伯聊着。

我希望自己的不安是多余的。

聊着聊着，我觉得有点口渴了，便从沙发上欠了一下身子，端起水杯，而接下来发生的事情却吓得我一动也不敢动，手里拿着的杯子刹那间停滞在半空中，我感觉到大伯的一只手从背后慢慢地揽住我的腰，我竭力说服自己那只是大伯向我表示一下友好的态度。然而，事情总不是向我想象的方向发展，大伯越挨越近，手也越收越紧。"小燕，你长得真漂亮，在学校一定不少男生追你吧？"大伯开始用色眯眯的眼神扫描着我隆起的胸部，我第一次完全理解了关于眼神是有压力的说法。"不，也没有的，在学校大家都主要是学习，也没啥心思去想这些问题。"我搪塞着他，心里盘算着怎么摆脱险境。糟糕的是，这房子的隔音效果做得很好，外面根本听不到里面的声音，也就是说，即使我呼喊也没用。也许正是因为如此，大伯他显得很从容，很有信心，而且大伯的身材很魁梧，要制服我简直是轻而易举，因此我必须等待机会逃离。

大伯似乎也意识到了我在心里盘算着办法，他用左手把我圈得更紧了，右手开始往我裙下摸去。我一急，也顾不了有没有用了："大伯，不要这样……"我站起来想挣脱他，可是一下子就被他按回了沙发上。"不要这样嘛，嘿嘿，我们父女俩第一次见面，虽然你不是我亲生的，但我也会很疼你的。"大伯开始凶相毕露了。

正在这时候，有人按门铃了。是妈妈回来了。

我侥幸得以逃出魔掌。

"妈妈，我忘了学校还有点事，我先回学校去了。"没等妈妈反应过来，我就冲出这个所谓的"家"了。

"你的行李，小燕，你行李还没拿呢……"妈妈追出门口，我已跑得无影无踪了。

后来我才知道，我的亲生爸爸因为赌钱欠了高利贷很多钱，扔下我们母女俩自己走了，是大伯替我们还了债。妈妈说他这个人也不是非常好的，但当时也只有他能帮我们脱离困境，否则放贷的为了钱什么事都能做得出来，加上他对妈妈也挺好，妈妈才决定跟他。妈妈还叫我不要和大伯太接近，尽量不要单独相处。但是妈妈没有想到的是，我已经领教了这个男人的猥琐与好色。我没有跟妈妈说这件事，因为妈妈已经够惨的了，我不想徒添她的伤心和烦恼。只是那次以后，我没有再回去过天津。

放纵的沉沦，在罪恶的旋涡越滑越远

美丽也是一种罪过吗？从天津逃回北京的火车上，我想了很多，最后决定不再回去学校了，不再念书了，我不愿意再看到大伯，更不愿意向他伸手要学费。我要工作，我要靠自己。

在朝阳区的一处出租房，我找到了苗佳。离开学校后，她一直在一家饭店做坐台小姐。看着我失魂落魄的样子，苗佳什么也没有问，她让我在屋里先洗个澡换上她的一身衣服，然后拉着我去了一家环境很幽雅的西餐厅吃饭。尽管当时餐厅里还有其他的客人在，可我，看着苗佳关切的眼神，我的眼泪开始失控地"哗哗……"在脸上不停流淌。
……

步苗佳的后尘，我也做了三陪小姐。那时，我想既然自己已经是残花败柳了，不如趁年轻挣点钱活的潇洒一些。在风月场上，我混得如鱼得水，也学会了许多榨取钱财的高招。我觉得自己以前太懦弱、愚蠢了，爱情没有了，剩下的无非是物欲。这年月，谁有钱谁潇洒，读大学有什么用，无非找一份体面的工作，体面的工作能带来我需要的金钱和快乐吗？我的胆怯使我一再被人欺辱，现在的社会就是弱肉强食，我为什么不能凭借自己的姿色和智慧在这里闯出一番天地？有钱的男人到这种场所来，无非是图个乐子。如果能敲他们一笔，岂不比直接"卖肉"赚得更快更多？这些事情，我想了很久，也观察了很久。

2000年4月，我认识了五十出头的宋强。据说宋强在北京西郊算是一个事业有成的人物。他不仅承包了建筑队，赚了不少钱，而且妻子贤惠，儿子孝顺。他的家庭让不少人羡慕。也许是日子过得太潇洒了，他在外边的行为有些不检点。

4月的那天，我接到妈咪的电话，为宋强"服务"。我上楼进到包间后，宋强就开始动手动脚，我不同意。宋强说，你不干这（卖淫），到这儿来干啥？后来，因为怕他会向妈咪投诉，我只好和他发生了性关系。第二天，对我的表现很满意的宋强又打来电话约我，我没去，我决意吊吊他的胃口再说。

没有想到的是，饭店老板同妈咪因为利润分配问题闹翻，饭店也因收容妇女卖淫而被查封。宋强和饭店的一些"老主顾"也同时被公安部门处理。我当时因为在另一家饭店坐台，侥幸躲过一劫。

2000年7月，我在另一家饭店坐台的时候，又遇到了宋强。后来，我把他约到我一个朋友的住处，还拍了好多我们在一起做那事的照片。当时，宋强很兴奋，也很好奇地配合着相机的角度。他没有想到，这些照片会给他带来一场灾难。

第二天，我找到宋强的办公室，一改过去热情的面孔，冷冰冰地对宋强说："咱俩那件事，你得给我2000元。"

"我已经给过你出台费了呀。"宋强有点不解。

"你不想看看这些照片吗？要不要我寄给你老婆，让她也欣赏一下自己的老公在外面有多威猛？" 我拿出那一叠不堪入目的照片放在他桌面上。

"你，你……无耻！"宋强气得脖子都红了。他一把拿过照片，愤怒地撕碎了。

"我无耻？彼此彼此，"我冷笑着，"别想着歪的，不给钱让你身败名裂，动我一个指头，我的姐妹们会让你坐大牢。"

也许是真的怕丢人，宋强一下子就安静下来了，想了还不到两分钟，就掏出钱包给了我2000元。但他却不知道，有了第一次，他就完完全全掉进了泥沼里了。正是因为他这一次太容易认输，让我有了极大的把握继续从他身上榨钱。

2000年10月，当宋强在某家公司施工时，我又一次找到了他，这次我的价码更高，开口就要4000元，同时还要求宋强留下住宅电话。因为是在工地，宋强不敢太张扬，乖乖地送上了4000元。

两次索钱的得逞，使我的胆子大了起来。后来嫌亲自找宋强太麻烦，我干脆打电话通知，让他随时送钱给我。

就这样，在不到两年的时间里，宋强先后给了我42000元。

我知道，宋强的妻子是个老实贤淑的女人，她很爱自己的家庭，更为家庭的"主心骨"———孩子的爹感到自豪，丈夫能挣钱，她认为丈夫当然有权支配家里的钱。

我的电话，宋强的妻子也接过，让我万万没有想到的是，她没有埋怨丈夫，还和他一起给我送钱。

2001年夏天,我又让他们给我送了6000元。我收下钱后还写了收条,并发誓再也不要了。

2001年秋天,我没守信用,又给宋强打电话,要4000元。一方面是我妈妈病了,的确需要一大笔钱;另一方面,我也很享受这种牵制别人的乐趣。

这个家庭的一次次妥协,我的要求一次次得逞,使我更加肆无忌惮。2002年夏天,宋强的大儿子有病,一家人都在西郊的一家医院。我闻讯后又追到了医院,开口就要4000元,不然我就去"闹"。虽然儿子住院也急需钱用,可为了"面子"问题,宋强只好又去找人借了4000元,在医院内给了我;2002年底,宋强的二儿子准备结婚,我打电话给宋强,要求将5000元送到我的手中,宋强东拼西凑的,又按时给我送来了5000元。

面对我一次又一次无止境的要求,被弄得焦头烂额的宋强再也不敢存有幻想了,于是到派出所报了案。

在我又一次让宋强给我送钱时,被警察逮个正着。

温柔陷阱下,有多少青春梦碎?

赵雪燕对自己的犯罪事实供认不讳,而且她所交代的事实与宋强报案的材料基本吻合。很快,这一起三陪女敲诈案进入了司法程序。

2002年12月,北京海淀区人民法院开庭审理了此案,法庭经庭审后,以敲诈勒索罪依法判处被告人赵雪燕有期徒刑4年。

赵雪燕,一个才貌双全的女大学生,沦落为一名罪犯,这一个案让所有的办案人员感触良多。是的,她是经历了一些加诸于她身上的变数,初恋男友的变心,父母的离异,母亲的再婚,继父的不尊,还有不慎交友导致的被强奸……诸多不幸全都落在了她的身上,她理应愤怒,理应不满,这也是正常人的反应。可是,愤怒过后,她应该是勇敢地站起来,因为既然这么多的不幸她都能走过来了,还惧怕什么呢?可是,可是,她选择了放弃,放弃了尊严,放弃了理想,

放弃了希望……

人生原本就是一场障碍赛，在赛道上，我们需要跨过生活中的一个又一个的障碍，最后才能得以到达终点，接受喝彩声与掌声。

遗憾的是，青春寻梦路上，还有不少女孩为自己的愚蠢行为付出代价。

在女子监狱，我采访了另一个女孩赵晓兰。当她在我面前坐定，一脸难以掩饰的稚气仍然无法让我把面前的她和"诈骗"这两个字联系起来。我面前的这名女犯，身高1米68左右，身材略显丰满。她齐肩的长发，瓜子脸，弯弯的娥眉下，一双大而明澈的眸子里，看不出一丝身陷囹圄的忧伤。相反，那两痕稍稍翘起的嘴角，似乎时刻满含着笑意。尤其是两个脸颊上浅浅的酒窝，掩饰不住她尚未脱尽的稚气。

我不觉感到有些困惑：像她这样一位看上去如此容貌清纯可爱的少女，受过一定的教育和都市生活的熏陶，怎么可能会与一个设局诈骗的罪犯、并且是惯犯联系到一起来的？然而在提讯室里，听着赵晓兰对自己成长经历和犯罪事实的供述，我的疑惑逐渐找到了答案。

就是这个赵晓兰，因多次诈骗被判处了6年徒刑。

她告诉我，接到判决书的那天，她刚在看守所过了18岁的生日。从淳朴的农家女孩到阶下囚，赵晓兰走上了一条让人痛惜的路……

在监狱服刑的她，现在回首往事已经有了一些悔悟的心情。

对于我来说，虽然接触了许多这样的女性罪犯，却仍然无法摆脱那种痛心疾首的心情。她们不是太年轻就是各方面的条件太优越了。但是往往就是这种人，才更加不满足于生活的现状，总是抱着侥幸的心理，铤而走险。有的甚至直到锒铛入狱，还不能彻底地幡然悔悟。

赵晓兰知道自己错了吗？她为自己的行为感到羞耻和悔恨了吗？起码从她的表情之中，我没有看出来。或许是诈骗犯罪的经历使她学会了、或者说是更加善于把心事隐藏了吧？对于我当时的感触来说，我宁愿她是我猜测的后一种情况。

赵晓兰故做轻松地摆出一种随意的坐法，表示出她对一切的无所谓和蔑视一切给她带来的压力。但她一定的心里不知道，就是这种充满男性味道的坐姿，使我的心里油然升起一种轻微的厌恶感觉。

赵晓兰交代说：

我今年17岁，老家在山东省泰安市东平县。我的父亲是一位出卖劳动力的瓦匠，母亲务农。我是家中的老五，上边还有一个哥哥和三个姐姐。我在读完初中后就辍学了。

农村的生活的确像我爸爸形容的那样，是极其艰辛而又单调乏味的。我辍学以后才刚刚过了两个多月，就对这种日子感到了强烈的厌倦。那时候家里还有电视了呢，不过更不好了，电视屏幕上精彩的外部世界在连续不断地招引着我一颗充满梦幻多变的心，不断地对我施以强烈的、几乎是不可抗拒的诱惑，使我将一个农村少女的想象力发挥到极致。我开始深深地向往起都市生活那种灯红酒绿、靓女酷哥、轻歌曼舞、荣华富贵的人间仙境一般的生活来，后来几乎到了茶饭不思、夜不成寐的程度了。

2002年国庆节后的一天，16岁的我怀着追梦的幻想，跟随一位在外打工了多年的邻村远房表姐，背井离乡地来到了北京。

北京是我梦想中最为渴望城市。那宽阔的马路、林立的高楼、繁华的街景、琳琅满目的大商场着实让我这位农村土生土长的、从未出过家门的少女大开眼界。那些衣着时髦、举止大方的都市女孩更是立即成为了我的偶像。我一下子就认定了，这里才是我渴望已久最适合自己生存的地方呢。

经过那位邻村远房表姐托了朋友的辗转介绍，我很快在北京华威合资商厦找到了一份收银员的工作。在首都如此繁华的大商厦里做收银员，对于一个初来乍到的农村少女来说，无疑是一份天上掉下的美差。因此，我对这个第一个得到的工作十分珍惜，上班的时候也很认真、卖力和负责，凡是从我手中经过的帐目，从来没有分毫的误差。

可是即便如此，我的心里也很清楚，自己是绝对不会在这个岗位上做很长时间的。我从小就是个这山望着那山高的性格，这是我爸爸说的。他说的一点错也没有，我完全是个这样的人。据说这个毛病如果在女孩子的身上，是件相当危险的事。

干了一段时间，我逐渐对收银员的工作不满意了。我开始抱怨上下班时间的刻板约束、抱怨整日埋头柜台收银的忙碌、枯燥。尤其令我难以忍受的是，虽然每天过手的钱成千上万，而自己辛劳一个月下来才能挣到那么区区的几百元，除了房租和饭费，已经所剩无几了。我不是个会勤俭持家的人，尽管从小的家教不允许我铺张浪费，可是每月这几百元的微薄收入实在已经使我这样一个生活在北京的女孩感到捉襟见肘了。于是，我心里的天平逐渐失衡，以往工作时专注的目光也开始游移。看着那些有钱人在柜台前趾高气扬地向我们这些服务人员指手画脚。他们往往出手大方，却又时常显得斤斤计较，然后才拎着大包小包心满意足地走了。而我自己呢？却从来没有体味过那种潇洒大方、一掷千金的豪爽。这未免使我心中渐渐地升起一种强烈的酸楚和不平来，收银员的位置也慢慢地开始使我坐如针毡了。工作闲下来的时候，我用手托着腮帮，常常目不转睛地盯着某一个地方痴痴地看着，心里在思谋着挣大钱的门路。我下定决心，要彻底使自己换一种全新的活法了。

2003年2月，我在不愿辛劳挣大钱想法的诱惑下，终于辞去了单位的工作，毫无留恋地离开了华威商厦。

当然，在此之前我一定是经过了一番深思熟虑的。我当然有自己的原则，那就是可以出卖灵魂，却绝不能出卖自己纯洁的肉体。因为我深知，在当今的这个社会里，一个年轻而颇有几分姿色的女孩子想挣钱真是最简单不过的事情了，只要她甘愿舍弃另外的一些东西。那些东西，应该对于一个女性来说是最为宝贵的。因此，我不会那样做的。如果我甘心那样做，我早就可以接受前来华威商厦购物的客人的邀请了，只要简单地陪他们吃饭、陪他们跳舞、甚至陪他们上床，收入就会相当可观的，而且还会生活得很潇洒和自由自在。但是那样，我就算是堕落了。那可是我绝不心甘情愿的。我这么小小的年纪，还没有品尝过被无数人讴歌过的爱情的甜美。甚至于，我还不曾有过爱情呢。

没有了工作的羁绊，我的生活的确比以前自由多了。不用再起早贪黑、不用再冒着严寒酷暑去挤公共汽车、不用再小心翼翼地看着经理大人的脸色、不用……可是同时也失去了固定的收入来源。更为糟糕的是，挣大钱的活儿远非我想象的那么好找。如此，本来就不阔绰、而且时常追求一掷千金般潇洒的我，手头就更是拮据了。没有钱用就潇洒不起来，就不能和城市的那些时髦女性一样享受生活了。我苦思冥想，对着镜子里自己娇好的容颜、稚气的酒窝，一个邪恶的念头像火苗一般从心底窜升出来。就这么干！

根据卷宗所记载：

北京银宏大出租汽车公司的司机赵XX反映，2003年3月7日13时左右，他开着一辆红色的夏利出租车在北京西直门桥附近焦急地转悠着。那天他是早上7点钟出门的，到了下午1时才只拉了一个10元钱和一个11元钱的客人。这点钱连吃顿午饭都不够。而且到了现在，已经是老半天没"趴"到活儿了。眼看时已过午，连饭还没顾得上吃呢，更别提当天200元钱的"车份儿"了。想到这些，他的心中不免着急起来，焦躁地抽着烟，目光在街上四处逡巡。这时候，赵XX猛然看见前边不远处有一个姑娘在向他招手。他边发动汽车边打量着这个漂亮的女孩。

赵晓兰继续说道：

我一招手，出租车很快停在了我的面前。我装出一副急于赶路的样子，匆匆地坐到前边的驾驭副座上，急切地吩咐道："师傅，麻烦您到海淀区妇产医院"。

在汽车行驶的过程中，我用眼角的目光偷偷打量了一番即将下手的对象。只见这位司机30出头的年纪，相貌还算周正，衣服倒很是高档的样子。他的上衣口袋里揣着一部"爱立信"牌子的新型手机，仪表盘上放着半包"骆驼"牌进口香烟。他装作全神贯注地开车，却偷偷地窥视我裸露的双腿。

这个司机的种种特点比较符合我在家中的想象，我很满意，于是暗自开始第一步表演了。

我拿出自己的手机，随便拨了一个号码，假装给别人打电话，大意是让司机明白，有人病了正在住院，需要交押金什么的，样子显得非常着急。汽车行至天成市场附近的时候，我转过头，对司机客气而焦虑地说："先生，我的一个表姐病了需要钱，我身上没带那么多，我把手机先押你这儿，你能不能先借给我500元"？

卷宗记载：

赵XX见身边的女孩一脸的焦急，漂亮的额头上仿佛渗出了细密的汗珠。想到她是为表姐看病，又主动把手机押给自己，心想助人为乐一下吧，反正还有手机呢，就算被骗了也是值得的，毕竟还落了一部手机呢。想到这里，就痛快地拿出了500元钱。

女孩接过钱，也没来得及清点一下就把手机递给了赵XX，说了句："麻烦您等一会儿，我去去就来"。下了车就行色匆匆地走进了天成市场。

赵XX坐在车上，一边把玩着女孩的手机，一边想感叹现在的女孩真是了不得，小小的年纪，倒像个结婚了几年的丰腴少妇。他点上一支烟心想：这个妞儿别是做那种生意的吧？可是看着挺纯的呀！

赵晓兰交代说：

我在天成市场小转了一下，过了大约10分钟，估计火候到了，就一路小跑地回来了，依然装作很焦急地对司机说："师傅，真不好意思，我表姐住院用的钱挺多，借了点儿还是不够，要不你带我去西直门把手机卖了得了"。

卷宗记载：

赵XX让她先别着急，有话慢慢说。他说手机现在卖不出好价钱，最好别去。女孩急得直跺脚，恳求地对赵XX说："那怎么办啊"？想了片刻，她试探地说："先生您能不能先借给我两三千块钱？今儿个下午我把您的车包了，给您300元车费，下午五点以前我就可以从银行取出钱把欠您的连同车费一块还给您了。您看好不好"？

看着女孩满脸的焦虑，想到一下午就能挣到300元车费，特别是还能和这个姑娘长时间呆在一起，赵XX动心了，心想看你能跑到哪里去呢？于是便说："走吧，我给你拿钱去。"

赵晓兰说：

司机对我的话显然是相信了，于是带着我回家里取了2000元钱，连同自己口袋里的500元一起交给了我，然后又驱车把我送到了海淀妇产医院。

大约过了不到15分钟我就出来了，告诉赵XX拿钱的人不在这儿，在零点酒吧等着呢。于是，我们又开车去了零点酒吧。

到达地点以后，我盛情邀请司机一起进去等。他没有丝毫地犹豫，大咧咧地进去了，还坐到了我的对面。

我要了两杯饮料，自己却顾不上喝，只是故意不断焦急地向门口张望。司机又上当了，自做多情地尽量用语言安慰我，还给我讲了几个略带黄色的笑话。我的神情似乎渐渐地放松了下来，脸上也有了笑容。这时候酒吧里响起了一支柔和的曲子，司机就说，"你别着急，我请你跳支舞吧"。我假意叹了口气，说声谢谢，大大方方地站了起来。

在舞池中，司机故意和我贴的很近。这个家伙简直有些晕了。

卷宗记载：

据司机赵XX说，后来一曲舞罢，那个女孩最后看了一眼手表，说"不等了干脆给她送去吧"。她见司机意了，就让他先等一下，自己去一次洗手间。

司机的双手仿佛还搂抱着女孩性感的臀部，也没有在意。过了十多分钟，还不见她回来，他才感觉不对了，同时也发现女孩的手机和随身的挎包都不见了，于是急忙点手叫过服务小姐，请她帮忙去看看。服务小姐看完后回答，"卫生间里没有人，里边的人可能从另一个门出去了"。司机才情知事情不妙不妙，忙围着酒吧四处寻找。但是哪里还有女孩的踪影？

当司机赵XX为遭骗后悔不已的时候，赵晓兰则正在为自导自演的这一幕骗局的得逞而自鸣得意。她万没想到自己只是略施小计，居然就能把一个北京的老司机骗得晕头转向。数着手里轻易骗来的3000块钱，赵晓兰不禁有些飘飘然了，世间竟有如此轻松的生财之道吗？

卷宗记载：

时隔两天，也就是2003年11月10晚9点多钟，在夜幕笼罩中的北京当代商城门前，当出租车司机杨XX将车慢慢开向一位示意停车的少女时，他做梦也想不到自己将同司机赵XX一样，正在步入一个温柔的陷阱。

赵晓兰交代：

今天我显得格外有信心。我利用自己的年龄优势，着意修饰了一番，使自己看上去更像一名在校大学生。这次我特别动了心思，连等车的地点都是精心选择的，因为这里距离中国人民大学很近。

司机刚刚将车停稳，我就迫不及待地拉开车门坐在了前边的座位上，急切地对他说："师傅，快去三〇九医院"。

卷宗记载：

据杨XX反映，他看着身边的漂亮女孩焦急的样子，边启动车边随口问了一句："干什么这么急啊"？女孩依然是急急地回答："我家保姆刚接了一个电话，说是我同学出事了，住在三〇九医院，让我赶紧去一趟"。

杨XX未加思索，驱车飞驶。到达后，女孩递过来50元钱的钞票，大方地说："先生，先不要找钱了，您在这儿等会儿，我去去就来。"

没等司机反应过来，女孩就下了车匆匆向医院里边走去。

望着她紧紧包裹在牛仔裤里的窈窕身材，杨XX莫名其妙地隐隐对这位女"大学生"产生了一种盲目的信任和好感。

很快她就从医院出来了,局促不安地对杨XX说:"我同学住院需要交押金,我身上带的钱不够,您能不能借给我200元钱,到时候连同车费一块还您"?

看着她万分着急的样子,杨XX掏出了200元钱。

赵晓兰交代:

我接过钱又假装脚步匆匆地进了医院,大约过了几分钟,我再次上了车,借司机的手机给我"妈妈"打电话。我在"电话"中说的意思,是让司机明白,我没有带钥匙,问我妈几点能回家。

合上手机的我一脸无奈地说:"我妈是海淀刑警队的,正在通县抓捕一个女逃犯,说要等到夜里十一点多才能回来。等我妈回来以后,我一定多给你一些钱。不过今天就耽误你了,要不就算我包你的车吧"!

这样的夜晚,面对一个有家不能回的漂亮女孩,我想任何人都不会拒绝这个要求的。果然司机点头答应了。或许他的心里还巴不得多让我陪一会儿呢,哪里还会拒绝?

在车里,我又开口了:"大哥,您能不能再想想办法帮我借点钱,我同学住院需要钱挺多的。呆会儿我请你吃饭好吗?"

卷宗记载:

据司机杨XX交代,看这女孩年龄不大,一脸天真的样子,不像是在说假话。他就又痛快地掏出了1500元钱交给了她。

接着到医院送了钱,二人又往回赶。车上女孩又拿起司机杨XX的手机给人打电话,没说几句,就听她气恼地说:"那8000元钱我今天一定会给你!你不用威胁我,那时候我年轻,瞎了眼看上了你……"说着,她竟然伤心地抽泣了起来。

杨XX关切地问她出了什么事,她沮丧地说:"我以前交朋友太草率了,他把我骗上了床,并且录了像,威胁我要8000块钱,否则就把带子交给我们学校"……

杨XX的眼前浮现出女孩被一个丑陋的男人蹂躏威逼的情景，不禁血往上涌，果断而慷慨地说："你别怕，我帮你把钱给他"！接下来的一切，也就不期而然了。

赵晓兰交代：

当时已经是晚上10点多了，司机连夜驱车从朋友处借了8000元交给我。钱到手了，我又打了电话，故意商定十一点在白石桥海帆酒家还钱。

眼见时间还早，我请司机吃了简单的快餐，之后我们就将车停靠在了路边的黑暗之处。

我已经看出了这个40多岁的司机对我想入非非的神态，继续施展骗术。我断断续续地向他讲述了自己的遭遇，伤心地说那时候自己什么都不懂，那个可恶的家伙骗我喝了很多酒，就不知不觉被他占了便宜。说到这里，我双手抱住头大哭起来。

司机一边安慰我一边顺势把我搂进怀里。

我没有拒绝，反而贴紧了他的胸膛。

他像是受了极大的鼓励，手脚也就不老实了……他先是轻轻抚摩我的身体，见我没有反抗，放肆地在我的脸上狂吻起来。

我全身故意一下子瘫软了，半推半就地推却了几下，也就顺从了。司机顺势把手伸进了我的内衣，动作也大胆了起来。

而此时此刻，我的心里只想着怎样才能够摆脱他的方法。

我忍住恶心，假装回应着他，抱紧了他的脖子。

当这个司机对我肆意轻薄了一阵，试图解开我的裤子时，我拒绝了，说时间差不多了，得先把事情办了。

司机又搂着我磨蹭了一阵，见不可能再有什么进展了，只好将我送到了海帆酒家。

我下车进了酒家，司机在车内等着。时间不长，我走出来，到车上递给他一张事先准备好的纸条。司机接过一看，见是张收条。内容是今晚收到我所欠的8000元整，下面有吴某某的署名和日期。我告诉他，我和那个人彻底了结了。接着我又给我"妈"打电话，问我什么时间到家。然后，告诉司机："我妈说今晚回不来了，没钥匙我进不去家，您把我送到海阔天空娱乐城吧。"司机想了一下，也没有其它办法，只好发动了汽车。

到了娱乐城门口，我盛情邀请他一同进去。

夜已经很深了。折腾了大半宿的司机虽已是疲惫不堪，但肯定幻想着有可能继续发生的艳遇，非但毫无怨气，反觉得自己三生有幸似的。只是，他不肯放我走。

我是彻底看透了他的心思，我为他点了酒菜，轻轻地依偎在他的身边，殷勤地劝酒。司机就又晕了，为我甜甜的柔语和深情的媚眼而欢欣鼓舞。

我喝了点酒，变得面若桃花，分外妖娆。

我们想拥着在舞池中，俨然是一对相恋多年的动情爱侣。

他紧紧地抱着我，趁着暗淡灯光的掩护，不停地在我凹凸有致、性感迷人的身体上摸来摸去。等我们回到卡座里的时候，他又把意犹未尽地把我揽在怀里，甚至想解开了我的衣服……

我眼看再也不能拖延下去了，必须尽快把他甩掉，于是明确地说出自己今天无论如何也无法把钱还给他了，准备记下他的手机号码，明天再和他联系。

这个家伙倒是不傻，非要留下我的呼号，才犹豫着放我走了。

卷宗记载：

第二天上午，司机杨XX多次给赵晓兰打电话。赵晓兰为将其稳住，只好回了电话，却总是寻找借口推辞见面。杨XX终于沉不住气了，他把自己认识这个女孩并借钱给她的事儿给几个哥们儿一说，大家一致断定，他被人耍了。此时的杨像被兜头泼了一瓢冷水，心里凉了半截，不知所措。所幸赵晓兰这时又给杨XX打来了电话。按照手机上显示的电话号码，杨XX查到这是一个叫汇源招待所的电话，经与招待所联系，对方回话，那里的确长期住着相貌身材等外型特征和那个女孩极像的房客。

狐狸的尾巴终于露出来了。杨XX和几位朋友直奔汇源招待所。在那里，终于将赵晓兰逮个正着，并将其送到了派出所。

至此，赵晓兰精心导演的又一幕骗局终于收场了。

梦境每每是现实的反面。一个寻梦的花季少女走进大墙，着实令人惋惜。反观这一幕幕并不高明的骗局时，重要的是剖析其发生的深层原因，才能使之不再重演。对于那些为追求金钱而滥用青春魅力和他人信任的行径，我们固然应嗤之以鼻，然而作为在骗局中自觉不自觉充当了"配角"的其它"演员"们，甚至包括我们每一个"观众"，难道不应该从中汲取一些深刻教训吗？

网络鬼魅

　　的确，网络在改变着世界，网络也在改变着人们的生活。人们在网络中畅游，在充分享受现代生活的同时，也在饱受着潜在的污染。

　　本案中的汪振东以他的拙劣、吴小华以她的痴迷为我们演绎着这样一个怪诞的故事……

　　吴小华利令智昏，轻信骗子，引狼入室，在汪振东来到出版社两年多的时间里，对他的真实身份深信不疑，委以重任……

网络，让人疯狂

汪振东生性热衷于冒险，他无法安于一种平静的生活。这不，刚刚有了一份去华人饭馆刷盘子洗碗的工作，也就是刚刚能在每天里吃上一顿饱饭，他便又开始不安份起来。

下班回到住地，他百无聊赖，无所事事，他便以上网找网友聊天来打发闲暇的时间。

他很快从网上的"精英聊天室"找到了一位网友。网友介绍自己家住北京，在北京一家出版社工作，是位女性。这让汪振东异常的激动，他甚至心率过速、热血沸腾了。

汪振东马上向对方介绍了自己：我的网名"耶鲁博士"，真名叫汪振东，今年28岁，早年随父母移居美国，目前在美国耶鲁大学计算机系就读博士研究生，不久将毕业。

汪振东还说，他在美国与人合伙成立了几家主营计算机软件系统的公司，公司的经营状况非常的不错，净资产已经达到了几千万美元。

北京的女性网友叫吴小华，现年50岁，是北京一家出版社的社长。她不仅有一份好的职业，而且有一个幸福的家。尤其，她是一个懂得享受生活的女性。游戈于网海，寻求一种精神上的新奇，便是她享受生活的一部分。

但是，近来出版社的经营上发生了一些问题。按照年初的出书计划，准备出版一批计算机类的新书，这是经过反复市场预测认定是很具有竞争力并且肯定能够盈利的项目。但是，却迟迟没有找到合适的稿子，年初的宏伟计划面临着流产，全年预期的利润将会大打折扣甚至出现可怕的赤字。这对于担任社长的她的确是一个重大的难题。

为了走出困境，她绞尽脑汁，设想了各种办法，把业务人员派往全国各地去征稿。但是效果很不理想，她感到格外的急躁。于是她有病乱投医，有空就上网，期望从网上能够得到解困的玄机。

汪振东的出现，让吴小华的眼前豁然一亮。她马上有了一种"踏破铁鞋无觅处，得来全无费工夫"的感觉。她当然不能让这个天外飞来的"机遇"再跑掉了。她马上将自己的全部情况如实地通报给了对方，并索要了对方的电话号码。

此后的很长的一段日子里，他们不仅天天在网上交流，而且还通过越洋电话互相探讨许多类似哲学、美学、心理学、社会学等领域的问题。

从此，吴小华仿佛一下子沉醉在了一个充满美的世界里。她正在通过自己的感观、用自己的沸腾的心在打造一种理想的美。她心中的汪振东，年轻才俊，耶鲁博士，计算机专业，万贯家资……对于她、对于她的事业，无疑是不可多得的助力。

汪振东没有让吴小华失望。他打电话给她，告诉她：我手头上有上百万字的有关计算机方面的文稿，都是我最近写成的。我原来打算在美国出版，现在看来，我决定让你们出书，我看重的是我们之间的关系——友谊第一。

吴小华听了，乐得直想蹦高儿。她情不自禁地问道："如果我欢迎你来北京，你是否能来？"

汪振东没有立即回答，顿了一会儿，说："我还从来没有想过这事。你今天提出来，让我考虑一下，我想我会给你一个满意的答复的。"

相思，令人神往

的确，网络在改变着世界，网络也在改变着人们的生活。人们在网络中畅游，在充分享受现代生活的同时，也在饱受着潜在的污染。——本案中的主角吴小华，正以她的痴迷为我们演绎着这样一个怪诞的故事……

第二天，汪振东打给吴小华的电话里，着实让吴小华惊喜万分！

汪振东："我想好了，我决定去北京！"

"真的！太好了。"吴小华又问，"你准备什么时候启程？"

"需要你以出版社的名义向我发出邀请。我接到你的邀请函以后，办完手续就可以动身。"汪振东又解释说，"这事并不复杂，祝你成功。"

此刻的吴小华心里，别提有多么兴奋了。因为这时候的出版社里，最需要的就是计算机人才，而汪振东正适合这个需要。这真是天作之美。

然而，当她起草邀请函的时候，她又有些犹豫了。因为汪振东在美国拥有数千万美元的资产，而且又是位年纪轻轻的专业博士，请他来出版社做具体工作，这合适么？他的工作、他的职位、他的收入，他会认可吗？

她不得不再一次给汪振东拨通了电话。在电话里，她道出了自己的顾虑。

汪振东听了，立刻说："我离开祖国多年了，我也应该回去为祖国做些贡献了……"

一句话让吴小华如释重负。她立刻拟好了邀请函，发给了汪振东。

一个月后的 6 月 12 日，北京的初夏，炎热的天气笼罩了大地，而吴小华此刻的心里比北京的天气更热。因为她正在等待汪振东的到来，这是她期待已久的"老朋友"、贵客、才俊、大能人——她相信汪振东的到来肯定会给她和她的出版社带来福祉。

吴小华把接待汪振东的地点安排在了北京的贵宾楼，这是她经过了反复权衡之后最终敲定的地方。她仿佛已经感觉到在这里会面会给汪振东一个巨大的惊喜。

不知道什么原因，吴小华前来贵宾楼与汪振东见面，她不想让除她之外的任何人参与，她甚至没有把这件事告诉社里的其他任何领导，包括她所信赖的人，连前来开车送她的司机也被她打发走了。这究竟是不是她的自私，还是一个女人特有的隐秘，她搞不清楚。汪振东反正是按自己的感觉来了，至于是不是妥当，她没有细想。

十一点钟，两个人在贵宾楼大厅相见了。这对于吴小华和汪振东，无疑都是一个重要的时刻。两双期望已久的手握在了一起，久久没有松开，彼此间的所有情结全都融入其间了。

此刻的吴小华，已经被眼前这位客人征服了——他一表人才，风流倜傥，一身笔挺华贵的浅色西服，白色碎花领带，白白净净的脸，鼻梁上架着一副金丝边眼镜，俨然一个十足的绅士。他的庄重、大气使他显得老成，但是他的仪表面相则比他 28 岁的年龄更为年轻。他举止潇洒，言谈中透出了一种精明的练达。

虽然在网上、在电话里早有交流，并且一见如故，但这次会面，依然是互致问候。吴小华也从对方的表情中感受到，汪振东对她在充满敬意的同时，还有更多的满意和庆幸。

坐在酒桌面前的时候，汪振东认真地看定吴小华，好大一会儿，才点点头，说："你说你快 50 了，但如果让我猜的话，你至少年轻十岁！"

吴小华兴奋、得意之情溢于言表："是吗？可在你面前，我真的有些嫉妒了。"

汪振东："在美国，跟女士谈年龄是被忌讳的事，可是你却十分的自信。你的诚恳和对我的信赖，让我非常感动。"

席间，他们来言去语，极尽恭唯，谈笑风生，其乐融融。汪振东的侃侃而谈，让吴小华陶醉在了一个神奇的遐想里。

这时候，汪振东突然向吴小华甜甜地叫了一声"姐"。当他确认对方对这一称呼感到十分惬意的时候，说："姐，这次我来北京，是第一次来，在这里，除了你，我举目无亲。所以，我认为，你应当是我最亲近的人。不论你是不是接受。"

在酒精的作用下，吴小华对汪振东的一声"姐"和那恳恳切切的要求格外的动情，说："你正巧说出了我准备要说的话。你的要求我没有理由不接受。"

汪振东取出了一个塑夹，递给吴小华："这是我的博士学位证书，那张碟，是我的著作文稿。"

吴小华接这个塑夹的时候，她的手在微微直抖。她已经兴奋得无法自控。她看过那张全是英文的博士文凭，又看了那张光碟，竟激动得一时说不出话来。

吃完饭，告别的时候，吴小华紧紧拥抱了这位海归的"弟弟"，连连拍着汪振东的肩膀，鼓励他："放心吧，你在北京的一切就全都包在姐的身上了。我是出版社的社长，我把你安排在我的手下工作，有什么要求你尽管说。我会尽我最大的努力为你的工作创造条件。好好干吧！"

关怀，无微不至

吴小华亲自跑了几趟上级部门，找上级主管领导极力推荐汪振东。终于得到了上级领导的同意，于是汪振东走进了吴小华任社长的出版社。考虑到汪振东的特殊条件——海归学子、耶鲁博士、计算机专业、还有自己带来的著作，吴小华安排他专门负责计算机专业书籍的编纂和出版工作。汪振东欣然接受，并很快投入到工作中去。

汪振东的工作态度勤奋刻苦、认真负责，但他无时无刻不在密切关注着吴小华。他认定她是自己的领导，又是自己的"姐"，是自己唯一至近至尊的亲人。所以他每天一上班来，总是首先走进吴小华的办公室，嘘寒问暖。每天下班前，他总是找到吴小华问有什么事需要他做；如赶上吴小华不在，他也会打个电话向她请示、汇报外加问候。这种无微不至的关怀，让吴小华非常地感动。

这天，汪振东又来到了吴小华的办公室。他见吴小华正在通电话。她右手握着耳机，左手撑在桌面上，稍稍一动时，她的眉宇间痛苦地皱了一下。仅仅是这样一个细微的表情，汪振东马上看在了眼里。他走上去，扶吴小华坐在椅子上。等她放了电话，汪振东关切地问："姐，你是腰疼？"

吴小华说："咳，老毛病，多少年了。坐骨神经痛，又骨质增生，时不时地就犯，不能累着。不碍事。"

汪振东已经脱下了外套，将上衣袖子挽起，走过去："来，我帮你按摩。"说罢，也不管对方是不是同意，他已经开始给她捶肩、掐臂、揉颈，然后按摩腰部。他的手法十分专业，而且力度适中，让吴小华感到很是舒服。

按摩结束，吴小华活动一下腰身，果然疼痛消失，轻松了许多。

这天临近下班的时候，吴小华接到了汪振东的电话："姐，下班以后你先等我一会儿。"

"你在哪里？"

"我正在回单位的路上。"

十分钟后，汪振东回来了。他将刚刚买回的一张按摩椅搬进了吴小华的办公室。

吴小华一看，马上愣住了，埋怨道："你怎么可以给我买这么铺张的东西。我知道，在世都百货公司买这按摩椅要两万多块呢！"

汪振东说："可是姐的腰，姐的健康，就不是可以用金钱去考量的了。"

一句话直让吴小华心里滚过了一股热浪。她鼻里一酸，落下泪来。她突然想到"幸福"二字。她觉得自己在汪振东面前，是世界上最幸福的女人。

汪振东对吴小华的关怀是全方位的，是无条件的。每逢双休日，他总是设法约上吴小华，陪他上街购物、健身、游泳、看电影以及进餐厅、酒吧消费休闲。只要吴小华乐意，汪振东总是一陪到底。而且，每次花钱的时候，汪振东总是抢着买单，不让吴小华出一分钱。这让吴小华愈来愈感觉到：汪振东，太完美了！

吴小华亲自动笔，向上级领导部门写了一份报告。报告中列举了汪振东自身的优越条件和来出版社工作半年多的出色表现；说汪振东确实是一位不可多得的人才，他对于出版社的建设和发展具有举足轻重的意义，一旦此人流失，对于出版社将是一巨大损失。基于此，她竭力举荐：汪振东应当担任出版社副社长职务。

经过吴小华的不懈努力，汪振东终于当上了出版社副社长，每月的工资收入4000元人民币。这在一般的工薪阶层里也许是不错的收入。但是对于汪振东，显然是杯水车薪。因为，他从美国来的时候就没有带什么钱来，况且他本身并没有什么积蓄。来到北京以后，他大手大脚，花钱如水，特别是在吴小华身上，他甚至把老本全都搭进去了。他现在已经是一贫如洗，单靠每个月4000元的收入，显然是入不敷出，捉襟见肘。但是他在吴小华和社里其他领导以及同事们的心目中，他还是一个拥有万贯家资的阔少，他必须打肿脸充胖子，把自己的虚名生生地硬撑下去。至于他何以非要如此，在后面会有一个具体地交待。

自从汪振东当了出版社的副社长，社长吴小华在他身上便有了更高的期望值。她在考虑不久的将来的某一天她会宣布自己退居二线，把一把手的重任交到这位年轻弟弟的肩上。

出于一种关心和照顾，吴小华以出版社的名义租下了一套两居室，然后将此房专门批给了汪振东居住。

正是由于有了这套属于汪振东自己的住房，才在他与吴小华之间演绎出了一系列云情雨意之类的故事……

感情，升温越界

两居室住房，与其说是汪振东一个人的住处，不如说是他与吴小华两个人共同的空间。特别是吴小华，她相对于汪振东来说，既是领导，又是朋友，还是大姐，她有一万个理由对汪振东表示应有的关怀。

五一节，七天长假，吴小华怕汪振东一个人过节寂寞，就把亲手做好的可口饭菜送到汪振东的住处，还把买来的好多影碟送来，准备陪汪振东吃完饭一块欣赏。

他们一道吃饭，还相互敬酒。在饭后欣赏电影大片的时候，吴小华带着过度的醉意向汪振东诉说起了自己的心事。她说这么多年来，自己在社长的位子上，历尽千辛万苦，一直是孤立无援，如果不是汪振东的到来，她不能坚持到今天。说到这里，她不禁激动起来，哽哽咽咽地，潸然泪下。她抹去泪水，说：

"本来，我不是宿命论者，但是，自从认识了你以后，我突然发觉是上天给了我幸运，使我能够在困境中有了新的勇气。我开始相信，一个人做成事业不能没有运气。能够把你请过来，这是我的好运，我开始信命……"

汪振东在感动之下已经走到了吴小华的身边，他帮她拭去脸颊上的泪水，顺手将她揽入怀里，紧紧地、紧紧地把她抱住……

此时此刻，此情此景，他们已经不需要再说什么，他们的一种特殊的行为替代了所有的语言，也一下子跨越了相差20多岁的界限。

尽管她怀里的这个男性的年龄跟她孩子相差无几，但是她此刻感受到的则是一种久违了的新奇；这个新奇甚至把她一下子拉回到了几十年前的那个妙龄少女的年代，那是一个青春年少、激情洋溢却又从未尝试过的过去。而今天、此刻，她重温了那个未曾有过的过去……

有了第一次、第二次，便有了后来的多次。经过了一段日子以后，吴小华发现，自己再也无法离开这个汪振东了。

到了后来，吴小华索性就每天到汪振东的住处与汪振东吃在一起，喝在一起，玩在一起，住在一起。她告诉家里：自己最近特别的忙，需要突击任务，需要加班，还要外出。基本没有时间回家。家人相信她，支持她，对她没有任何的怀疑。

但是汪振东在副社长的位子上并不顺心。被人们感到不解的还不是他与社长吴小华的不正常关系，而是他的"耶鲁博士"的名号与他的专业能力相去甚远，在计算机专业上有时候的表现竟是孤陋寡闻，让人贻笑大方，因此有人多次质疑他的能力，甚至多次建议领导看看他的档案资料，看他是不是像他自己所说的那样是不是那种情况。

吴小华作为出版社的一把手，对于人们的不满没有置若罔闻，她向汪振东提起了他的护照一事，汪振东颇有道理地说："这些东西对于我来说可是比生命还要重要的东西！我怎么可能随随便便带在身上呢？一旦失落了怎么办？所以，这些东西我一直存放在上海花旗银行的保险箱里，这是出于一种安全上的考虑。"

吴小华对汪振东的话信以为真。因为她一直沉浸在了一种迷离的情愫里，她对于汪振东的信任已经完全背离了起码的理性。

在一次全社员工大会上，她郑重宣布："今后谁再与汪振东副社长为难，谁再怀疑他的身份，谁就别在出版社干了！"

一道勒令，让全社所有的人瞠目结舌。从此以后，再也听不到有谁向吴小华反映汪振东一个"不"字。

汪振东在吴小华的庇护下，开始忘乎所以，得意忘形，在他进一步向吴小华发起一轮又一轮攻势的同时，还把一双贪婪的黑手伸向了出版社的财务部门……

贪欲，让黑手现形

汪振东早就尝够了兜里没钱的苦头。此时此刻，他一方面是囊中羞涩，另一方面又是流水般的开销。最难办的是他必须把这个秘密死死地守住，绝对不能让吴小华知道。

为了能够尽快搞到钱，为了能够尽快搞到一笔能够满足他花用的钱，他利用自己副社长的权力，利用他主管编纂出版计算机类书籍的便利，他伪造了几十份出版合同，之后以支付稿费的名义开具虚假发票拿到财务报销。如此一来，一笔又一笔公款流入了他的手里。除了冒领虚假的稿费外，汪振东还利用吴小华给他的特权，他到处收集虚假发票，甚至去街头骗子那里买回假发票，然后自己签个字就去财务那里领钱。财务人员只要见到有他副社长的签字就只能如数地报销支钱；吴小华对此也是从不过问。她太信任他了。

汪振东利用造假手段将骗得的一笔又一笔公款继续用于自己的挥霍上面。他不仅继续在吴小华身上大把大把地花钱，继续维持他们之间特殊的关系，而且，他还"移情别恋"，在外面结识了一个女孩。这是个年仅25岁的日本女孩，叫美智子。这美智子听说他是归国阔少，又在一家出版社当副社长，特别是见他出手大方，十分满意自己遇上这样一位如意郎君。尤其听说他又是一个来自美国耶鲁大学的博士，让这位日本姑娘震惊不已。她祝福自己的命运，她感谢上帝为她送来一个百里不挑一的白马王子。

其实美智子的自身条件才是绝对的好。她不仅有一个经济条件十分优越的家庭，而且她本身也是靓丽秀美、才智超人。她来中国还不满两年，却掌握了一口十分流利的普通话，以致汪振东第一次见到她的时候，听说她来自日本，还以为她在调侃。美智子的几位中国朋友一再证实，美智子还拿出了自己的护照，汪振东才突然发现，自己的运气竟然是如此的好！天上掉下了一个林妹妹！

从此，汪振东被天仙似的美智子彻底的迷住，他与美智子分手的时候，他发现自己的心被她带走了。在魂牵梦绕的迷离中，他无时无刻不在痛苦的迷恋着她。

为了追求美智子，第二次见到她的时候，汪振东又一次搬出自己的那套说辞，说自己在美国的家是如何的显赫，如何的富有，说自己的父母在美国开有造船厂、庄园、别墅、跑车、豪华游艇、万贯家财……

　　汪振东在美智子面前是这样的表白，美智子也对此信以为真了。但接下来的问题是，汪振东必须在美智子面前表现出一种名副其实的"阔绰"和富有。然而实际情况并无法使他做到这一点。怎么办？

　　汪振东除了把自己每月的全部收入花在了美智子身上，还把利用假发票虚报冒领的钱用来为美智子购物，甚至连美智子跟自己一伙朋友的娱乐消费也由汪振东出面买单。

　　在汪振东的挥金如土的感染下，美智子更是得寸进尺，狮子大开口。她逐步习惯于购物不看标价，只要想买，必然得到；几千元一套的连衣裙，上万元的首饰、珠宝，只要想买，汪振东只有乖乖买单的份儿。

　　自打美智子进入了汪振东的世界，汪振东一直面临着两大难题：一是他急需要钱，急需要无限多的钱，这恰恰是他一时没有着落的事情；二是他与吴小华的问题。他必须稳住吴小华，一如既往，保持与她的关系，而绝对不能让她知道自己与美智子的关系。他苦苦奔波于两个女人的夹缝里。

　　为了讨好吴小华，每当吴小华来到汪振东住处吃饭、过夜的时候，汪振东总是设法备好各种礼物、纪念品、衣物、营养保健品送给吴小华。然而这些东西又总是占去汪振东一大笔开销。

　　为了钱，汪振东急成了热锅蚂蚁。他已经走投无路了，他开始铤而走险。

　　第二天，他把自己从美国回来时带回的资料作了分类，一下子编辑了98种图书。以这98种图书计算，支付稿酬计50多万元。

　　汪振东将50多万稿酬陆续领出，分别花在了吴小华和美智子两个女人身上。

　　半年后，汪振东将50多万元稿费陆续花光。他的更大的经济危机又一次到来。

　　就在他准备又一次冒险的时候，一封质疑汪振东身份的举报信进入了司法机关的视野。公安机关立即展开调查。

经过公安机关的深入调查,一个隐藏在汪振东身后的荒诞离奇的故事浮出了水面。

祸根,缘于两次偷渡

汪振东1970年出生于浙江省海盐县西塘桥镇一个普通农民家庭。他天资聪颖,争强好胜。从上小学开始,他每次的考试成绩都在全班的前列。几代务农的父亲见儿子如此的出息,原本只希望他上完小学能学会算账就可以在家支撑家务的打算有了升华,一直供他读完初中又读了高中。高中毕业后的汪振东逐渐成了村里的小小名人。当家里让他放弃考大学留在家里务农的时候,踌躇满志的汪振东为此大哭了一场。

1988年,18岁的汪振东在家里无所事事,他无法接受一生务农的这个现实。他想寻求另外一个途径打拼自己的一生。

巧在此时,一位几年未曾谋面的发小朋友来到了他家。汪振东从这位朋友的嘴里得知:留洋,能够赚到大钱!

朋友正是走了这条"留洋"之路,发了大财。这让汪振东激动不已,跃跃欲试。他相信,凭他的聪明和执着,他一旦留洋,绝不会比朋友差。

他很快打听到,朋友"留洋"是通过"偷渡"跑到国外的,一旦"偷渡"成功,赚大钱就不在话下了。

从此,他开始对"偷渡"一事朝思暮想。他甚至在梦里梦见自己已经偷渡成功,并且赚了很多很多的钱。之后,他回到了家乡,他一下子成了当地的富翁,他不再是一个农民……

第二年,1989年6月,汪振东不顾父母的强烈反对,在一个偷渡回国同乡的引荐下,私下筹集了2万元交给"蛇头",踏上了一条"偷渡"之路。

这天深夜,蛇头将汪振东悄悄地安排在了一艘开往美国的韩国籍货轮的货舱夹层里,汪振东靠从自家带来的干粮,吃住在这个漆黑、闷热、潮湿的空间里，饿了就吃一点霉变发臭的干粮，没日没夜地熬呀熬，他承受着有生以来从未有过的煎熬。这个时候，他一次次的想起了家，想起了亲人。到最后，他发现他实在熬不住了，也许在顷刻之间他就会死去，默默地、没有任何人知晓地死去……

6个星期后，货轮到达了目的地。汪振东已经奄奄一息。

他踏上了美国的土地，来到了美国南部一个名叫莫比尔的小城。他像所有偷渡者一样，先是费尽周折找到了当地的同乡，然后在同乡的帮助下在一个中餐馆做杂役，负责扫地、刷盘子洗碗。劳累了一天，累得筋疲力尽，躺到床上以后还要学习英语。一年以后，汪振东离开了打工的中餐馆，来到康涅狄格州，在美国著名的高等学府——耶鲁大学找到了一份打扫卫生的临时工作。这工作比在中餐馆更累更苦，但为了生计，他必须咬紧牙关坚持干下去。

汪振东利用在耶鲁大学打工的机会，偷偷地旁听了一些计算机系的课程。日子久了，他认识了一些洋同学，他虚心向这些洋同学请教一些计算机方面的知识，使人们渐渐习惯了这个黑头发、黄皮肤的打工仔。

不久以后，汪振东用自己打工攒下的钱买了一台属于自己的电脑，他很快学会了上网，并从网上浏览信息。一来二去，汪振东对计算机的知识有了一些初步的了解。

6年以后，一位来自家乡的同乡带来一个不幸的消息，说他的父亲病危，盼望临死之前要儿子见一面。汪振东不得不火速赶回家。他带上几年里的积蓄，通过圈内的蛇头，偷渡回国。

回到家乡的汪振东，与病危的父亲见了面。此时的家乡，在他离开的6年间发生了很大变化。到处是一派改革发展的勃勃生机。汪振东一方面将病重的父亲送进城里治病，一方面用自己带回的钱筹备自己的企业。他办起了一个丝织品工厂，招进工人35名，他亲自担任厂长。然而，他根本不懂经营管理。一年下来，工厂倒闭，投资几十万元打了水漂，他一下子又回到了原来的位置。26岁的他，不得不从头再来。他根据前次偷渡的经验。这一次，他选择了福建，联系上一个蛇头，以自己的厂房做抵押，又一次偷渡到了美国。

他踏上美国土地的时候，正好是他离开这里的一年以后。他又在华人饭馆找了一份刷盘子洗碗的工作。但他不安分，他生性喜欢冒险，他常常在睡梦里想入非非。这就给他后来的招摇撞骗埋下了祸根。

出路，原来是人生的误区

又一次偷渡成功的汪振东除了在美国除打工之外，还经常上网收集各方面的信息，尤其是来自祖国的各种资料。目的是通过互联网选择自己下一步的出路。

在很长一段日子里，他只要有时间，就上网浏览，不久，他又走进聊天室，与网友聊天。

这天，汪振东进入到一间名叫"精英"的聊天室，在这里，他结识了吴小华……

经过多次攀谈，他向吴小华介绍自己是攻读计算机专业的"耶鲁博士"。当取得了吴小华的充分信任，并邀请他回国去北京与吴小华见面的时候，他特意从网上下载了一大堆别人撰写的学术论文，制作了一份精美的"博士学位"证书。到了北京见到吴小华之后，这些学术论文便成了他这位冒牌的"耶鲁博士"的著作了。而且，除了服装外，还特意配了一副平光金丝边眼镜。

面对吴小华的热情邀请，汪振东决定回国，于是就偷渡回国，到了北京。

吴小华利令智昏，轻信骗子，引狼入室，在汪振东来到出版社两年多的时间里，对他的真实身份深信不疑，委以重任；甚至出卖良知与肉体，成了骗子的帮凶。

汪振东被举报，司法机关对其展开调查，汪振东在出版社再也混不下去了，于是他自动辞职，又到另一家出版社担任了计算机部的负责人。

因为对汪振东的使用严重失误，吴小华也被革除了社长职务。吴小华又一次找到汪振东，希望能够在他的手下弄个"打工"的工作。汪振东口头上答应了她。当她第二天再去找汪振东的时候，单位的人告诉她："汪振东，跑了！"

汪振东自打第二次偷渡美国直至吴小华把他弄到北京的几年间，他压根儿也没有跟家里通过信，甚至连电话也没有给家里打过一个。他从北京畏罪潜逃之后，本想回家乡看看，但他没有敢露面。他在全国各地到处流窜，东躲西藏，只给美智子打过一个电话，说自己公务很忙，一时半会儿还回不了北京。美智子一直蒙在鼓里。

吴小华倒是有了一些悔悟，但是为时已晚。不仅丢了工作，丢了公职，还将为汪振东涉嫌骗款50多万元的犯罪事实承担连带责任，不久将受到法律的审判和制裁。想想这些，她死的心思都有。

2006年1月，自以为风声已经过去的汪振东自上海秘密回到北京，他刚刚从北京首都国际机场走下飞机，便被公安办案人员等个正着。

2006年5月，汪振东因涉嫌职务犯罪，由公安机关将案件移送检察院侦查处理。检察机关经侦查，认为汪振东涉嫌贪污犯罪事实成立，涉案金额50余万元。

2006年9月18日，法院对这位假耶鲁博士进行了公开宣判。"假博士"汪振东因贪污罪有期徒刑13年。

一个仅仅高中毕业的打工仔，靠一种骗术，居然让一个出版社的主要领导信以为真，并引出了一系列的丑剧、闹剧、悲剧！这个教训实在是太沉重、太沉重了。

因爱成了国家的敌人

郝修平，女，38岁，汉族，党员，安徽凤阳人。北京某科研机构研究员。因泄漏国家机密被判处有期徒刑四年。

整理完郝修平的故事，心情无疑是复杂的。在我近十年的采访中，所接触的利用情感问题进行诈骗或者达到不法目的的案件还有很多，不过我觉得郝修平等案件比较典型罢了。

由于种种原因，类似的案件还在发生着——一些人还在不断地成为害人者、被害者，我真的不知道这种状况何时终结。

知道郝修平案件是因为一个很偶然的机会。同学在一起聚会，大家走出校门，彼此分开有十年了，许多人好长时间都没见过面，乍一看都快认不出来了。大家聚在一起，真是又高兴又激动，回想起当年的生活，那些一起走过的日子，个个感慨万分，唏嘘不已。席间，大家相互介绍自己的事业发展和家庭情况，诉说着人生的欢乐与痛苦。

当我说到自己正在做一个关于现代城市女性犯罪个案的系列调查时，我当年一个同宿舍的同学马上接口道："是吗？我们单位发生过一件这方面的案子，你肯定会有兴趣。"我示意他继续说下去，他便说自己单位是一个物理研究所，所里有一个女副研究员叫郝修平，毕业于北京一所知名大学的物理系，博士学位，在他们所里都很有名，三十六岁就提了副研究员，成绩很突出，可因为泄露国家秘密被国家安全机关的人抓了起来，据说是她向国外的间谍组织泄露了所里的属于国家机密的有关情报资料，检察院已经以泄露国家秘密罪对她提起公诉。"大概是2004年判决的，目前在监狱服刑。你可以去采访采访她，我觉得这案子挺有代表性的，说实话，当时我们所里的都有点不相信这事，因为这确实太突然了，她平时很出色的，简直可说是前途无量，真有点不可思议。"

回想起这个案件，我那同学一边说一边不住地摇头。

"解个谜，好让更多的人知道她为什么会那么做，我们以后自己也好提防点，就叫什么'前车之鉴，警钟长鸣'吧！"他拍了拍我的肩膀，半认真半开玩笑地说。

高文化素质的女性犯罪现象正是当前研究的一个重要课题，我立刻意识到这个案子的重要性。问明情况后，我马上找到了当年受理此案的北京市人民检察院第一分院。曾负责起诉郝修平案的检察官向我介绍了一些基本情况。由于此案涉及国家机密和个人隐私，当时没有公开开庭审理。

简单履历的背后是不懂得生活

采访请求获准后，在北京市大兴区某监狱会客室，我见到了郝修平。她给我的第一印象便是与我先前在心中所设想的那个形象完全吻合。中等的个儿，稍微偏瘦，显得有点虚弱。头上已经能见到不少白头发，鼻梁上架着副金边眼镜，不是很漂亮，但是非常整洁，举止也很文雅，浑身上下都透出一股女性高级知识分子的特有气质。我真的很难把眼前的这个人跟头脑中"罪犯"的概念联系起来。

我们握了一下手，然后隔着桌子面对面坐下。我突然感到一种前所未有的紧张，郝修平的学位，才识都比较高。出事之前，她的社会地位也比较高，要是我早些时候认识她的话，肯定就不是采访她的犯罪心理，而是报道她的成功事迹了。世事就是这样变幻莫测，捉弄人。我了解郝修平过去的辉煌，她那条从小学，中学，大学再是硕士、博士、博士后直至女科学家的人生之路正是我们每个人儿时曾经做过的梦，那曾经是我们为之奋斗的最高目标。所以，我从心底就钦佩她。

我称呼她"郝老师"，接着说明了自己的来意，她迟疑了一会，看了我一眼，然后点了点头。

我18岁那年考上的大学，读的就是物理专业。我家在农村，没去过农村的人真是不知道那时候农村的苦。我从小学习就很好，因为我实在不想在那块地方待下去了，所以就拼命地读书，下了狠心要考出去。我父亲挺开明的，没有说因为我是个女儿就不让我读书，他看我努力的样子很高兴，就说我一定会考上，为家里争光，于是，他就自己勒紧裤腰带供养我。父亲是前年去的世，一生操劳，就是为了我们几个儿女。他临终的时候，拉着我的手，一直念叨着我的名字，他已经说不出话了，但我知道他想说的话，他很幸福，因为女儿为家里争了光。可是，他哪里能料到我竟然会有今天呢？

我明显感到郝修平的鼻音浓重起来。她摘下了眼镜，擦了擦眼睛，又重新把眼镜戴上，尽管愧疚，感伤，但一切又是那样的从容、平静。

我上大学的时候，家里实在是困难，最后是父亲狠狠心，把还未出栏的两头猪卖了，再加上家里向亲戚借的钱和乡亲们自动凑的一点钱，总算是让我到了北京，跨进了校门。

我们那会儿大学不收学费，而且每月还有助学金，不像现在。工作一般也有保障，所以许多人进了大学后就像进了保险箱，捧上了铁饭碗，于是就不怎么学习，天天只是玩。但我不行啊，我什么都得靠自己，而且从小就养成的努力学习的习惯使我总觉得没事就去玩是浪费时间，心里怎么也高兴不起来。同学们见我这个样子，就不再拉我去玩，说我是书呆子。我想啊，学生就是以学为生，就是读书，读书能谈到书呆子的境界，还不容易呢，有什么不好？我乐意做一个书呆子。不过，现在回过头看看，当时是有点错了，我就是一个最好的例子。

说起来你也许不相信，大学四年，我没看过一场录像，一场电影，从没玩过扑克，从没出去郊游，跳舞什么的就更不用说了，最多就是去操场打打羽毛球，也是冲着锻炼身体去的，不是纯粹为了玩。记得大三时，我们班里有个男生跟与我住同一宿舍的女生打赌，说如果有谁能说服我去看场电影，他就请全班同学出去吃顿饭，结果我宿舍的那些姐妹们输了。那时候真是"两耳不闻窗外事，一心只读圣贤书"，这种样子在我上了硕士研究生时也没有多大变化。

其实，我当初那个样子，虽然与我的性格、习惯有关，但也是给残酷的现实逼出来的。我家里没有钱，更没有什么背景，我只能靠自己的努力去学习，这是我唯一的路，而且，父亲对我期望很高，他在千里之外的家里看着我，我感觉得到那种目光。这样一来，经济和道德上的双重压力使我不得不努力，努力再努力。

"你是北京人吗？"

郝修平突然问我，我点了点头。

北京的本地人永远不会知道外地人在北京的感受，不会理解和体会到外地人要想在北京工作生活的艰难。我孤身一人，举目无亲，就像大海里风雨飘摇中的一叶扁舟，随时都有被风浪吞没的危险。我没有别的资本，唯一的优势就只能是自己的学习和才识。

我的努力学习没有白费，本科毕业时，我是全班第一名，于是就被免试推荐直读研究生。选导师时，系里那些导师都争着要我，因为我踏踏实实，心无旁骛，做起实验来特别认真，舍得花时间，而且，我的基础知识扎实，导师只要稍微指点指点，不用费什么心思。一时间，系里搞得还沸沸扬扬的，最后系主任要了我。

我上研究生的时候，大概就有二十四五岁了吧。我身边的许多女同学都几乎有了男朋友，我没有。一方面，用不着说，我的长相放在这，而且我又不会打扮，另一方面，我整天呆的地方就是教室、图书馆，当然还有宿舍，面对的不是实验仪器就是书，那些诸如溜冰场、舞会等等的娱乐、社交场合我根本就没去过，后来读博士时，同学强拉着我去过一两次，总算知道了在什么地方。即使去了，我也适应不了那种环境，自己又不会玩，像个傻子一样晾在那儿，觉得没什么意思，过不了多久便走了。其实，我现在知道那些地方还是很好玩的。可是，正是我知道了这些，才使自己落到今天的地步，我要是一辈子都不知道这些地方就好了。

渴望爱的欲望其实早已潜伏

我知道郝修平在试图表达一种复杂的感受，但显然思维有点紊乱，我问她是不是要休息一下，她摇摇头，继续说道：

我的社交面小，接触的人也少，男性朋友、女性朋友都很少，甚至连本班的同学都不熟悉，本科四年，我跟班上个别的男同学好像连一句话都没说过，都弄不清到底班上有哪些人，好多次我都把自己班上的人弄成了别班的人。这么说吧，我觉得那时自己特别像契可夫写的那种"装在套子里的人"。虽然我考上了大学，似乎已经成为了一个城里人，但是，我始终觉得自己在骨子里还是一个农民，每当在宿舍里和大家一起讨论一些关于人生、价值等方面的问题时，我总跟那些生在城市、长在城市的同学意见不一样。其实，我这人还是挺喜欢说话的，但是必须是与我谈得来，有共同语言的人,到目前为止,只有一个人,可惜正是这个人骗了我,害了我。

总的来说,读理工科的女生都不如读文科的女生会玩。我只不过是理工科女生中的比较典型,或者说是极端的一个。我们班男生对我的评价是:只会读书,没有女人味。别看现在提倡男女平等,妇女解放,其实无论是男人,还是女人自己都还是信奉着"女子无才便是德"的老一套,就拿以前我那些同学来说,男硕士要女学士,男博士要女硕士,这样到头来女博士反而没人要了,博士学位倒成了女生寻找伴侣的一个巨大障碍,所以,在我们学校,女博士是非常少的,只有像我这样的人才会去读博士。你说,这是不是一个社会的悲哀?还是仅仅只是我个人的悲剧?

我身上缺少男同学所谓的"女人味"的东西,在他们的心目中,我是一个似乎已经男性化了的女人,一个除了读书不懂感情的女人。我承认我不符合他们理想中女孩子的标准,不是能做他们玩偶的那种女孩子,可是,我也有感情,我也曾渴望爱情,我也在等待着一个知心爱人,但我的梦被无情的现实击得粉碎,我所梦想的那些浪漫故事从没在我的身上发生过,我羡慕别的女同学在节日时收到的花,我希望有男孩子说爱我的话,我也憧憬着有一天能和自己心爱的人在一起,哪怕是走遍海角和天涯!我一次次地期待,又一次次地失望,到最后,我只能把感情封闭起来,免得受伤害。

直到上博士了,还没有一个男孩子对我表现出好感,这时候我也麻木了,觉得过一辈子单身也不错。不过,我身边的人倒是为我急起来,毕竟已经二十七八了,按一般的观念,已经是到了不能再拖的年龄了。

同学,甚至我的导师都开始为我介绍对象了。社会是这样,我也没办法,一个女人终究是不能不成家的。我已把曾经的梦想深深地埋在了心底,再也不去奢望什么惊天动地的爱情,什么前生注定的姻缘,我只求一个安稳的家,一个还过得去的男人,平平淡淡过一辈子就行了,其实要说,大家现在不都这么过吗?我都说到哪儿了,是不是扯远了?

我说没有关系,讲得很不错,那正是我的采访内容。我开始觉得,对面坐着的不是已经三十八岁的女副研究员,而是十年前的那个女博士生,看到了那张严肃而平谈的面容后蕴含的丰富的情感,一颗曾经受到伤害而变得无奈的心。是的,她也是人,不是冷血动物,并不像有些人想象的那么简单。

她停顿了一下,继续说道:

当然,介绍的对象就不一定没有感情,感情是慢慢培养的。没有感情,你同样可以拒绝,跟自己找的没有两样。而且,介绍的对象一般各方面考虑得很周到,彼此很了解,不会太盲目,对于两个人一起长久过日子确实是很有利的。自己找的有时候反而会打打闹闹,甚至反目成仇。错就错在我自己,我当时真是心灰意冷,不相信也不在乎什么感情的事,再加上自己对介绍的对象存在偏见,好像介绍的对象双方就不需要有,或者说不可能有感情,心中总是偏执地抱着那个实际上永远不太可能实现的残缺的梦,始终拐不过那个弯,要说我没感情,这个时候确实是这样。

人就是这样,明明同一个事物,是美是丑完全可能由于心情、观念等的不同而得出不同的结论。我不相信介绍的对象,不愿轻易付出自己的感情,自然两人之间就不会有感情,而没有任何感情的婚姻注定是一场悲剧。

几乎是被别人拖去的情况下,我前前后后跟七八个小伙子见过面,但一个都没成,总觉得凑不到一块儿,就像到商店里买东西,本来就别别扭扭的,而且还我想买的东西商店里没有,商店里货不少,可又不是我所想买的。慢慢地,我对介绍对象失去了最后的信心,原来的偏见得到了证实,就开始有点烦了。时间倒是不饶人,一眨眼,我都快博士毕业了,那事还是耽搁着,一直没空。我自己也有点急了,标准也在无形中一步步地降低,后来,在毕业的前夕,我的导师给我介绍了一个人,这人就是我现在的丈夫。

他是我导师的一个朋友的博士生,比我大三岁,跟我一年毕业。长相什么的一般,性格却是比我还沉默寡言,往那一坐,能半天不动,不说话,跟尊木雕一样。我记得那天我们见面的时候,我导师和他导师也在,整个一下午,我和他只是说了两句话:开始的时候说"你好",结束的时候说了声"再见"。别的时间就全是两个老教授在那说话了,好像谈对象的是他们两个，我们反倒成了旁人似的。但是，这样也好，我俩没什么感情，可也没什么冲突，所以，我们也就糊里糊涂地成了。

毕业后我分到了现在的这个研究所，他分到另外的一个研究所，不过相隔不远，骑车也就四十来分钟吧。我们就这样不冷不热，不紧不慢地发展了两年，别看是两年，因为我们都比较忙，他还老出差，加上他又是那种三棍子敲下去都打不出一句话的人，所以，我们在一起的时候并不多，感情交流就更少了。不过，我们之间也没爆发过什么大问题，1997年元旦时我们就结婚了。

他这个人除了性格之外，别的方面都其实挺好。他不吸烟，不喝酒，更不会去赌博去养情人什么的，说实话，他不是那号人，这个我绝对敢保证。而且，对我也不错，我有时因为一些烦心的事发火，他就处处让着我，但还是一声不吭。他的宽容能让你都感到过分，除了做实验，他几乎对什么事都没有兴趣，跟机器人一样，我真是拿他没办法。

我们就像在一个屋檐个生活的两个人，而不是一家人。慢慢地，他的那种高级知识分子的软弱和迂腐让我渐渐地忍受不了。晚上睡觉，我抱着他跟抱着根木头没有两样，他对夫妻之事几乎是懵懂无知，提不起一点兴趣。就是结婚头几年，我们的夫妻生活也是少得可怜，有时甚至一个月都难得有一次，而且，他从没有主动提出过这方面的要求，每次都是我含蓄地表示，但又不能太含蓄了，否则他明白不了。每次，他都像完成任务一样，或者像做贼似的，匆匆几下就完事，事实上他这方面的知识和心理跟小孩子差不多，许多基本常识都一概不知，什么技巧就更谈不上了。更过份的是，即使就那么会儿功夫，有时他还在心里惦记着实验室里没做完的实验。我真没想到世界上还有这样的人。

他几乎没有陪过我去看电影，逛商场什么的，甚至有时他们单位组织出去旅游，说可以带家属，他都不去，有时我气极了，指着他骂，可他跟没听见一样，理都不理你，我一肚子的委屈没处说，气没处撒，索性躲到自己的实验室也去做实验，把那些闷气统统发泄在工作上，否则我早就被憋死了。不过，这样一来，我在工作上取得了一个又一个的成绩，连我自己都吃惊，我有时是没日没夜地干，别人都奇怪我怎么有那么大的工作热情。当然，他的成绩也很突出，在他们单位名声挺大，所以，别人都夸我们是一对模范夫妻，说我们两人在事业上相互激励，为祖国作贡献。有一家报纸还专门报道了我们俩的事迹，我记得标题用是的"科学王国中的比翼鸟"。是的，在外人眼里，我们是成功而幸福的一对，是令人羡慕的理想组合，可是，他们哪里知道成功背后的苦涩，荣誉背后的牺牲，和我那难以对人言讲的委屈呢？"

郝修平这时再也忍不住了，竟伏在了桌上抽泣起来。这也许是减轻她心中痛苦的唯一方法。没有去打扰她。

了解外部世界时，心理陷入了无言的纠结

过了好大一会，她心情平静了下来。她将目光望向窗外，继续说道：

结婚后的第四年，我们才好不容易有了个孩子，是个女儿。女儿的到来为我们的家庭增添了一些生机，也让我们的家终于有了点家的样子。但是，从此后他的注意力便完完全全地转移到了女儿的身上，一点也不在意我的感受，在他看来，作为丈夫的义务已经完成，剩下的就是做个好爸爸了。就这样，我们夫妻间的感情不但没有因为女儿的到来变得深厚，反而更加疏淡了。

我依旧只有躲在工作中去麻木自己，去忘记那些难言之痛，工作上取得的成绩越大，我们牺牲也就越大，心里就越觉得悲哀，在外人面前还得强颜欢笑。我就这样戴着面具活着。

2000年，我认识了我今生最希望遇到但又是最不应该遇到的一个人，这个人的出现改变了我的一生。估计你也了解到他是谁，他叫谢中安，美籍华人，父母是1958年从台湾去的美国，那时他只有两岁，当然，这些都是他告诉我的，是不是真的就难说了，因为他从一开始就在骗我。

2000年11月份，在北京召开了一个我们专业领域的全世界性的研讨会。这个会议级别很高，每三年举行一次，国内国外的学术权威，著名学者到时都会出席，这种机会非常难得，会议主要探讨一些本专业的学术前沿和疑难课题以及一些最新发现成果，最后，还要评出一些奖项，能够获得这些奖项是我们专业的人一种很高的荣誉，在这次会议上，我提交的一篇关于高能物理方面的论文获了奖。在午餐会上，就有不少人来跟我聊一些学术方面的问题，我刚获了奖，心里特别高兴，所以有问必答，不厌其烦。其中有一个便是谢中安，他当时问了我几个问题，很有水平，而且有一个问题是我自己也没有彻底搞清楚的东西，感觉跟他比较合得来，谈了足有半个小时，他中文、英文都很流利，又有幽默感。我们俩都觉得谈得没有尽兴，便相互留了电话和通信地址，约好以后有空一起讨论一些问题。

会议结束后，我又象往常一样投入了工作。没过半个月，他就打电话找我，约我中午去一家餐馆吃饭，顺便讨论几个问题，我很高兴地答应了，说实话，结婚这么多年，我丈夫就从来没有带我到外面吃过饭。到约定的地点我们见了面，坐在那儿边吃边聊。会议那天人太多，又匆匆忙忙，所以对他也没什么太多的了解，只是觉得他这人跟我好像比较谈得来。如今两个人在一起，我才发现他很有男人魅力，穿着一套深灰色的西装，打着领带，风度翩翩，个儿也挺高，块儿不小，相貌、举止、谈吐之间都透出一股成熟男人特有的韵味。我心里马上就有一种似曾相识的感觉，好像自己在很久以前的什么时候已经见过他，但就是想不起来，尽管心里这么想着，但脸上我并没表现出来，只是暗暗地奇怪为什么对一个陌生的男人却没有陌生的感觉，他一个电话我就马上出来了，竟然没有一点起码的自我防范意识，为什么自己如此地信任他？真是说不清楚。

　　不过，他讨论的确实只是学术方面的问题，而且还挺严肃，没什么过分的地方，正常得连我都觉得有点乏味。他稍微介绍了一下自己的背景，直到这时，我才知道他是美籍华人，美国一所著名大学毕业，也是博士，现在正受邀在北京一所大学里作访问学者。上次给的电话和通信地址已经变了，他又给了我一个新的。总之，整个会面过程中他都非常正派，非常得体。

　　不知为什么，第一次约会后我有一种说不清楚的心情，感觉到自己身体里一种曾经有过的东西在慢慢地苏醒和蠕动，究竟是什么，我躺在床上想了一夜都没想明白，我只是知道自己很喜欢和他在一起，希望能快点有第二次约会。

　　第二次，他邀我去他作访问学者的那所学校看看，我自然是答应了。我第一次约会时是随随便便出的门，穿着打扮跟在家里没什么两样，而且心情也是非常平静。跟我丈夫说出去吃饭时讲的也是真实情况。但这一次，就显然有点不一样，我穿了一件自己平时很少穿的衣服，在梳妆台前还转了半天，心里也有一丝莫名的紧张，衣服的扣子都差点扣错了，头发梳了又梳，生怕弄乱了，这样的情况是平生第一次，记得当年导师介绍我和现在的丈夫见面时根本没有这样的感觉。走的时候，跟丈夫打招呼，本来想直说的，可话到了嘴边就变成了"我们以前的同学聚会"，其实，我就实说他也不会在意，因为在感情方面，他从来就没有把我放在心上，他不懂得爱，当然就更不懂得吃醋，他很少过问我的情况，了解我的感受，对于他那样一个书呆子加工作狂而言，根本就丧失了对情感的把握能力，当然包括他自己的情感。

我怀着一种极其复杂的心情敲响了他的房门，他开了门，见到我之后先是一惊，然后马上用英文说我很漂亮，请我进去之后，在我背后轻轻把门关上，动作极其优雅，就像中世纪欧洲的绅士一样，非常细心和体贴。我想他已经意识到今天我以这样的装束，这样的身份来这样一个地方的背后所隐言的东西。房里只住着他一个人，各种摆设不多，但布置得很得体，营造出一种温馨的氛围。他双手一摊，幽默地说这是为了迎接我的到来，花了一个下午才好不容易收拾出来的。他沏了一壶咖啡，我们便坐下来边喝边聊，有了上一次接触，我们彼此都比较放得开，虽然仍然讨论一些学术上的问题，但更多的时间却是在聊人生，特别是我们自己。

他中英文都很好，说自己是中西方文化的混血儿。他去过很多地方，见过许多奇怪的事物，还拿出许多他在世界各地拍的留影给我看，不得不承认，他的表达能力确实非常好，表情也极其丰富，把他的那些经历讲得绘声绘色，我坐在那儿看着他讲，就像小时候听老师讲故事一样……

我时不时地被他逗乐，笑起来。我已经好久没有这样开心地笑过，我感觉自己好像回到了无忧无虑的少女时代，显现出一个真实的自我，剥去了面具和伪装，往日压抑的心情获得了一种从未有过的解放，似乎自己变成了蓝天里自由飞翔的一只小鸟，忘记了哀愁，忘记了一切不顺心的事。我真想一辈子就这样一边喝咖啡，一边听他讲，真的，就一辈子。

然后，我们开始各自谈自己的现在的生活。他告诉我，他还没有成家，"我这人不适合结婚"，他耸了耸肩，"当然，也许是我以前一直没有遇到一个可以促使我去结婚的人，我不会勉强自己去结婚，在美国，像我这种人很多，可在中国，就不一样了。"

听完这话，我心里一酸，当年我也下了独身的决心，可最后仍是拗不过社会的压力，同一个自己不喜欢的人结了婚，为什么会这样？我从来没有向除了母亲之外的任何第三人诉说过一直憋在心底的那些话，因为我的自尊和骄傲不允许我那样做，而且，说了之后不但毫无益处，反而会引来许多想象不到的麻烦，其实，生活中大家都是把苦憋在心里，都这么活着，我又何必去作傻事呢？可是，这一次在他的面前，尽管我时时警告自己要注意形象，感情不能太流露，但我说着、说着，最后竟黯然泪流。

不知什么时候，他已经挨着我坐下，一把拥住了我的肩头，我再也忍不住了，一头扎在他怀里忘情地哭起来。我自己也不明白，我所说的那些工作成绩，社会地位，物质生活，似乎都应该是让我快乐起来的理由，可为什么自己却伤心地哭呢？

等我慢慢地平静下来，他突然说道："你如果离开你丈夫，会怎样呢？"我一听这话，马上醒悟过来，发觉自己失态了，我第一反应便是本能地挣脱他的拥抱，站了起来，对他说："你太过份了！"然后抓起旁边的提包，扭头就走，他追上来，连声说对不起，可我根本就没有理他，一种羞愧和自责使我夺门而出。

那天晚上，我一个人呆在实验室里，从小时候、上学、工作、结婚，直到现在，想了很久。我是成功的，至少别人是这么认为，可我为什么总不快乐，总觉得生命中缺点什么呢？平心而论，丈夫对我不错，生活也平平稳稳，可我为什么还是不满意呢？母亲在我当初结婚的时候就坚决反对，她说我丈夫人虽然很好，但是我和他在一起不会有幸福，我就不相信，问她为什么，她就说自己也没什么理由，就是凭自己多年生活的一种经验和感觉，她说她知道我的性格，知道我需要的是什么，而我丈夫注定不能为我提供那些东西。我当时对感情这回事已经心灰意冷，不愿再去考虑那些虚的东西，最后还是结婚了。

慢慢地，我开始理出了个头绪，我一直在回避感情，压抑感情，但心底深处却又一直在执拗地追求那种感情。这就是我为什么貌似成功幸福而实则空虚痛苦的原因。本来我一直在以拼命的工作来麻木自己，使自己忘记那些痛苦，放弃那些追求，像其他人一样糊里糊涂地得过且过，不幸的是，我遇到了谢中安，他使我以前的一切努力都化为泡影，跟他在一起使我感到一种以前从未体验过的人生乐趣。但是，我现在已身为人妇，身为人母，我必须承担起一个做妻子和母亲的责任，所以，我是继续这样下去，还是一切从新开始，在牺牲自己和伤害别人之间，我必须做出一个选择。

甜蜜的交往，蒙蔽了本该警惕的眼睛

你看过《廊桥遗梦》吗？

郝修平眼睛注视着我，突然问道。

我点了点头。那部片子我看过，由伊斯特·伍德自导自演，我国1996年引进的大片之一，拍得很好，主要讲述了一个已婚妇女在短短四天中经历的一场情感危机，真实细腻地表现了家庭妇女复杂的感情。据报道，许多家庭妇女在观看完这部影片后都潜然泪下，引起广泛的共鸣，影片公映后，曾引发了一场关于伦理道德方面的大辩论，仁者见仁，智者见智，但最终还是各执己见，没有争论出一个结果。

我忽然想到，郝修平当时的心理是不是契合了影片中那个女主人公的情况？

郝修平说：

不知道你对那个女主人公是怎么评价的？我是一个人去看的，我丈夫没有陪我去，因为这种影片对他简直就是对牛弹琴。我一边看电影，一边抹眼泪，我把自己看成了就是片中的那个女主人公，对于那个女主人公的选择，我没有想过是对还是错，只是觉得，无论她是离开了她丈夫，还是继续留下来，我都会很理解。我该怎么办？在那两者之间，我始终没有勇气作出一个坚定的选择，而是一直在摇摆不定，希望有一个两全的中间道路。其实，我自己也知道，这么激烈冲突的矛盾怎么可以调和呢？可是，我就只能这样了。

过了半个月，我犹豫了很久，最后还是拿起了电话。我向他道歉，说自己那天太冲动了，他说没关系，然后提议说一起去打保龄球。我们打了一个下午的保龄球，玩得很开心，晚上一起去一家日本餐馆吃饭，最后在他宿舍里，他吻了我，一切都那么自然，我第一次感觉到接吻原来是那么美好的事情，毫无保留的全身心的投入，一种生命的原始而其实的流露。再后来，什么都发生了。

她低下了头，声音也轻得几乎听不见，但我清楚地发现她原本白净的脸上有了一丝红晕，我知道"什么都发生了"意味着什么。

他有一辆丰田小汽车，以后他便开车带着我到很远的郊外去兜风，去游玩，那里没有认识我们的人，我可以自由自在地和他在一起，在更多的接触中，我发现他真是多才多艺，唱歌、跳舞、读书、打球，无论什么事情都能说出一大堆道理来，对什么东西都能感兴趣。跟他在一起的那些日子是我一生中最开心的生活。有一次去康西大草原，那天天气特别好，大概是1997年的5月份吧，阳光照在身上非常舒服，我躺在草地上，他支起画夹给我画像，一切都跟在梦里一样。

他以后从来再也没有提过让我离开丈夫之类的话，我自然也不会主动去提，我也知道自己跟他在一起不会有什么结果，甚至隐隐地感觉到一种危险，具体又说不清楚是什么，来自哪里，有一次我躺在他怀里说："我不想对你提出更多的需求，你对我也是一样。只要我们能常常在一起，比什么都好，以后的事以后再说，这对你也许没有什么，但却对我非常重要。"

他便答道："我知道，OK！"

我已经提为副研究员，是我那个实验室的主任。我们搞的一些科研项目有的是属于国家秘密，有严格的保密措施和制度规定，有些内容就是要守口如瓶，即使是对自己的爱人也不能说，当然，我丈夫也不会问这些，他的专业方向与我不一样，隔行如隔山，说了他也不懂。而我和谢中安在一起的时候，他有意无意地便会问我一些那方面的问题，我当然一点防备心理也没有，想在自己喜欢的人面前表现一下自己的能力，便滔滔不绝地把自己所知道的东西都告诉他，他这方面的专业知识和造诣似乎也很不错，能时不时在一些关键处提出质疑，在我一些比较得意的地方拍手赞叹，因为他公开的身份是访问学者，提出问题一起切磋其实也是很正常的，可我哪里知道，他实际上是一个高级情报间谍，他和我在一起原来是为了获取我们所里的一些国家秘密级的技术情报！

他隐蔽得很巧妙，也很有耐心。他每次都是讨论一两个问题，而且都是在我很高兴的时候，问题也是慢慢地从表面问到核心，免得我起疑，我那时正是最快乐的时候，根本没把他往坏处想，只要能和他在一起，我什么都忘了，这我自己都不明白为什么，就好像喝了迷魂汤一样。他有时向我借阅一些资料，我甚至干脆就送给他了，有些问题我解答后，他说不可能，说我吹牛，我不服气，最后把自己辛辛苦苦得来的证明结果的实验数据给他看，看到他点头表示相信后，我心里还非常得意。根本没有意识到自己正不知不觉地上了他的圈套，许多重要的情报资料就这样从我这里一点一滴地向外泄露，而我仍是蒙在鼓中，一无所知。

其实，我现在还有点不敢相信他在骗我，自始至终他都没有露出一点破绽，整个过程就跟真的一样，而且，像第三次约会，还是我自己主动打电话给他的，如果是他一直主动约我，说不定我就会对他有所防备，难道他是故意引我主动上钩，看准了我肯定会去找他？好多资料都是我主动给他看的，他并没有提出要求，对我的感情也好像不是能够装出来的，为什么呢？我只能说他的骗术太高，表演得太逼真了，或者，我被他迷惑住了，昏了头，因为我长期呆在实验室里，社会经验实在太少，容易上当受骗？

2001年2月份正是春节期间，他没有回美国，我初四陪他出去玩了一天，然后他说想去我的实验室看看。我有点犹豫，一来，按规定我的实验室由于涉及国家秘密不能随便让人参观，二来，虽然我已经违反规定向他泄露了一些重要的技术资料，但那不可能有别人知道，如果我带他去实验室，说不定碰上人会引起一些不必要的麻烦。但我经不起他再三恳求，由于春节时研究所放假，人比较少，所以我就答应了。

我当时正在进行一项国家重点科研项目，对国防意义重大，属于国家机密，我是这个项目的负责人，据我所知，国外也在搞这个项目，但一直没有重大进展，而我国从上个世纪80年代后期，也就是1989年起便开始了这个项目的研究，投入了大量的人力、物力和财力，耗时将近12年，经历了无数次的失败，终于在2001年11月攻克了最后的技术难关，项目基本上就是大功告成，剩下的就是做一些后期的资料汇编整理工作，我们准备在2005年5月份上报有关部门，由于这个项目属于国家机密，所以保密制度很严格，甚至连我们自己所里有些同事都不知道我在秘密地研究这个课题。因为这个项目的完成确实来之不易，我倾注了很多心血，所以我自己为这个成果也感到很骄傲。

　　我带他去实验室的时候，幸好没有遇上人。他在我实验室里边参观边称赞，我听了自然很高兴，再加上本来对他就没什么怀疑，所以我开始还保持的一些警惕心理和保密意识就慢慢地消失得无影无踪。他先是漫不经心地问了一些很一般的问题，然后慢慢地就问到了我搞的那个课题。我当时很奇怪，问他怎么知道那个项目，他说国外这个项目早就完成了，反问我为什么不知道，还简要说了一下具体的实现方案。其实那个方案我们已经实验过，根本行不通，我就又不服气，昏了头，竟然把已经整理好的准备上报的材料给他看，我当时想，这个项目极其庞杂，各种实验图表，数据实在太多了，他不可能随便看看就能记住，可是，我哪里料到，在他西服前面的一个钮扣里竟隐藏了一台微型摄像机，不但那些资料，而且连实验室里的实验设备，实验台的布置设计等等包括我在内的许多东西都被他拍了下来！"

　　我看着对面郝修平那像孩子一样天真的懊丧神情，忽然间得出一个结论：对一个正常人而言，是否会被骗上当，与他的智商程度关系不大，而取决于他的社会经验。前些年就报道过一个女研究生在火车站被人拐骗到一个偏僻的边远地区，卖给了一个农民当老婆，当时有很多人觉得不可思议，认为女研究生怎么会被别人骗成功？我虽然认为可信，但不免还是有一些纳闷，现在郝修平的故事给了我一个直观的新例证。

梦醒后，才发现早已饮下你藏好的毒

郝修平叙说到这里，她的遭遇以及随后的结局就很容易猜到了。

回想自己走过的迷途，她的心情已经很平静：

3月12日，他说有点事要回美国，我还去机场送了他，你说我傻不傻？这一去之后，他就杳无音讯。两个星期后，被他窃去的关于那个重大项目的情况便由西方一家大报报道出来，我国有关部门震惊之下，马上展开调查，结果发现是我泄露了国家机密。他们刚开始讯问我时，我还觉得很冤枉，因为那些资料我一直锁在保险箱内，没有人碰过。后来，我才知道，原来问题出在他身上，他骗了我！在那段我俩共处的日子里，他从我这里得到了许多重要的情报资料，那个项目只不过是其中最突出的一个，我给国家造成了巨大的损失，我是罪有应得，我只恨自己。你会怎样看我？

郝修平用一种急切询问的眼光看着我，这个问题我确实很难回答，在我的采访调查过程中，一直习惯于在采访中扮演一个听众的角色，很少当面对被采访者作出这样或那样的评价，无论是褒是贬，似乎都不太合适，因为许多事情往往只有当事者自己最清楚，也只有自己意识到了，问题才算真正解决，别人的评价有时反而会起反面的误导作用。特别是对于像郝修平这样一个高级知识分子，我还能说些什么呢，我相信，以她的才智此刻悟到的东西肯定比我还多。

所以，我迟疑了一会儿，然而这种迟疑似乎正不知不觉地表达了我的一些价值判断，她叹了口气，说道："你不愿说，就算了，其实你不说我也知道。"

我望着她，眼光中是是同情，还是可怜，我自己也说不清楚，我说道："我理解你！"理解并不等于认同，更不表示反对，她显然明白我的意思，慢慢地点了点头。

"害人之心不可有，防人之心不可无"，在复杂的社会生活中，我们保持一些必要的警惕心理是非常重要的，现在各种诈骗手段日趋隐蔽和巧妙，一有疏忽很容易陷入圈套。上当受骗并不是我们智力有问题，而是我们防范意识薄弱，对社会上复杂的人和事估计不足。诈骗者之所以成功，关键是在于他们事先了解了各种情况，作了周密安排，利用我们某些心理上的弱点，趁虚而入，使我们信以为真，往往让我们像郝修平那样自投罗网而不自知。

　　高级知识分子智力上没有问题，但他们长期处于封闭的象牙塔中，与社会接触少，不懂得社会的复杂程度，就像温室里的花很难适应温室外的自然环境一样。由于他们社会经验不足，这些被我们以为是社会精英的人反而是最容易上当受骗的人，甚至可能被一个文盲所欺骗，这不是夸张，更不是讽刺，而是事实。这是一个普遍的社会问题，值得我们每一个人深思。

后　记

　　这是我写的揭露各种骗局的报告文学系列作品的其中的一部，主要写了各种形形色色的情感骗局。这部作品完成后，我还想写一些文字作为本书的后记，主要是觉得还有一些想法需要向读者作一必要的交代。

　　1996年7月，我进入首都检察机关工作，一直在法制宣传岗位上工作。由于工作的关系，十余年来采访、调查了大量的案件——从普通的刑事案件到重大刑事案件，从一般的职务犯罪案件到重大职务犯罪案件。对于我来说，接触每一起案件，采访每一名罪犯，心情都是沉重的。

　　当然，也写了出色办理这些案件的检察官，例如"全国公正执法的楷模"——方工，信守"人在做，天在看"的优秀反贪侦查员黄招娣，被犯罪分子称为"恶人"的主诉检察官张荣革……

　　这些第一手的采访、调查给了我很多触动，使我从一个崭新的视角思索人生、社会的诸多问题，并努力尝试用各种文体来表达自己的看法。从抨击时弊的杂文、时评，到漫谈法律文化的随笔，到各类新闻通讯、报告文学、纪实文学、中长篇小说、学术论文，到专题片、影视作品。几乎所有可以尝试的文体，我都努力尝试过。之所以这么做，是想探索表达自己观点、倾向和认识的最佳方式，是想尝试用一种较合适的方式告诉读者我眼睛里看到的世界。作为一名学者、作家和司法工作人员，因为多重角色的关系，我对社会的看法和圈外的学者、作家是有着明显不同的。

　　一直以来，我觉得各种文体的区别只是形式上的区别，有很多时候，文采、形式不是最重要的，重要的是作者的思想——通过各种文体（载体），通过或平实或尖锐的叙述表达一个积极参与社会变革的知识分子对于特定社会现象、社会问题和司法案件的独特看法。

　　或许是受系统的学院派教育影响，在视角上，我愿意从宏阔的视角、从现象和理论分析的结合点上，理性地剖析特定的个案。在文笔、文风上，努力追求大气、朴实和照顾受过一定高等教育读者的阅读诉求。

从宪法和法律上说，作为读者和共和国的普通公民，都有努力知晓个案、事件真相的诉求，回应这些诉求是我们的义务。

真相永远在表象的背后。而探究真相是我们的责任和使命。

犯罪事件，可说是一个社会整体价值观及人群活动的一个映照。当前中国城市社会在犯罪情境下人性的爱恨癫痴，还是得透过媒体的努力予以展现。

正如媒体报道的，案件每天在发生，作为公民和媒体的受众，他们有权利追问：这起案件的真相是什么？谁该对这起案件的发生负责？到底这些领域还有多少案件亟待揭开？如何才能阻止此类案件频频发生⋯⋯

所有的困惑来自表象，而对表象的探究、追问，都将不可避免地指向体制和机制，指向各类犯罪案件发生的环境和土壤⋯⋯而体制和机制的建立、健全和完善以及有效地发挥作用需要时间。这意味着，如果不加速完善体制、机制，我们的社会将继续付出更大的成本。

由于种种原因，我们还不能把所有的真相还给民众，但是，民众对真相的诉求不会停止。我也注意到，一些媒体积极承担起自己应该承担的使命，努力引导受众者理性地观察、思考，并从中确立自己的判断。

无疑，主流媒体应该做到对重大案件报道及时、态度严肃，内容兼顾各个层面受众的需求。

回到这部作品的写作上，我也注意到自己写作在文体、内容上存在一些缺憾，特别是对一些个案的分析有表面化的趋向，及时性有余而深度不足；在案件报道的角度上，对检察官查办、公诉案件的智慧、付出表现还存在不足；案件报道、分析的新闻性、思想性、可读性还有待提升⋯⋯

具体到本书的完成，尽管在扉页上已经对那些提供支持、帮助的领导、朋友予以致谢，但是关注本书出版，并提供意见、建议的朋友还有很多，对于你们给予的帮助我衷心地感谢。

需要特别说明的是，由于种种原因，本书中的被害人、单位等均采取了化名。我的公检法司的朋友提供了相关案件资料，在此一并致谢。

　　写到这里，我要感谢读者——如果这本书对于你有些触动，能对你追求和实现属于自己的美好生活有所帮助，我是非常开心的。

海剑
2018 年 6 月修订

致　谢

　　首先，值得说明并需要表示感谢的是，在首都各级政法机关的大力支持下，我有条件接触到这些触目惊心的案例，并就其中一些较为典型的犯罪个案进行深入的调查。感谢张荣革、徐焕、李辰、李宏、徐达、张宇、林静等检察官在具体案件采访、调查方面给予的指点与帮助。

　　其次，感谢包括北京政法机关的各级领导在采访和调查上给予的方便，使我能够更充分地了解被采访对象的心理、精神状况，更逼近案件真相。

　　最后，也感谢那些接受采访的犯罪嫌疑人、被告人、案犯以及受害者，他们的沉痛经历也给社会各界以警醒，以一种特殊的方式提醒我们：追求幸福生活，你需要一双慧眼！